U0119140

【本書相關評論】

這是一本挑釁性之作，是典型印象中的維多利亞時代人會樂於看到它從書店櫥窗被下架的——但他們也會樂於在別人看不見的時候偷偷翻它。

雅馬遜網路書店，米勒（John Miller），（*After the Civil Wars* 作者）

四十年來，美國書卷獎得主、歷史學家蓋伊一直以其深具啓發性的諸多著作震驚史學界。現在，他再次力排眾議，要恢復維多利亞時代的聲譽。但對他來說，維多利亞時代最有代表性的人物倒不是維多利亞女王，而是性好漁色的維也納劇作家史尼茨勒（他像收集戰利品一樣收集女人，並在他寫了一輩子的日記裡記下與每個情婦做愛的性高潮次數），認為後者更足以象徵那個播下了許多大轉變的種子的世紀。蓋伊認為，十九世紀的布爾喬亞對性的態度已經邁向開放，而不是像維多利亞時代這個詞所給人的印象那樣充滿壓抑。蓋伊同樣證明了，在許多其他領域（教養子女、科學探究和現代主義藝術的蓬勃），維多利亞時代都是同樣離開傳統的。本書肯定會是吸引目光之作和今年美國書卷獎的候選作品。

《書單》（*Booklist*）

「如果過去可以視為一個異國，那就沒有一個人（不管是已死或活著的）比彼得．蓋伊更勝任當我們的導遊。在《史尼茨勒的世紀》一書中，他把一生的學養蒸餾為三百二十頁閃閃發亮的散文。以歷史學家罕有的風趣、智慧、寬厚和明察，蓋伊帶著我們在十九世紀的美國和歐洲進行了一場目不暇給的觀光。我已經不記得，對上一次從歷史或非小說類作品獲得這麼大的樂趣和學到那麼多，是多久以前的事。」

——納沙（David Nasaw），

（*The Chief: The Life of William Randolph Hearst* 作者，普立茲獎傳記類得主）

作為《啓蒙運動：一個詮釋》、《弗洛依德傳》和其他許多著作的作者，蓋伊在本書對十九世紀採取了一個嶄新的觀照，並挑戰人們長久以來對維多利亞時代的假定。在這部包羅萬象和具激發性的作品裡，蓋伊以維也納劇作家史尼茨勒作為嚮導，探索了歐洲和美國布爾喬亞的性生活和其他非傳統的方面。他把哲學、心理學、文學、科學、宗教和家管的趨勢編織在一起，又常常會把紡線延伸到一些出人意表的領域。例如，他對維多利亞時代人的焦慮、其起因及療方的敘述就相當有娛樂性。本書可以視為蓋伊五冊本系列著作《布爾喬亞經驗》的一個蒸餾和一部讀伴，但它也是完全可以自足的，是對現代史研究的一大貢獻。在此推薦給學術性的圖書館。

——《圖書館期刊》（*Library Journal*）

以這部傑作，蓋伊為其探索十九世紀西歐布爾喬亞的多卷本鉅著——近些年來最恢弘與最雄心勃勃的一個史學大計——帶到一個漂亮的總結。此書表現出蓋伊一貫的優雅與雍容、原創與博學、善感與想像、多疑與包容，它讓維多利亞時代布爾喬亞的積極進取、活力十足、容易犯錯和巨大的分歧性表露無遺。這是第一流的文化史作品，也是自由與人道史中的表表者。

——坎納迪勒（David Cannadine），倫敦大學歷史研究所所長

以性飢渴的維也納劇作家史尼茨勒為導遊，布爾喬亞在十九世紀的舞台上顛覆性地演出他們的激情、政治、宗教與焦慮

史尼茨勒的世紀

布爾喬亞經驗一百年

1815-1914

Schnitzler's Century

一個階級的傳記

The Making of Middle-Class Culture

史學巨擘 彼得・蓋伊 Peter Gay

繼經典巨著 弗洛依德傳

威瑪文化 最新力作

梁永安◎譯

沒有愛的快感不能算是快感。

（Genuss ohne Liebe ist doch kein Genuss）

——史尼茨勒，《日記》第二卷，一八九三年六月十日

史尼茨勒的世紀

【目錄】本書總頁數共480頁

〈序言〉一個階級的傳記◎彼得．蓋伊

序曲 001

I—基本事項

（諸）布爾喬亞 009

家，有苦有甜的家 055

II—驅力與防衛

性愛：狂喜與症狀 095

侵略性的托詞 145

焦慮的理由 189

III 維多利亞時代的心靈

訃文與復生 231
「工作的福音」問題重重 279
品味方面的事情 323
一個獨自的房間 367

終曲

索引

人名索引／1
名詞索引／11
參考書目／20

10

〈序言〉

一個階級的傳記

彼得・蓋伊

本書是一個階級的傳記，主角爲十九世紀（一八一五年至一九一四年）的中產階級（譯註：中產階級、布爾喬亞、中間階層爲同義語，作者在本書中交替使用）。我選擇史尼茨勒作爲導遊，他是該時代最引人入勝的劇作家與長短篇小說家。爲什麼選史尼茨勒？他很難說是最典型的布爾喬亞。在十九世紀，有多不勝數與他同一階級的成員富裕不如他、才智不如他、坦白不如他——神經質不如他，也就是說比他更具代表性。因此，如果「代表性」一詞所指的是「一般」，那史尼茨勒將不勝任導遊之職，因爲最不適用於他的形容詞就是「平庸」。然而，從事研究的過程中，我卻發現他具備一些很特別的素質，讓他異乎尋常適合充當我要描繪那個中產階級世界的見證人。他將會出現在接下來的每一章，有時是作爲引子稍一出場，有時是全程參與。我發現這個人極爲引人好奇（不代表他總是討人喜歡），但單憑這一點，並未讓他夠資格在我企圖探索和了解的那齣包羅廣泛的戲劇裡扮演某種司儀角色。我有更好、更客觀的理由。

史尼茨勒是徹頭徹尾的維也納人。他生於維也納（一八六二年），逝於維也納（一九三一年），除短期到過倫敦、柏林和巴黎，以及在義大利北部度過一些短假以外，一輩子都住在維也納。不過由於具有活躍、銳利的胃納品味，讓他有機會接觸到極其多樣的風格與觀念，而他也克盡職責，數十年如一日把所思所感記錄在日記裡。他具有深入其時代中產階級心靈（包括他自己的）的特殊憑藉。要言之，他的教養是全方位的：他的人生與作品都在在見證著，人要見多識廣，並不是非要行萬里路不可。心靈是可以接受來自遙遠異地和異代的精神悸動啓發的——史尼茨勒的心靈就是如此。現代的法語和英語文學（含美國文學）都是他的讀物，更不用說的是斯堪地那維亞和俄國重要小說家與劇作家的作品。他對音樂與藝術具有同樣大的容受力。可以說，在他的陪伴下，我遊歷了挪威和義大利、俄國和美國。正如我暗示過的，他是個親切、可信賴和淵博的資訊提供者。

史尼茨勒是十九世紀人，但其生命卻深入到二十世紀。而因爲十九世紀乃是二十世紀的孕育者，它的歷史也是我們的歷史。史尼茨勒藉以架接這兩個世紀的，並不是只有他的肉體生命。人們常常說，第一次世界大戰在十九、二十兩個世紀之間劃下不可跨越的鴻溝。這種說法，固然適用於政治的領域（二十年後那場空前的集體動員和集體屠殺就是第一次世界大戰種下的果），卻不適用於高等文化的領域。我們常常認爲，那些發

11

1 2

生在藝術、文學和思想上的激動人心大變動（被統稱爲「現代主義」）是二十世紀的產物，但深入探究，就會知道它們是孕育自一九一四年以前（譯註：請讀者注意，作者對十九世紀的「界定」是一八一五年至一九一四年）。以尼采（Friedrich Nietzsche）這個改變了哲學輪廓的顛覆性思想家爲例，儘管他在一八八九年已經發瘋和不再發聲，卻仍然對我們今日的思想世界具有舉足輕重的影響力。這只是我們多大程度上活在維多利亞時代祖先餘蔭的其中鮮明一例。

少數藝術家的取樣也許就足以佐證我此說不虛：在戲劇界掀起革命的易卜生（Henrik Ibsen）、蕭伯納（George Bernard Shaw），以及繼他們之後的史特林堡（August Strindberg），都是早在一九〇〇年前就大名鼎鼎（或者說惡名遠播）。另一位他們顯赫的同儕契訶夫（Anton Chekhov）逝世於一九〇四年。音樂界方面，荀白克（Arnold Schoenberg）在一九〇八年發表他的第二首四重奏，摒棄傳統的調性系統，進入了無人探索過的音樂地帶。最盛名不衰的幾位現代主義小說家——普魯斯特（Proust）、喬哀思（Joyce）、湯瑪斯・曼（Thomas Mann）和漢姆生（Kunt Hamsun）——都是在世紀之交展開他們的事業；當其時，契訶夫已經不只是個戲劇的巨人，而且也聳立爲短篇小說的巨人。繪畫方面，學院派畫家早在一九〇〇年前就經受了來自獨立畫家幾十年的壓力，只能眼睜睜看著叛逆份子人數與影響力有增無已；一連串的極端畫派（印象主義、後印象主義、表現主義，以及德國和奧地利藐視藝術建制的分離主義者）一直都是沙龍藝術家的無情批評者。康丁斯基（Vassily Kandinsky）在逐漸疏遠具象派繪畫若干年後，於一九一〇年畫出他的第一張抽象畫。這份名單還可以隨意延伸：不管是在詩歌、建築、都市規劃的領域，一種新的文化正在誕生。這就怪不得世紀之交一個由波納爾（Pierre Bonnard）和維亞爾（Edouard Vuillard）領導的繪畫學派會把他們的團體命名爲「那比」（Nabis）——「那比」是希伯來文，意指先知。他們是航向未來的。

史尼茨勒也是如此，他的作品遊走於中產階級可容忍的尺度邊緣，而且不只一次大膽越過之。一八九七年，他寫了一部構思精采而手法機智的喜劇《輪舞》（*Reigen*）。《輪舞》由幾對情侶的十組情色對話所構成，對話者的其中一方會在下一組對話再次出現，到最後首尾相接，形成一循環。每一幕的高潮都是做愛——當然，這樣的劇情，是離經叛道有如史尼茨勒者都不敢奢望可以搬上舞台的。但這部劇本卻是連出版都有好些年不能出版，至於上演，則是更多年以後的事。然後，在一九〇〇年，史尼茨勒又創作了眩目程度不亞於《輪舞》的長篇小說《古斯特少尉》（*Lieutenant Gustl*），用意識流手法揭示一個年輕氣盛的奧地利少尉輕率挑起一場決鬥後產生的死亡焦慮。

這部小說見證了史尼茨勒的廣泛閱讀：它所使用的那種前衛、繁複的敘事技巧，乃是從法國作家迪瓦爾丹（Edouard Dujardin）的《月桂樹被砍》（*Les lauriers sont coupés*）學來

13

的。對於自己的原創性，史尼茨勒一向相當保守，不認爲自己足以與托爾斯泰（Tolstoy）或契訶夫這些不朽大師並駕齊驅。另一方面，他對一些所謂的仁慈批評家的意見也十分氣惱，他們認爲史尼茨勒儘管多產，但基本上只是把他最早期劇作的材料——不負責任的獨身漢和通姦戀情——再生利用。史尼茨勒帶著點怒意抗議說，他要比這些批評家所認爲的更有想像力、更有創意——一言蔽之是更現代。

他是對的；儘管如此，我們仍然有權去問，史尼茨勒的證言是否可以作爲我們理解維多利亞時代布爾喬亞的有用根據？這個問題預設了一個前提：中產階級是一個可以定義的單一實體。對這個爭論不休的議題，我將會用一整章的篇幅（第一章）去處理。歷史學家已經花了很多年時間與這個問題角力，但到頭來的解決辦法往往是視之爲一個觀點與角度的問題。史尼茨勒顯然是認定有布爾喬亞這樣的生物存在的。我們將會看到，他對布爾喬亞殊少敬意，而且傾向於把「布爾喬亞」和「無聊乏味」劃上等號。反過來，許多維多利亞時代人一定也會視他的生活方式爲偏執古怪，甚至是波希米亞式的。然而，在最重要的一些方面，史尼茨勒都是不折不扣的布爾喬亞，儘管是一個具有高度個人特色的布爾喬亞。有很多事情可以反映出這一點。例如，他順從父命選擇了學醫和行醫；他渴盼自己的情婦都是處女。他也曾經像數以百萬其他布爾喬亞一樣，嘗試阻止自己所愛的女人進入職場。他鄙視一些時空錯亂的貴族式習尙（如決鬥）。他自信具有不拘一格的文化品味，卻無法欣賞荀白克那些無調性的交響曲，也對喬哀思的《尤利西斯》（*Ulysses*）感到懷疑。他耽於工作，重視隱私。這些都是史尼茨勒的布爾喬亞印記。不過，本書雖以史尼茨勒始，卻非以他而終。正如我說過的，假如本書可以稱爲傳記的話，它乃是一個階級的傳記。

我寫這本書的目的與其說是摘要，不如說是綜合。我對維多利亞時代的布爾喬亞發生興趣，是在一九七〇年代初，當時，這個歷史課題在史學界相對受到忽略。當然，論十九世紀中產階級的有分量作品還是有的，只不過這個題目並沒有吸引到很多歷史學家注意，而且肯定不是他們最感興趣的項目之一。人們的興趣放在別的地方：婦女史、勞工史、黑人史以及那種自稱爲——有一點點裝腔作勢——「新文化史」的研究。自十八世紀的哲學家把歷史的因果性加以世俗化以後（譯註：指不再把歷史事件的成因訴諸超自然的解釋），史學界就會週期性地出現這一類使人興奮的不滿時刻：它們認爲既有的歷史研究領域是狹窄的，甚至是令人窒息的。

很多這些不滿都是有獲益的，會引出許多未被提問的問題和未受質疑的答案。但它們同時也製造了混亂，這一點，特別是在兜售主觀主義（subjectivism）的後現代販子入侵史學的領域以後更爲嚴重；它們不但未能拓寬歷史學家的視野，反而對大部份歷史學家

15

16 長久以來的求眞精神投以相當不合理的懷疑。在這種一頭熱的氛圍裡，我自己的一套史學方法——一種受精神分析啓迪（只是啓迪，不是淹沒）的文化史——在我看來是適切追隨的方向，而十九世紀的中產階級——有鑑於它普遍受到冷落——則是一個大有可爲的課題。我當時並不知道，我的工作最後竟然會有那麼大的修正作用；這完全是我始料未及的。我純粹是走自己的路，證據把我帶到哪裡，我就走向哪裡。

其成果就是五大册的著作，我總稱之爲《布爾喬亞經驗：維多利亞到弗洛依德》（*The Bourgeois Experience: Victoria to Freud*）（一九八四年至一九九八年）。它們所專注的是一些非傳統的課題，如性與愛、侵略性、內心生活、中產階級品味等。儘管我的選題清晰反映出弗洛依德的影響，但我卻小心翼翼，務求不讓我的立論脫離過去的「眞實」世界，因爲那才是歷史學家的共同家園。換言之，有大量的史實包含在我的書頁裡。它們其中一些會在本書被再次引用；它們太有啓發性了，我捨不得割捨。《布爾喬亞經驗》的讀者也許還會記得以下這些令人難忘的片段：典型的維多利亞人格萊斯頓（William Ewart Gladstone）爲了刺激太太的母奶分泌，輕柔而虔誠地爲她按摩乳房；十九世紀的美國婦人蘿拉・萊曼（Laura Lyman）以火辣辣的書信挑逗人在遠方的丈夫：「下星期六我會抽乾你的保險箱的，我保證」；義大利統一運動的先驅馬志尼（Giuseppe Mazzini）因爲發現政府官員拆閱他的信件而大發雷霆；前衛詩人波特萊爾（Charles Baudelaire）曾經稱許布爾喬亞的藝術品味；德國鋼鐵鉅子克魯伯（Alfred Krupp）推辭了官方把他冊封爲貴族的美意。

但這不表示本書只是一部《讀者文摘》（*Reader's Digest*）性質的讀物，只是前述大部頭之作的濃縮，因爲儘管它的厚度不如《布爾喬亞經驗》，結論的分量卻未必有所不如。我引進了相當多的新材料與新課題，其中之一是工作與宗教——儘管它們在《布爾喬亞經驗》裡被討論到，但在本書卻受到更恰如其分的深入檢視。《布爾喬亞經驗》中對維多利亞時代布爾喬亞所作的一些很根本的重新詮釋——他們對性、侵略性、品味、隱私的態度，都會以顯著的分量再次見於本書。即便如此，它們並不是裝到新瓶裡的舊酒。我曾經把它們重新思考了一遍，而且自認爲把問題的複雜程度更往前推。

有一點是必須事先聲明的：對於 Victorian（維多利亞時代的、維多利亞時代人）這個詞，我採取的是廣義的用法。長久以來，Victorian 習慣上都是指英國人——甚至更狹義是指英格蘭人——和他們的品味、道德觀與禮儀。而它的意義從未完全侷限在維多利亞女王主政的時代，因爲一般咸信，不管是在維多利亞女王一八三七年登基前還是一九〇一年駕崩後，都存在著維多利亞時代人。簡言之，她的名字是被寬鬆地用作十九世紀的同義詞，也就是自拿破崙最終敗北（一八一五年）至第一次世界大戰爆發（一九一四年）之間的一百年。但是，還有些維多利亞時代人是活在這個範圍外的。近些年來，研究美國文化史的學者已經把此詞歸化，而我相信，把其涵義進一步擴大是說得通的。但這當然不是說，法國、德國或義大利的「維多利亞時代人」與同時代的英國夥伴一模一樣；因此，本書在致力求「同」之餘，也是「異」的禮讚。儘管如此，我還是深信，不管不同的布爾喬亞之間具有多大差異，他們彼此仍然有著強烈的家族相似性（譯註：family resemblance，哲學家維根斯坦的用語，指家人間那種難以具體界定的五官相似性），而這種相似性正是我使用「維多利亞時代人」一詞時想要強調的。

好吧，現在讓布幕升起吧。

「鬍子修剪樣式」，版權所有者：W. W. Bode（三藩市，約一八八〇年），取得自：Prints and Photographs Division, Library of Congress。

McCounter Jumper *repents of an Easter Trip in a Third-class Carriage.*

「江珀（McCounter Jumper）後悔坐三等車廂從事復活節旅行」，原載 *Judy*, April 21, 1869. 這幅圖畫佐證了弗洛依德在一八八三年八月二十九日寫給未婚妻瑪爾塔・貝內斯的信上所說的：「不難顯示，那些『民眾』判斷、相信、希望和工作的方式都相當不同於我們。一般人（common man）的心理學是與我們那一套相當有別的。」翻印自 John Gloag, *Victorian Comfort: A Social History of Design from 1830-1900*. London: Adam & Charles Black, 1961。

「家的變遷」，Hablot K. Browne 所繪。圖中，大衛媽媽正在餵他的異父弟弟吃奶；餵奶是十九世紀家庭裡是一件完全體面的事，用不著遮遮掩掩（譯註：這裡的大衛是狄更斯小說《大衛・科波菲爾》的主角）。翻印自 Charles Dickens, *The Personal History of David Copperfield*. London: Caxton Publishing Company, n.d。

Jean-Baptiste Regnault 的畫作。藏於 Musée du Louvre and Réunion des Musées Nationaux ／ Art Resource。

Ferdinand Schmutzer畫的「史尼茨勒像」。史尼茨勒十分激賞此畫，當時他五十歲，正處於事業的巔峰。藏於 Schiller-Nationalmuseum, Deuthsches Literaturachiv, Marbach。

「拿破崙紀念碑」，是英國插畫家克魯克香克（George Cruikshank）為「慶祝」拿破崙遺體在前一年歸葬法國而作，對侵略行動的代價極盡諷刺之能事。克魯克香克為這幅版畫所寫的挖苦文字是這樣開頭的：「在拿破崙的遺體被送回時，我設計了上面的圖畫，以之作為一座紀念碑。但我沒有把它投稿給誰，因為不會有人想要。」翻印自 Richard A. Vogler, ed., *Graphic Works of George Gruikshank*. New York: Dover Publications, 1979。

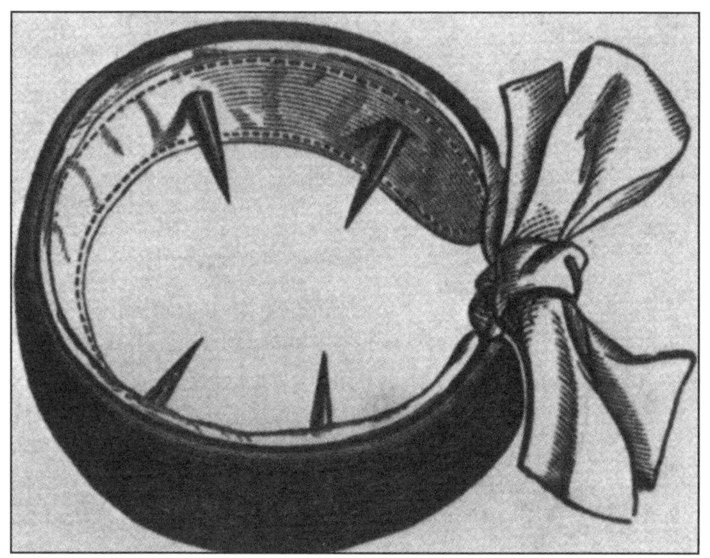

「四根針的陰莖環」，原載於 John L. Milton, *Pathology and Treatment of Spermatorrhoea*（1887）. 翻印自 Peter Gay, *Education of the Senses. The Bourgeois Experience: Victoria to Freud*. New York: W. W, Norton & Company, 1999。

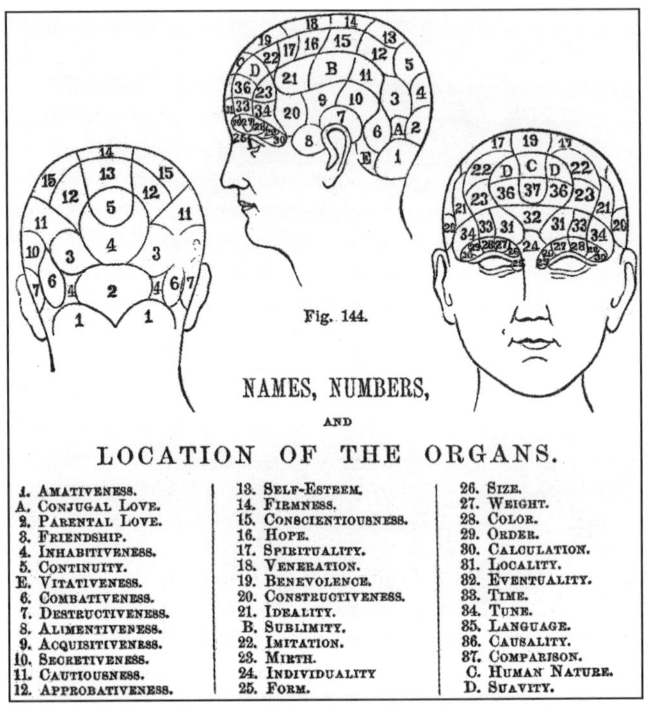

Fig. 144.
NAMES, NUMBERS,
AND
LOCATION OF THE ORGANS.
1. Amativeness.
A. Conjugal Love.
2. Parental Love.
3. Friendship.
4. Inhabitiveness.
5. Continuity.
E. Vitativeness.
6. Combativeness.
7. Destructiveness.
8. Alimentiveness.
9. Acquisitiveness.
10. Secretiveness.
11. Cautiousness.
12. Approbativeness.
13. Self-Esteem.
14. Firmness.
15. Conscientiousness.
16. Hope.
17. Spirituality.
18. Veneration.
19. Benevolence.
20. Constructiveness.
21. Ideality.
B. Sublimity.
22. Imitation.
23. Mirth.
24. Individuality
25. Form.
26. Size.
27. Weight.
28. Color.
29. Order.
30. Calculation.
31. Locality.
32. Eventuality.
33. Time.
34. Tune.
35. Language.
36. Causality.
37. Comparison.
C. Human Nature.
D. Suavity.

「大腦功能區位的名稱、數目與位置」，翻印自 S Wells, *New Physiognomy, or Signs of Character*. New York, 1871。

「科隆的道德說教士」，Olaf Gulbransson 所繪，原載於 *Simplicissimus*, October 25, 1904. 這幅漫畫有一首附詩，其內容是攻擊天主教士的敗德，指他們縱情慾樂，不知愛為何物。翻印自 *One Hundred Characters from Simplicissimus, 1816-1914: Simplicissimus and the Empire*（這是一九八三年慕尼黑歌德學院一個展覽的目錄）。

The Emancipator of Labor and the Honest Working-People.

「工人與最老實的勞動人民的解放者」，納斯特（Thomas Nast）所繪，原載於 *Harper's* （February 7, 1874）.納斯特是個有創意和精力充沛的插畫家，不懈地以圖畫來揭露、嘲笑社會的不公義與政治腐敗。只不過一碰到工會或規範經濟的激進主張時，他就會頓失想像力。就像當時許多布爾喬亞一樣，他不帶批判性地站在工廠主的一邊。翻印自 Morton Keller, *The Art and Politics of Thomas Nast*. New York: Oxford University Press, 1968（譯註：畫中骷髏人肩帶上寫的是「共產主義」。）

– Mais si, ma femme, je t'assure que monsieur dessine un paysage… n'est-ce pas, monsieur, que vous dessinez
un paysage ?…

「親愛的，我向妳保證，這位紳士正在畫的是一幅風景畫。……先生，你真的是在畫風景畫嗎？」與大部分十九世紀的中產階級相比，問話人的這種態度已屬相當謙遜。對前衛人士來說，中產階級不啻是俗人的同義詞。

Honoré-Victorin Daumier 所繪（一八四六年十一月十三日），翻印自 Charles F. Ramus, ed., *Daumier, 120 Great Lithographs*. New York: Dover Publications, 1978。

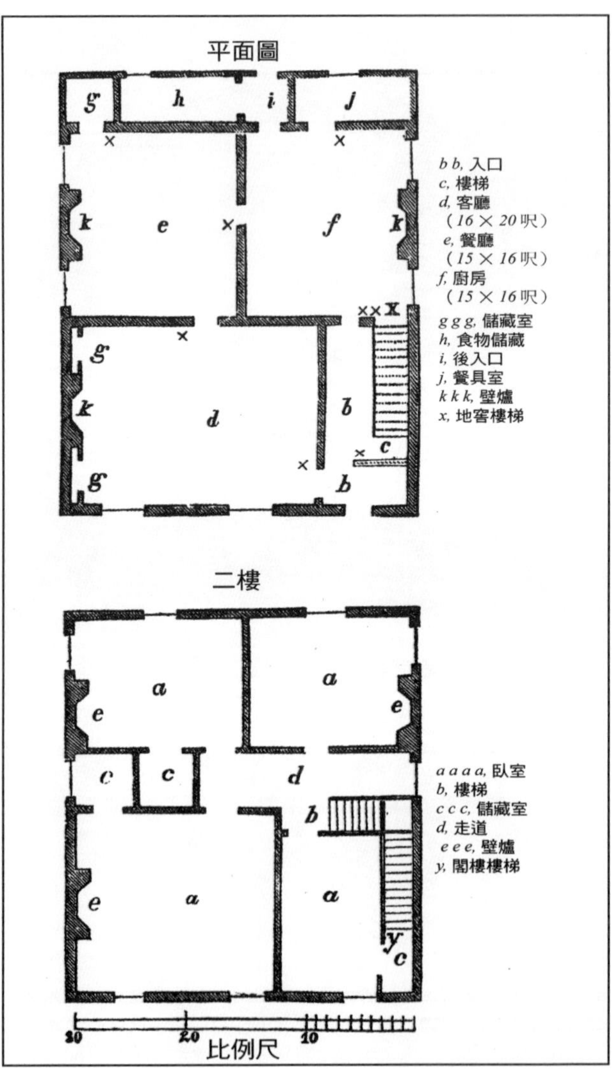

一間相當大的二層平房的平面圖，是為負擔得起這種舒適的中產階級家庭設計，其二樓有足夠的私人空間供人使用。翻印自 Catherine Beecher, *A Treatise on Domestic Economy*. New York: Schocken Books, 1977。

序曲

Overture

史尼茨勒父子的齟齬，
乃是我們進入十九世紀
布爾喬亞文化大世界的敲門磚。

「一本日記被發現了，當然是最新的那本——提及埃米莉（Emilie）的。被父親狠狠修理。」①接下來的章節，我想要去探索這則扼要日記的深遠意蘊。雖然我是要利用這場看似一瞬即逝的家庭小衝突作爲通向維多利亞時代中產階級意識的線索，卻不打算宣稱父親刺探兒子隱私的情形在當時是普遍現象。儘管如此，它仍然足以充當一首雄心勃勃的交響曲的簡短序曲，讓人預聆一些稍後將會以巨大音量和廣闊音域反覆奏起的主題。史尼茨勒父子的齟齬，乃是我們進入十九世紀布爾喬亞文化大世界的敲門磚。論分量，上述一則日記足以與《追憶似水年華》（*A la recherche du temps perdu*）裡的馬德萊娜貝殼餅（madeleine）等量齊觀——普魯斯特筆下的主角因爲把這種餅沾著青檸花茶吃而刹那間憶起一個遺忘已久的豐盛過去。這則日記就是我的馬德萊娜貝殼餅。

事件的兩個主角：阿圖爾・史尼茨勒，十六歲，文科中學學生，正準備出門上學；他父親約翰・史尼茨勒（Johann Schnitzler），知名喉科專家、大學教授。發生時間：一八七九年三月十八日早上。發生地點：維也納一戶上層中產階級人家的公寓。爭議的焦點：父親偷偷從兒子的抽屜取出翻看的一本小紅皮本日記，在裡面，年輕的史尼茨勒鬼鬼祟祟而不謹愼地剖白了他一些早熟的性探險——但女主角不只埃米莉一人。

三十五年後，已是當時奧地利最知名和最有爭議性作家的史尼茨勒在自傳裡再次回顧了這個事件。顯然，這個事件在他心靈裡留下了無法磨滅的烙印。他詳述了父親在那個三月天早上對他所作的「可怕責備」②。這堂課的高潮發生在教授的診察室，兒子奉命翻閱了卡波斯（Moriz Kaposi）三大册論梅毒和皮膚疾病的標準參考書，其中充滿明晰和令人噁心的圖片。史尼茨勒承認這一堂課對他是有用的：從此他不敢再去找那些「希臘女神」——他在日記中稱她們維納斯（Venus）、赫柏（Hebe）、朱諾（Juno）（譯註：維納斯、赫柏、朱諾都是希臘神話中的女神，而史尼茨勒的這些「女神」都是妓女），尋芳獵艷時變得格外審愼。

但這場父子衝突並不是所有後果都同樣正面。史尼茨勒在自傳裡特意指出，書桌鑰匙不是他給父親的，而他對父親「偷偷摸摸的手法」強烈不滿（儘管沒有太發作出來）。他視之爲一種背信行爲，出發點再好也無法脫罪。「如果說我們眞的從未能建立毫無保留的關係，那對他背信行爲無法磨滅的記憶顯然要負上部份責任。」③父親破壞了與兒子之間的一條紐帶，而那是永遠無法全部修補回來的。

這不是少年史尼茨勒唯一一次隱私權遭侵犯。在父親好意偷看他日記的三個月後，史尼茨勒一位老師在搜查學生挾帶進考場的東西時，無意中搜出史尼茨勒的一本新日記本，並看了開始幾頁，其中一些刺激段落寫的正是他最新的艷史。這位老師很寬大，既沒有表示意見，也沒有知會家長。儘管如此，史尼茨勒還是氣得發瘋：一個未經授權的人看了他最私密的告白！他告訴一位朋友，他剩下的唯一選擇就只有呑槍自殺。④

史尼茨勒當然沒有把這種少年人的豪語付之實行。不過，在一八八二年七月，他卻把自己的日記一本本毀掉，因爲他認爲裡面盡是些關於無聊「家庭摩擦的廢話」⑤，而且有一些關於范濟恩（Fännchen）——他當時的新歡——時冷時熱的評論。但他並沒有把日記全數毀掉：有些段落實在太有趣了，不留給後人看可惜。他把一些重要的部份抄錄下來，而第一條就是有關他父親的犯行那則扼要記載。現在回顧，我們可以明白理由何在：他對大人侵入他的私人空間痛恨在心，而這個事件也形塑了他對於世界的看法——這個世界是他後來所積極觀察和激烈解剖的。史尼茨勒父子高張力的對峙爲時儘管只有一小時左右，但這段往事卻在一個記性、才智和細膩度具不凡的心靈裡殘留了幾十年，因此成爲一條值得我們追逐的線索。就像他在一八八七年的獨幕劇《帕拉切爾蘇斯》（譯註：*Paracelsus*，十六世紀名醫、煉金學家）裡說的（此劇是我們了解其心靈貫注的一份關鍵文本）：生命是一個謎樣的遊戲；靈魂只會極偶爾才會打開門，而且只會對那些心思感受銳利和堅持不斷的探問者打開。「夢與醒、眞理與謊言互相貫穿交織。安全無處可尋。」⑥安全無處可尋——我們將會看到，這句話既可充當史尼茨勒的座右銘，也大可充當十九世紀布爾喬亞的座右銘。

註釋

① A.S., March 19, 1879, *Tagebuch 1879-1892* [I], 9.

② A.S., *Jugend in Wien. Eine Autobiographie*, ed. Therese Nickl and Heinrich Schnitzler（1968; Fischer Taschenbuch, 1971）, 86.

③ ibid., 87.

④ ibid., 88

⑤ A.S. [written July 1882], *Tagebuch 1879-1892*, 10.

⑥ A.S., *Paracelsus*（1897）, scene 11. *Dramatische Werke*, I, 498.

I

基本事項

Fundamentals

第1章

（諸）布爾喬亞①

Bourgeoisie (*s*)

會恭維布爾喬亞的並不是只有布爾喬亞。
「布爾喬亞使農村屈服於城市的統治。」
如果連共產主義的祖師爺都不得不承認
布爾喬亞有其重大歷史貢獻，
那他們會有聲譽鵲起的一天就不是不可能的了。

　史尼茨勒的日記處處透著富貴氣息：他有獨自的房間、專用的書桌；他唸的是只有 3
少數維也納家庭才負擔得起的文科中學；他父親有一間配備齊全的診察室。再來還有舒
適的家居環境、昂貴的音樂課（史尼茨勒後來是個業餘的鋼琴高手），以及在背景處走
來走去的傭僕。在日記事件這齣室內劇上演之時，史尼茨勒一家住在維也納的第二區，
也就是利奧波德區（Leopoldstadt）。這個區將會迅速轉變爲一個猶太人的聚居區，住的大
部份是窮人——他們數以千計從奧匈帝國的鄉村地區或東境湧入，爲的是追尋較好的
生活和擺脫反猶太主義者的暴行：一八八〇年前後，有大約一半維也納猶太人住在這一
區。但據史尼茨勒回憶，在他兒時，利奧波德區「仍然高雅體面」。年輕時代，他交往
的主要是「體面的中產階級猶太人」②，也就是他自己所屬的圈子。

　不過，隨著時間的推移，他並沒自囿於這個富裕、有教養的小世界，反而遊走於各
個層次的中產階級之間，有時還會越出其外。身爲醫生，他與醫學界保持一種專業但遙 4
遠的關係。身爲作家，他有機會結交到出版商、記者、小說家、劇作家、文評家和男演
員——女演員更不在話下。身爲獨身漢（他要到一九〇二年四十歲才成家），史尼茨
勒有無數個晚上是泡在他最愛的葛林斯德咖啡館（café Griensteidl），與比爾霍夫曼（Richard
Beer-Hofmann）、扎爾滕（Felix Salten）、霍夫曼斯塔爾（Hugo von Hofmannsthal）等一夥朋友交
換文學界的八卦、手稿，甚至情婦。另外，我們將會看到，身爲獵艷家，他喜歡在外城

區的小布爾喬亞婦女之間物色對象。他常常越界，也知道自己越界，而且會把賣力累積起來的知識應用在作品裡。

一

史尼茨勒遊走於不同社會層次的嗜好讓我們有機會一窺更大的社會眞實。它們只是十九世紀都市生活一個重要特徵的其中一個事例：維多利亞時代的布爾喬亞人數龐大、意見分歧和對立強烈。（作者註：重申一次，對「維多利亞時代的」一詞，我採的是最廣義的用法，與「十九世紀」是同義語）再舉一個例子就足以說明事情的複雜性。一八五〇年代，畫家、小說家而又是當時皮埃蒙特（Piedmont）首相的達澤利奧侯爵（Massimo d'Azeglio）指出，在他的國家，「階層本能支配著整個社會。」想要掌握全部的階級細分，單是「顯貴、布爾喬亞、城市居民和庶民」的四分法是不夠的，一個人還需要「一長串的次級範疇」③。他帶點沾沾自喜地相信，其國家階級的細分程度要甚於任何其他地方。但這是錯的。不管在哪裡，中間階層內部最細微的差異都足以構成社會歧視、經濟裙帶關係、妒意、流言蜚語，更不要說是那種可以讓布爾喬亞以可觀數目簇聚成一群群的聯婚策略。企圖理解這時代布爾喬亞的歷史學家都必須一方面正視那些自我定義爲「中產階級」的人們之間的普遍衝突，另一方面正視那些使他們形成一體的特徵。

毫不意外，中間階層的內部衝突比攜手合作更爲顯眼。進口關稅的實施對國內製造商固然是一大利多，但對批發商來說卻是負擔。來自中央政府的慷慨犒賞——不管那是捐贈給外省博物館的油畫還是提供給掙扎求存工業的津貼金——會引起城市與城市或地區與地區之間的爭寵。國家是否應該支助教會學校的問題，則是虔信公民與世俗化公民之間齟齬不休的話題。另外，各城市會爲鐵路線該穿過哪裡的問題爭得頭破血流（鐵路網在一八四〇年代及一八五〇年代間的大部份歐洲地區迅速蔓延），因爲那是攸關經濟生死的大事。另外，我們也將看到，以收入多寡作爲投票權資格的基準亦成了那些已經坐擁政治權力的布爾喬亞與想分杯羹的布爾喬亞之間的爭執焦點。在這一類競爭之中，有些是無關痛癢的：慕尼黑和柏林在十九世紀晚期對德國文化首都地位的競逐（主要透過報紙進行）就是一個例子。但大多數時候，勝敗都事關重大。經濟利益、宗教信仰、思想信念和社會地位的競爭以及婦女地位等議題，都成了布爾喬亞與布爾喬亞鬥爭的戰場。

布爾喬亞內部的種種分歧是如此巨大，在在引人懷疑，它根本不是個可定義的單一實體。讓這種唯名論更加振振有辭的一點，在於誰也不能否認，任何集合命題都必然會抹煞社會生活的豐富多樣性。然而，除非歷史學家可以把過去的材料化約爲一堆傳記的大集合（這是不可能的任務），否則他們勢必得在分歧的籃子裡採集一些紮實的相似性、一些共有的家族特徵（譯註：即作者在引言處所說的家族相似性）。我是秉持一個信念才寫這本書的：概括化是大不易的，但沒有概括化，歷史學也是不可能的。

另一方面，至少有兩個世紀之久，有許多新聞記者、政治家、理論家和歷史學家出於同仇敵愾的心理，或至少是爲了證明他們的某些論點，都喜歡把布爾喬亞當成高度同質的一群人，而無視種種顯眼的例外。這種對布爾喬亞內涵高度簡化的做法，長久以來都是布爾喬亞的批判者所樂於採取的。然而下面我們將會看到，即便布爾喬亞的內在緊張性並不亞於其脆弱的統一性，但把他們視爲「一個」階級，仍然是說得通的。十九世紀英國人喜歡用複數來稱呼布爾喬亞——middling ranks（諸中間階層）或middle classes（諸中產階級）——是有其道理在的。

一般維多利亞時代人都沒耐性去仔細區分事情，但他們所用的語詞卻反映出他們意識到布爾喬亞是「一」中有「多」的事實。他們在保留了「布爾喬亞」這個共稱之餘又對它加以切割：德國人有「大布爾喬亞」（*Grossbürgertum*）和「小布爾喬亞」（*Kleinbürgertum*）的二分法；法國人則有「大布爾喬亞」（*grande bourgeoisie*）、「正宗布爾喬亞」（*bonne bourgeoisie*）和「小布爾喬亞」（*petite bourgeoisie*）的三分法。稍後，人們在上述的粗分法之外又再細切，像是德國人就把「富有的布爾喬亞」（*Besitzbürgertum*）與「有教養的布爾喬亞」（*Bildungsbürgertum*）區分開來。不管何處，民衆的慣用語都反映出階級的複雜性：在法國，人們帶著忌妒與鄙夷混雜的情緒，把有政治影響力的銀行家稱爲「金融貴族」（*l'aristocracie financière*）；在德國，對等的字眼是「金錢貴族」（*Geldaristokratie*）。另外，出於對最低層級布爾喬亞（領最低薪水的職員）的藐視，人們戲稱他們爲「高領無產階級」（*Stehkragenproletarier*）④（譯註：高領是指豎起的衣領，穿高領襯衫是維多利亞時代布爾喬亞的習尚，「高領無產階級」的含意猶如「穿西裝的窮人」）。這種矛盾構詞法是追求精確所不可少的。

在專業領域，一些天賦過人的布爾喬亞（如畫家、歌唱家、詩人、知名教授或自然科學家）則能夠在經濟領域以外另闢蹊徑，取得足以與財富分庭抗禮的威望。社會以各種勛章回報他們，提供他們進入特權圈子的機會、與顯貴通婚的機會，或是把他們埋葬在國家的祠龕裡。有少數這一類布爾喬亞甚至獲得封爵的殊榮，德國畫家門采爾（Adolph Menzel）和英國詩人丁尼生（Alfred Tennyson）都是個中例子。

7 還有一些不那麼眩目卻仍然叫人滿足的酬勞等待著其他維多利亞時代的布爾喬亞。一大隊的律師、醫生、中層官員、銀行家、商人和工業家都自滿於當個布爾喬亞，有時還會爲此感到自豪。有些大亨——像是德國著名軍火商克魯伯——甚至婉拒官方的封爵，說他「寧當工業家的雞首多於當騎士的牛後。」⑤另一個例子是奧地利的洛邁爾（Friedrich Lohmeyr），他是一個玻璃製造王朝的繼承者，對自己家族的技藝深感自豪。他的婉拒受封，在當時爵位滿天飛的奧匈帝國是很罕有和震撼的。⑥大體來說，布爾喬亞都是喜歡當布爾喬亞的，所以一些最上層的布爾喬亞才會對封爵一事避之唯恐不及，而最下層的布爾喬亞因爲害怕掉進無產階級，也密切而焦慮地留意著自身地位的前景。

讓界定十九世紀布爾喬亞一事更爲不易的，在於它不是靜態的，而是有一段形成的歷史。許多布爾喬亞都對財富、特權、聲望與社會地位的提升滿懷憧憬。他們不是完全不切實際，因爲在維多利亞女王的世紀，某種程度的向上流動是可能的——至少對異常聰慧、異常幸運和異常不講原則的人來說如此。當然，膽敢夢想步洛克斐勒（John D. Rockefeller）或卡內基（Andrew Carnegie）後塵的人寥寥無幾，但這兩位大富豪的發跡傳奇足以讓人心嚮往之。已經有少數勇於進取的中產階級在經濟的階梯上取得上升，而他們的社會地位不多久也會以眩目的速動上升。施奈德兄弟（Eugène and Adolphe Schneider）就是一例，他們出身平庸，父親只是一位外省的公證人，卻在一代之內就躍升爲法國的鋼鐵大王。卡內基隨著窮家人從蘇格蘭移民美國，卻神話般一躍而成了世界最有錢的人之一。

這一類幾十年間白手致富的故事比比皆是，有不少甚至是眞的。其中一例是巴黎玻馬舍百貨公司（Le Bon Marché）的創辦人布錫考特（Aristide Boucicaut），雖然父親是個地位低微的帽商，但他卻能白手起家。玻馬舍百貨公司在他身故時（一八七七年）價值兩千兩百萬法郎。另一個例子是皮博迪（George Peabody），他一七九五年出生於麻省一個小鎮，十一歲被迫輟學，但很快就有辦法在華盛頓建立自己的紡織品批發商店，稍後又在紐約和費城開設分店。到一八二七年，他家財八萬五千美元；才十年後，他成了跨國商人，搬到倫敦插足銀行業。二十五年後，他積聚三百萬美元的資產，換成今日的幣值，約合五千萬美元。⑦

史尼茨勒的父親，即備受尊敬的喉科專家約翰·史尼茨勒醫生，是這些幸運的寵兒之一，也是許多受惠於社會風氣改變而得以敲開成功大門的猶太人之一。他的人生具體地證明了，在他的時代，一個有能力和有雄心的布爾喬亞可以爬升到什麼樣的高度。約翰·史尼茨勒出生於匈牙利小鎮大坎尼薩（Gross-Kanizsa），「家境貧寒，甚至可以說是家徒四壁」⑧，父親是個目不識丁而愛酗酒的細木工。憑著苦讀，他考取了維也納大學，在那裡，他就像其他一文不名的大學生一樣，靠從事家教來維持醫學學業。最後他爬到了社會階梯的最高點，成爲大學教授和獲得「行政專區顧問」（*Regierungsrat*）的顯赫頭銜。能力無疑在這一類成功故事中扮演了重要角色，但同樣重要的是機運。在經濟和社會地位的發跡史裡，歷史時機的配合是不可缺的前提。

這一類的機會在美國似乎更比比皆是。這個傳奇般的巨人招引著那些夢想輕易致富的歐洲人離鄉背井。德國人也引領西望，憧憬於種種他們不可能在家鄉獲得的燦爛前景，唯其如此，他們才會稱這片海外的黃金鄉爲無限可能性之地（*das Land der unbegrenzten Möglichkeiten*）——儘管他們到達美國以後往往會發現，那張通向財富與安全的祕密地圖不是人人可以拿得到的。

在美國南部和西部，以及在興起中的城市，許多新移民都掙到了財富。但仍然有無數移民陷在新大陸的淺灘裡，一如從前陷在舊大陸的淺灘裡。十九世紀中葉以後，氾濫成災的發跡文學成爲出版社的中流砥柱，這一類現代童話都必然有快樂結局是可想而知的。阿爾傑（Horatio Alger）那些大受歡迎的「蜜糖」——他前後寫過的發跡小說超過一百本——可說是這種想像力的極致。不過，阿爾傑及其模仿者的作品都是一廂情願的產物，它們不但遠遠未能反映社會眞實的狀況，反而對致富的重重障礙視若無睹。事實上，成功和失敗的光譜在美國極寬廣，而且是極難預測的。社會階層上升乃是一道不完整的梯子，處處有縫隙。

二

一個可以用來區分十九世紀不同類型布爾喬亞的判準是他們對統治者的慣性心態（雖然我用了慣性二字，但並不表示這種心態不會改變）。值得注意的是，這個判準就像許多其他可以用來界定維多利亞時代布爾喬亞的判準一樣，都是心態面的。有一個道理是明顯不過的，那就是，在統治者的權力愈不受約束的地方，其布爾喬亞臣民的恭從程度就愈高，也愈不具有參與政治或發起藝術、文學、教育事業的動機。有兩個南轅北轍的中產階級類型並存於維多利亞時代，一個是衝勁十足的類型，一個是停滯的類型，兩者中間又有各種不同程度的混合類型。

把十九世紀的曼徹斯特和慕尼黑作一比較，衝勁型和停滯型布爾喬亞的反差就會一目了然。曼徹斯特是一個靠紡織業而欣欣向榮的城市，其富裕市民自成一支建設公益事業的高效率大軍。一八四六年，他們建立了歐文斯學院（Owens College）——一八八〇年獲得升格為大學的特許狀——資金是一筆十萬英鎊的私人遺贈。兩年後（那是革命在歐洲大陸延燒的一年，但英國卻完全未受波及），三位曼徹斯特富商邀請長居法國的德國指揮家和鋼琴大師哈萊（Karl Hallé）掌管曼徹斯特的音樂生活。在其漫長而讓人動容的事業生涯裡，哈萊爵士（這是他在一八九五年逝世時擁有的頭銜）活力十足地把曼徹斯特提升爲西方世界的音樂重鎮之一。著名的哈萊樂團（Hallé Orchestra）創立於一八五八年，不旋踵就享譽國際。接下來幾十年，有更多值得曼徹斯特市民驕傲的事情陸續發生：他們爲自己蓋了一座哥德式市政廳、一所藝術館和一大批圖書館。一八九五年，維多利亞女王陛下同意讓新創建的曼徹斯特音樂學院冠以「皇家」二字，但此舉只是錦上添花，因該校所有必要的基金早獲當地資本家的捐獻。

與曼徹斯特判若雲泥的是維特爾斯巴赫家族（Wittelsbach）治下的巴伐利亞首都慕尼黑。在其掌政的二十三年間（始於一八二五年），酷愛藝術的路易一世（Ludwig I）都是這個城市藝文機構的定調者和主要資助者。他對慕尼黑的建設是空前的，他的各種計畫招來了大批大批的建築師、石匠、木匠、雕塑家、壁畫家和園藝家。這位國王的成績讓人動容：他把慕尼黑大學從外省城鎮朗胡特（Langhut）遷到了首都，又建造了古代雕塑展覽館（Glyptothek）和舊美術館（Alte Pinakothek）——前者是經典雕塑品的殿堂，後者收藏大批古代大師的精美畫作。但路易一世對這些高級文化的豐碑還覺得不滿足，他不斷改變慕尼黑的面貌，斥資建設教堂、展覽廳和大道。當路易一世在一八四八年因爲與舞蹈女演員蒙蒂茲（Lola Montez）一段可憐兮兮的情史而被迫退位時，他的另一個大計畫——收藏當代德國藝術珍品的新美術館（Neue Pinakothek）——仍在施工中。

在路易一世及其後繼者的慷慨資助下，巴伐利亞和慕尼黑的高級文化每有需要關注和支助，都會獲得滿足。馬克西米連二世（Maximilian II）以較節制的步調把路易一世未竟的計畫延續下去，又邀請北德的人文主義者進駐他的首都。而幾乎衆所周知的，要不是有路易二世（Ludwig II）（譯註：馬克西米連二世的後繼者）的支助，華格納（Richard Wagner）的拜魯特（Bayreuth）（譯註：德國城市，華格納在此建築節日劇院，與供上演他的歌劇之用）將只是白日夢一場。正是巴伐利亞的這種文化風格讓萊維（Hermann Levi）這樣的大師——他一手把慕尼黑的歌劇與管弦樂推到德國、甚至歐洲的最高水平——顯得儼如公僕。除卻少數例外，這個城市的布爾喬亞都是追隨國王在文化藝術上的領導的。就連「藝術協會」（*Kunstverein*）這樣私人的組織，其成立也一樣需要經過國王允許，並處於皇家學院（Royal Academy）的監督下。一直要等到十九世紀晚期，才有一些勇於開創的慕尼黑公民開始辦私人展覽。換言之，慕尼黑人要經過相當多年，才敢於擺脫那無所不知的權威的箝制。

十九世紀的曼徹斯特與慕尼黑是兩個極端，而大部份同時代的文化之都（維也納、巴黎、倫敦和一八六〇年代以後的柏林）則是混合的類型，以不同的比例結合了私人和公家的想法和資金——這兩種資源經常角力，由上自下的壓力無處不在。但曼徹斯特與慕尼黑並非特例，像是阿姆斯特丹著名的國家博物館（Rijksmuseum）和音樂廳（Concertgebouw），就是由一些有文化教養的工業家集資建成。而柏林的愛樂管弦樂團（Philharmonic Orchestra）則是由該市的音樂家在一八八二年創立——它很快就竄升為德國最優秀的管弦樂團。同樣的，波士頓交響樂團乃是文人雅士的產物，換言之是私人發起的。在文學和藝術事業的建設上，伯明翰（Birmingham）許多方面都可以說是曼徹斯特的孿生子。十九世紀中葉以後，它成立了一家免費閱覽的大圖書館和一座美術館，前者的資金來自各種地方稅，後者是由公共瓦斯服務的利潤提供。驕傲的伯明翰市民在博物館的入口處鐫刻了一方銘文：「透過工業的獲利，我們促進了藝術。」與之相比，刻在慕尼黑舊美術館奠基石旁一塊銅匾的精確文字要卑屈上不知多少倍：「巴伐利亞的這棟建築及內部的藝術典藏受惠於其統治者維特爾斯巴赫家族。」這兩段銘文分別見證了維多利亞時代布爾喬亞的獨立性與依賴性。⑨

有關某個國家的布爾喬亞應該被歸類為進取型還是恭順型這一點，在十九世紀的中產階級政治掀起了一場悲喜劇。沒有任何給維多利亞時代布爾喬亞下定義的嘗試比沿著這條線索進行更有收穫和更加凸顯問題的複雜性。對歷史學家而言，研究過去的政治並不僅僅意味追問人們在某些規則下是怎樣進行權力追求的。想要顯示一個追求政治權力的階級的全貌，必然會涉及以下的問題：他們是怎樣自我評價的，又有哪些期望與焦慮？最有政治進取心的布爾喬亞都勢必要面對帝王的反覆、貴族的掣肘、教士的干涉，以及歷史悠久習俗的妨礙。儘管如此，對政治權力的追求仍然讓大部份西方社會的中產階級積極份子爲之著迷。「中產階級必須掌政。」⑩蘇黎世政治家黑格史威勒醫生（Johannes Hegetschweiler）在一八三七年扼要道出了許多中產階級的心願，因爲他們儘管精明能幹，卻被排除在決策者之外。不過，也有些布爾喬亞沒有心存這種夢想。例如，斯湯達爾（Stendhal）在一八二〇年代中葉談到義大利的布爾喬亞時就指出：「托斯卡尼（Tuscan）的布爾喬亞生性靦腼，喜好過寧靜生活，自求多福，工作讓自己致富，讓自己得到一點點啓蒙，但從未夢想過要在政府裡有一席之位。」⑪他們追求的是少一點工作和少一點煩惱。同樣的指控也可以適用於其他國家的布爾喬亞。

接下來幾十年，有大量對義大利布爾喬亞的不滿意見與斯湯達爾互相呼應。事實上，不管是在一八七〇年全國統一的之前還是之後，這個國家的布爾喬亞都是屬於溫順的類型。管理這個國家的菁英階層人數極少，而且極少受到質疑。「無所事事樂悠悠」（*Dolce far niente*）這句頌揚閒散的義大利格言就像銘刻在每一家銀行、商店和工廠的入口處似的。中產階級的企圖心和創意——它們是資本主義的要素——在義大利可說是鳳毛麟角。

四十年以後，亦即一八六〇年代，另一位觀察敏銳的法國人H・泰納（Hippolyte Taine）——他是文學史與政治史家，也是銳利的心理學家——遊訪義大利以後說了一番與斯湯達爾如出一轍的話。「在羅馬這裡，有任何程度的道德活力可言嗎？」他問，然後又給出一個狐疑的回答：「我大部份〔義大利〕朋友的回答是：沒有。政府裡盡是道德低落的人。」在教會的羽翼下，義大利政府系統性地摧毀獨立性的思考。「這裡的人都異常聰慧、機捷和精明，但自我中心的程度卻不遑多讓。」也因此，在這些人中間，「進取心和行動是不受歡迎的，懶散反而備受推崇。」⑫如果其他觀察者還有什麼可以補充的話，那就是這個國家貪污嚴重；北方富有的布爾喬亞對南方地區的駭人貧窮和文盲現象無動於衷；他們對工作的態度是不加掩飾的厭惡。這些指控一點都沒有錯，因爲義大利的工業化程度遠遠落後於歐洲其他國家，而它最可觀的產業（如鋼鐵業）也主要是由政府而不是由個人經營。所以，義大利的布爾喬亞儘管見證了發生在他們半島上的種種大變動，但所做的事主要只是坐著和等待。

然而，其他國家在經驗過激烈變遷後，卻學會了怎樣應付各種震天動地的新事物，並設計出各種政治工具——如擴大投票權——去保持社會的平靜。不同國家的中產階級選擇的是不同的道路，儘管他們大部份都經歷過鄰國所經受的挑戰：一八四八年點燃於法國而又迅速波及其他國家的革命浪潮。這些革命基本上都是由中產階級發動，以勞動階級作爲武器和犧牲者，而且大部份以失敗告終。沒有錯，到了一九〇〇年前後，中產階級對政權的分享程度要遠大於一世紀以前——只不過還遠遠談不上是大權在握。

這是今天大部份歷史學家的史觀，但在十九世紀，政治的研究者卻不是這樣看的，他們認爲，至少在法國，中產階級基本上自法國大革命以後就掌握了政治大權（譯註：自法國大革命以後，法國的政局相當動盪，政體更迭頻仍，爲方便讀者理解，我們在這裡略述如下。法國大革命後，法國於一七九二年宣佈成立共和國，史稱「第一共和」；一七九九年，軍事強人拿破崙發動政變，自任執政，又在一八〇四年加冕爲皇帝，史稱「第一帝國」。一八一五年，拿破崙敗於滑鐵盧，波旁王朝復辟，是爲復辟時期。一八三〇年七月，巴黎發生「七月革命」，推翻波旁王朝，奧爾良公爵路易—菲力普被議會宣佈爲國王，史稱「七月王朝」。一八四八年，全面性的經濟危機觸發了「二月革命」，路易—菲力普退位，「第二共和」成立。同年十二月，路易・拿破崙當選總統；三年後，路易發動政變，一八五二年十二月即皇帝位，稱拿破崙三世，是爲「第二帝國」。帝國的頭七年，拿破崙三世採專制獨裁政策，後改採自由化政策，但這時普魯士已經崛起。一八七〇年爆發了普法戰爭，德軍在色當大勝，拿破崙三世被俘。巴黎人民要求宣佈共和，革命未經流血便告成功，是爲「第三共和」。其後尚有「第四共和」及「第五共和」，但已不在本書範圍內，玆不贅）。如果當時有誰對這種論點有疑的話，那自一八三〇年的革命之後，他們大部份都閉嘴了。這場革命推翻了自十五年前拿破崙敗於滑鐵盧以後就重新掌權的波旁王朝，讓較溫和的奧爾良派（Orléanist）登上了權力高峰。無數漫畫都把新國王路易—菲力普（Louis Philippe）描繪爲一個家庭幸福、喜歡拿雨傘散散步的布爾喬亞。既然他是個布爾喬亞，難道他不會爲自己的階級設想嗎？早在一八三六年，謝瓦利埃（Michel Chevalier）——一位公僕、旅遊作家，後來又成了拿破崙三世的顧問——就用一語概括他對當時政治的認知：「今天人們普遍承認統治法國的是中產階級。」⑬幾年後，德國詩人海涅（Heinrich Heine）在其流寓地法國也把他的時代稱爲「工業化的、布爾喬亞的時代。」⑭

十九世紀最深刻的政治評論家托克維爾（Alexis de Tocqueville）的背書讓這個主張更加歷久不衰。在其回憶錄裡，托克維爾給了布爾喬亞一個不情不願的頌揚：「在一八三〇年，中產階級的勝利是那麼的確定和徹底，以致於所有的政治權力、所有的特權，乃至於整個政府都被包攬在這單一階級的狹窄範圍裡。」也因此，他們「在各個政府機關如魚得水，人數大肆增加，並愈來愈習慣於靠公共財富過活——其程度幾乎不亞於靠自己的努力過活。」⑮托克維爾相信，布爾喬亞的這個征服激烈改變了法國人的心性（mentality）：原爲布爾喬亞所獨有的價值觀、人生觀開始得勢，成爲一種跨階級界線的主流態度。在他看來，這不是個值得高興的發展趨勢。

在左翼的一邊，馬克思也像托克維爾一樣，認定中產階級已經得勢。他論稱，即便是一八一五年的波旁復辟（Bourbon Restoration）試圖要恢復十八世紀的舊秩序，並在表面上擺出篤信宗教和忠君保皇的姿態，但實際上，國家的管理權已落入布爾喬亞其中強有力的一支——即大地主。然後，從一八三〇年以迄一八五一年，也就是路易・拿破崙仿效其叔父（拿破崙一世）的榜樣透過一次軍事政變成爲法國的主人之後，其他部門的布爾喬亞（商人、工業家和銀行家）也開始操弄政權。而在民衆起義的年代（如一八四八年六月的工人起義），當工人跑上街頭要求一些他們應得的革命果實時，布爾喬亞已事先與其他群衆的屠夫聯合好，並帶頭建立起由秩序黨（Party of Order）所領導的壓迫性政權。最後，馬克思指出，即便是在拿破崙三世大權獨攬的第二帝國時期，布爾喬亞仍舊繁榮滋長。這一類自信滿滿的主張特別讓人矚目之處是它的口吻：它們聽起來就像是在述說一個耳熟能詳和無可辯駁的眞理。但這個主張事實是問題重重的。那些實際在政治戰場上爲擴大布爾喬亞參政權而奮鬥的活躍份子會比他們知道得更清楚。事實上，當時歐洲有相當多國家（包括德意志大大小小的各邦國）都是由沒有憲法約束的專制政權所統治，不然就是由一些凡事都屈從君主意志的議會掛名統治。

布爾喬亞的政治影響力從來不曾與他們的選舉人數相當。其實，就連偉大的自由主義者J・穆勒（John Stuart Mill）也不得不承認，統治者無可避免只能依賴一小撮人爲他出謀獻策，而這些人大多隱於幕後。這群菁英的決策權要比投票大衆的大得多，而他們的決策通常都是在公衆不知情的情況下作成的。只要一小群將軍、主教、君主的心腹或銀行家往往就足以決定大政的方向。無疑，大部份有關政商勾結的指控都屬子虛烏有，是不負責任的新聞記者爲滿足無知大衆胃口炒作出來的，但這些傳聞至少有一部份是眞的。談到大得足以影響政府施政的財團，我們很自然會想到如佩雷爾兄弟（Péreire brothers）的「動產信貸銀行」（Crédit Mobilier）和美國的「摩根公司」（J. P. Morgan's）——後者在一九〇七年幾乎是隻手挽救了美國的信譽。

儘管如此，有些布爾喬亞仍然幻想選舉是可以讓他們發揮壓力的一根槓桿，特別是在有自由派的報紙願意爲他們說話的時候。不過，這種壓力在大部份國家都被抵消掉：因爲投票是公開的，那些受雇於地主富豪的公民投票時理所當然會順從主人的意願。另外，一支由書報檢查官和便衣密探組成的大軍也讓任何最溫和的批判聲消音——這支大軍最活躍的時期是一八一五年至一八四八年，也就是梅特涅（Metternich）（譯註：奧地利政治強人，自一八〇九年起主持奧地利外交凡四十年，一八二一年至一八四八年間任首相，是反動派的大將，以歐洲舊秩序的維護者自居）以歐洲警察自居的年代。⑯而在一些實行僞議會政體的國家（如俾斯麥的德意志帝國），因爲內閣是對皇帝負責而不是對立法議會負責，投票行爲左右權力槓桿的力量更是微乎其微。

尤有甚者，當權者很快就學會怎樣去操縱只對少數人民開放的選舉活動，其手段包括了威脅、賄選，以至於造票。政府雇員會怎樣投票是可想而知的，而其他人的投票傾向同樣不難預測。因此，政治——它對數以萬計的布爾喬亞來說是一種全新的經驗——對理想主義者來說只是一種幻滅的經驗。不過，在美國和英國之類的國家，隨著現代政黨的出現、反對黨的合法化和報紙的部份鬆綁，投票行爲能發揮制衡作用的時候還是不少的。

作爲一種十八世紀的遺產，投票權資格的標準應該何在的爭論，是維多利亞時代歐洲與美國一個重要的公共議題，而它也再一次凸顯出中間階層內部的緊張關係。意識形態的分歧讓布爾喬亞的自由派和民主派互相爲敵，而這兩者又同時是布爾喬亞保守派的敵人。哪些人應該有選舉權呢？哪些人又有資格充當議會的候選人？這些爭論最壁壘分明的一個例子發生在一八四八年法蘭克福的德意志邦聯議會。當時，議員們的目標是爲展望中的統一德國制定一部憲法（這個努力的下場相當可憐，因爲憲法草案後來被普魯士國王威廉四世（Wilhelm Ⅳ）輕藐地否定掉，但這是題外話）。起草憲法的過程中，其中一個最讓議員們彼此劍拔弩張的爭論就是選舉權資格該放寬到何種程度才算適當。民主派的議員（他們是議會中的永恆少數）勇敢地主張，光是擁有財富並不保證一個人具有獨立的心靈，而一向被認爲是理想選民的公務員和教授，也不見得比聰慧的工人更沒有偏見。但自由派的議員卻表示反對，認爲不識字的農人或工人並沒有足夠的理性可以克盡公民義務。他們又警告說，放寬選舉權資格只會帶來現代形態的凱撒主義（Caesarism）（譯註：透過人民的支持而產生的專制統治，因爲這種做法是始自凱撒，故稱凱撒主義）：即透過選舉而產生的獨裁者，而群衆投他的票，只是出於盲目崇拜；換言之，選舉權帶給他們的並不是自由，而是一種新奴役。

現代凱撒主義的觀念在十九世紀中葉開始受注目，它引發了中產階級之間的激烈辯論。馬克思覺得這觀念不倫不類，但有些人卻覺得它關係重大。因爲下層民衆是容易被煽動的，透過一些原始術語和大搞個人崇拜，普選將可讓中產階級選民失去作用。俾斯麥就語帶嘲諷地說過，想要搞垮議會政體，一個好方法就是實施議會政體。一八六六年，身爲普魯士首相的俾斯麥建議成立一個由全體成年男性普選產生的德意志議會，又這樣安撫一位對此憂心忡忡的政治盟友：「在一個有君主傳統和忠君感情的國家，普選將可保障王權，消除布爾喬亞自由派的影響力。」⑰

中產階級的政治家警覺到這種危險性，知道它比舊式的君主專制更有威脅性，所以爲了自身的利益而鼓吹投票權資格的有限度擴大。他們希望投票權可以擴大，但又不要擴太大。君王固然會信誓旦旦自稱爲人民的僕人，是把他選出來的人民的意志的體現者，但自十九世紀中葉以後，很少自由派會相信這一套。他們知道自己的政治利益何在，而且對政治史了解太透徹了，不會不記得拿破崙一世和拿破崙三世就是利用普選作爲登上權力巔峰和賴著不走的工具。

上面這一番的概述，讀起來讓人覺得中產階級之所以追求政治影響力，不過意在保障自身的利益，特別是經濟利益。但這是一種偏頗的解讀，會把複雜的人類動物化約爲一種只求賺錢的工具。在十九世紀，偏袒工業、農業和商業利益的立法無疑比比皆是，而且幾乎是毫無掩飾的。人們用來合理化這些立法的說詞，是說資本家獲得的利潤將可嘉惠整個社會。但並不是所有布爾喬亞政治家都只關心經濟利益。有些懷抱理想主義的布爾喬亞致力於廢除奴隸制度、立法禁止童工、引入離婚制度和把公民權授與宗教少數族群。固然，十九世紀許多以良心爲訴求的修辭不過是掩蓋貪欲和權力欲的一張面紗，然而，它們有時也會是發自具有自我批判精神的「超我」(superego)的眞實呼聲(譯註：「超我」是精神分析用語。弗洛依德認爲，人的人格是由「本我」(id)、「自我」(ego)和「超我」三大系統的相互作用所構成，「本我」是原始本能的部份，「超我」則相當於良知的部份)。⑱

三

有待那些爭取擴大投票權的鬥士攻克的戰場相當遼闊：除美國外，行憲國家的投票權都是很狹窄的。大部份的布爾喬亞都被排除在外，而且即令這些國家後來進行了一些不情不願的改革，他們還是常常被排除在外。在這種氣氛下，只有初生而自信的美國能夠突破傳統的二分法，不認爲有些國民是有資格投票而有些國民無此資格。從十九世紀初起，美國的演說家與社論主筆就不斷主張應該把他們蒙福的國家區隔於反動的歐洲。到一八五〇年代，美國已經可以自誇是個普選制的國家，儘管在實際上，有兩個重要的範疇仍然被排除在外：奴隸和婦女。前者在南北戰爭後獲得投票權（至少法律條文是這樣說），而後者則要等到十九世紀末：第一個把投票權授與女性的州是新成立的懷俄明州，時爲一八九〇年，科羅拉多州、愛達荷州和猶他州很快跟進。但歐洲人卻不爲所動，他們自以爲高美國一等，認爲美國只是一個牛仔遍佈的蠻荒之地，不存在任何高級文化，沒有什麼是值得他們學習的。

話雖這樣，歐洲大陸上的布爾喬亞仍然取得了長足的進展，儘管是斷斷續續的。在人口超過兩千六百萬的法國，一八一四年波旁復辟後所採取的憲章把投票權侷限在年繳稅超過三百法郎的公民。這表示，全法國只有百分之一的成年男性（約九萬人）是有權投票的。但想要能成爲議會的候選人則還要再經過一張網眼更細的篩子：至少繳一千法郎的直接稅。這使得有可能坐進議會裡的只有區區的一萬五千人。這些人大多數是大地主，其次是上層官僚和貴族（這兩者一般都擁有土地）。著名律師的比例大大增加了，再來是一心只想封爵的財閥、除坐穩位子別無他求的公務員，就這樣，布爾喬亞的利益被拋到了一邊。⑲

波旁王朝的垮台（一八三〇年）所帶來的改變要比乍看爲少。除了一批新官員的就任和大批舊官僚被殺害以外，政治菁英的性質幾乎和先前沒兩樣。議會裡最大的贏家是律師，商人的數目只微微增加。但無可否認，布爾喬亞對政策的影響力增加了：隨著貴族退回到他們的莊園，富有的中產階級法國人開始認眞介入他們國家的政治文化，讓立法的氣象爲之一新。儘管如此，這和現代人的布爾喬亞掌權的神話仍然相去甚遠。

沒有錯，七月王朝（July Monarchy）是在一八三一年把選舉權資格放寬了，讓選民的人數幾乎增加了三倍。但這只表示約二十五萬的法國成年男性（約爲全人口百分之三）有選舉權。相似的，一八三〇年才從荷蘭獨立出來的比利時，擁有選舉權的也是相同比例的成年男性。即使半個世紀之後，認爲政府應該由有產者來掌管的，仍然大有人在。在一八七〇年，甫獨立的義大利（它經歷了幾十年的軍事行動和外交斡旋後才得以統一的）總計有兩千七百萬人，但只有五十萬上下成年男性（約爲全人口百分之八）擁有投票權。一八八二年的選舉改革降低了投票年齡和繳稅的門檻，因而讓選民的人數增加了四倍。這種成長聽起來耀眼，但政權由少數人把持的情況實質沒有多大改變：選舉由當權者操縱，充滿弊端。當時義大利中產階級的規模仍然不起眼，連小商人、小地主、文員在內的所有的小布爾喬亞加起來才七十五萬人，而且主要是集中在北部地區。⑳十九世紀末的瑞典也好不到哪裡去，只有約三分之一成年男性享有選舉權，而這還是好幾次擴大投票權的結果。

這些艱苦的演進聽起來讓人覺得歷史對自由派布爾喬亞政治日程的讓步相當勉強。然而卻有一個國家是例外：英國。它在一八三二年至一八八五年通過了一系列的法案，讓投票權不斷擴大，最後甚至讓最上層的工人階級也獲得這種權利。很多人主張，著名的「第一改革法案」（The First Reform Act）對於打破貴族與仕紳長久壟斷議會的現象是決定性的，但事實上，該法案只是讓當時的寡頭政體得到合理化和擴大一些而已，因爲國會議員都是無薪給的，所以他們要不是本身有資財，就得要有贊助人的支持。反觀一八六七年的「第二改革法案」（The Second Reform Act）倒是眞的向投票權的擴大邁出一大步，而它也催生了兩項回應廣大民衆政治需求的重大立法：一是一八七〇年的普及教育法，它是爲了讓全民可以成熟得足以參與政治而制定的；一是一八七二年通過的無記名投票制度，它大大增進了投票時的隱私權，可說是布爾喬亞最高價值觀的一大勝利。

儘管如此，有別於一般所認定的，十九世紀的英國就像其他歐洲國家一樣，其統治權並不是操在布爾喬亞手裡——還不是。一八五九年，J．穆勒在其論自由的名文裡宣稱英國的統治階級「主要是中產階級」。那之前十多年，恩格斯也說過類似的話：「就像其他文明國家一樣，〔英國的統治階級〕是布爾喬亞。」㉑然而，半世紀以後，生命快到尾聲的恩格斯卻體認到他先前的斷言是不正確的，發現「富有中產階級」的「溫順」超過他的想像。正因爲他們的溫順，才會讓「所有重要的政府職位幾乎全爲有土地的貴族所包辦。」㉒他的後思比他的前思要精確多了。儘管如此，布爾喬亞的挺進還在持續中。

並不是所有維多利亞時代布爾喬亞的政治奮鬥史都是一部成功史。與英國形成強烈反差的是史尼茨勒的祖國，因爲它的布爾喬亞（特別是其自由派右翼）在政治奮鬥上遭到了災難性的挫敗。在從一八六七年起就稱爲奧匈帝國的這個多民族混合體裡，中產階級從未獲得穩固的群衆基礎，所以注定只能眼睜睜看著鬧嚷嚷的民族主義者、反猶太人的種族主義者和黨同伐異的政客取得勝利。其中一個小布爾喬亞政黨是基督教社會黨（Christian Socials），它小心翼翼強調自己的中產階級屬性，想要爭取到被百貨公司擠壓的小店東和被工業化取代的工匠的支持。儘管如此，手腕高明的反猶太主義政客盧埃格爾（Karl Lueger）還是在一八九七年當選爲維也納市長。

即使在其全盛時期，奧地利自由派的布爾喬亞也從未敢妄想取得政治的主導權。當革命熱潮在一八四八年延燒到哈布斯堡王朝的領土、改革大有厚望的時候，中產階級仍然忠心耿耿支持新皇帝約瑟夫（Franz Joseph）的專制統治。在那段使人興奮的日子，固然是有一小群中產階級的活躍份子曾經提出過分享若干政策制定權的願望，但他們都聲稱是王權的堅定支持者，給人的印象是他們是政治演變中的獲益者而不是推動者。與他們的德意志鄰居相比，奧地利布爾喬亞的人數較少，在工商業方面也不是那麼積極，工業主要是靠國家而不是私人資本扶植。因此，不管是住在義大利屬地（譯註：指奧匈帝國在義大利的屬地，其時義大利尚未統一）、匈牙利，還是奧地利的布爾喬亞極端份子都不足以對朝廷構成威脅。中產階級固然是對法律的自由化改革感到高興，但那不是他們的功勞；政府每對報紙放寬一點，他們就多受惠一點，但那也不是他們自己爭取的。同樣的，政府在一八七三年進行的選舉改革——此舉讓多了大約百分之六成年男性獲得投票權——也不是他們爭取來的。

對奧地利的猶太人來說，一八四八年之後的數十年間曾是個充滿希望的年代：猶太人的禮拜自由受到立法保障，針對猶太人的苛捐雜稅取消了，專業和政府職位也向他們開放了。一八六〇年，當自由派在維也納取得執政權時，猶太人的前景更是前所未有的亮麗。弗洛依德回憶說，在那時候，「每一個猶太小孩都會放一份內閣閣員一覽表在書包裡。」這也是約翰・史尼茨勒醫生開創其輝煌事業的年代。當時，反猶太主義仍然看似只是個無傷大雅的邊緣現象。一八七〇年代初當史尼茨勒唸文科中學時，班上只有一個反猶太主義者，而且受到其他同學鄙夷，被認爲是勢利的笨蛋。㉓但事情即將有變。

在這種氣氛下，史尼茨勒和他文學界的朋友自是認爲他們大可不用過問政治。他的日記顯示，當反猶太主義在一八九〇年代演變成爲一種壓迫性現象時，他有時會與朋友談這個不愉快的話題——但只是談一點點。一八九七年十一月底，當盧埃格爾當選市長、街上一片鬧哄哄之際，與朋友坐在咖啡館裡的史尼茨勒在日記裡記道：「就連我們也談政治了。」㉔儘管如此，至少到第一次世界大戰爆發以前，這些談政治的時刻對他還是很稀有的。如果投票的話，他會投給社會民主黨（Social Democrats），但在他的想法裡，政治只是社會一項重任——減少飢餓——的可憐代替品。「偉大的政治家，」他在日記裡這樣說：「要嘛是偏執狂，要嘛是拿人類下注的大賭徒。」㉕他不知道，這種對公共事務的漠不關心或反感，乃是奧地利布爾喬亞負擔不太起的奢侈。

奧地利布爾喬亞的溫順性格之所以殊少受到注意，其中一個理由是他們同時代的評論家常常強烈高估中產階級在政治與文化上的影響力。這些評論家把願望轉化爲事實，但只是停留在腦子裡的事實。其中一個例子是維也納樂評界的沙皇漢斯立克（Eduard Hanslick）。一八六九年，他在其深具權威的音樂史著作中指出，維也納的音樂盛名之所以無可匹敵，主要是奧地利愛樂學會（Society of Austrian Friends of Music）之功；繼而，他又讚揚該會是「純粹的布爾喬亞產物」，「是由酷愛音樂的中產階級的積極熱忱」所支撐起來的。㉖但事實上，其保護者和主要幹部幾乎清一色是貴族，而經費則極端倚賴國王和朝臣的贊助。

漢斯立克並不是唯一誤導讀者的人。一位化名瓦西里伯爵（Count Paul Vasili）的法國記者在走訪過維也納以後告訴讀者，不管在「商業、工業還是農業方面」，布爾喬亞都「主導了所有的專業，在國家雇員裡佔有最大比例，是公共生活中最強有力的元素。」教授、科學家、藝術家和文學家都從中產階級裡招募到「最顯赫的代表」。他認爲這是很自然的，全是布爾喬亞基本特徵——「其不間斷的勤奮、其聰慧、其財富」——恰如其分的結果。他在結論裡說：「布爾喬亞業已成爲了奧地利政治事務中佔優勢的元素。」㉗如果一個自由派的維也納布爾喬亞在一九〇〇年前後讀到這文章，一定會爲過去的美好歲月發出緬懷的喟嘆，哪怕我們回顧歷史會知道，維也納布爾喬亞在十九世紀晚期的政治處境已經算是好的了。

然而，不管何處，對分享決策權的渴望，業已牢牢釘在那些具有政治熱情的布爾喬亞腦中。自十九世紀初以還，西方國家的政治地圖就是色彩斑駁的：有實施君主專制的，也有實施君主立憲的；有實施總統制的共和國，也有由議會主導的共和國。而不管有多麼曇花一現，拿破崙對歐洲的征服仍然在萊茵河以東激起了中產階級長久不衰的政治意識——這種意識是法國以北的國家和英國早已在相當程度上存在的。一八二〇年，比誰都更想把法國大革命和拿破崙釋放出來的妖怪塞回瓶子裡去的梅特涅告訴俄皇亞歷山大一世（Alexander I）：社會中最受「自大」這種「道德壞疽」侵蝕的，主要是中產階級。㉘他不知道，中產階級的這種自大將會以各種不同的形式出現，而且不會死去。

四

長久以來，人們都習慣把維多利亞時代的中產階級比擬爲金字塔：底部非常寬，頂部非常窄，坡度非常陡。來自比利時、荷蘭、德國和其他地方的統計數據都能佐證這個傳統圖像的正確性。在十九世紀中葉的法國，一個教員一年的薪資是一千五百法郎，而如果他能夠勤勤懇懇工作多年、最後被選上當校長的話，收入就可以加倍。爬升到小布爾喬亞地位的能工巧匠一年可賺一千八百至兩千法郎，這個數字，相當於一個政府公務員的起薪點。生意興隆的店東可望一年賺五千法郎，但即使只有四千法郎仍然不會破產。這一層再上去就是有錢人的層次。律師、醫生、工程師一年最少賺八千法郎，而如果時地得宜再加上夠專業和有社交手腕，那賺比這數字多好幾倍的錢也不是不可能。一個較高階的公僕（如警察局長）一年薪水是一萬兩千法郎，而如果他的位子坐得夠穩夠久（也就是得到上級的歡心），薪水就說不定可以加倍。再上一層就是財富的同溫層，而能夠呼吸這薄薄一層空氣的人包括了藝術名家、銀行家、出版家、企業家和投機者。

這些人賺的錢有多可觀，從以下的例子可見一二：在其事業的早期，莫內（Claude Monet）一幅畫的售價是三百法郎，即超過一名教師兩個月的薪資。

只要我們視之爲一個有彈性的結構，那金字塔的模型是有用的。隨著歲月的流轉，中層和上層的布爾喬亞在人數、財富和政治影響力方面都增加了，反觀低層的布爾喬亞則只在人數上有所增加。工業、銀行業、貿易、保險業和政府的不斷擴大都亟需人力灌注，對文員、售貨員、簿記、海關人員和郵務士的需求極其殷切。在一八八二年至一九〇七年間的德國，儘管工廠主和礦場主的人數微微下降，但工廠工人的數目卻倍增，而白領雇員的人數更是增加了七倍。國家膨脹成爲一個大雇主：在一八四一年的奧地利，帝國和地方政府雇用的公務員約十三萬人，但到了十九、二十世紀之交，這數字卻上升爲三十四萬。布爾喬亞金字塔的膨脹是如此的壯觀，以致人們爲其底部的一群人取了個專有的名字：德國人稱之爲「中間階層」（*Mittelstand*），法國人稱之爲「新層次」（*nouvelles couches*）。

這些「新層次」見證了瀰漫在維多利亞時代的不穩定性：那是一個爆炸性和變遷無所不在的世紀。這是一個關鍵點，我稍後會回過頭再討論。目前我們只需要知道一點：儘管這種轉變讓很多人受惠，但卻不包括小布爾喬亞。它的成員必須賣力工作，才可望在繳了房租和買了食物以後，還可以有一點餘錢。他們能夠享受的奢侈寥寥無幾，而且對他們來說是奢侈的享受，對較富有的布爾喬亞只是天經地義的事：到餐館吃一頓晚飯，上音樂廳，外出度假，買一件新的大衣，或買舒適家具。他們會剪下雜誌上的圖片，貼在牆上當裝飾；他們會在子女一屆法定工作年齡就把他們推入勞力市場，幫補家計；他們反對保護勞工的立法，因爲這將會讓家裡少一份收入。他們對掉入無產階級的害怕是很眞切的，這一點說明了，他們爲什麼會那麼堅持兒女要謹守布爾喬亞的禮節和道德標準。他們也許會在發薪日放縱自己一下，但無論如何他們都要當體面的人。他們可不願被人當成無產階級！

這種害怕心理，解釋了爲什麼儘管中產階級內部有種種分歧，仍然享有共同的身分認同。因此，可以說，布爾喬亞的身分認同很多時候都是靠著與對立面的對比而產生的。一八八三年八月，弗洛依德在寫給未婚妻瑪爾塔・貝內斯（Martha Bernays）的信中，談到她在漢堡一個節日上看到的那些喧鬧不堪的勞工階級（她是在上一封信裡提到這個的）。「不難顯示，」他說：「那些『民衆』判斷、相信、希望和工作的方式都相當不同於我們。一般人（common man）的心理學是與我們那一套相當有別的。」[29]他繼而又說，這些「烏合之衆」會即時向自己的感情衝動屈服，而換成是受過教育的布爾喬亞，則知道那是必須加以控制的。跟著他又自問自答：爲什麼我們布爾喬亞不能喝醉呢？因爲宿醉帶給我們的痛苦要大於飲酒帶給我們的快樂；爲什麼我們不能每個月換一個愛人？因爲每一趟分手都會撕去我們一小片的心。

這是一篇極具啓發性的文本。它確立了感情（以及對感情的專業研究——即心理學）在研究維多利亞中產階級時具有一席之地。它提醒我們，布爾喬亞的性格主要是建立在一些抑制上的：如果是中產階級，就有些事是他不會容許自己去做和有些話是他不會容許自己去說的。但如果布爾喬亞的座右銘是「克己」的話，那並不代表他們的激情是微弱的，而只表示他們的激情是經歷過鍛冶的（用弗洛依德的話來說就是經過「精煉」〔refined〕），而這是粗野的農人、工人和放縱自我的貴族不會去做的。在弗洛依德的說明裡，現代的布爾喬亞乃是一些把原始衝動昇華得比任何階級和大部份時代更徹底的一群人。但精煉並不代表否定：我在這本書想要指出的其中一個重點就是，維多利亞時代的布爾喬亞男女也會追求快樂，而且不只是在餐桌上，也是在床上。就此而言，熱切追求性征服的史尼茨勒並不是其階級的典型成員，因爲布爾喬亞對快樂的追求一般都是謹愼、溫和和有節制的。

然而，還有另一個消極因素把十九世紀布爾喬亞推向一種共享的身分認同：他們在每一個大城小鎭裡都是鮮明的少數。正是這個事實讓他們許多人選擇住在市郊。有可靠的數字顯示，在每一個都會區，中產階級佔全部居民的數字，只有百分之十到十五（絕少超過此值）。不管自覺或不自覺，他們常常都會遇到無產階級：他們家中的僕人、他們房子工地上的建築工人、他們工廠裡的工人。他們也會在走過貧民區時遇到無產階級，更不用說的是乞丐和妓女——如果還有一點點慈善心腸的話，這些刺目的形象在在會提醒他們，這個富裕的社會並不是沒有受害者，有些還是他們一手造成的。

當然，有許多方便的方法是布爾喬亞可以用來把那些幾乎將他們重重包圍的普羅大衆擋在外面的。例如，他們可以用財產作爲投票權的門檻，可以群居於一些高尚、昂貴的街區，可以把小孩送進窮人上不起的學校，可以選擇一條不會經過無產者聚居區的上班路線。另外，他們也可以憑著穿著、飲食、腔調、品味，把自己區別於「低等人」。但不管用的是什麼方法，他們的心態都印證了弗洛依德對未婚妻所說的：「一般人的心理學是與我們那一套相當有別的。」

在動盪的年代（從法國大革命到第一次世界大戰爆發的那個世紀當然是動盪重重的），低下階層群衆佔大多數的現象讓布爾喬亞感到備受威脅。爲此，他們採取了一些防衛策略，其中包括與貴族或煽動政治家結盟。在這些時代，布爾喬亞成爲我所說的「秩序黨」的領導角色（譯註：秩序黨原是指法國第二共和時期立法議會中保守派，他們強調宗教、家庭、財產、秩序，以秩序作爲政治主張的核心，因而被稱爲「秩序黨」。作者這裡只是借喻，並非實指）。法國大革命的記憶留駐在大部份布爾喬亞的記憶裡長達至少半世紀之久。它讓一些人雀躍不已而讓大多數人感到害怕，但不管怎樣，這種記憶都爲不同布爾喬亞的心靈提供了紮實的聯繫。

五

維多利亞時代的布爾喬亞還有一個對立面：他們的敵人，即一群兇猛而人數愈聚愈多的前衛畫家與小說家。許多人之所以會忽視中產階級的內部分歧性，這群人居功匪淺。不過，他們會把中產階級視爲一個高度同質的單一體也是自然不過的：人總是習慣把敵人視爲一個好辨認的壞蛋，全無美德可言，惡德則無一不備。這群布爾喬亞敵人的成員包括了畫家、小說家、劇作家、文評家、政治極端份子、抱先進觀念的記者和被中產階級權勢上升所激怒的貴族，他們加在一起，畫出一幅世人皆知的畫像：十九世紀的布爾喬亞是虛矯的、物質的、庸俗的，缺乏慷慨和愛別人的能力。有時候，如果有需要，他們也會爲布爾喬亞另畫一幅低貶程度不遑多讓的畫像：貪婪、不擇手段、冷酷無情，盡情剝奪勞工階級以自肥。在他們眼中，被卡萊爾（Thomas Carlyle）譬爲「工業化艦長」的金融家和工廠主，充其量不過是些土匪頭子。

這些對中產階級的不同觀點不必然是不相容的。對最具敵意的攻擊者而言，分站在布爾喬亞光譜兩頭的人——一頭站的（或跪的）是卑躬屈膝的小職員，另一頭站的是高高在上、冷酷無情的企業家——都是同一類人。左拉（Emile Zola）就是這樣認爲的人，而他甚至把「布爾喬亞」一詞本身當成貶稱，當成羞辱別人的武器。例如，當天主教作家多奧勒維利（Barbey d'Aurevilly）認爲歌德（Goethe）與狄德羅（Diderot）都不值一提時，被激怒的左拉這樣罵他：「布爾喬亞，猶有甚者，是個外省的布爾喬亞！」㉚

這種態度已經夠嗆的了，不過，在維多利亞時代，對布爾喬亞最恨之入骨的還是要算福樓拜（Gustave Flaubert）。終其一生，福樓拜都爲反對布爾喬亞這個他自己所屬的階級而戰——他說他們讓他作嘔。一八六七年五月，他在寫給喬治桑（George Sand）的信上說：「鐵律：仇恨布爾喬亞是一切德行的開端。」㉛（譯註：這是仿《聖經》的話：「敬畏耶和華是智慧的開端。」）但這種恨在他不是什麼新鮮事物，因爲早在十五年前，他就曾用一個字總括他的盛怒：在寫給老友布耶（Louis Bouilhet）的信上，他給自己署名「仇布者」（Bourgeoisophobus）。㉜

儘管史尼茨勒也看不起布爾喬亞，但激烈程度遠低於上述的「仇布者」；他只是把他的階級偏見視爲理所當然。在他那無所不談的日記裡，史尼茨勒把這種藐視形諸筆墨的次數僅兩見。一次是一八九三年，在一戶體面人家作客以後，他在日記裡形容那場合是「布爾喬亞調調和枯燥的」㉝。三年後，他在日記裡又批評一個熟人持的是「愚蠢的布爾喬亞觀點」㉞。就這麼多。

仇恨和藐視中產階級當然不是維多利亞時代人的發明，他們有許多可以援引的古老榜樣。如耶穌就曾經把換錢幣和賣鴿子的攤販趕出聖殿，而中世紀的神學家也痛罵靠借錢食利的商人。而在現代早期（譯註：指十五、十六世紀），生意人、銀行家和製造業者受到來自貴族和世家的嘲笑，一點不比來自庶民的少：他們被說成野心勃勃、市儈、對上帝制定的社會階層感到不滿。而在十九世紀前，歌德筆下的維特（Werther）（譯註：《少年維特的煩惱》中的主角）（他大概是現代反布爾喬亞的第一人和內在衝突最強烈的一個）對身處於布爾喬亞之間備感不自在，也對他們的庸俗和缺乏想像力感到震驚。

這些嘲笑在十九世紀初（特別是德國）被浪漫主義者熱心接收過來。不過，與維多利亞時代的「仇布者」相比，這些反布爾喬亞的先驅仍然相形失色，前者的砲火在密集程度和強度上都是前所未有的。當然，在「仇布者」的砲火隆隆聲中，不是沒有一些「愛布者」（bourgeoisophilia）（譯註：指愛護布爾喬亞的人，這是作者仿「仇布者」自造的詞）挺身抗衡，但音量要小得多。另一方面，對於久居在阿姆斯特丹、漢堡、安特衛普或盧貝克（Lübeck）這些十九世紀商業中心的商人世家而言，韃伐者的叫囂根本不值得他們介懷。他們擁有自己的家族事業王國、豪邸華廈、藝術收藏品和地方政治影響力。掛在他們家中那些十六、十七世紀的祖先肖像畫（有在秤金子的，有在監督工人工作的）在在反映出，十九世紀中產階級的自尊與自信是有一個堅實的傳統在支撐的。在維多利亞時代，不管是「仇布者」還是「愛布者」的聲音，對布爾喬亞都無關痛癢。

不管是一八七〇年代中葉還是其後，維也納人對他們的布爾喬亞——他們挺過了一八七三年五月那場經濟災難（譯註：指一八七三年維也納股票市場的大跌及其後續效應）——的恭維都沒有停過。例如，當一八七九年四月維也納因爲皇帝約瑟夫和皇后伊麗莎白銀婚紀念而舉行盛大巡遊活動時，主要的自由派報紙《新自由通訊》（*Neue Freie Presse*）就在社論裡這麼說：「無論別的人對這對帝國伉儷的禮讚有多麼歡騰、多麼熱心、多麼燦爛，維也納布爾喬亞的禮讚都要讓他們相形見絀。布爾喬亞爲這座帝都獻上了一樣最美也最棒的東西：它本身（譯註：指中產階級本身）。藝術、科學、商業、貿易、工業——所有可以爲這國家締造財富和驕傲的東西——一同見證了維也納布爾喬亞的愛國心與對皇帝陛下的忠誠。」㉟

由此可見，維多利亞時代的中產階級也是有其熱心支持者的，儘管在意見市場上，他們敵人的意見要比支持者的意見遠爲暢銷。儘管「仇布者」的陣營看來是網羅了大部份知識界的菁英，但「愛布者」還是招募到一些有力的支援，其中一位就是邊沁（Jeremy Bentham）的朋友和功利主義的鼓吹者J・穆勒。一八二六年，J・穆勒說出了一番可以代表許多人心聲的話：「這個國家的中產階級（middle classes），」——注意他用的是複數——「其價值、與日俱增的人數和重要性，是受到普遍承認的。這階級長久以來都被他們的上級認爲是英國的榮光。」㊱這是中產階級受到攻擊時可以退守的第一道防線：就連他們的上級都說他們好話。

會恭維布爾喬亞的並不是只有布爾喬亞。因爲就連對布爾喬亞殊少好感的馬克思和恩格斯也忍不住在熱烈批判他們之餘恭維他們幾句。在《共產黨宣言》（*Communist Manifesto*）一個著名段落裡，他們指出：「在其不到一百年的階級統治中，布爾喬亞創造的生產力，比過去一切世代創造的全部生產力還要多、還要大。」作爲忠實的城市人，馬克思和恩格斯語帶肯定地說：「布爾喬亞使農村屈服於城市的統治。它創立了巨大的城市，使城市人口比農村人口大大增加起來，因而使得很大一部份居民脫離了農村生活的愚昧狀態。」㊲如果連共產主義的祖師爺都不得不承認布爾喬亞有其重大歷史貢獻，那他們會有聲譽鵲起的一天就不是不可能的了。

然則，到底是布爾喬亞（bourgeoisie），還是「諸」布爾喬亞（bourgeoisies）？規避問題的一個方法是回答說答案要端視研究者的觀點角度而定。十九世紀中產階級在政治取向、對權威的態度、藝術品味和經濟水平上都分歧巨大，更不要說不同國家的中間階層的不同發展程度。這些分歧在在讓人覺得，複數才是正確的選擇。我在本書裡從未看輕布爾喬亞內部的分歧性，正相反，在每一章我都爲之提供了證據。另一方面，中產階級這張歷史織錦在經過幾十年的演化後，卻又眞的是浮現出某種規則化的圖案：一些跨越國界而爲所有布爾喬亞所共享的意見與態度。它們成爲了一些準確無誤的標誌，讓布爾喬亞一眼就可以認出彼此。沒有錯，托克維爾、馬克思和他們許多同時代人確是大大低估了布爾喬亞之間的差異，但縱使中產階級的繽紛多樣是昭然的，甚至是值得欣賞的，不代表它不能具有某些無所不在的統一性。

大部份十九世紀的布爾喬亞正是這樣看待他們的階級的。有許多思考與感情風格（一些我們前面約略提過，一些我們在後面會再談）都和中產階級的自我定義密切相關。當然，如果說一個人自認爲是布爾喬亞我們就把他歸類爲布爾喬亞，這未免太輕率了些：人是會自欺的（不管是自覺的還是不自覺的），在攬鏡自照時往往會有一些一廂情願。儘管如此，歷史學家不應該對這些自我定義置之不顧，因爲它們是奠基在一些一貫和眞正深刻的體認上的。

維多利亞時代人所希望過的是一種可以自主的生活，與此同時，他們也樂於接受一些外加的框架：家庭、社會和國家。人類制度，特別是宗教，都是帶有權威性的，會要求人作出相當程度的服從，但維多利亞時代人卻認爲，這種社會與精神層面規訓，正是一個可以發揮個人自律性（autonomy）的領域。這種意識形態不是十九世紀的發明，而是一個世紀前的啓蒙運動所揭櫫，但維多利亞時代人卻對它大加修飾，並據爲己用。在啓蒙運動的頭幾十年，艾迪生（Joseph Addison）和伏爾泰（Voltaire）曾率領一支由不羈思想家組成的國際大軍，挑戰歷史悠久的價值觀：他們大力讚揚股票經紀，認爲是這種人而不是好戰的騎士才應該被奉爲社會楷模。他們佈置好了舞台讓一種新的英雄得以上場：和平、寬容、世俗的布爾喬亞，也就是偏好審慎與利潤多於榮耀的人，他們鄙視貴族對組織性謀殺（戰爭）的崇拜。一七七八年，博馬舍（Beaumarchais）把啓蒙運動對舊楷模的憎惡寫進了他顛覆性劇作《費加洛婚禮》（*Le Mariage de Figaro*）裡。在全劇最後一幕，身爲僕人的費加洛以尖刻的言詞把雇主阿瑪維瓦伯爵（Count Almaviva）數落了一頓：「貴族身分、財富、地位、官職，這就是使你引以爲傲的一切！但你付出過什麼而配得到這些好處呢？除去從娘胎出來時費過一些力氣以外，沒有別的。」這些咄咄逼人的形象正是維多利亞時代自由派的立足點。

他們的新偶像是個穿著雙排釦長禮服的男人，手提公事包和一把傘，念茲在茲的都是生意和家人。他是一個體貼的丈夫、慈祥的父親、忠實的生意夥伴，對政治和葡萄酒都是淺嚐輒止，而如果有什麼嗜好的話，都是些不昂貴的嗜好。他會在早餐時看報，而不管有沒有信仰，大概都會在星期天上教堂。他太太是這幅自畫像裡不可缺少的部份。不過，她也自有自己的故事。如果她不能完全接受被分派到的夥伴、管家和媽媽角色（有愈來愈多中產階級婦女是這樣），那她就會比她的配偶更不安定、更具叛逆性。貫穿整個維多利亞時代，中產階級婦女的歷史要比她們丈夫的更曲折複雜，在許多方面也更扣人心弦。她們有更多需要爭取的。

然而，不管十九世紀的家庭在現實上有多麼不完滿，家都是當時中產階級崇拜的聖像，而「家庭幸福」則是被掛在床邊的座右銘。一個匿名美國作者在一八六九年的倫敦期刊《休閒鐘點》（*The Leisure Hour*）上寫道：「一個人的家庭生活是其性格的最佳指標。」㊳我們可以在印象主義的油畫裡看到這些中產階級一家人和樂融融用餐的樣子；可以在舊報刊的圖片看到他們在一八五一年的倫敦萬國博覽會上凝神觀望的樣子；也可以在舞台上、史尼茨勒的戲劇裡看到他們活靈活現，繽紛多樣而引人入勝。

註釋

① David Cannadine 的好些研究都精采地揭示了現代英國的社會層級，並爲階級的比較研究提供了重要貢獻。我認爲以下三本特別有參考價值：*The Decline and Fall of the British Aristocracy*（1990）；*Class in Britain*（1998）；*The Rise and Fall of Class in Britain*（1999）。有關法國的研究，參考 Adeline Daumard, *La bourgeoisie parisienne de 1815 à 1848*（1963）與她那本全面性的綜合之作 *Les bourgeois et la bourgeoisie en France depuis 1815*（1987）。對德國中產階級最權威的考察是 Thomas Nipperdey 在以下三本書中的相關章節：*Deutsche Geschichte, 1800-1866. Bürgerwelt und starker Staat*（1983）；*Deutsche Geschichte, 1866-1918*, vol.I, *Arbeitswelt und*

Bürgergeist（1990）及 vol. II, *Machtstaat vor der Demokratie*（1992）. *Bürgertum im 19. Jahrhundert. Deutschland im europäischen Vergleich*, ed. Jürgen Kocka, 3 vols.（1988）包含了一些論個別國家的論文。Richard Hofstadter的經典 *The Age of Reform, Bryant to F. D. R.*（1955）至今還是悅目和刺激思考之作。有關美國的布爾喬亞，參考以下三本：Stow Persons, *The Decline of American Gentility*（1973）、Karen Halttunen, *Confidence Men and Painted Women: A Study of Middle Class Culture in America, 1830-1870*（1982）和 Kenneth T. Jackson, *Crabgrass Frontier: The Suburbanization of the United States*（1985）。

② A.S., *Jugend in Wien*, 20, 172.

③ See John A. Davis, *Conflict and Control: Law and Order in Nineteenth-Century Italy*（1988）, 113 [*PW*, 5]

④ See P.G., *ES*, 29.

⑤ Tilmann Buddensieg, "Einleitung, " *Villa Hügel. Das Wohnhaus Krupp in Essen*, ed. Buddensieg（1984）, 7.

⑥ See Ernst Bruckmüller and Hannes Stekl, "Zur Geschichte des Bürgertums in Österreich," *Bürgertum im 19. Jahrhundert.* I, 173; Ilsa Barea, *Vienna*（1966）, 290-93.

⑦ For Boucicaut, see Véronique Bourienne, "Boucicaut, Chauchard et les autres, fondateurs et fondation des premiers grands magasins parisiens, Paris et Ile-de-France, " *Mémoires Publiés par la Fedération des sociétés bistoriques et archéologiques de Paris et de l'Ile-de-France,* XL（1989）, 257-335. For Peabody, see Jean Strouse, *Morgan: American Financier*（1999）, 49-50.

⑧ A.S., *Jugend in Wien*, 11.

⑨ See P.G., *PW*, 75-191.

⑩ Albert Tannes, "Bürgertum und Bürgerlichkeit in der Schweiz, " *Bürgertum im 19. Jahrhundert*, I, 198.

⑪ Stendhal, *Rome, Naples et Florence*（1826; ed., 1987）, 289-90.

⑫ Hippolyte Taine, *Italy: Rome and Naples*（1866; trans. J. Durand, 3d ed., 1870）, 272-74. 一八六八年，一個德國旅人伯恩斯泰因（Heinrich Börnstein）對義大利人的淺薄和德國人的透徹作了比較。他說，雖然義大利的統一讓它終於得以擺脫專制政權的枷鎖，但「義大利的布爾喬亞卻沒有培養出自己的獨立意志，也不知道要怎樣在公共事務上盡心盡力。」Martin Clark, *Modern Italy 1871-1995*（1984; 2d ed., 1996）, 29.

⑬ Michel Chevalier, *Society, Manners, and Politics in the United States: Letters on North America*（1836; 3d ed., 1838; ed. John William Ward, 1961）, 382.

⑭ Heinrich Heine, *Lutetia*, part I letter 29（January 11, 1841）. *Sämtliche Schriften*, ed. Klaus Briegleb, 6 vols.（1969-76）, 341.

⑮ Alexisde de Tocqueville, *Souvenirs*（1893; ed. Luc Monnier, 1943）, 26.

⑯ 近期的研究都強調當時祕密警察的數目要比自由派政治家和歷史學家以往相信的來得少。但單是有一些祕密警察存在的事實就足以讓人不敢放言高論。

⑰ Lothar Gall, *Bismarck. Der weisse Revolutionär*（1980; ed., 1983）, 352.

⑱ 我的好朋友、歷史學家 R. K. Webb 正確的指出過：「中產階級的旨趣是很分歧的，難以精確鎖定。」見他的 *Modern England: From the Eighteenth Century to the Present*（1969; 2d ed., 1980）, 224.

⑲「波旁復辟時期最後一屆的下議院（一八二七年至一八三〇年）有三八・五%的成員是較高階的官員，一四・八%從事貿易，金融業或工業，五・二%專業人士，四一・五%是大地主。」Alfred Cobban, *A History of Modern France.* vol. 2, *1799-1871*（1961; 2d ed., 1965）, 78.

⑳ 在一八八一年，「有大約兩萬個『獨立的』地主、食利者和企業家，另有大約十萬名專業人士——醫生、律

師、工程師等……有十萬義大利人在私部門從事體面的白領工作，另有二十萬人是非勞動性的政府雇員，包括了爲數約七萬五千名的教師。」Clark, *Modern Italy*, 29.

㉑ Friedrich Engels, *The Condition of the Working Class in England in 1844*, 95n.

㉒ Friedrich Engels, "On Historical Materialism, " in Karl Marx and Friedrich Engels, *Basic Writings on Politics and Philosophy*, ed. Lewis S. Feuer（1959）, 63.

㉓ A.S., *Jugend in Wien, 77.*

㉔ A.S., November 30, 1897, *Tagebuch*, II, 272.

㉕ A.S., May 10, 1896, ibid., 190.

㉖ Eduard Hanslick, *Geschichte des Concertwesens in Wien*, 2 vols.（1869-70）, I 164.

㉗ Count Paul Vasili（pseud.）*La Société de Vienne*（7th enlarged ed., 1885）, 347-48.

㉘ Confession of Faith: Metternich's Secret Memorandum to the Emperor Alexander" [December 15, 1820], *Memoirs of Prince Metternich, 1815-1829*, ed. Prince Richard Metternich, trans. Mrs. Alexander Napier, 5 vols.（1881）, III, 467.

㉙ Freud to Martha Bernays, August 29, 1883. Sigmund Freud, *Briefe, 1873-1939*, ed. Ernst L. Freud（1960）, 48-49.

㉚ Emile Zola, "Le Catholique hystérique, " *Mes haines. Causeries littéraires et artistiques*（1866）, *Oeuvres complétes*, ed. Henri Mitterand, 15 vols.（1962-69）, X, 47.

㉛ Gustave Flaubert to George Sand（May 17, 1867）. *Correspondance*, ed. Jean Bruneau, currently 4 vols.（1973-）, III, 642.

㉜ Flaubert to Louis Bouilhet, December 26, 1852, ibid., II, 217.

㉝ A.S., January 1, 1893, *Tagebuch*, II, 10.

㉞ A.S., January 28, 1896, ibid., 171.

㉟ *Jugend in Wien. Literatur um 1900*, ed. Bernhard Zeller（1974）, 44.

㊱ James Mill. Harold Perkin, *The Origins of Modern English Society, 1780-1880*（1969）. 230.

㊲ Karl Marx and Friedrich Engels, *Communist Manifesto*（1848; introduction, A. J. P. Taylor, 1967）, 85, 84.

㊳ Anon., *The Leisure Hour*, XVIII（1869）, 109.

第 **2** 章

家，有苦有甜的家①

Home, Bittersweet Home

不管我們怎樣評斷十九世紀的家庭，
家的重要性對維多利亞時代人來說
都不僅只是一種修辭。
維多利亞時代的布爾喬亞家庭
是一個人無法把耳朵摀起來的回音室。

35 史尼茨勒父子因一本紅皮本小日記所生的齟齬，看來是年輕人最常會碰到的家庭風波之一。這種愛恨交織的高張力情緒對峙就像有文字記載的歷史一樣古老，說不定還要更古老：弗洛依德會選擇一部古希臘悲劇——索福克勒斯（Sophocles）（譯註：古希臘三大悲劇家之一）的《伊底帕斯王》（*Oedipus Rex*）——來闡述這種父子衝突，不是沒有深意的。只不過，在維多利亞時代的家庭，少年人的叛逆性格卻格外清晰分明。這是因爲，在現代家庭（社會學家稱之爲「核心家庭」〔nuclear family〕已有半世紀的歷史），可充當家庭衝突緩和者的人並不多。史尼茨勒一共有四個家人：父親約翰·史尼茨勒是傑出的喉科專家，也是兒子望而生畏的人物；母親路薏絲（Louise）是維也納一位名醫之女；弟弟尤利烏斯（Julius）後來當上醫生；妹妹吉塞拉（Gisela）嫁的也是醫生。換言之，這
36 是一個典型的醫生世家和上層中產階級家庭。托爾斯泰說過，幸福家庭都彼此相似；但就父子關係的緊張來說，布爾喬亞家庭彼此亦復相當相似。

十九世紀的中產階級家庭（基本上只包括父母與子女兩代）並不是一種全新的發明。它也不是保守份子眼中鬼怪（法國大革命與萌芽中的工業化社會）的衍生物。只不過，維多利亞時代人卻把小家庭制從一個事實轉化爲一種意識形態。沒有錯，現代家庭並沒有強加給自己一成不變的限制：親族中有人遇到不幸的話，它是容許一或兩個額外成員加入的——比方說一個新寡的祖母或成了孤兒的小表弟。另外，大概會讓人驚訝

的是，現代家庭的平均大小從十七世紀到十九世紀基本上維持不變：也就是一家四點七五口人。史尼茨勒時代的維也納家庭幾乎完全吻合這個數字：在一八九〇年，其平均大小是一家四點六八口人。儘管是歷史的產物，但維多利亞時代家庭長久以來卻一直受到讚美（或指責），被認爲是我們今日處境的導因。自第二次世界大戰結束起，文化評論家就開始哀嘆家庭的沒落——他們會有這種論調，正是以十九世紀的標準來衡量現代處境的結果。

史尼茨勒年輕時的處境也許與同時代的少年無甚差別，他卻特別覺得自己是個受害者。還沒有滿十七歲，他就被要求有大人的樣。「家人因爲我的無羈而有牢騷。」②他在一八七九年六月記道。同年十一月，他再次記下父母對他交友狀況與懶散的不滿。他們的牢騷持續不斷，全都被史尼茨勒扼要記到日記裡。晚至一八九二年，他還在日記裡寫道：「家裡不愉快的討論——說我都三十歲人了，還沒有單獨開診，至於文學創作嘛，又看不到有什麼『錢景』可言。」③

雖然有種種不服從的情緒，史尼茨勒基本上是個順服父母的青年，一如他曾經是個順服父母的少年。他回憶說，自早歲起他就幻想可以「像爸爸那樣」，當個醫生。但這種幻想主要發生在父親帶他坐著馬車到處去逛、在糕餅店給他買糖果的時候。但現實卻沒有那麼令人愉快。父親反覆向史尼茨勒暗示，他應該覺得感激，因爲貴爲醫生與教授的兒子，他比競爭對手要領先一大截。這種露骨話讓「受恩者」（譯註：史尼茨勒在這段日記裡的自稱，帶有諷刺意味）覺得刺耳，心裡相當惱怒。儘管如此，當史尼茨勒在一八七九年秋天考取維也納大學之後，還是把選擇醫學院「視爲理所當然的事」④。父親希望兒子當醫生，所以兒子就跑去唸醫，成爲醫生。當時一如過去，父命都是難違的。

史尼茨勒的選擇是出於責任而不是性向。他一向都酷愛文字，對文字那種魔法般的力量、那種可以同時隱藏和揭示眞理的詭祕能力深深著迷。自兒時起他就寫作戲劇和詩歌，到十八歲那一年，他寫出的劇本即已有二十三部，另外還有十三部是起了頭的。⑤「我感覺得到，」他在醫學院的第一年寫道：「科學於我的意義將永不能與藝術相比。」⑥類似的話他將會一說再說。他流連於舞榭歌台。一八七九年底，他結算過去一季去過哪些地方時（他日後也喜歡每個月底結算自己有過多少次性高潮），得出如下結果：去了十五次城市劇院（Stadttheater）、十四次宮廷劇院（Burgtheater）、十一次歌劇院和最少十九次交響樂演奏會。⑦與音樂和舞台相比，醫學對他殊少吸引力。他感興趣的醫學領域只有精神醫學及其使用的兩種神祕方法：聯想與催眠。這種興趣，預示了日後作爲其小說正字標記的心理學探索。

他有好一段時間都處於父親的監護下。他曾奉父命去了一些外國首都進修專業技能，而有五年時間，他都是父親看診時的助手（至其父一八九三年過世爲止）。史尼茨勒本來就出版過一些短篇小說和獨幕劇，父親死後，他開始逐漸荒廢行醫的工作，把更多時間投入寫作。然後，到了三十出頭，他完全放棄行醫，走上自己的道路，也就是文學的道路。行醫讓他覺得無聊乏味，唯一值得稱道之處只是帶給他一些易勾引的年輕漂亮女病人。

在他原屬的那個小世界裡，作家身分在許多布爾喬亞看來都是不太體面的，而且幾乎無利可圖。史尼茨勒的父親在學生時代也寫寫劇本，但他擔心兒子不是塊料，無法靠賣文爲生。很多中產階級家庭都反對兒子靠搖筆桿討生活：因爲信奉工作的福音（the gospel of work）（譯註：「工作的福音」一詞是指維多利亞時代人把努力工作視爲一種福音看待的態度，作者後文有專章討論這個問題），他們受不了一個成年男子靠創作小說爲生，認爲那不啻是靠說謊討生活。不過，也有一些史尼茨勒的同時代人經歷過與他類似的生活轉折。其中一個是波特萊爾，他因爲迷上詩歌而千方百計拒絕唸法律——那原是他父母極力鼓吹的，認爲是進入外交界的好階梯。另一個是福樓拜，他的父親和史尼茨勒父親一樣，都是名醫，也同樣不了解兒子的文學天分。在父親的安排下，福樓拜本來注定要成爲法律人，後來卻因爲得了一種威脅生命的怪病而輟學。福樓拜得的到底是癲癇還是歇斯底里，一直懸而未決，但不管答案是何者，這病都幫了他的大忙。與這些同時代人相比，史尼茨勒顯得是個相當聽話的兒子。不過，一旦作出棄醫從文的決定，他就沒有回頭過。自此，行醫生涯留下的主要痕跡，只是一些偶爾出現於其作品中的角色，如風行不衰的戲劇《貝恩哈迪教授》（*Professor Bernhardi*）中的主角。

一

兒子反抗父親或對父親心懷不滿的事例可謂比比皆是。一個被父親帶入公司的年輕總經理迫不及待等老頭子退休，一位皇太子不耐煩地巴望皇帝老爸早點歸天——還有什麼比這些例子更熟悉呢？但在史尼茨勒的時代，卻有一個維也納醫生把這種兩造的對峙擴大為一種三角關係，並給了它一個學理上的解釋和專有名稱：伊底帕斯情結（Oedipus complex）。弗洛依德指出，伊底帕斯情結既不會自我披露，也不是一種他武斷的杜撰：他是經過一番艱苦的自我分析才發現它的，而且透過對許多文學名著的解讀而獲得印證。

很多人以為，那種弗洛依德認為遍見於小孩的三角情結（他主張少年人的叛逆只是其早歲情結的翻版）可以簡述如下：小孩愛父母的其中一方而恨另一方。儘管這種表述方式簡單明瞭，弗洛依德卻認為它把事情太簡化，無法充分反映出一個小孩極複雜的內心糾葛。因為那個想要幹掉父親以便獨佔母愛的小孩雖然痛恨父親，卻又同時仰慕他。

這小孩對母親的態度同樣不是毫不含糊的：那個他在早上想要娶的媽媽說不定到了中午就會成爲他憤恨的對象（譯註：精神分析認爲，小孩撞見過父母的性行爲以後，母親的形象就會在他心中一落千丈）。換言之，伊底帕斯情結乃是一種愛恨交加的情結。弗洛依德採用了「矛盾心態」（ambivalence）這個字來形容這種混雜的激情，而在他看來，「矛盾心態」乃是人類經驗的一個基本成分。

在弗洛依德看來，伊底帕斯情結在歷史裡曾經以相當不同的形式出現。一八九九年十一月所出版的《夢的解析》（*The Interpretation of Dreams*）是他第一本把伊底帕斯情結公諸於衆的作品。其中，弗洛依德特別強調了一個事實：《伊底帕斯王》裡的主角把自己的亂倫慾望付之實行，而莎士比亞筆下的哈姆雷特則千方百計壓抑這種慾望。他指出，這種「對相同材料的不同處理方式，透露出這兩個相隔久遠的文明（譯註：指古希臘和十六世紀的英國）的心靈生活是如何的天差地遠。」⑧這個劃時代的觀察讓歷史學家可以把伊底帕斯情結用作分析的工具，因爲它在把這種三角情結放在具體文化脈絡中來談的同時，又肯定了人性的連續性。有些批判精神分析的人指控說，伊底帕斯情結只是弗洛依德的病人（即維多利亞時代人）所獨有的，不應該以偏概全。但與其說伊底帕斯情結是維多利亞時代人獨有，不如說是在他們身上表現得更明顯，而之所以會如此，則是現代家庭親人間互動關係特別密切的結果。

父子衝突在十九世紀家庭的屢見不鮮，反映的是布爾喬亞財富的增加、避孕的日益普遍以及男女工作領域的區隔化——簡言之就是反映了現代家庭的勝利。這類家庭可以提供小孩一個彩排其人生的場地，讓他同時預嚐到生活中親切的一面與專橫的一面。它可以滿足意識與潛意識的需要，而且同樣重要的是，可以讓意識與潛意識的需要得不到滿足。十九世紀的布爾喬亞並沒有比他們的祖輩更愛子女，但是，他們卻有更多的金錢和時間，可以對子女的行為投以更密切的注意。另外，維多利亞時代人對家的崇拜讓他們更覺得這種注意是應該的。

現代家庭的韃伐者指控它是帶來極端個人主義的禍首，說人們會選擇孤獨而捨棄群體生活，就是受其鼓勵。儘管錯得離譜，但這些批判者卻認為，他們的論點是有社會科學為之撐腰的。十九世紀是一個熱中於自我檢視的年代，而且發明出種種新技術去測量個人和制度的缺失。為了實現啓蒙運動揭櫫的那個「人與社會的科學」（a science of man and society）的方案，維多利亞時代人以最熱切的態度去研究種種社會疾病：賣淫、貧窮、自殺。而到了十九世紀中，他們的放大鏡轉向了家庭。

家庭有太多可研究之處了，讓它成為社會觀察者和月刊裡爭論不休的話題。可惜的是，家庭社會學的兩位開先河者都是有偏見的，以致他們的結論都下得太快了些。他們一個是法國工程師勒普萊（Frédéric Le Play），一個是德國文化史家里爾（Wilhelm Heinrich Riehl）。兩人的主要著作——《歐洲工人》（*European Workers*）的第一冊和《家庭》（*The Family*）的最後一冊（《家庭》三部曲被里爾稱爲人民的「自然史」）——都是出版於一八五五年，而且幾乎壟斷了維多利亞時代家庭研究的意見市場。事實證明，這對社會科學來說是災難一場，因爲這兩位作者都對一個並不存在的過去懷有鄉愁。

在他們深具影響力的作品中，勒普萊和里爾同樣聲稱現代家庭是社會不穩定與道德衰頹的催化者，是過去擁擠、活潑、感情親密的大家庭的有害取代者。勒普萊煽動性地稱現代家庭爲「不穩定的」類型，而里爾則稱讚過去三代人和睦而虔誠地住在一起的大家庭，稱之爲「整全家戶」（whole house），相信那一度曾經是個社會規範。里爾哀嘆現代家庭的可怕，認爲那是一個由父母與子女兩代結合成的反社會的單位；在他看來，現代家庭已經幾乎把「整全家戶」連根拔起，而受害最深的是都市的中產階級。

這兩位社會學家對現代家庭的弊端的診斷大體相似：父母權威衰落，宗教式微，共同體式微，家與工作場所的分離。在他們看來，這些都是個人主義的苦果，同時是它的成因與結果。勒普萊和里爾的一大錯誤在於他們沒有看出維多利亞時代的小家庭不是什麼全新的事物，唯一不同只在於，較早世紀的中產階級家庭並沒有把小家庭視爲一種理想模式。在較早的世紀，嬰兒死亡率相當高，而即使可以活過一歲，還是可能會染上當時尙無藥可治的各種兒童疾病。⑨產婦的死亡率同樣嚇人，感染上所謂的「產褥熱」（childbed fever）的風險很高。爲了養育小孩，喪妻的父親會迅速再婚：所以在十七、八世紀，有繼父、繼母或異父母手足的人是很普遍的。所以說，十七、八世紀的中產階級家庭雖然一般都像維多利亞時代一樣小，但那不是人們主觀意願的結果，而是醫學不發達的結果。但在十九世紀，小家庭卻更多時候是人爲而不是偶然的產物。

不管保守派人士對現代家庭有多少抱怨，但維多利亞時代還不是瑞典女性主義者愛倫·凱（Ellen Key）所說的「兒童世紀」（the century of the child）。當然，一如其他的事情，在這件事情上，家庭與家庭、階級與階級、社會與社會之間的落差是很大的。儘管如此，維多利亞時代的許多回憶錄還是透露出，在中產階級的上層（又以英國和德國爲然），子女與父母（特別是父親）之間的鴻溝要遠大於中層的父母子女。夠富有的人家，房子當然大得可以容納保姆和家庭女教師的房間；不過一般而言，中產階級父母都喜歡把兒子送到寄宿學校唸書。

但只要是住在家裡，富有人家的子女所得遵守的家規往往相當嚴苛。在其回憶錄裡，生於德勒斯登（Dresden）一個富裕猶太家庭的卡登女士（Julie Kaden）告訴我們，每有家庭晚宴，她和兄弟姐妹都得「從頭到腳清洗一遍，穿上白色水手裝」。用餐的時候，

「我們必須像塡充娃娃一樣靜靜坐著，腰挺直，手擱放在桌子邊，手肘靠著兩肋，務使銀餐具不會發出卡嗒卡嗒聲。要是我們誰犯了這些規定，就會招來女家庭教師狠狠一瞪——如果是媽媽的話，這一瞪會更兇。」⑩反觀在美國人自傳裡，提到的即便是一個嚴厲或整天忙的父親，他通常都要較可親近、較不拘泥。

另外，認爲布爾喬亞有蓄意自我孤立傾向的指控，也是言過其實的。儘管是小家庭制，但布爾喬亞家庭還是隨時準備好爲堂表兄弟姐妹、叔父叔母、姨父姨母、外公外婆、祖父祖母敞開大門的；遇到施洗禮、成年禮、紀念日或守靈這些重要事件（婚禮更是不在話下），整個親族就會聚一堂，很多往往是遠道而來。家族成員也會在書信裡互相說些私密話。所以，布爾喬亞的家庭世界是比它乍看之下大很多的。另一方面，它在某個意義下也要比乍看的爲小。由於國家接管了大部份教育小孩的工作，所以與前時代相比，維多利亞時代中產階級家庭的功能變得比較小。另外，工業的發達也讓家庭主婦不太需要親自動手烤麵包或做衣服的。同樣的，前工業化時代家庭作爲一個經濟單位的普遍現象，也隨著布爾喬亞父親（有時甚至是母親）出外工作而告萎縮。

但這一切都沒有削減現代家庭對其小孩的心理影響。家庭禱告和守安息日之舉都繼續扮演著讓子女傳承父母的信仰與道德觀的機制。另外，儘管大部份中產階級小孩都會上學，但父母仍然會繼續灌輸他們道德理念、社交技巧、餐桌禮儀和婚姻策略。正因爲這樣，家庭功能的萎縮才會弔詭地保持、甚至促進了家庭與社會（學校、大學、教會、俱樂部、政黨）的關係。對家的膜拜並不一定會讓人疏遠於社會。

愛家的範式就像小家庭制度一樣，並不是一種新近的發明，但它的強度在十九世紀卻是前所未有，而且被大大的理念化了。布爾喬亞文化鼓勵它的男成員把爲家人謀福祉視爲追求物質成就的主要動力。這和當時流行的另一個理念——男人應該有男性氣概——並不抵觸，因爲後者是坦然否定侵略性和野蠻而讚揚對別人體貼的，甚至在某些情況下容許男兒流淚。因此，布爾喬亞會賺錢、寫文章、演講、競逐公職、舉行音樂演奏，主要是因爲——至少他們是這樣告訴自己的——他們是家人的經濟支柱，有責任在能力許可範圍內帶給妻兒富裕舒適的生活。

自然，就像十九世紀的其他理念一樣，這個理念的落實程度因地而異。當H・泰納在一八六〇年代遊訪英國時，英國人對家的在乎程度讓他感到震驚。「談到婚姻，」他寫道：「每個英國男人的心房裡都有一個祕密的角落：他會憧憬有一個自己的家，一個由自己選擇的妻子。那是他的小宇宙，是密閉的，完全是屬於他一個人的。如果得不到，他就會不自在；反觀〔我們〕法國男人，一般都把婚姻視爲終點，一種非不得已不會做的事。」⑪H・泰納的話無疑誇張了一點，因爲貫穿十九世紀，儘管婚姻在法國都是複雜的買賣，法國中產階級家庭的凝聚力仍然很高。那些喜歡福樓拜和左拉一類進步作家所寫小說的讀者，無疑都是愛讀通姦情節的，但這並不代表他們準備好隨時要冒瀆**家**這個聖所。

在這種氣氛下，「家」一詞在詩人、雜誌作家和一般中產階級之間成爲了受寵愛的魔術字眼。一八九二年，倫敦戲劇界聞人格羅史密斯兄弟（George and Weedon Grossmith）把這種愛家情緒濃縮在他們無比暢銷的逗趣之作《一個無名小卒的日記》（*Diary of a Nobody*）裡，其主角波特（Charles Pooter）以一句話道出了數百萬人的心聲：「家，甜蜜的家——這就是我的座右銘。」⑫他這話看來是無須註解的。

不管我們怎樣評斷十九世紀的家庭，家的重要性對維多利亞時代人來說都不僅只是一種修辭。手足間的競爭，夫妻間的爭吵，一家人一起快樂出遊，嚴厲或不嚴厲的懲罰，酗酒的父親和迷人的母親——這些，在在都會在子女的心靈裡留下或好或壞的烙印，而不管孩子本身自覺不自覺。沒有任何外部的影響力（不管是來自教會還是學校的）足以讓中產階級父母和子女從他們日常的互動中分心。維多利亞時代的布爾喬亞家庭是一個人無法把耳朵摀起來的回音室。

二

維多利亞時代愛家指令的一個矚目後果是讓人們對生活——特別是對赤裸裸的生理眞實——抱持一種堅定不移的現實主義態度，而那是後來自命開放的時代有所不及的，甚至是遠瞠其後的。愛德華時代（Edwardian）（譯註：指愛德華七世主政的時代〔1901～1910〕，他是維多利亞女王的兒子）的諷刺家常常把維多利亞時代人描繪成是不敢正視身體的，喜歡用一層薄棉布把它包裹起來。我們被告以，維多利亞時代是一個委婉得要命的時代。不難看出，維多利亞時代布爾喬亞會被指控爲拘謹的原因何在：性激情的描寫在這個時期的英國小說裡是付之闕如的。事實上，這些指控大多沒有根據。研究十九世紀中產階級文化最讓人意外的其中一項獎賞就是發現他們有多開放，有多坦率。如果「維多利亞時代」是「忸怩」或「拘謹」的同義語，那維多利亞時代人就不能算是維多利亞時代人。

少數幾個例子也許就可以反映事情的常態。以比頓女士（Isabella Beeton）的《家管之書》（*Book of Household Management*）爲例，這部出版於一八六一年的大部頭包含大量的食譜和家務事小祕訣，最初是以連載的方式出現於《英國婦女家庭雜誌》（*The English-*

woman's Domestic Magazine）。此書深受中產階級家庭主婦的喜愛，從它的暢銷不衰，足以證明讀者對它一頁又一頁的露骨言詞是不以爲意的。例如，在教導讀者怎樣煮甲魚湯時，比頓女士沒有任何拐彎抹角：「前一天先把甲魚頭切下。第二天早上再用刀子把這動物背上的殼狠狠扳開來。」⑬

比頓太太教讀者挑奶媽的方法同樣坦率。「當一個媽媽因爲有病、奶水不足、意外事故或某些自然理由而不能享受親自哺乳之樂時」，就必須雇用一個奶媽，而雇用前必須仔細檢視。「可能的話，年齡不應該小於二十歲或大於三十歲，身體在各方面都應該健健康康，沒有長任何疹子或局部瑕疵。一個婦人健康良好的最佳證據表現在明朗的臉容、紅潤的皮膚、渾圓而有彈性的乳房，特別是堅挺的乳蒂。相反的，身體不健康的人乳房會是下垂的、鬆弛的，這樣的話，奶水的品質必定欠佳，從而營養素一定匱乏。」⑭我們在這些段落裡嗅不到一絲的忸怩氣味。

這段文字也不經意透露出十九世紀階級社會的一個眞實面貌：我們本來會以爲，唯一有資格目不轉睛檢視一個中產階級婦女乳房的人只有醫生。但比頓女士卻讓我們知道，準雇主也是有這個資格的。再來還有丈夫（譯註：丈夫當然不可能沒有看過太太乳房，但作者這裡強調的是「目不轉睛」的瞪視，如果維多利亞時代人眞的是像他的批判者所認爲的那麼拘謹，丈夫是應該不會這樣瞪視妻子的乳房的）。像格萊斯頓這位最典型的維多利亞時代人（譯註：英國十九世紀最偉大的政治家，自由黨的領袖，曾任四屆首相。作者這裡的材料取自《格萊斯頓日記》），就曾經懷著焦慮檢視愛妻凱薩琳（Catherine）乳房的狀況。凱薩琳懷了一胎又一胎，生到第二胎時奶水分泌已見減少，到生第四胎之後更形嚴重。她變得泌乳困難。那是一種疼痛的狀態，而如果不加以治療的話，是會有危險性的。當藥物和吸奶器都不管用時，剩下來的應急辦法就是由丈夫輕柔而虔誠地爲她按摩乳房，以刺激奶水的分泌。

在十九世紀，疾病不但不會讓病人變得孤立，反而是通向密切身體接觸的大道。比頓太太指出過，家裡負責照顧病人的人（通常是太太或最長的女兒）必須要好脾氣、有同情心、整齊、安靜、有條理、乾淨，並具備隨時執行一些噁心職責的心理準備。具有這些素質，她才能「克服一些很常會在病榻發生的噁心現象。」⑮比頓女士這裡想到的是老人家腹瀉、嘔吐、出血、流涎、失禁等情況。在十九世紀，只有窮人才會上醫院，因爲那幾乎是一種死刑（譯註：當時的醫院還不懂得消毒的道理，感染情況嚴重）。中產階級是生在家裡、死在家裡和在家裡分娩的。當著名埃及學家埃伯斯（Georg Ebers）得了一堆病症（不全是歇斯底里）而臥床後，太太照顧了他二十年，而且每天都謹慎的記錄下爲丈夫所做的事。她耐心爲丈夫注射嗎啡，勇敢應付他的尖叫、嘔吐和最後訣別。

要不是被大人禁止走進病人房間的話，小孩子是有機會可以目睹健康的無常的。一八九五年三月，莫莉索（Berthe Morisot）（編註：1841～1895，法國印象派女畫家）病危之際禁止女兒茱莉（Julie）走近病榻，不想讓她看到自己令人魂飛魄散的病容——但不知所措的茱莉最後還是走到床前見了媽媽最後一面。當時的男性一般都會在太太分娩的時刻在場，大部份還會充當醫生或接生婦的助手，能幫什麼忙就幫什麼忙。格萊斯頓發現他太太「無怨尤」地忍耐陣痛之苦的容貌「極端美麗」⑯。但華格納在一八六九年卻無緣親睹兒子西格弗里德（Siegfried）出生的情景：他被正在經歷陣痛的情婦比洛（Cosima von Bülow）趕出了房間，因爲他的焦躁不安讓她神經緊張。

當然，這時代也不乏家庭暴君，而他們或多或少受到法律的保護。維多利亞時代小說會有那麼多兇惡或對子女漠不關心的父親角色，應該不是偶然的。代表性的例子包括巴爾扎克（Balzac）筆下那個外省吝惜鬼的典型葛朗台先生（M. Grandet）（《歐也妮・葛朗台》〔*Eugénie Grandet*〕）、亨利・詹姆斯（Henry James）筆下那個視女兒爲寇仇的史祿帕先生（Dr. Sloper）（《華盛頓廣場》〔*Washington Square*〕），以及狄更斯（Charles Dickens）小說《董貝父子》（*Dombey and Son*）中的董貝先生（Mr. Dombey）——直到最後沒由來突然一變而爲一個慈愛的祖父以前，這位董貝先生都是個傲慢無情的家中惡棍。有很多材料（包括法庭紀錄）顯示，這些可怕的虛構角色在眞實生活裡是有對應者的。儘管如此，在經歷過一些激烈的抵抗和反覆的倒退之後，十九世紀的夫妻畢竟還是可以在一個友愛的家庭裡開始感受到不確定的快樂了。

在一個重要的方面，以反專制爲理念的布爾喬亞家庭是未達一間的：它缺乏平等性。對當太太的人而言，維多利亞時代家庭有時既可以是蔭庇所，也可以是監獄。對於這個已經被婦女史家徹底探索過的領域，我們只要談一點就夠：不管是在法律還是習俗上、是在女權主義的敵人還是婦女自己眼中，女性的智力或處理公共事務的能力都被認爲是低男性一截的。她們的專屬領域是家，那是她們唯一可以實現太太和母親天職的地方。即便有些權威也承認女性擁有某些天賦，但這些天賦完全侷限在感情的領域：審美的感性、母性智慧和優雅的社交天分。但對那些不願意生活在娃娃屋裡的女性而言，這種恭維並不能算是眞正的讓步，因爲這種男女領域的區隔恰恰爲剝奪女性的投票權、進入高等教育和擁有獨立銀行帳戶的機會提供了口實。在十九世紀晚期的法國，意圖謀殺丈夫或情人的女性常常會被判無罪，但這一點並沒有讓女權主義者感到安慰，因爲這些判決的根據往往是認定女性是天生非理性的。⑰

女性的能力天生比男性遜色——這個會讓許多男性感到滿意的結論是以一些被奉爲傳統的迷信爲基礎的。其中一個男性既得地位的辯護士是德國歷史學家濟貝爾（Heinrich von Sybel），他在這方面的觀點可以說是最具原創性的：女性完全可以勝任男性的工作，但男性卻無法勝任女性的工作，爲了社會的凝聚，女性應該做她們最擅長的工作。

⑱其他人則會訴諸《聖經》的段落、佈道家或道德家的言論。還有些人是求助於醫生的權威裁決。

事實上，十九世紀的醫學和人類學都是男尊女卑意識形態的扶植者，他們提出了一大堆用生理學外衣所包裹的偏見：女性是低一等的，因爲她們的腦子要較男性小，而且發育得沒那麼完全；女性每月一次的「疾病」——法國歷史學家米什萊（Jules Michelet）稱之爲「傷口」——也讓她們無法勝任唸大學或外出工作這些艱苦任務；女性的腺體（這是著名德國病理學家菲爾紹〔Rudolf Virchow〕的貢獻）不但決定了她們可愛的曲線，也決定了她們忠誠與溫柔的氣質。⑲

那個廣爲接受的刻板印象——女性愛說長道短、勾引男人和擅長說謊——只讓女性的處境雪上加霜。在這一點上，史尼茨勒的態度是矛盾的。他筆下有些女主角的品格要比她們的男性追求者高尚，有一、兩個甚至比男性聰慧。史尼茨勒也會把撰寫中的作品唸給他認爲有品味的情婦聽（有這種殊榮的情婦前後兩、三人）。但從他日記裡對女人的偶爾評論卻反映出，他是一個傳統得多的維多利亞時代大男人：女人是信不過的、缺乏藝術想像力的，而且幾乎全是妓女。⑳他似乎沒有想過，正是像他這樣的男人使女人變成妓女的。

通常，十九世紀有關夫妻關係的立法，要比丈夫對妻子的實際態度嚴厲上許多。有大量資料顯示，妻子常常參與家務事的決策，而且是推動丈夫更努力賺錢改善家計的一大動力。一九〇五年，愛德華茲小姐（Betham-Edwards）在《法國家庭生活》（*Home Life in France*）裡總結了她認為一個世紀以來的家庭實況：「在大部份法國家庭裡，婦女擁有不容挑戰的主宰權。」㉑儘管如此，法律加諸女性的一些嚴重限制，還是提供了丈夫們扮演家中老爺一個相當大的誘因。英國女性主義者科貝女士（Frances Power Cobbe）在一八六八年就曾怨懟而精確地指出，在她的國家，婦女的法律地位幾乎與少數民族、罪犯和白癡無異。但這個現象已轉變在即。

翌年，J·穆勒在其擲地有聲的《論女性的屈從地位》（*The Subjection of Women*）一書中——此書大概是十九世紀最有影響力的女權主義文本——以其一貫的清晰揭露出女性法律地位的低下：太太實際上是丈夫的奴隸，是「一個專制君子的私屬奴隸」。畢竟，「她曾經在祭壇前發過誓要一生順服於丈夫，而法律也就要求她一輩子遵守諾言。」不管做任何事情，她都需要得到丈夫的允許，至少是默許。「沒有任何她的財產不是同時屬於丈夫的；在她擁有一份財產的同時，哪怕是繼承而來的，都會自然而然是屬於他的。」換言之，法律把夫妻視為一個人，任何屬妻子所有的東西都是同時屬於丈夫——儘管不是反之亦然。即使兒女也是屬於丈夫的：「法律上他們是他一個人的子女；他是唯一有資格對子女行使權利的人。」㉒不過就在第二年，英國國會通過了「已婚婦女財產法」（Married Women's Property Act），賦予已婚婦女一些單身婦女已享有的權利。J・穆勒是翌年過世的，理應會因爲能目睹此法的通過而感到安慰。

其他國家的法律要更加男性取向。在巴伐利亞，遲至十九世紀晚期，丈夫「責打」妻子仍然是法律允許的；而在普魯士，妻子則可以在健康或生命因爲丈夫的責打而受威脅時訴請離婚——但也只有在這種情況下才可提出。在德意志各邦國，妻子的所有財產（包括她自己賺來的錢）都理所當然是丈夫可以支配的。法國曾經在大革命期間通過離婚的立法（一種對太太遠比丈夫來得重要的權利），但在一八一六年波旁復辟後遭廢除，要直到一八八四年經過議會和報紙的激烈辯論後才告恢復。由此可見，妻子在結婚儀式中答應過要「順服」丈夫的承諾，絕不是一句空話。哪怕是最活躍的枕邊私語也只能把這種不平等矯正一點點。

三

一八九六年一月，史尼茨勒告訴朵拉・富尼埃（Dora Fournier）（他的一位舊識，已婚，看來大有希望進入他的征服名單），她之所以覺得缺乏愛的能力，是源於害怕生小孩的心理。朶拉覺得這個分析很有道理，接著兩人就展開深談，「談可以避開這種危險的方法」。兩星期後，史尼茨勒收到朶拉寄來的一封信，信中附有一些可以防止懷孕的藥物——一種先前他們曾談及的「祕方」㉓。不過有些時候，他的謹愼卻會向任性屈服。這樣的例子他至少記下來過一次。一八九六年五月一個黃昏，當瑪麗・賴恩哈德（Marie Reinhard）抱怨他不夠溫柔時（譯註：應是指史尼茨勒使用的某種避孕方法讓她覺得不舒服或不夠享受），史尼茨勒爲之光火，「喊她是笨女人——接著我就變得不謹愼。」㉔我們將會看到，每當史尼茨勒發現他的謹愼與性急發生衝突時，輸的一方幾乎總是謹愼。

這是史尼茨勒把他對這個重大主題的看法形諸筆墨的罕有一次。這個主題確是重大的，因爲一戶布爾喬亞人家人口的多寡，主要是決定於太太對自己身體享有多少的自主權。夫妻間會進行避孕的床笫談話這一點，不管那是多麼私密的，都足以進一步推翻維多利亞時代人言行拘謹的斷言。既然是個性慾漫無節制的人，史尼茨勒不可能沒有和情婦談過避孕的問題，不然至少也是自己好好思考過。無數情慾不及他旺盛的中產階級男性也是如此。十九世紀是一個婚姻小册子、避孕醫學論文車載斗量的時代，它們的盛行反映出人們對這方面的知識有多麼如飢似渴。

避孕品種類的愈來愈多樣化和愈來愈容易取得，以及它們對家庭人口數目的深遠影響，都意味著避孕是一個布爾喬亞夫妻所不可能迴避的話題。在這個問題上，夫妻很難不會坦白，自我設限的程度只怕比一些他們愛讀的小說家還要小。有幾封留存至今的通信充分顯示出這一點。一八六四年，因為南北戰爭而在外作戰的阿瑟·羅伊（Arthur Roe）寫了一些充滿性暗示的信給太太艾瑪（Emma），而艾瑪則以半嘲笑半靦腼的態度加以回應。羅伊夫婦育有兩個小孩，並猶豫是不是再生一個。這個問題引起了艾瑪所說的「我們的爭執」，但她又深信這個爭執是「〔我們〕不費多少事就可以在一個適意及愉快的沉溺環境下加以解決的」——她所說的「沉溺環境」是指準備做愛前或那之後的休息。「我期盼可以再一次懷孕，」她這樣向丈夫保證，又語帶挑逗地補充說：「對，我想以後我們將會有比以前更多的晚上，甜美而親密地躺在一起，享受身體與靈魂的連結。」㉕如果說很多布爾喬亞夫妻都只敢把這一類的話題輕輕帶過的話，那也有一些夫妻（像羅伊夫婦）是樂於談它們的。我們是沒有統計數字，但對維多利亞時代的布爾喬亞夫妻來說，快樂的性生活必然與談話快樂地交織在一起。

幾乎沒有一本自稱可以在性問題上帶給年輕夫妻幫助的書刊會迴避避孕的話題。而在一個宗教仍大有影響力的世紀，它們也不會規避醫學與道德的議題。這些婚姻幸福的導遊者自然知道，面對教會對避孕的譴責，必須要加以技巧處理。因此，即便是毫無信仰的辯難士，也會在他們的議論裡加入若干虔誠氣息。「很肯定的是，不管是理性還是宗教，都不會禁止人對有情生物的出生採取審愼態度。」㉖一位不具名的「美國醫生」在一八五五年寫道。另一個作者則試圖這樣安撫讀者：「我認識許多道德家和宗教人士，他們都認為這種做法……是完全合理和正當的，有些甚至認為它是一種責任。」㉗這一類的保證乃是對衛道之士的先制攻擊。

其中一個戰場是「自然」這個詞，那是反節育的人士企圖佔領的：干涉可能的懷孕是「有乖自然的」。但贊成節育的人也在這個問題上迎頭還擊。「努力讓自己超拔於『自然』之上乃是完全恰當之舉。」㉘諾伊斯（John Humphrey Noyes）在一八六六年寫道。諾伊斯因為鼓吹群婚制而臭名遠播，他同時也是一個空想社會主義社團的創立者。儘管如此，在指出人應該超拔於赤裸裸的自然這一點上，他卻道出了一大批醫生和改革者的心聲。

儘管馬爾薩斯（Malthus）在一八〇〇年前後就預言過，要是沒有戰爭、瘟疫而又不採取節育之類的「預防措施」的話，世界的人口將會氾濫成災。但反節育者並不信這一套，反而斥責避孕等於是一種「婚姻手淫」。但馬爾薩斯主義者使用大字眼的本領也不遑多讓：自由、選擇、常識。比方說，他們主張，為了母親和整個家庭的幸福著想，小孩是有權利選擇不出生的。另外，他們又指出，攻擊節育是「有乖自然」之說乃是詭辯，因為幾乎沒有哪一種人類活動（栽種食物、蓋房子、使用機器等）不是干預自然之舉，而預防不想要的小孩誕生，爲的只是讓人的生活可以更加愜意，至少是較爲可以忍受。

節育對中產階級家庭的重要性顯而易見。隨著布爾喬亞人數和可支配收入的增加，事先考慮多生一個小孩會直接和間接增加家庭多少開銷，看來是合情合理的。儘管一八七〇年代中葉至一八九〇年代初期，大部份歐洲地區都飽受經濟蕭條的困擾，很多商品都跌了價，但中產階級特別想要的東西價格卻持續升高。這使得儲蓄和限制小孩的數目成爲家庭的當務之急。這種理性主義的家庭計畫對高生育率的婦女特別有吸引力，對她們而言，生小孩之苦（更不要說生小孩的危險）比任何支持節育的理由都更要雄辯。在許多國家（特別是法國、德國和美國），杞人憂天之士都驚恐地指著下降中的出生率，預言羅斯福（Theodore Roosevelt）所說的「種族自殺」將要到來。但有證據顯示，至少在法國，一些天主教徒因爲無法接受告解神父不要干預自然的勸籲，寧願選擇離開教會。簡言之，有爲數不明但肯定不在少數的布爾喬亞覺得限制家庭人口數的急迫性要高於任何倫理、政治或宗教的考量。接下來的問題就是怎樣找到安全可靠的避孕方法。

這一類需要獲得了滿足，很多時候甚至供過於求。有證據顯示，追求節育資訊的人與日俱增，而在克服一些困難後，也獲得了他們想要的資訊。頑強的避孕鼓吹者不畏坐牢的風險而散發他們珍貴的祕笈，而且還讓報紙不自覺的（倒不一定是不情願的）成爲了他們的同盟。一八七七年，布雷德洛（Charles Bradlaugh）和貝贊特（Annie Besant）在倫敦被起訴，罪名是再版和散佈四十五年前出版的一本節育手册——諾爾頓（Charles Knowlton）寫的《哲學的果實》（*Fruits of Philosophy*）。這起極爲轟動的訴訟案讓很多本來不知道有這類傷風敗俗智慧的人趨之若鶩：及至一八八〇年，《哲學的果實》已賣出超過二十萬份。

在這場戰役中，有來自不同國家的數十個醫生挺身而出，鼓勵人們應該控制家裡的人口數。他們指出，節育可以讓布爾喬亞夫妻自己掌握自己的未來——這種感覺無疑是怡人的。然而，儘管到了十九世紀晚期，有關節育的資訊已經廣泛流傳，但避孕基本上仍是個人們寡言的禁忌話題。這種寡言並不全是出於自願的：自十九世紀中葉以後，在大部份的工業國家都出現了一些由衛道之士組成團隊，致力於打擊避孕的言論和行爲。他們沒收了數以噸計的出版品和避孕用品，不然就是發起訴訟，讓這些出版品受到查禁。

因此，站出來說話是需要勇氣的，但有些人有這種勇氣。世紀之交，性學研究者埃利斯（Havelock Ellis）無畏地出版了他的劃時代之作《性心理研究》（*Studies on the Psychology of Sex*）。起初他根本找不到像樣的出版社願意幫他出書，而後來幫他出版此書的出版商則飽受訴訟的困擾。然而，要不是有人願意坦白地把自己的性經驗分享給埃利斯，他是

54

不可能寫成這本書的，所以在序言裡，他感激的表示：「我由衷感謝我的許多朋友及通信者（他們有一些是住在這世界很遙遠的地區），他們無諱地以無價的資訊和個人的經驗玉成了此書的寫作。」㉙可見，隨著時光的推移，維多利亞時代人那張謹小慎微的布幕已愈發千瘡百孔。

毫無疑問，有些鼓吹避孕的作品是被它們的敵人打壓下來了。但寡言並不等於完全沉默。一八七四年，美國的富特女士（Mary Halleck Foote）在寫給一個好友的信中，告訴對方她將要談的是極敏感的事，又說她剛得知的這件事是「完全讓人反胃的」：有「某種的防護物」可以在藥商那裡買得到，它們「被稱爲『保險套』（cundum），是由橡膠或是動物外皮製造的。」㉚她承認自己談這個令人作嘔的話題時，是一面寫一面發抖的。但她畢竟還是寫了。

就像許多其他可以用來界定維多利亞時代布爾喬亞的文化習慣一樣，節育並不是一種新近的發明。但在十九世紀，特別是它的後半期，節育卻對中產階級家庭帶來了深遠的影響。嶄新或現代化的避孕技術擴大了人們對抗懷孕（富特女士稱之爲「自然方法無可避免的後果」㉛）的軍火庫。其中一種受歡迎的避孕方法是性交中斷法（維多利亞時代人稱之爲「撤出法」），其歷史與《舊約》同樣古老。因爲簡單，它長久以來都是人們的首選。這方法幾乎一學就會，而且失敗的機會不多：失敗的代價慘重得足以讓使用它的男人小心謹愼。另外，它不需要外人（如藥師或醫師）的幫忙，也不需要動用讓人望而生畏的器具。有些撤出法的熱心鼓吹者宣稱此法萬無一失，但一大批不請自來的小嬰兒卻證明事情並非如此。但至少很多夫妻看來都認爲那是最好的方法。

大部份鼓吹撤出法的醫生都會正視一個很關鍵的生理學與心理學問題：此法會減損性滿足的程度嗎？一位美國醫生阿什頓（James Ashton）認爲答案是否定的：「它不會眞的減少結合時的愉悅感。」然後又用較比頓女士敎人煮甲魚湯時還要露骨的坦白，建議男性應該事先爲狂喜（譯註：書中作者用到狂喜這個字時，都有性狂喜、性快感的意思）預備好武裝。「每次上床時都應該帶一條乾淨餐巾，行房過程中男性把它拿在手裡，到撤出時再把它放在恰當位置以接住精液。這件事一點都不難。」阿什頓醫生向讀者保證，這種技術不會減少夫妻任何一方的愉悅，而習以爲常以後，男方將會成爲「這方面的專家」㉜。來自這樣權威來源的鼓勵自是大受中產階級讀者歡迎的。

在十九世紀，特別是在文化人之間，撤出法面臨了一些勁敵：避孕膠凍、灌洗法，或是陰道栓劑。但對現代家庭而言，最劃時代的維多利亞時代發明當非橡膠避孕套莫屬。數十年後又出現了橫隔膜避孕套，而這兩者都是工業智慧的產品。保險套自十八世紀就開始被使用，但主要是以羊腸製造，既昂貴又不可靠。然後，到了一八三九年，古德伊爾（Charles Goodyear）首次硫化橡膠，又在五年後取得專利。到了世紀中葉，製造橡膠的程序經過一再改進後，量產橡膠保險套的時機終於成熟，它們要比它們的前驅更可靠，也更便宜。一八六〇年代前後，保險套在英國的售價從每個十便士降爲半便士。㉝（作者註：儘管如此，保險套仍然有它的反對者。無數用過的人都可以告訴你，保險套不是萬無一失的，而且非常容易減低性愛的樂趣。）

另外還有兩種節育方法深受中產階級注目，一是禁慾，一是安全期計算法；前者可靠而不流行，後者流行而不可靠。禁慾是不得已的最後手段，它受到神父與牧師的高度推許，而且通常是由太太強加於丈夫：因爲受夠了分娩的罪，她們禁止丈夫到臥室就寢。至於安全期推算法，則既可以由夫妻自行在家裡推算，也可以請教醫生的意見，但在這件事情上，專業的意見卻不見得比業餘的猜測可靠。當時許多醫生的無知是驚人的㉞，他們常常都引用一個不恰當的比喻，說是處於受孕期的婦女猶如發熱的動物。就像那些過度信任「撤出法」的夫妻一樣，那些信任安全期推算法的配偶也常常會抱到不請自來的小寶寶。在維多利亞時代，一定有過無數次，人們是更應該聽媽媽的話而不是聽醫生的話。正是有這一類專業胡說八道的存在，里昂大學（University of Lyon）的動物學家克勒（R. Koehler）才會於一八九二年在一篇資訊詳實的文章中指出：「我們對受精現象的理解是相當晚近的事。」㉟在十九世紀，布爾喬亞家庭從他們盟友那裡吃到的苦頭，

幾乎不亞於他們的敵人。㊱

四

在種種把布爾喬亞家庭生活改變得面目全非的寧靜革命裡，浪漫愛情（romantic love）大概是最影響深遠的。它受到大衆小說、蝕刻畫、詩歌和歌曲的謳歌，慢慢在人們腦子裡植入一個觀念：選擇終身伴侶的第一考量應該是愛情而不是麵包。當然，這個理念的落實程度是因地而異：這種婚姻途徑的多元性也再一次見證了中產階級內部的歧異性。求愛儀式、父母角色和金錢考量這三項元素在不同的布爾喬亞社會裡有不同的混合比例。比方說，英國和美國的未婚男女會發現他們比同時代的德國和義大利男女有更多單獨聊天或單獨散步的自由。H・泰納發現：「英國的少女會憧憬一樁純粹出於感情的婚姻；她會給自己想像一個愛情故事，而這個夢想會成爲她的自豪、貞節的一部份。」但H・泰納馬上又補充說，這不表示她會鄙夷實際的考量：她所夢想的不是與愛人在花前月下手牽手散步，而是「全部與永遠地奉獻給對方」㊲，成爲丈夫的同志。言下之意，法國人不是這樣的。

確實不是。在法國，談婚論嫁長久以來都像是談買賣，這一點，在其他國家的男女被容許自由擇偶（當然是要以父母覺得對方條件合適爲前提）的幾十年後仍然保持不變。反覆有來自英倫海峽對岸的法國人對英國的自由發出羨慕的讚嘆和哀嘆自己國家的種種陋習：律師蠻橫的介入、男女雙方家庭爲金錢而口角，還有婚姻的各種安排都是在準新郎新娘不在場的情況下由家庭會議決定的——在法國，準新郎新娘婚禮前幾乎都是沒有見過面的。這些自我批判的法國人抱怨說：我們法國人不認爲愛情是婚姻的安全基礎。很多時候，女孩嫁妝的多寡——英國人在這方面是出了名吝惜的——都是法國人更關心的問題。

通常，猶太人這一類中歐和東歐的文化外來客（哪怕是已經部份同化於西方布爾喬亞的），爲了保障自己不穩固的地位，都會更執著於遵守傳統的社會習俗。「當雅利安人（Aryan）（譯註：雅利安人指的主要是白人，又特別是日耳曼人，此詳下文）是多美的事啊，」史尼茨勒在一九〇四年怨道：「（是雅利安人的話）一個人的智力就不會那麼偏頗。」[38]這種不安全感不只縈繞著波蘭、烏克蘭或羅馬尼亞的猶太人，也縈繞著西方的猶太人。在猶太人能以大數目打入四周的異教徒社會之前，英、美男女所享有那種愈來愈大的婚姻自主權是猶太人鮮少獲得的。直至十九世紀晚期，猶太男女的婚姻通常都是由父母和媒人一手包辦。

在其自傳裡，斯特勞斯夫人（Rahel Straus）——第一位獲准在德國開診行醫的猶太人

——給我們描述了這種轉變的過程。她嫁的是一個她愛也愛她的丈夫。他們的結合是有革命基調的：她公公本來強烈要求兒子娶一門有錢人家的女孩，但卻在她的慫恿下抵死不從。這在當時是相當「摩登」之舉。但斯特勞斯夫人的其他家人都是照舊俗嫁娶。以她父親爲例，他是在一八七〇年代「直接到波森（Posen）去看媽媽的」（譯註：這裡的「直接」表示兩人前此素未謀面），這是一種古老的習俗，也就是說男孩子會在「父母、親戚、家族朋友或媒人」提出結婚人選後到女方家走一趟。「然後，如果雙方覺得彼此的外在條件（家勢、專業、財富、健康）適合，女孩父母就會允許他『瞧女孩一眼』。」男女雙方的這個見面幾乎總是以訂婚爲歸結，因爲要是男方不願意訂婚，將會被視爲對女方的「絕大侮辱；畢竟，他眞正要娶的是『一個家族』，而不只是一個女孩。」[39]就連斯特勞斯夫人的大姐也是依循這種歷史悠久的習俗嫁人的，至於這宗婚姻後來竟會相當美滿，則不是任何人當初敢預言的。有不知多少次，新娘父母對女兒許下的保證（「愛情會在日後培養出來的。」）都是不能兌現的。

在地位愈高的家庭之間，那種以婚姻作爲結盟手段的古代貴族習尙就愈普遍。一八五〇年，柏林猶太銀行家布萊希羅達爾（Samuel Bleichröder）——其子即將要成爲俾斯麥的財政顧問——寫信給素未謀面的法蘭克福猶太銀行家戈爾德舒密特（B. H. Goldschmidt），提出這樣的建議：「你有一個女兒，我有一個兒子，那我們何不結成親家，讓令嬡成爲我的兒媳婦呢？」他向對方保證，以布萊希羅達爾家族的地位，絕對可以爲其女兒提供「生活中的一切宜人事物」，並會「傾全部的努力帶給她幸福。」㊵戈爾德舒密特迅速回信婉謝了，推托說他還不準備讓女兒嫁人。對中層和低層的布爾喬亞德國猶太人而言（嚴格的說是對大部份的布爾喬亞而言），這種書信往返是一種稀奇古怪的古代遺風。

然後，在十九世紀晚期，隨著愈來愈多的女性外出工作、被大學（甚至醫學院）錄取以及法律地位的改善，戀愛婚姻就成了一種常態而不是特例。這不是一場輕鬆的戰役，而且直到第一次世界大戰爆發之前還沒有大獲全勝。但戀愛婚姻要能夠美滿，性生活協調也是一個要項，因爲性滿足已經慢慢像柔情蜜意和終身相守的承諾一樣，成爲眞愛定義的基本元素。這不是一個新的理念，但如今卻被舊事重提（至少在進步的圈子裡如此），並被視爲判斷夫妻平等的一個準繩。因此，當弗洛依德於一九一〇年把「正常」的愛定義爲「兩道海流」——即「**情**」（*tender*）與「**欲**」（*sensual*）——的交匯時，他只不過是在呼應一個歷史悠久的看法。在他之前早有無數的詩人、小說家和哲學家把沒有愛情的性斥爲淫慾，把沒有性的感情界定爲友誼。但這種性與愛的緊張關係卻是維多利亞時代一些幸福夫妻所不用面對的。

這些幸運的夫妻（我們永不會得知有多少）看來已超拔於純粹的情慾與錢財考量，他們發現了一種不那麼粗暴和不那麼計較的夫妻之愛。對這些幸運兒而言，有苦有甜的家是苦少甜多的。高翔的靈魂也許會看不起這些平庸夫妻：像史尼茨勒劇作《謊言》（*The Fairy Tale*）裡一個角色在談到一般夫妻時就語帶鄙夷地說「家庭」一詞包含著「自我隔離」與「微不足道的適意」④等等意思。但對很多人而言，能夠享有「微不足道的適意」就已經夠好的了，而在他們看來，適意的理念是包含著親愛之情和責任感的。沒有錯，不是所有維多利亞時代中產家庭都是美滿的，但其中美滿的那些卻足以讓後來世代（包括我們的世代）無地自容。

註釋

①主要參考 Michael Mitterauer and Reinhard Sieder, *The European Family: Patriarchy to Partnership from the Middle Ages to the Present*（1977; trans. and rev., Karla Oosterveen and Manfred Hörzinger, 1982）。有關現代家庭的興起及得勝，我藉助的是兩本通史：Jean-Louis Flandrin, *Families in Former Times: Kinship, Household and Sexuality*（1976; tran. Richard Southern, 1979）和 Jack Goody, *The Development of the Family and Marriage in Europe*（1983）。Edmund S. Morgan 的優異論文 *The Puritan Family: Religion and Domestic Relations in Seventeenth-Century New England*（1944; rev. ed., 1966）也提供了必要的背景。另請參考以下兩書：Jonas Frykman and Orvar

Löfgren, *Culture Builders: A Historical Anthropology of Middle-Class Life*（1979; trans. Alan Crozier, 1987），它談的是瑞典家庭的情況。*The Family in Imperial Russia: New Lines of Historical Research,* ed. David L. Ransel（1978）. Albrecht Koschorke, *Die Heilige Familie und ihre Folgen. Ein Versuch*（2000），這是一篇談家庭在歷史上「聖化」過程的有趣論文。

② A.S., June 16, 1879, *Tagebuch*, I, 9.

③ A.S., December 8, 1892, ibid., 395.

④ A.S., *Jugend in Wien*, 90.

⑤ Ibid., 98.

⑥ A.S., October 27, 1879, *Tegebuch*, I, 12.

⑦ A.S., December 30, 1879, ibid., 17.

⑧ Sigmund Freud, *The Interpretation of Dreams*（1899 [1900]）, Standard Edition of the Complete Psychoanalytic Works, trans. James Strachey et al., 24 vols.（1953-74）, IV, 264.

⑨有幾十年時間，研究現代歐洲早期的歷史學家（包括我本人），都主張那時候的父母一定比維多利亞時代人較不愛子女，因爲他們失去太多子女了，讓他們無法再有心情愛剩下來的子女。但這種對愛的量化觀點現在顯得相當站不住腳：子女愈多而愛愈多的人並不罕見。

⑩ Julie Kaden（née Bondi）, "Der erste Akt meines Lebens"（ms. 1943）, *Jüdisches Leben in Deutschland. Selbstzeugnisse zur Sozialgeschichte des Kaiserreiches,* ed. Monika Richarz（1979）, 328.

⑪ Hippolyte Taine, *Notes sur l'Angleterre*（1871; 4th ed., 1910.）103.

⑫ George and Weedon Grossmith, *The Diary of a Nobody*（1892; ed., 1995）, 19.

⑬ Mrs. Isabella Beeton, *The Book of Household Management*（1861; first serialized in monthly supplements to *Englishwoman's Magazine* from 1859）, 89, 98. Sarah Freeman, *Isabella and Sam: The Story of Mrs. Beeton*（1978），是一本重要的傳記。

⑭ Beeton, *Book of Household Management*, 1022-23.

⑮ Ibid., 1017.

⑯ William Gladstone, October 18, 1842, *The Gladstone Diaries*, ed. M. R. D. Foot and H. C. G. Matthew, 14 vols.（1968-84）, III, 231.

⑰我這個觀點受惠於 Ruth Harris 的傑出作品 *Murder and Madness: Medicine, Law and Society, fin de siécle*（1989）, esp. ch. 6.

⑱ von Sybel, in Priscilla Robertson, *An Experience of Women: Pattern and Change in Nineteenth-Century Europe*（1982）, 28n.

⑲ Virchow, in ibid., 25.

⑳ For one instance of Schnitzler's offensive tone, see A.S., April 25, 1894, *Tagebuch*, II, 75.

㉑ Miss Betham-Edwards, *Home Life in France*（1905）, 89.

㉒ John Stuart Mill, *The Subjection of Women*（1869）, 57-59.這書由弗洛依德譯爲德文，但弗洛依德在一八八三年十一月十五日寫給未婚妻的信上卻說：「上天已經透過賦予女性美麗、迷人和溫柔這些特質而決定了她們命運。」Freud, *Briefe*, 74. The revolutionary as conservative bourgeois.

㉓ A.S., January 4, 19, 1896. *Tagebuch*, II, 168, 170.

㉔ A.S., May 10, 1896, ibid., 190.

㉕ Emma Roe to Arthur Roe, October 5, 1864, Roe Family Papers, Yale-Manuscripts and Archives. 整段引文可參見 P. G., *TP*, 127-33.

㉖ Anon., *Reproductive Control*（1855）, 12.

㉗ Frederick Hollick, *The Marriage Guide or Natural History of Generation*（1850）, 333.

㉘ John Humphrey Noyes, *Male Continence*（1866）, 6.

㉙ Havelock Ellis, Preface to the First Edition（1898）, *Studies in the Psychology of Sex*, 6 vols, in 2（ed., 1936）, I, xxxv.

㉚ Mary Hallock Foote to Helena Gilder, December 7（1876）, Mary Hallock Foote Papers, Stanford University Library. Carl N. Degler has used the same passage in *At Odds: Women and the Family in America from the Revolution to the Present*（1980）, 224.

㉛ Foote to Gilder, December 12（1876）, ibid.

㉜ James Ashton, *The Book of Nature; containing Information for Young People who Think of Getting Married*（1865）, 38.

㉝ Michael Mason, *The Making of Victorian Sexuality*（1994）, 58.

㉞這種粗糙計算法所引起的「災難」的其中一個好例子，見瑪寶兒・托德（Mabel Loomis Todd）的經驗，P.G., *ES*, "The Bourgeois Experience."

㉟ R. Koehler, "Les phénoménes intimes de la fécondité, " *Revue générale des sciences pures et appliqués*, III（1892）, 539.

㊱最有想像力和最荒謬（也因此值得記錄下來）的節育鼓吹者是迪布瓦醫生（Dr. Jean Dubois），他建議「慾望

適度」的夫妻行房時應該躺「在一個傾斜的平面上，頭朝上」，好讓精子難於到達目的地。慾望更盛的夫妻則只應一星期行房一次，因爲「相互的交配激情強度足以擾亂子宮的安排，從而達到防止懷孕的效果。」像他這樣認爲夫妻同時到達高潮可以有避孕作用的醫生，可謂鳳毛麟角。另外，他又建議，女性在房事結束後應馬上「在房間裡輕快地跳一陣子舞」。迪布瓦醫生問道：難道罕見女舞者子女衆多的現象會是偶然的嗎？*Marriage Physiologically Discussed*（1839; trans. William Greenfield, 1839）, 88-89.

㊲ Taine, *Notes sur l'Angleterre*, 101.

㊳ A.S., November 4, 1904, *Tagebuch*, III, 98.

㊴ Rahel Straus, *Wir lebten in Deutschland: Erinnerungen einer deutschen Jüdin, 1880-1933*（1961; 3d ed., 1962）, 19.

㊵ Samuel Bleichröder to B. H. Goldschmidt, January 21, 1850, Landesarchiv Berlin, E Rep. 200-33, no. 2.

㊶ A.S., *Das Märchen*（1891）, Act 2. *Die dramatischen Werke*, I, 159.

II

驅力與防衛

Drives and Defenses

第3章

性愛：狂喜與症狀①

Eros：*Rapture and Symptom*

無論是十九世紀還是後來的布爾喬亞仇視者，
都特別喜歡挖苦中產階級對性的態度，
明明是一種肉體與道德的災難，
卻被粉飾得像文明的楷模。
否認維多利亞時代人的性生活是徹頭徹尾的災難，
並不等於承認他們是住在性歡愉的天堂裡。

一

種種跡象都顯示，十六歲的史尼茨勒行將要成長爲一個性事務的專家——我們還記得，在那本曾引起他父親憤怒和焦慮的日記本裡，就記錄了他與一個叫埃米莉的女子 63 的韻事（日記裡大概還記了其他韻事）。在接下來的年月，史尼茨勒將會透過艱辛的勞動去實現他的潛力。我說「艱辛」，是因爲他有時與逢場作戲的情婦上床，只是單純出於「服從意願」（willingness to oblige）②。不管是在理論還是實踐上，是在私人還是公開的表述上，性愛都是史尼茨勒的焦點，他的讀者乃至責難者都認爲，如果說有哪個單一的主題是他最拿手的話，那當非慾樂而莫屬。在一首詩中，史尼茨勒指出，批評他的人都說他把太多關注放在愛、戲劇與死亡上。但他卻不擬爲此道歉，反而寫道：這「永恆三」（eternal three）涵蓋了整個世界，涵蓋了它的意義與靈魂。不過對他而言，三者居首的仍然是愛——性愛。

幸好，「永恆三」並未佔去史尼茨勒的全部注意，從一八九四年的《兒戲戀愛》 64（*Casual Love*）到一九二七年的《第二位》（*The Second*）在內的六、七齣劇作，以及他最出色的小說《古斯特少尉》——一部令人動容的意識流獨白，都見證了他對決鬥的鄙視。而當反猶太主義在一八九○年代愈演愈烈時，「猶太人問題」也找到了進入他小說的機會。儘管這樣，愛的狂喜與悲涼仍然居於其作品的核心。

史尼茨勒太知道他寫的是什麼了。我們曉得，與他一起在維也納咖啡館裡打混的那些文學界獨身漢，對感情的兒戲態度一點不亞於史尼茨勒。倘若把與他有過一段的情婦表列出來的話，那將是一長串，但他眞有投入過感情的，卻只有三或四個。這一點，讓他有別於同時代大部份的布爾喬亞，後者的機會不如他多，慾望也較爲適度。典型的布爾喬亞沒有這個能耐也沒有這個意願把精力消耗在頻繁的性活動上。史尼茨勒的性胃納總是不斷求新求變，每一次的征服都不會讓他的性慾噤聲太久。我們會知道這麼多，是因爲有好些年時間，他都把每一次性高潮記在日記裡，並在每個月底結算一次——只可惜他沒有把女伴的性高潮次數也記錄下來。

一八八七年九月初，史尼茨勒在維也納街頭散步時，釣上一個叫安娜・黑格（Anna Heeger）的嫵媚年輕女子。安娜稱自己爲「珍奈特」（Jeanette），這是她提升自己地位一個可憐兮兮的辦法，因爲在現實生活裡，她只是個刺繡女工，過的是不值一提的生活。在史尼茨勒所屬的階級社會裡，安娜是一個相當不適合交往的對象，但正因如此，反而讓史尼茨勒更覺得被吸引。兩天後，她前往史尼茨勒住處，成了他的情婦。讓史尼茨勒有點驚訝的是，他發現自己愈來愈愛戀這女子；但他並未因此停止追逐其他女人，而且同樣是不費吹灰之力。一八八八年八月，史尼茨勒自一趟遠行回到維也納，當天，他與安娜一共歡好了五次。

這種頻繁的體能勞動並未讓這對情人耗盡精力或慢下步調。史尼茨勒日記記載，第二天晚上他們又歡好了兩次，第三天晚上是四次。在八月三十一日結算時，史尼茨勒算出自他們在一起以來——也就是十一個月下來——一共做了三百二十六次愛。當這對情侶在一八八九年底最終分手時——安娜的醋勁兒讓他們的韻事變了味——史尼茨勒結算出他男性雄風的總成績是五百八十三次。

史尼茨勒沒有理由爲這個分手唏噓，因爲自一八八九年年中起，他就與一個從前的女病人打得火熱，其名字是瑪麗・格呂馬（Marie Glümer），一個年輕、資質平平的女演員。史尼茨勒在日記裡暱稱她爲「瑪姫」（Mz.）。這事情激怒了安娜，她半心半意宣稱要尋短；你結婚之日，她告訴史尼茨勒，就是我生命的最後一天。史尼茨勒沒把這恐嚇當一回事，繼續與「瑪姫」幽會。當他最後一次月結與安娜的做愛次數時，不知道他是否注意到，他與新歡在同一個月有三十五次的狂歡。

對那些把良心關得緊緊的浪蕩子而言，勾引「甜姐兒」（*das süsse Mädel*）——這個詞是史尼茨勒教會維也納人用的——既可以得到狂喜又不需要負任何責任。只要一些甜言蜜語、幾頓豪華餐館的晚餐，偶爾的週末鄉村度假就可以讓這些年輕女性趨之若渴，因爲這些東西都是她們盼了一輩子而不可得的。但不管她們從這些「邂逅」獲得多少滿足，她們仍然是不折不扣的獵物。這是史尼茨勒準備要承認但卻極少承認的。

史尼茨勒所累積的傲人「紀錄」與其說是一種成就，不如說是一種病徵。我們將會看到，他的這種固著（fixation）（譯註：心理學用語，指不由自主反覆進行某種動作的病態心理。像是有些精神病患無論是否有需要，都會頻繁洗手，就是「固著」的典型例子）——稱之爲固著一點都不爲過——所帶給他的並不是沒有雜質的歡愉。這一點，從他筆下的阿納托爾（Anatol）就可以清楚反映出來。阿納托爾是史尼茨勒寫於一八八八年至一八九二年間一系列獨幕劇的主角，而這齣系列劇爲他贏得巧妙處理禁忌題材高手的聲譽。就像阿納托爾一樣，史尼茨勒自己也是個「愛情憂鬱症患者」（a hypochondriac of love）③。他小心翼翼記錄下高潮次數的做法，透露出他急於要證明些什麼，讓人忍不住要揣測（因爲沒有確切證據，所以頂多只能說是揣測），他那麼喜歡炫耀自己的男性雄風，是爲了把同性戀的性向壓抑下去。當然，在病人不在場的情況下斷症是膽大妄爲的，但史尼茨勒對同性戀話題近乎沉默的態度（除了漫不經心說的一些笑話以外，他從未觸及這個話題），卻讓人不由得懷疑，他有著自我隱瞞的深刻需要。

他不談同性戀這一點之所以特別値得注意，是因爲史尼茨勒的研究者都喜歡視他爲小說界的弗洛依德。連弗洛依德自己也是這樣看他的。一九〇六年五月，弗洛依德寫信給史尼茨勒，道謝他寫給自己的五十歲生日賀函。信中弗洛依德表示，他一向對兩人在一些重要心理學問題看法上的不謀而合印象深刻。他說，他常常問自己：「你是從哪裡得到這樣或那樣的祕密知識的呢？」④這是弗洛依德常有的那種嫉妒的典型例子，那是一種不帶忌恨的嫉妒，是一種研究心靈的科學家會對藝術家產生的嫉妒，因爲後者不需要像精神分析學家那樣經過「艱苦的研究」，幾乎只憑本能就足以穿透一些晦澀的、防衛周密的領域。儘管弗洛依德很高興有史尼茨勒這樣傑出的朋友，但他並不是喜奉承的人，這樣的恭維在他是相當罕見的。

但那同時是一個過分慷慨的恭維。因爲與弗洛依德出版於一九〇五年，無所不包的《性學三論》（*Three Essays on the Theory of Sexuality*）相比，史尼茨勒對性糾葛的探索相對顯得畫地自限：它們一點都沒有談到男性對男性的愛戀或女性對女性的愛戀。這是很奇怪的，因爲同性戀這個主題早已經不是什麼祕密，特別是在匈牙利醫生本克特（Karoly Maria Benkert）於一八六九年創造出「同性戀」這個專門術語以後。而自從一八九五年王爾德（Oscar Wilde）那宗轟動的訴訟案發生後，對同性戀的研究更是大不乏人，儘管談到它的時候，人們還是會用「倒錯」或「相反的性感覺」之類的委婉稱呼。有關同性戀成因的理論汗牛充棟，而且往往旋起旋滅。直到弗洛依德以前，遺傳說要比環境說佔上風；有一個學派甚至認為有一種第三性存在：住在男人身體裡的女人或住在女人身體裡的男人。

在那幾十年間，有一群人數不多卻搶眼的專家——人們統稱之為性學家（sexologist）——大膽把研究觸覺深入一些較幽暗的性愛領域。他們把別人不敢說的話說出來，而且不限在醫學的圈子裡說。一八八六年，克拉夫特—拉賓（Richard Freiherr von Krafft-Ebing）發表了書名讓人望而生畏的名著《性精神變態》（*Psychopathia Sexualis*）——此書不啻一張詳列各種性愛變體的地圖——旋即成了國際公認的同性戀權威。為了擋開那些不是追求知識而只是追求刺激的讀者，他每談到一個敏感的議題（他沒有一個議題是不敏感的），都會使用拉丁文名詞（當時上過像樣中學的人都不會看不懂這些名詞）。過沒多久以後，埃利斯就把克拉夫特—拉賓表列過的性行為翻譯為不帶道德針砭意味的英文名詞。

無可避免的，這一類如雨後春筍出現的性學文獻有一些讀起來不啻是訴願書。其中一個鼓勵人們對同性戀坦白和接納同性戀者的鬥士是柏林的赫希菲爾德（Magnus Hirschfeld），他熱心為他所研究的這種性行為辯護。還有其他人也是這樣。因為《舊約聖經》曾明明白白稱同性戀為可憎行為，觸犯者應以火刑處死，為了抗衡，一些辯護者採取的方法是把同性戀類比於希臘式愛情（Greek love）。在受過古典教育、讀過柏拉圖的布爾喬亞之間，古代雅典文化的威望仍然沒有褪色，而既然雅典容許一個成年男子與一個少年發生性關係，那現代人就沒有理由把同性戀視爲傷風敗俗。

維多利亞時代最有名的希臘式愛情辯護士大概要算是西蒙茲（John Addington Symonds），他是一名多產的傳記家、旅遊作家和義大利文藝復興史家，本身就有同性戀的傾向。一八八三年，在《希臘倫理學的一個問題》（*A Problem in Greek Ethics*）一書中，西蒙茲稱「男性間的愛」是一種「強有力而陽剛的感情，不夾雜一絲脂粉氣」——其鐵證就是荷馬史詩中阿基里斯（Achilles）和普特洛克勒斯（Petroclus）的感情。西蒙茲一向對自己的生活能夠偏離中產階級的道德觀引以爲傲。一八八九年寫給女兒的信中，他說：「有很大一部份的人類生活，最大的部份，」——他實際指的是「最好的部份」——「在於不當布爾喬亞。」⑤

不當布爾喬亞固然是可以讓自由的心靈感受到快樂的悸動，但在十九世紀的大部份國家，這樣做都是要冒風險的。法國是個顯著的例外：就連復辟後的波旁王朝都沒有廢止制憲會議在一七九一年通過的同性戀除罪化法案。有些國家在多年後起而效尤：荷蘭是一八八六年，義大利是一八八九年。但大部份其他國家在十九世紀對雞姦的刑罰都是死刑，儘管這些法律條文絕少付諸執行：英國自一八三五年以後就沒有任何人因爲這項罪行被處決過（條文則一直維持到一八六一年才被刪除）。另一方面，較輕一點的刑罰仍然足以讓人怕怕的。在這些國家，「性倒錯者」會招來粗鄙的嘲笑、社會的排斥和就業上的障礙。因此，只有愛招搖的同性戀者會對圈外人坦言自己的性向不諱。一般的同性戀者則是用婚姻作爲掩飾，要不就是自我放逐到一些較寬容的遙遠異鄉，或是對探查者撒謊。以惠特曼（Walt Whitman）（譯註：美國大詩人，《草葉集》作者）爲例，儘管他在詩歌裡頌揚同志間的愛，但面對西蒙茲鍥而不捨的追問時，他卻回答說自己可是六個小孩的父親（「其中兩個死了。」他補充說）。這顯然又是以男性雄風作爲一張面紗。

十九世紀的大趨勢是對同性戀者寬容，但在該世紀的後半葉，有些地方爲打擊同性戀而立的法反而愈來愈嚴厲，證明了歷史悠久的道德觀念有多麼頑強。漢諾威和巴伐利亞這些德意志邦國都沒有懲罰成年男子同性性行爲（雙方同意的話）的法律，但在一八六九年的北德同盟（North German Federation）和一八七一年統一後的德意志帝國，實行的都是較嚴峻的普魯士法律，而在它備受爭議的第一七五條條文的判決下，每一年都有約五百名同性戀者被送進監獄，坐四年的牢。從這個數字看來，眞正被關的同性戀者只屬少數，其他大部份毫髮無傷；儘管如此，坐牢的陰影還是讓人充滿焦慮。而在英國，一八八五年的「拉布歇雷修正案」（Labouchere Amendment to the Criminal Law Amendment Act）對雞姦規定的懲罰是死刑，對意圖雞姦者的懲罰是十年的勞役拘禁，對「任何重大傷風敗俗行爲」的懲罰是兩年苦刑。儘管王爾德不幸被判入獄（這一點無疑毀了他的文學事業和縮短了他的壽命），但他還是幸運地只被判處上述刑罰中最輕的一種。值得一提的是，王爾德的訴訟案雖然轟動一時，但毫無跡象顯示史尼茨勒曾對此案作出過評論。

很難想像以史尼茨勒這麼見多識廣、閱讀廣博的一個人，會對發生在他四周這些事件與愈堆愈高的文獻懵然不知。另外也有證據顯示，他在熟人間聽過同性戀這回事。這裡只舉一個例子。一八九三年三月，他在度假期間認識了一個年輕女歌手蘇菲・林克（Sophie Link），後者的不快樂寫在臉上，又向他傾訴自己的煩惱。「結婚了六星期，〔嫁的是〕一個不值得愛的丈夫，〔性〕無能兼且『有乖自然』（unnatural）（譯註：指他是個同性戀）。」⑥史尼茨勒的生活和作品念茲在茲的都是性，但卻是一種較布爾喬亞類型的性。他的專長是不忠（譯註：這裡的不忠有二義，一是對情人不忠，一是對自己的眞實性向（同性戀）不忠）。

二

史尼茨勒對待「甜姐兒」不負責任的態度佐證了一個懷疑：他從未能脫出童稚的渴望和理清自己的性身分認同。很顯然，對他來說不可或缺的那些風流韻事既是源出於一些焦慮，也釋放出他的一些焦慮。他的日記和書信都反映出他是一個執念的奴隸：他無比渴盼自己剛到手的情婦是處女，而當發現她們不是的時候，又會表現出無比的痛苦。他不可能不知道他的渴盼是奢侈的幻想，因爲他喜歡勾引的那個階層的女子都是極不可能等到他的出現才獻身的。

然而，他還是堅持要在「甜姐兒」或已婚婦人中間找尋處女，儘管後者就定義來說就是已經失去「眞純」的。他對女人的感情史（也就是性經驗史）著迷不已；他會逼問她們、哀求她們，要她們把眞相和盤托出，但一旦知道她們不是他渴望的處女時，又會心生鄙夷。「我是一個慣性的折磨者。」⑦他在日記裡很有見地地指出。在《阿納托爾》系列的獨幕劇裡，他提供了一個強迫性追問者的自畫像。例如，在《阿納托爾的自大狂》（*Anatol's Megalomania*）這齣獨幕劇裡，史尼茨勒等於是把他的心理困境公諸於衆。阿納托爾是個環境優裕的獨身漢，看不出來有賺錢謀生的需要，每星期（看來如此）都會換一個情婦。有一天，他偶遇一個舊情人，聊沒兩句就狂熱追問起她在他們分手後性生活的每一個細節。一如易卜生在戲劇《野鴨》（*The Wild Duck*）裡所證明的，這一類對眞相不能自制的縈懷，有時其實是一種施虐癖侵略性的表現。被一個朋友問到爲什麼要這樣窮追不捨的時候，阿納托爾回答說：「那是愚蠢……那是病態。」但他又補充說，他就是身不由己，因爲對他而言，所有記憶都是尾隨不捨的。這眞是個讓人歎爲觀止的自我分析。

史尼茨勒也深知他想從情婦那裡得到的忠實是他所不能給她們的。「〔性〕愛，」他在一八九三年九月寫給朋友的信上說：「如今已不是我感情生活的一部份，而是我的〔生理〕衛生的一部份。」⑧為了給自己的不忠找托詞，他會祭出一些心理與生理健康上的理由。一八九〇年，他形容自己的性慾是「粗魯的」，又說：「當我保持貞節好幾天——六至九天是極限——我純粹只是頭動物。」⑨兩年後，他再次強調這個診斷：「我會因為禁慾而飽受強烈痛苦折磨，但妓女又會使我作嘔。」⑩（譯註：這裡有兩點值得注意，一是它反映史尼茨勒認為找妓女不算對情人不忠，二是它反映史尼茨勒只對「正經」女人感興趣）但這是一種他總是可以快速修補的痛苦（譯註：指他很快就會去勾引正經女人尋求慰藉），而且只會偶爾自責。有時他會承認，他這種自圓其說的邏輯是經不起片刻審視的。他既自知又不自知。儘管努力嘗試，但他就是無法靠理性去抵擋忌妒心理的「要命攻擊」⑪：每當他想像到自己的情婦被從前情人抱住的樣子，就會飽受煎熬。

史尼茨勒對絕對性純潔的渴求不是一種偶發性的小毛病，而是一種傷殘性的重症。一八九〇年，他在日記裡提到，上一個夏天，有一次當他與瑪麗・格呂馬在一起時，他「對過去的嫉妒」（譯註：指對瑪麗・格呂馬過去男人的嫉妒）讓他幾乎發瘋。當時他們一起躺在森林裡（森林是他偏愛的幽會地點），「我又怨、又叫、又哭，因為那些思緒再次攻擊我！」⑫他很容易哭，也常常哭。在寫給他這位小天使一封自剖和野蠻的信中，他為自己之所以不願娶她找出了理由：她的兩個舊情人讓他備受折磨。想到別的男人曾經聽過她做愛時的呻吟聲，想到別的男人分享過他的美好，他就忍無可忍。那會讓他被一種「無比噁心的感覺」⑬攫住——他這樣告訴她。這樣的話他以後還會常常說。

就像折磨得「瑪姬」還不夠似的，他在信中又放縱自己的野蠻（他本來就夠野蠻的了），天馬行空想像出一個極沒品的情景：他想像他娶了她，帶她參加宴會，卻碰上她一個舊情人——「一個曾經抱過妳的男人，而且就在妳的家裡。他把妳抛到沙發上，佔有了妳，而當時妳媽媽正在廚房。這個男人離開宴會時面帶微笑，心裡想：我享受過她呢，在她丈夫之前就享受過她——而我還不是第一個呢！」⑭史尼茨勒曾經對「瑪姬」說過，她比「絕大部份把自己保護得嚴嚴密密的處女」都更棒⑮；但他就是擺脫不了一個念頭：他所親的這雙朱唇其他男人也親過。

史尼茨勒對「過去」的嫉妒只有他對「現在」的嫉妒才足以凌駕。一八九三年三月，他從一些匿名信中得知，瑪麗・格呂馬在一次旅行途中曾和別的男人睡過。史尼茨勒爲此勃然大怒，用一些他能想得出來最傷人的話把瑪麗・格呂馬痛罵了一頓。他說，他沒想到他最知己的女友、最心愛的孩子和最信任的同志竟然會自我降格爲一個無恥的妓女、可憐兮兮的叛徒、「太陽底下最低等的生物」⑯。他說他對她的爲人感到不齒，其程度比他對她從來有過的愛爲大。「噁心，噁心、噁心！妳污辱了我，比任何污辱過我的男人都猶有過之。」⑰換成是比較心平氣和的時候，史尼茨勒將會評價自己這種無節制的誇大其詞是低格調的、幼稚的和自我中心的。他也知道，儘管「瑪姬」的不忠讓他感受到了「最眞誠的憤怒」，但對方「所做的只是我做過的事情：我瘋狂愛著她，卻又背叛她。」⑱他安慰自己說，人生就是這麼一回事：不一貫、非理性，會被各種弔詭圍繞。「有時候，當人不在愛中的時候，愛是非常甜蜜的。」⑲

這一類謬論是史尼茨勒很需要的，因爲就在他向不忠的瑪麗・格呂馬大發雷霆的同時（「妳在那些眞誠的街頭妓女面前理當感到臉紅，畢竟她們從事的只是於別人無傷的工作。」⑳），他正在跟「菲菲」（Fifi）打得火熱。菲菲是他從前的病人，從上一個十一月起，兩人就開始幽會。菲菲也不是史尼茨勒在「瑪姬」遠行期間的唯一慰藉，哪怕他自認爲他愛「瑪姬」要多於任何一個女人。一八九二年十月，也就是他發現自己的主要情婦背叛行爲的三個月前，他與Z小姐睡了三次，每次都試圖要想起「瑪姬」，卻徒勞無功。「不，不，她們不是『一樣的』。」他在日記裡寫道：「冰冷的飯店房間。憂鬱症。」㉑他還想讓自己相信，與菲菲或Z小姐在一起的背叛行爲可以讓他更愛「瑪姬」——以「一種較棒、較美、較不折磨人的方式」愛她。㉒他理智有餘地問自己：「（我是在）詭辯嗎？」㉓卻又懶得去思考答案。他詭辯的天賦讓他可以心安理得地去追逐他的執念。

從史尼茨勒拈花惹草行為的精神官能症特質，反映出這一類行徑帶給他的快樂有多麼的少。讓他更爲苦惱的是，他不時都會意識到，自己對女人的鄙夷（有時是隱含的，有時是公然的）已讓他淪爲那些凡事持雙重標準的庸俗布爾喬亞的一員。在心情好的時候，他曾經形容「瑪姬」是個「野性但本質相對眞誠的女人。」㉔但他也曾當著另一個情婦阿黛兒・桑德洛克（Adele Sandrock）的面告訴她：「妳就像所有女人一樣，是個騙人精和妓女。」㉕他並不是總是如此相信，但相信的次數已經夠多的了。

但不管有多麼不成熟，史尼茨勒還是細緻得足以創造出一些討人厭的男性角色，去諷刺那種司空見慣的男性意識形態。這些角色都是些不害臊的本位主義者，他們勾引女人上床而又看不起這些女人：一言蔽之就是史尼茨勒自己的寫照。在一齣風趣的短劇《過勞的人》（*The Overwrought Person*）裡，他寫一個顯然是中產階級的已婚婦人告訴情夫她懷了孕。這消息讓對方慌張不已，接著他給了她一些亂七八糟的建議——一個比一個麻木不仁、一個比一個更讓她氣惱。一開始，男主角拐彎抹角地表示，小孩一定是她丈夫的，但她生氣地否認了（看來是眞誠的）。繼而，他暗示她應該去墮胎，但又被堅決拒絕。然後那男的哀嘆說他們兩人是不可能私奔到美國去，因爲他是幫父親工作的，收入可憐兮兮，根本湊不出這個錢。對這個她以前沒有聽說過的「依賴宣言」，女的半信半疑地接受了。最後，男的建議她最近至少應該與丈夫上床一次，以便掩飾孩子的身分。聽到這個，女的給了情夫一記耳光，掉頭離開。落幕時那男的還在喃喃自語：她太自以爲是了，她會回來的！毫無疑問，史尼茨勒的用意是要讓男主角顯得討人厭，要讓女主角對男主角的鄙夷在觀眾中間引起共鳴。

在其深具爭議性的早期劇作《謊言》中，史尼茨勒對自己缺點的鞭撻同樣毫不留情。《謊》劇寫成於一八九一年，首演於兩年後，招來「敗德」的譴責。男主角費多爾（Fedor）是個自認爲有進步思想的人，對社會的雙重標準深感不滿，認爲體面男人不該娶「墮落」女人這種主流意見，只是布爾喬亞虛僞性的表現。但范妮（Fanny）——一個動人的女演員，她愛費多爾而費多爾也愛她——卻成了他原則的試金石：她向費多爾坦承自己有過兩個男人。到最後，因爲受不了來自自己所屬階層的壓力，費多爾放棄了自己的原則。他鄙劣地告訴范妮：「黏附在妳身上的羞恥是擦拭不掉的。」㉖聽到這個，品格高尚的范妮主動提出分手，後來簽了一紙條件優厚的合約，前往俄國去發展。很明顯，史尼茨勒是想讓觀眾覺得費多爾是一個自負的懦夫和僞君子。但他本身就部份是個費多爾，換言之，史尼茨勒很少能夠把表現在劇作中的良知與道德感體現到現實生活中。

不過，有些時候，史尼茨勒也會找到眞正意義的愛，也就是情與欲水乳交融的愛。一八九四年七月，一個新病人因爲喉嚨痛向他求診。對方是瑪麗・賴恩哈德，二十三歲，非常漂亮，他馬上就被迷住了。整個夏天和秋天他都在追求她，小心翼翼盤算每一步，慢慢推進，與他一貫迫不及待的習性大相逕庭。到了十月，也就是他們認識後的三個月，史尼茨勒在日記裡表示：「我迄今還不敢對她做任何事。」㉗沒多久，他們就親吻了，又發生了爭吵，然後深談。不過，還得要再過好幾個月，瑪麗・賴恩哈德才向史尼茨勒獻出自己的「終極禮物」——一種只有循規蹈矩中產階級年輕女性能夠獻出的禮物。

她在一八九五年三月十三日的「投降」是出自深思熟慮的決定，而一旦作出決定，她就顯得前所未有熱情。「毫不費力，」史尼茨勒這樣形容他們首次相好的情形：「她就變成是我的了，自然得就像整件事情的發展過程一樣自然。」㉘當然，他還是無法自制地追問她，他是不是她的第一個男人。他得到的回答是肯定的。但當瑪麗・賴恩哈德要求他發誓相信自己的話時，史尼茨勒在發誓時卻暗自繞起了食指與中指（譯註：一種讓誓言變得無效的方式）：他根本無法相信自己終於可以找到一個處女！不管怎樣，瑪麗・賴恩哈德還是讓史尼茨勒感到了前所未有的自在（至少是有時候）。他在四月十四日記

道：「我們一起用晚餐，並在情與欲兩方面愛著彼此。」㉙

史尼茨勒在日記裡暱稱瑪麗．賴恩哈德爲「瑪姬二」（Mz. II）。但這位「瑪姬二」既不是女演員也不是刺繡女工，而是出身良好布爾喬亞家庭的歌唱老師；換言之，她與史尼茨勒門當戶對，是史尼茨勒可以娶的女人。他視她爲一個可以——或幾乎可以——與自己平起平坐的人，把作品唸給她聽，甚至會採納她的一些修改建議。然而，史尼茨勒的日記裡有時也會透露一些危險訊號：她讓他感到無聊，讓他神經緊張。一八九六年一月，亦即這對情侶第一次結合的僅僅十個月後，他又開始蠢蠢欲動了。有一個晚上，史尼茨勒在與「瑪姬二」幽會過後，在日記裡寫道：「〔她〕可愛、甜美、漂亮——但我又想要另一個情婦了。」㉚他很快就如了願，而且不但沒有自責，反而找到了這樣做的藉口：「自從有了第二個情婦，我更愛『瑪姬二』了，肉體上愛她的次數也更多了。」㉛儘管最渴盼的願望得到了滿足，也就是得到一個「之前不屬於別人」㉜的女人，但這種滿足並未能打敗他專橫的慾念。獲得他想要的東西以後，他就開始想要別的東西——別的女人。

他是無藥可救的。儘管兩年前史尼茨勒一怒之下結束了與瑪麗．格呂馬的關係，但後者還是不斷給他捎信和送花，讓史尼茨勒頗爲動容。他同意讓她來看他，而這種場合，她幾乎名副其實是跪著求他原諒的。然後，要發生的事情發生了。七月十日，史尼茨勒見過「瑪姬二」之後說：「她非常漂亮，我非常愛她。」㉝但才一星期後，他就與「瑪姬一」獨處一室。「她哭了，她很溫柔，而她又再一次是我的了。」㉞他對這種一腳踏兩船的遊戲樂此不疲。七月底，他同時收到「兩位『瑪姬』柔情蜜意的來信」㉟。這就怪不得，那段日子他在一次自我分析時會覺得自己是個「不折不扣的男妓」㊱。但一如往常，這種自知之明並沒有在他的行爲上起到什麼作用。

一八九九年三月，瑪麗・賴恩哈德在接受一場拙劣的盲腸炎手術後喪生，史尼茨勒大爲悲慟，其強度在他是極罕有的。他常常會想起她，一直記得她的忌日。但他的身體很快就提醒他的需要，而且是在一個極不恰當的場合。五月一日，也就是「瑪姬二」離開人世還不到兩個月，他向一個年輕女熟人訴說自己的孤苦。「我哭了，」他記道：「她陪我一道哭。稍後〔我的〕肉慾燃燒起來，她覺得受到了冒犯。」㊲他有點詫異：世界上**怎麼會有**這種女人。

史尼茨勒對女人的矛盾看法，以及他對處女的無比渴盼，在在都把他帶到了精神官能症的邊緣。但正如弗洛依德提醒過我們的，精神官能症只是正常行爲的誇大化表現，那麼，我們似乎也可以把史尼茨勒的內心戰爭——比方說他對處女的無比渴望——視爲正在轉變邊緣的社會心態的某種扭曲反映。這種社會心態就是處女情結。沒有錯，克拉夫特—拉賓在一八八〇年代中葉是宣示過：「不管情慾有多麼強，感受力較高的男人都會要求有一個貞潔的妻子。」㊳只不過，在那些年間，有一些具有進步思想的布爾喬亞——史尼茨勒筆下的費多爾一度就是這樣的人——已開始對處女崇拜提出質疑。處女崇拜正是社會雙重標準一個顯例，而具有自由心靈的人愈來愈覺得它沒有說服力，而且是不公平的。畢竟，除了嚴厲的神職人員外，誰又會要求男性作出同樣的自我抑制呢？不是常言道：男性動物應該先來放蕩一番，為一夫一妻制的婚姻作準備的嗎？

十九世紀的女性主義者取得的勝利儘管寥寥無幾，但他們每勝利一次，都會讓衛道之士震動一次。一八四八年，當女性主義者在紐約的塞尼卡福爾斯（Seneca Falls）舉行大會，列出各項婦女應享的權利（包括投票權）時，神父、牧師和報紙主筆都紛紛加以口誅筆伐、詆毀抹黑。同樣讓衛道之士震驚的是約瑟芬．布特勒（Josephine Butler）一八六九年在英國對「傳染病法」（Contagious Diseases Act）——一項只罰妓女不罰嫖客的法令——發起的反對運動。很多女性主義的中堅都是懷抱理想主義的中產階級婦女，她們受到若干同階級男性的忠心支持，而不是波希米亞人或仇視布爾喬亞的極端份子。但不管這些男性是屬於什麼階層，他們仍然受到主流文化態度的束縛。其中一項就是女性的性權利的問題。對兩性平權的要求（這是一個在維多利亞時代未能獲得完全實現的夢想）強烈意味婦女應該享有如同男性一樣的性自由。

這注定是一場硬仗，因爲對貞操的崇拜是與宗教教條緊密交織在一起的——聖母瑪利亞（譯註：根據《聖經》，瑪利亞是以處女之身產下耶穌的）在許多布爾喬亞心中具有極崇高的地位。虔誠的新教徒、猶太教徒和天主教徒都不遺餘力去保衛它和懲罰違反者。在很多中產階級的圈子裡，處女崇拜也是與社會地位交織在一起的。上流社會的少女因爲都是在女修道院或女校唸書，難得接觸異性，所以很少有機會可以在新婚之夜以前失去童貞。她們的處女膜乃是一樣值得保存的戰利品，因爲一旦受到「敗壞」，她們在婚姻市場的價碼就會直直落。

完整貞操（*virgo intacta*）的觀念除了因爲這些社會面和經濟面的因素被神聖化以外，心理學性質的衝突也悄悄在進行著地下工作。幾乎無一例外，一旦一個小男孩撞見過父母親行房，母親在他心目中的形象就會一落千丈，認定她不如應有的那麼好。如果這小孩運氣好，那在成長的過程中，他就會把他對母親的激情整合到更切合實際的觀點裡，與母親和睦相處，發展出對母親的另一種性質的愛，讓自己情感得以宣洩。但如果他運氣不好，對母親的感情就會始終是一種重擔，他會認爲母親對他不忠，沒有給予他渴望和應得的那份愛。他會反覆在別的女人身上尋找母親本來的那個神聖身影。換言之，他會注定是個感情生活失敗的人，被一種病態的潛意識報復心理所縈繞。

類似的事情看來就發生在史尼茨勒身上。從他所留下的各種線索透露，他一直陷在兒時的糾葛中無法自拔。在紅皮日記本被查抄的事件中，他母親看來是個局外人，因爲管教兒子的事情一向操在丈夫手中——這種家庭分工是與那種正在消退但活力猶存的父權家庭相吻合的。但史尼茨勒幾乎從不在日記裡提到母親卻不是偶然的，那是一條線索。在自傳《維也納的青春歲月》（*Youth in Vienna*）裡，史尼茨勒同樣極少提到母親，偶一提到也是漫不經心，但這卻不代表她對他不具有情感上的重要性。

正如我們前面看到的，現代家庭的緊密性質讓孩子對父母（特別是母親）的感情期望要比過去的世紀來得大，最少要更加明顯。史尼茨勒認爲，不管父母有多愛他、多關心他的教育，他們對他的關愛仍然是不夠的。他們的精力更多是投入於怎樣確保他爸爸的社會地位和給它粉飾增華，而這也是他媽媽心力付出最大之處。「總的一句，」史尼茨勒這樣評價他的童年：「我們當時以及之後許多年的關係可以形容爲親善友好的，卻不能說是親密無間的。」㊴約翰・史尼茨勒夫人無疑認爲自己是個好母親，但在長子眼中，她就是還不夠好。晚至一八九一年（當時史尼茨勒已幾乎三十歲），他還在日記裡記下一場「醜聞」：他父母罵他是浪蕩子和蠢才。這場衝突讓他哀嘆：「我覺得我有權受到更多了解的。」㊵

史尼茨勒知道他父母的愛情觀、工作觀與道德觀跟其他奧地利布爾喬亞（較其他國家保守）無多大不同，卻未因此而釋懷。他的表兄弟馬克布賴特（Otto Markbreiter）就因爲娶了一個酒吧女爲妻，不得不與家裡脫離一切關係。一八九七年，史尼茨勒發現瑪麗・賴恩哈德懷孕了（兩人當時已在巴黎住了一段時間），這表示她已無法回到維也納，只能棲身在郊區。正是這種氛圍讓羅素（Bertrand Russell）在一九〇二年（即維多利亞女王駕崩的翌年）向古典學家默拉利（Gilbert Murray）指控說：「森然的禮教：活生生的上帝」㊶。同樣的基調在不同「仇布者」的演奏中有不同的變奏（指控布爾喬亞假惺惺、謹小愼微、道貌岸然等），它們都同樣尖刻，也同樣未能體認到，中產階級的價值觀、道德觀已處於改變中。

三

無論是十九世紀還是後來的布爾喬亞仇視者，都特別喜歡挖苦中產階級對性的態度，認爲中產階級的性觀念明明是一種肉體與道德的災難，卻被粉飾得像文明的楷模。爲了支持他們的反布爾喬亞宣傳，他們杜撰了一些子虛烏有的故事、開一些粗野的玩笑，並憑藉極有限的事例作出大膽的概推。這些虛構的、全面性的判決獲得了廣泛的流傳和幾乎不受質疑的權威性。它們讓二十世紀的維多利亞時代韃伐者自感高他們祖先一等，而這種態度甚至在今天一些專業的學術著作還會留有痕跡。他們取笑布爾喬亞參加晚宴時會把雞胸喊作「雞膛」，取笑布爾喬亞家庭會用紙裁的小裙裾去遮蓋大鋼琴的「大腿」。還有一個流傳不衰的笑話：一個維多利亞時代媽媽在女兒出嫁前夕會告訴簌簌發抖的女兒，當她一旦與丈夫單獨相處，就會遭到丈夫粗暴攻擊，這時，她應該閉起眼睛，逆來順受，心裡想著英國。

事實卻與此相當不同，性選項在十九世紀是相當多樣的，其中甚至包括快樂的選項。在面對性愛的問題時，很多維多利亞時代的中產階級都依違於兩股力量之間：一方面是來自教會和文化傳統的拉力，一方面是懷疑主義的吸引力和自然的生理需要。他們會想：天知道指導我們父母行為那些所謂永恆道理是不是只是時代的產物！天知道女性應該是無性天使的布爾喬亞理念是不是只是出於一種不被承認的焦慮！天知道它是不是已超出任何文明社會都必須加諸其成員的限制的合理範圍之外！

維多利亞時代人留下來的材料一向在歷史學家之間有南轅北轍的解讀。以狄更斯這位英語世界最廣為閱讀與最受愛戴的小說家為例，他固然嘲諷布爾喬亞的拘謹不遺餘力，但另一方面又是這種拘謹的體現者。在小說《我們共同的朋友》(*Our Mutual Friend*)中，他把那位謹小慎微的紳士先生(Mr. Podsnap)盡情取笑了一番，說他整天都會擔心有誰把「讓年輕人臉紅耳赤的」話題提出來。可是到了《大衛．科波菲爾》(*David Copperfield*)，同一位作者寫朵若．科波菲爾(Dora Copperfield)流產的情節時卻一筆帶過，讓大部份讀者幾乎忘記了她爲什麼臉色會那麼蒼白。另外，小說中的妓女角色馬撒（Martha）說起話來也儼如大家閨秀。狄更斯這種不一貫的態度事實反映了一件事情：維多利亞時代人對性問題的態度是高度折衷性的。

儘管有這種妥協，但這並不表示中產階級夫妻是沒有享受性滿足的機會。有超過一世紀的時間，鄙夷布爾喬亞的歷史學家都在傳遞一個謠言，說是維多利亞時代的丈夫之所以喜歡上妓院、追求歌女或養情婦，是爲了彌補他們在家裡遭遇到的性挫折。但這只是另一個惡毒、基本上沒有根據的謠言，是與當時中產階級生活的豐富多樣面貌相抵觸的。在十九世紀，當然不是沒有一些因爲得不到性滿足而流連在外的丈夫，但他們更常見的補救方法是與配偶一起追求更多和更好的性生活。

對，更多和更好的性生活——但總是在適度的範圍內。這個要求，是維多利亞時代中產階級夫妻追求幸福的一個前提。我們知道，性本能在其原始狀態是不受節制和不知饜足的，因此，把不羈的原慾馴化就成了每個有教養布爾喬亞必修的一課。在當時大部份教育家眼中，禁慾與貞潔並不是同義詞或盟友，而是敵人。維多利亞時代人深深認同精神分析學家所說的「昇華」（sublimation），也就是把性的驅力轉用在藝術、知性或工藝的創造活動上。許多中產階級批判者有所不知的是，十九世紀布爾喬亞放在床頭的格言並不是禁慾而是節制。

對於「性慾本身並非罪惡」這種觀點的推廣，十九世紀較「進步」的婚姻手册居功不淺。那也是德國醫生阿爾布雷克特（J. F. Albrecht）的《女性的奧祕》（*Mysteries of Females or the Secrets of Nature*）的主要論點。這本有關性心理與性生理的淸晰小册子相當暢銷：它出版於一八三〇年，到一八五一年已經出到第六個增訂版，當時作者已經逝世，出版社是爲了滿足市場的需求而加以增訂的。這是一部特別有價值的文本，因爲阿爾布雷克特醫生是個謹愼而虔誠的模範，力求冒犯最少的讀者和使用最得體的語言。他用盡量不會引起冒犯的語言建議當時的太太們，不應該拒絕丈夫對「床笫溫柔」的渴望，更不應該流露出厭惡，哪怕當時她們對房事的興趣要低於丈夫。因爲如果不能採取這種愉快的配合態度，那丈夫就說不定會「因爲缺乏滿足而到婚姻之外尋求補償。」㊷這本來只是個警告，但許多年以後卻被反布爾喬亞的鬥士誤當成事實的陳述，以爲那是對當時普遍現象的描述。

鼓勵配偶雙方都應該追求性滿足的同時，阿爾布雷克特醫生有禮貌地指出，他不能容許自己同意神學家的一個見解：太太懷孕期間夫妻不應行房。他說，如果夫妻雙方都有結合的衝動，就應該順其自然，但丈夫應該特別體貼，而愈到後來次數也應該愈少。他問道，如果造化不願讓人的某種驅力獲得滿足，它爲什麼又要賦予人這種驅力呢？阿爾布雷克特醫生是十九世紀最早宣揚這種自由派和有同理心的觀點的人之一，而這一點提醒我們：最早和最有建設性的一些性指南，是布爾喬亞寫給布爾喬亞看的，旨在修補因爲夫妻雙方的無知而造成的裂隙。

當然，這位態度親切的醫生也深知，有許多夫妻都是不需要別人來鼓勵，自己就懂得追求共同的快樂。他們會自行探索出哪種程度的滿足才最符合彼此的需求。史尼茨勒許多作品都包含做愛的場景，但值得一提的是，他似乎理所當然地認爲，他的女性角色是不必爲性冷感擔心的。他筆下最顯著的床笫失敗者是個男人：在《輪舞》中，史尼茨勒以幽默的手法描寫一個男的因爲太過緊張而不舉，後經情人（一位已婚婦女）安撫而重振雄風，最後兩人都能夠得到最高的滿足。總之，不管維多利亞時代人中間有多少性壓抑的女性和心理性性無能的男性，但還是有一些（大概還爲數不少）丈夫以至妻子，是勇於追求性歡樂和得到滿足的。

維多利亞時代中產階級夫妻生活的眞實面貌除了被後世的嘲諷所模糊以外，也受到同時代人見解的扭曲——儘管這些見解很可笑，卻是後來世代所樂於「利用」的。最好的代表（即最糟的代表）是英國的婦科醫師阿克頓（William Acton）——沒有他，眞不知道後來的布爾喬亞詆毀者要怎麼辦。他在初版於一八五七年的《生殖器官的功能與失調》（*The Functions and Disorders of the Reproductive Organs*）中指出，女性天生就是無法享受性愛的。阿克頓宣稱，受過良好教養的女性都是性冷感的：「大多數女性（她們很幸運）都是用不著爲任何種類的性慾而煩惱的。在男人中間普通不過的事情，在女人中間只是特例。」因此，一個緊張或羸弱的男子不必因爲擔心太太會苛索過度而對婚姻卻步不前。正好相反：丈夫、家庭和小孩的幸福將注定吸去她全部的心思。「已婚女性是不會願意被當成情婦對待的。」㊸肯定有相當多維多利亞時代的中產階級婦女會對阿克頓的結論大感驚訝——要是他曾經有費事去問她們感想的話。

不管怎樣，阿克頓的結論都是無效的，因爲他未能把生物前提與社會壓力給區分開來。但他自信滿滿的觀點卻招來了頗多的追隨者，特別是在英國以外。不過，在否認正常女人天生具有強烈性慾這一點上，阿克頓醫生還不算最極端的。例如，約翰·霍普金斯大學（Johns Hopkins University）的生物學與生理學教授馬丁（H. Newell Martin）就甚至宣稱：中產階級的婦女，特別是中產階級上層的婦女，覺得性交是痛苦的事。她們會同意行房，只是爲了迎合丈夫的衝動。「一個深情的妻子會認爲自己最大的快樂莫過於爲所愛的人受苦；只要還忍受得了，她是不會讓丈夫知道自己正在受苦的。」㊹就像阿克頓一樣，馬丁承認有些女人的性慾是可以被激起的，只不過他認爲這些女人都不是正常的類型，注定只能是壞妻子和壞母親，內心深處是渴望當妓女的。

偉大的克拉夫特—拉賓也同意這一點。一八九〇年，他在概述自己的最新發現時，指出女性對性行爲之所以明顯興趣缺缺，不是文化約束的結果而是身體過程的結果。

「如果她的心智得到正常發展，家教良好，那她的性慾就會很低。」但這是一件幸事，因爲要不是女人在性方面是消極的、被動的，那「整個世界將會儼如一座妓院，婚姻和家庭都不可能存在。」㊺在其經典之作《性精神變態》中（此書的見解相當倚重義大利性學家曼泰加扎〔Paolo Mantegazza〕的研究），克拉夫特—拉賓採取了有點不同的見解。這一次，他承認女人就像男人一樣，是渴望性滿足的，但有別於男人的是，女性也渴望「保護與支持自己與子女」㊻。但不管他的前後觀點有哪些細微不同，克拉夫特—拉賓都從不懷疑，雖然女人也許是愛的專家，但性卻是男人的天賦。

很自然，這些意見都是二十世紀的維多利亞時代文化批判者所樂於採用的。另外，維多利亞時代詩人帕特莫爾（Coventry Patmore）不就寫過一首頌揚女性的長詩，稱她們是家庭裡的天使嗎？（譯註：天使是無性的，把婦女比擬爲天使，是強調她們對性不感興趣）女性在許多漫畫裡的形象——負有神聖任務、對房事興趣缺缺，甚至感到噁心——是那麼的深入人心，以致即便有相反的證據出現，也往往被置之不理。有些醫生——甚至女性疾病的專家——因爲成見太深，以致於有明明白白的證據擺在眼前也視而不見。其中一個該賞以「視而不見獎」的人是德國專家阿德勒（Otto Adler），他在一九〇四年出版的《婦女有缺陷的性感受》（*The Defective Sexual Feelings of Women*）一書中，企圖以實際的病例報告去支持他的論點。但他舉的一些病例卻明明是在檢查時可以到達高潮的，而有一些則是明明白白受到性渴望的困擾。不願意看的人無疑於瞎子這句話也許是老生常談，但卻是事實。

儘管有阿克頓、阿德勒這一類人在，但把「婦女天生性冷感」這種教條的頑強活力完全歸咎於婦女疾病專家的搖旗吶喊卻有失公平。事實上，大多數這方面的權威對這個普遍流行的神話都持否定態度。阿爾布雷克特醫生就是其中之一，不過不管他爲人有多審愼，他在這方面的意見卻不是來自臨床證據，而是來自哲學思辨：「要斷定兩性在體現生殖驅力的時候，何者會經受到更大的刺激也因此感受到更大的滿足，並不容易；不過我們也許可以這樣想：既然美麗的性別在這過程中要承受最大的痛苦，那她們自然也應該享受到最大的歡樂。誰又敢說造物主這樣的設計是有所不當的呢？」㊼

當然不是所有的婦科專家都是偏愛思辨多於臨床證據的。他們知道（而臨床檢驗上也可以證實），一個女病人之所以會爲性冷感而上門求診，正因爲她們懷疑自己或自己的處境有哪裡不對勁。有些婦女會在日記裡記下自己感受過的性歡愉（也有寫在信上的，但要少得多）。這一類證據無可避免是稀少的，但已足以說明事情的一二。在十九世紀，會坦承自己有強烈性慾的女性肯定是少數中的少數，哪怕是浪漫主義者。在這方面的話題能被接受公開討論以前，有太多道路障是需要跨過的了。大部份婦女在記下她們與丈夫的溫存時，都只會輕描淡寫兩、三筆：與丈夫熱吻或睡在丈夫的臂彎裡的感受。

很多更符合實際的通信已經難於找到，部份原因是它們許多都被銷毀了。但它們仍然存在。以下是一個姓名與年齡不詳的巴黎女裁縫在一八九二年寫給情人的信：「我身不由己必須向自己承認：『我愛你』，而我也永生難忘與你共度的那個良夜。親愛的，你想必注意到我當時有多放開自己。儘管是第一次，卻一點也不尷尬。那一定是我已對你深深著迷的緣故，而當時我也深信在你的臂彎裡一定會感受到無上欣喜。」㊽

與這段剖白相比，阿黛兒．桑德洛克在向史尼茨勒回憶他們一個同樣燦爛的春宵時，坦率的程度要更令人屏息。「醒過來時，我感覺自己就像仍然身處在你愛的魔圈裡，就像仍然躺在你的臂彎裡……我感受得到你的嘴巴是怎樣吮吸我的呼吸。那種感覺不是愛、不是快樂──這些都是陳腐、該送進垃圾桶去的字眼。我很肯定我的感覺截然不同，那就像是一種新生，一個全新的世界向我揭示了它的璀璨：就像是一種靈與欲的結合，其中充滿無限的渴慕；就像一種蒙福的自我解體、一種在另一個世界的幸福夢遊、一種半睡半醒的瀕死狀態……」㊾

也許會有人懷疑這番表白的眞實性，因爲阿黛兒．桑德洛克畢竟是個男女關係複雜的女演員，而且是個「解放份子」，各方面都是個造作的女人。但比她平凡多的布爾喬亞婦女也會發出與她類似的聲音。一八六〇年代中葉，家住麻州的東漢普頓（Easthampton）的蘿拉・萊曼曾與人在紐約的丈夫約瑟（Joseph）有過幾趟書信往返。約瑟想讓太太知道自己有多思念她。「我期盼著那種在妳擁抱裡無可形容的歡欣。」⑩他在一八六五年三月十一日寫回家的信上說。兩天後，他在另一封信裡把籌碼增加了一倍，表示他盼著「被一雙愛撫的手緊緊包圍，以及受到最感官的碰觸所撫慰！但用不了多久我們就會得到它——全部的、全幅度的。」⑪他顯然沒有在外久留的打算。蘿拉的回信顯示出她喜歡這種文字上的挑逗，而她的回信比丈夫的還要火辣辣。三月十三日，在向丈夫熱情澎湃宣示過自己的愛以後，蘿拉又說：「我好盼望感受到與你的心靈相觸。」⑫沒有錯，他們夫妻倆偶爾是會給一些顱相學（Phrenology）的刊物聯名寫寫文章，但她這裡說的「心靈」卻顯然是「肉體」的意思。十天後，她把話說得更白了：「下星期六我會抽乾你的保險箱的，我保證。」⑬那之前，她已經用一些很感官的意象把丈夫折磨過一番：「我剛泡過溫水澡，正坐在火爐前，甜美得像玫瑰花苞。你不希望就在旁邊嗎？」⑭

丈夫抱怨她把他挑逗得太厲害（「妳就不能**以後**才來談妳的泡澡和把自己弄得有多甜美銷魂？」），但蘿拉不只沒有歉意，反而更加火辣。「我今天可沒有洗澡，」她在三月二十四日的信裡說：「床單不乾淨，我的內衣褲也沒換新的——你一定不會再感受到被挑逗啦。」⑮她完全知道這些話對丈夫的挑逗只會更甚。萊曼夫婦的這些情色的通信可不是在蜜月以後沒多久寫的，而是在結婚七年後寫的。要是蘿拉・萊曼——阿黛兒・桑德洛克更不用說——有讀過阿克頓醫生有關布爾喬亞婦女天生性冷感的言論，一定會啞然失笑。

四

除了一些擔心世界會被統計數字淹沒的保守份子以外，十九世紀的布爾喬亞乃是科學的傾心者，矢志要發揚實證經驗的力量。儘管要量化性生活的幸福度（或不幸福度）幾乎是不可能的，但有些維多利亞時代人還是嘗試求助於統計數字。狄更斯小說《艱難時世》（*Hard Times*）中那位可怕的格拉格林特先生（Mr. Gradgrind）——一位毫無想像力、鄙視感情、開口閉口都是「事實」的老師——可說是對十九世紀那些事事講求精準的社會和政治改革者的一個挖苦。當時也有一些社會的研究者因爲受夠了道聽途說，覺得說不定透過收集數字，可以多少闡明——他們可不敢奢望可以一舉確定——中產階級婦女對房事有多麼感興趣或不感興趣。

首先該強調的是，在十九世紀，沒有一個以問卷方式或在醫生辦公室裡以面談方式進行的調查，其精確度能及得上現在的調查技術於萬一。儘管如此，這一類小規模、難脫主觀成分的調查並不是沒有用的，而它們也佐證了一個看法：中產階級女性情慾的強度並不亞於同一階級的男性，至少是相去不遠。一八八三年，一名傑出的蘇格蘭婦產科醫生鄧肯（Matthews Duncan）在皇家醫學院（Royal College of Physicians）演講時指出，他曾與五百零四位不孕婦女面談，問及她們的性慾和性歡愉（即性高潮）狀況。只有百分之四十的人選擇回答，但其結果足以讓那些鼓吹女性有權利也有能力追求性歡愉的人歡欣鼓舞。一百五十二位婦女承認有性慾，一百三十四位承認有過高潮。看來，如果那些拒絕回答的婦女都願意作答的話，那有性慾或有過高潮者的比例將會降低。儘管如此，鄧肯醫生所取得的結果，卻足以支持他所說的「一個幾乎普遍同意的意見」，那就是「婦女是有性慾和可以享受高潮的，至少是可經由適當的刺激引發。」㊻阿克頓醫生，再見囉！

在美國，引起相當多討論的「莫舍調查報告」（Mosher Survey）也為上述令人高興的數字提供了進一步的支撐。一八九二年，動物學家暨女醫師莫舍（Clelia Duel Mosher）對美國婦女進行了一系列的問卷調查，詢問她們的性經驗。只有四十五個受訪者（全都是已婚婦人）交回的是有效的問卷。但要注意的是，她們的回答並不能代表一般美國婦女的情況，甚至不能代表中產階級婦女的情況，因為她們都受過良好教育，大部份唸過大專或師範學校，而在當時，婦女受高等教育的機會是很稀有的。因此，她們都見過一點世面，而且大部份是老師；她們嫁的也是受過教育的丈夫，而這一點，對美滿的性生活的促進當然是有利無害的。她們也不是什麼「新女性」，只是不折不扣的維多利亞時代布爾喬亞女性。儘管欠缺代表性，但她們的回答仍然相當有啓發性。

「莫舍調查報告」包含三點結論。第一，受訪者有相對活躍的性生活，從一星期一次到幾次不等。她們很多人都把性生活與生小孩的責任相提並論，而大部份都對丈夫的技巧與細膩讚揚有加。只有約四分之一回答者表示性生活可有可無或完全不能從中感受樂趣。五分之一的人回答說每次行房都能達到高潮，另五分之一則表示「常常會」或「有時會」——這些數字與二十世紀晚期所作的同類型調查接近。若干受訪者表示她們每次行房都會希望得到性高潮，如果偶爾期望落空就會感到「沮喪和鬱悶」。還有不少人在懷孕期間會繼續房事，其中一位還坦承希望在月經期間和白天做愛，不過這位前衛者又表示這樣的事一個月一次就恰當。對高潮的形容從筋疲力竭到快樂到狂喜不等；一位婦女表示，這種事「總是會讓人感到高興」，另一位則表示「如果錯過這種經驗會懊惱」。這說明了，人們對這種合法的歡樂已經相對沒有罪惡感。

不過，性生活除了是合法快樂以外，還是有神聖目的的。有些回答者在談到房事之樂時，語氣中帶點歉意，就像是覺得有個神父或嚴肅的媽媽正在旁聽她們對莫舍醫生的告解。其中一個受訪者坦言她不認爲生育是性交的主要目的：「我認爲女性以至男性中年時都需要這種關係，它讓人更正常些。即使無兒無女，如果繼續保持這種關係，仍然可以讓丈夫更愛妻子些。那是一種件很美的東西，我很高興大自然把它給了我們。」但有少數人對房事的見解與牧師和道德家如出一轍：「如果沒有生小孩的強烈渴望，我不會承認結合是真正的婚姻。」又說那如同「合法的行淫」。儘管如此，談到閨房之樂時，她卻表示因爲與丈夫深深相愛，所以「相當樂於培養這種激情」。這讓她原先給人的嚴峻印象被沖淡了不少。莫舍醫生的問卷談不上嚴謹，而受訪者的回答通常都是扼要而不帶熱情的，所以在解讀這些回答時，我們必須要帶點謹慎。

上帝也出現在許多受訪者的回答中，但主要是被用來爲世俗的歡樂背書。「我想男女是爲愛而結合的，如果**適度**的話，它也許可以被視爲愛的最高展現之一，而那是我們的造物主首肯的。」不意外的，「靈性」一詞也屢屢被提到。「在我看來，」其中一個受訪者說：「那是靈性結合在自然和肉體上的表徵，是婚姻誓言的一種更新。」另外，這些中產階級婦女也認爲，想要充分體驗性愛之樂，不可少的前提是相互的愛戀——那是史尼茨勒渴盼而極罕得到的。

莫舍指向的最後一個結論是：讓閨房生活得以圓滿，居首功的是一個體貼的丈夫，他會警覺到太太有什麼需要，知道怎樣去喚醒太太還在沉睡中的性需要。莫舍醫生的其中一位見證人這樣說：房事「是男女間愛情的表達」；它「往往不過是愛的激情的極端撫摸。」一位離過婚而又再婚的受訪者說：「我丈夫是個體貼得不尋常的男人。在結婚的最初幾個月，」——她當時五十三歲——「房事的次數很頻繁，一週兩到三次，而我和他都一樣渴望。」正是這種「一體感」使得性的歡會服務了「一個更高的目的，一種像音樂一樣的超凡入聖。」㊼沒有證據顯示史尼茨勒聽過有「莫舍調查報告」這回事；而如果他有讀過它，說不定會對它強調性生活的靈性面而非肉體歡樂這一點感到微微驚訝。

否認維多利亞時代人的性生活是徹頭徹尾的災難，並不等於承認他們是住在性歡愉的天堂裡。傷員仍然比比皆是，而這往往是中產階級父母羞於談性的結果。在一九〇七年一篇論兒童性啓蒙的短文裡，弗洛依德激烈責備當父母的人不應該迴避兒童必然會提出來的敏感問題（如兩性的分別或小孩的來源）。他把小孩子日後性生活的不和諧歸咎於父母「習慣性的拘謹與對性問題的怔忪不安」㊽。不管鸛鳥送子的故事立意有多好，都是一種誤導，對小孩子有百害而無一利。換言之，前面我們談過那種維多利亞時代家庭對身體的正視態度，是不必然會延伸到性生理學去的。

然而，自十九世紀早期起，爲父母寫指南的作者就開始宣揚坦白的重要性。像是熱心的阿爾布雷克特醫生就指出，當父母碰到應該告訴小孩眞相的時候，絕不要猶豫：「父母應該嘗試與子女建立互信友誼，並用朋友的方式探知他們的慾望與衝動。要是父母基於某些理由無法做到這一點，就應該找一個朋友幫忙，請他們用高尚的方法探知小孩的感情。」⑲總的來說，零售教育子女知識的作者都同意一點：想要把小孩完全蒙在鼓裡是不可能的；在父母那裡得不到的東西，他們只會轉向淫穢書刊或有經驗的同學尋求，但這兩者都是墮落的推手而非知識之源。

儘管如此，在維多利亞時代，對敏感問題開誠布公的父母也不是稀有動物。一八八八年五月，十七歲的普魯斯特寫信向祖父要十三法郎。他解釋說：「我亟需要去找一個妓女，以終止手淫的惡習，爲此爸爸給了我十法郎。但因爲太興奮，我打破了一個夜壺：價值三法郎。更糟的是，因爲慌張，我竟然不濟事（譯註：指早洩或不舉之類的）。」⑳這封信不管是否能忠實反映少年普魯斯特的眞實情感，仍然見證了父子間一種讓人動容的坦誠。信中，我們看到了一個被孫子完全信賴的祖父，還看到一位除手淫外對兒子別無挑剔的父親，而他對兒子手淫習慣開的是一劑猛藥：以「健康」的性逐走「不健康」的性。

普魯斯特的尷尬故事讓人回憶起史尼茨勒與父親的對抗。兩個少年幾乎同一年紀（一個十七歲，一個十六歲）；兩人父親都是名醫；兩樁事件都讓父子直接面對一些被認爲是禁忌的話題——這種開誠布公，是那些「仇布者」認定不可能存在於中產階級家庭的。沒有錯，兩位父親的態度和開的藥方形成了強烈反差：身爲法國人，普魯斯特父親友善而體諒，建議兒子多上妓院；身爲奧地利人，史尼茨勒父親的態度則是勃然大怒、憂心忡忡，並用帶點施虐味道的方法警告兒子**遠離**妓院（譯註：指他要史尼茨勒去翻閱三冊論梅毒的參考書之舉）。這種分別，也許是出於性格的不同、也許是出於國民性的不同，又也許是兩者兼而有之。但不管怎樣，反布爾喬亞神話中那種高高在上、不可溝通的父母形象，都是絕對應該被一個更切合事實的模型來取代的。

另一方面，那些百般規避敏感問題的父母也必然會有受到指控的一天。這一點，英國社會改革家貝贊特夫人——因爲她的坦率和聰慧——是個特別有說服力的見證人。她一生的事業很多轉折：最先是基督教的崇禮派（ritualism），後來轉向神智論（Theosophy），其間又信仰過無神論、社會主義和其他介於兩者之間的意識形態。在一八九三年出版的自傳中，貝贊特夫人和盤托出自己的經驗，並從中歸納出一些可供維多利亞時代父母參考的原則。她指出，如果父母有什麼最需要盡的義務的話，就是教導子女有關人生的事實。她在一八六七年嫁人，對方是個她幾乎不認識和過度理想化的牧師。「我當時對婚姻關係一無所知，就像我只是個四歲的小女孩而不是二十歲的大人。我一直過的都是幻夢般的生活，對一切性問題懵然無知，根本不明白婚姻的眞實，所以只能在毫無抵抗能力的情況下接受一個粗暴的喚醒。」[61]

她寫道，她的婚姻啓蒙基本上是以犧牲少女的純眞換來的。她從往事中抽繹出這些教訓：「最要命的錯誤莫過於讓一個女孩在成長的過程中對一切人生的責任與重擔茫然無知，然後一下子把她從所有的聯繫、所有的奧援和母親的胸脯推開，要她單獨面對一切。」事實上，很多不幸福的婚姻都是從一開始就肇始的，也就是「從一個端莊矜持的年輕女孩感到莫名驚恐的那一刻開始，從她感到無助、困惑與恐懼的那一刻開始。」要言之，「當夏娃要離開母愛的伊甸園以前，應該先讓她擁有善與惡的知識。」㉒

就現有的材料顯示，儘管中產階級少女要比同階級的少男受到較多的「保護」，對男女之事更加懵懂無知，但男孩子往往也好不到哪裡去，他們一樣需要在手無地圖的情況下穿過迷宮。艾米麗・利頓（Emily Lytton）——後來的勒琴斯夫人（Lady Lutyens）——就是一個例子，她的親身經驗讓我們見識到，父母親好意的沉默會爲子女的婚姻帶來多大威脅。一八九三年，年方十八的艾米麗愛上了英俊的詩人和花花公子布倫特（Wilfrid Scawen Blunt）——他當時已五十三歲，卻試圖勾引年紀只有自己三分之一的女孩。艾米麗差點就失了身。在回顧這段往事時，她瞋恚地歸納出一個結論：「那種保護女性免受污染的傳統方法眞是愚不可及。這種奇怪的激情要直接或間接地爲這世界大概一半的不幸和悲慘負責。出於良好的動機，它被灌輸到男人的頭腦裡去，而這個內在的資訊提供人和千百個不斷冒出來的暗示都會告訴他，女性的貞純（譯註：即貞操）可以透過一種難以置信的無知而得以保存。」㉓家教良好的女孩因爲一直被矇住雙眼，一旦產生性激情的時候會更容易釀成災難。

差點失身已經夠糟的了，但四年後的婚姻卻帶給艾米麗更大的震撼。因爲儘管她的丈夫勒琴斯將會成爲著名的建築師，但對男女之事的無知卻不亞於太太。多年後，艾米麗在回憶舊事時，向丈夫形容他們的蜜月是「一場由肉體痛苦與心靈失望構成的夢魘。」勒琴斯雖然完全沒有經驗，卻性急難耐，在毫不體貼的情況下強行圓房，讓太太承受「夜復一夜的不滿足和怨恨」——怨恨一個她愛和她嫁的人。「要知道，」她告訴丈夫：「我嫁給你是因爲愛你，而我對你肉體上的渴望也不亞於你對我的。事後我沒有一刻怪過你，因爲那不只是出於你的自私和不體貼，也是出於我的懵懂。」⑭夫妻的同時無知不會讓婚姻的折磨加倍，而是會讓它加好幾倍。

新婚之夜有時會如同磨難——這種論調在維多利亞時代是一種老生常談，也是很多粗鄙笑話與挖苦漫畫的靈感來源。在這一點上，一幅一八三二年的法國平版畫很具代表性。畫中畫的是一個新婚翌晨的新娘子，她挨在大大個的枕頭上，穿著誘人的睡袍，酥胸半露。一個女性友人來訪，問她說：「感覺怎麼樣？」新娘子的回答是：「啊！我親愛的朋友，千萬別結婚，好恐怖！」⑮說這話時，一個嬌羞的笑容在新娘子臉上約隱約現。但從新娘子慵懶的姿勢、撩人的體態、嬌羞的笑容卻反映出，我們不應該把她的傳統控訴照單全收。

潛伏在這幅意義兩可的漫畫裡的主要信息就是，對性機制的無知並不是不可修補的。第一次的性經驗也許讓人身心交疲，而且情況有可能會一直維持下去；另一方面，這第一次也可能是個教育機會，是個讓「受難者」邁向歡樂的初階。許多十九世紀的醫生與小說家對這一點同樣樂觀。鄧肯醫生在一八八四年說出了這番可以代表他大多數同僚意見的話：「快樂在婚姻中常常都是闕如的，但卻可以在這種狀態的持續過程中逐漸培養出來。」[66]德國醫生西伯特（Friedrich Siebert）在一九〇一年提出了與此相呼應的見解：當太太的人在剛結婚時通常都毫無心理準備，但至少她們不會掉頭就跑或尖叫求救！她們也許會發現初夜是可怕的，但卻會「懂得怎樣去調適自己」，並最終「發現事情怡人的一面。」[67]（作者註：一九九九年二月十日，《紐約時報》登載了一個對十八到五十九歲美國人所做的調查報告，報告指出「有超過百分之四十的女性和百分之三十的男性對性不感興趣、無法獲得高潮，要不就是有性功能障礙。」〔p. A16〕維多利亞時代布爾喬亞已婚男女的情況很有可能會較此爲佳。）

夫妻是可以發現性生活怡人一面這一點，不但是醫學的一個主題，也是小說的主題。一個精采的例子是G・德羅茲（Gustave Droz）的《先生、夫人與寶寶》（*Monsieur, Madame et Bébé*）。這部大受歡迎的輕鬆小說出版於一八六六年，十五年內再版了一百二十一次，其內容敘述一個單身漢走向婚姻和成爲父親的快樂過程。他的新婚之夜在「夫人」的卑微史（humble history）裡佔有一個核心地位（譯註：這裡的「夫人」不單指小說中的妻子角色，也是指十九世紀的布爾喬亞太太；卑微史一詞似是相對於「軍事」、「經濟」這些堂皇的「大」歷史而言）。當冗長的婚宴終於結束，所有阿姨都掉過最後一滴淚，而每個堂表兄妹都說過祝福的話以後，新娘母親就在女兒耳邊喃喃最後的教誨：「犧牲、奉獻、順服」，然後又虔誠說出自己的願望：「願天主保佑和有一、兩個聖靈躲在窗簾後面代禱。」

等到一對新人終於單獨相處，新娘子就馬上躺到床上，用毯子把自己裹得緊緊，「頭深陷在枕頭裡」，眼睛閉著，就像是睡著了。新郎走近她，以他最溫柔的聲音說：「妳睡著了嗎，吾愛，睡著了嗎？」但每次他一碰她——哪怕只是碰指尖——她都會簌簌發抖。而當他在她耳邊低聲說他愛她時，她噙著淚回答說她也愛他，又要求丈夫讓她睡覺。

最後，他「就像照顧小孩那樣」，幫她把被子蓋好，準備要坐在搖搖椅裡度過長夜。但房間冷得要命，新娘子擔心丈夫著涼，就把他招到床上。新郎牙齒咯咯打顫，卻高興地發現，她不再怕他了。「那妳是想當我太太吶，」他溫柔地說：「告訴我，妳願意讓我教妳怎樣愛我嗎？」她的回答幾不可聞，但已足以讓他大爲鼓舞。G·德羅茲沒有繼續描寫接下來發生的事，但事情看來是成功的——即便不是在第一次，也是在之後。因爲在小說的尾聲處，我們聽到太太這樣對丈夫說：「親愛的，我們爲這個回憶笑過多少次了？離現在好久了。」[68]

我上面把這個說明稱爲一部卑微史的一部份。即便如此，又即便我們沒有統計數字去佐證，仍然有相當多留存至今的證據（我引用的只是極少數）可以顯示，「先生」和「夫人」的愛情故事在維多利亞時代的布爾喬亞中間是典型例子。對他們來說，自然（nature）是有一種自我肯定的方式的——不只未經琢磨的自然（nature untouched）是如此，經過文化洗禮的自然（nature civilized）也是如此。而中產階級的愛情也不只是——這話我說多少遍也不會嫌夠——出於性需要或理性考量。「愛永不會與理性攜手同行。」[69]白遼士醫生（Dr. Louis Berlioz）在寫給妻子約瑟芬（Joséphine）的信上這樣說，而有許多十九世紀的丈夫與太太（即便是在法國），都是爲愛而愛。史尼茨勒的可悲處正在於，相當多時候他的狂喜只是他的病徵。但這並不是其他許多布爾喬亞所必須付出的代價。如果事實果眞如此（我相信是如此），那維多利亞時代布爾喬亞的性愛史就有必要重寫，以便讓它更逼眞，因爲它遠不如我們所被告知的荒涼。

94

註釋

①我在*ES*, 466-69 中討論過好些站不住腳但仍然流行（包括在一些學者之間流行）的對維多利亞時代性愛觀的批

判。Michael Mason, *The Making of Victorian Sexuality*（1944），勇敢地殺死了其中一些這種暴龍。Carl N. Degler, *At Odds: Women and the Family in America from the Revolution to the Present*（1980）與我對十九世紀性愛觀的研究有不謀而合之處。Roy Porter and Lesley Hall, *The Facts of Life: The Creation of Sexual knowledge in Britain、1650-1950*（1995）提供了相當多的相關資訊。

② A.S., October 17, 1893, *Tagebuch*, II, 55.

③ A.S., "Agonie, " part of the *Anatol* cycle（1888-91）. *Die dramatischen Werke*, I, 82.

④ Freud to A.S., May 8, 1906, Freud, *Briefe*, 249. A.S.'s diary displays his interest in Freud as early as March 26, 1900; some four months after its publication, he was reading *Traumdeutung*（see *Tagebuch*, II, 325; and November 5, 1905, and October 27, 1906, *Tagebuch*, III, 164, 229）.

⑤ John Addington Symonds to his daughter Margaret, December 6, 1889. Phyllis Grosskurth, *John Addington Symonds: A Biography*（1964）, 299.

⑥ A. S., March 4, 1893, *Tagebuch*, II, 14.

⑦ A.S., January 24, 1894, ibid., 72.

⑧ A.S., September 4, 1893, ibid., 52.

⑨ A.S., August 10, 1890, *Tagebuch*, I, 301.

⑩ A.S., December 15, 1892, ibid., 395-96.

⑪ A.S., August 10, 1890, ibid., 300.

⑫ A.S., ibid.

⑬ A.S. to Marie Glümer, November [18], 1890, *Briefe*, I, 102.

⑭ Ibid., 100.

⑮ A.S., August 10, 1890, *Tagebuch*, I, 300.

⑯ A.S. to Marie Glümer, April 29, 1893, *Bricfe*, I, 196.

⑰ A.S. to Marie Glümer, [April 4, 1893], ibid., 182.

⑱ A.S., March 19, 1893, *Tagebuch*, II, 17.

⑲ A.S., December 27, 1892, *Tagebuch*, I, 397.

⑳ A.S. to Marie Clümer, [April 4,] 1893, *Briefe*, I, 182.

㉑ A.S., October 22, 1892, *Tagebuch*, I, 390.

㉒ A.S., December 27, 1892, ibid., 397.

㉓ A.S., December 15, 1892, ibid 395.

㉔ A.S., August 10, 1890, ibid., 300.

㉕ A.S., April 24, 1894, *Tagbuch*, II, . 75.

㉖ A.S., *Das Märchen*（1891）, *Die Dramatischen Werke*, I, 199.

㉗ A.S., October 7, 1894, *Tagebuch*, II, 93.

㉘ A.S., March 13, 1895, ibid., 129.

㉙ A.S., April 14, 1895, ibid., 135.

㉚ A.S., January 16, 1896, ibid., 169-170.

㉛ A.S., April 4, 1896, ibid., 182.

㉜ A.S., February 17, 1895, ibid., 123.

㉝ A.S., July 10, 1895, ibid., 146.

㉞ A.S., July 17, 1895, ibid.

㉟ A.S., July 26, ibid., 147.

㊱ A.S., January 6, 1895, ibid., 110.

㊲ A.S., May 1, 1899, ibid., 306.

㊳ Richard von Krafft-Ebbing, *Neue Forschungen auf dem Gebiete der Psychopathia Sexualis. Eine klinische-forensische Studie*（1886）, 14.

㊴ A.S., *Jugend in Wien*, 44.

㊵ A.S., June 21, 1891, *Tagebuch*, I 337.

㊶ Bertrand Russell to Gilbert Murray, December 12, 1902, *The Autobiography of Bertrand Russell, 1872-1914*（1967）, 224.

㊷ J. F. Albrecht, *Heimlichkeiten der Frauenzimmer oder die Geheimnisse der Natur hinsichtlich der Fortpflanzung des Menschen*（ca. 1830; 6th enlarged ed., 1851）, 71.

㊸ Dr. William Acton, *The Functions and Disorders of the Reproductive organs, in Childhood, Youth, Adult age, and Advanced Life, Considered in their Psychological, Social, and Moral Relations*（1857; slightly revised and substantially enlarged 3d ed., 1863）133-35, 103.

㊹ Dr. H. Newell Martin, *The Human Body: An Account of the Structure and the Conditions of Its Healthy Working*（8th rev. ed., 1898）, 664. Note that in several editions the thirty-ninth chapter（"Reproduction"）from which this passage comes, was omitted or printed as an appendix（see 3d rev. ed., 1885, separate pagination, 20）. The publisher offered to sell copies without this "sexy" chapter.

㊺ Krafft-Ebbing, *Psychopathia Sexualis*, 38.

㊻ Ibid., 14.

㊼ Albrecht, *Heimlichkeiten der Frauenzimmer*, 23.

㊽ Anne-Marie Sohn, *Du premier baiser à l'alcove. La sexualité des Français au quotidien（1850-1950）*（1996）, 250.

㊾ Adele Sandrock to A.S., April 12, 1893. *Dilly. Adele Sandrock und Arthur Schnitzler: Geschichte einer Liebe in Briefen, Bildern und Dokumenten,* ed. Renate Wagner（1953）, 40.

㊿ Joseph Lyman to Laura Lyman, March 11, 1865, Lyman Family Papers, box 4, Yale—Manuscripts and Archives.

51 Joseph Lyman to Laura Lyman, March 13, 1865, ibid.

52 Laura Lyman to Joseph Lyman, March 13, 1865, ibid.

53 Laura Lyman to Joseph Lyman, March 23, 1865, ibid.

54 Laura Lyman to Joseph Lyman, March 11, 1865, ibid.

55 Laura Lyman to Joseph Lyman, March 24, 1865, ibid.

56 J. Matthews Duncan, *On Sterility in Women*（1884）, 96.

57 *The Mosher Survey: Sexual Attitudes of Forty-Five Victorian Women*, ed. James MaHood and Kristine Wenburg（1980）, passim. For a more detailed analysis, see P.G., *ES*, 135-44.

58 Sigmund Freud, "The Sexual Enlightenment of Children"（1907）, Standard Edition, IX, 133（translation modified）.

59 Albrecht, *Heimlichkeiten der Frauenzimmer;* 63-64.

(60) Marcel Proust, André Aciman, "Inversions, " *The New Republic* (July12, 1999) , 39.

(61) Annie Besant, *An Autobiography* (1893) , 70.

(62) Ibid., 71.

(63) Emily Lutyens, *A Blessed Girl: Memories of a Victorian Girlhood, 1887-1896* (1953) , 10.

(64) Mary Lutyens, *Edwin Lutyens* (1980) , 242-44.

(65) Gabrielle Houbre, *La discipline de l'amour* (1997) , 73.

(66) Duncan, *On Sterility in Women*, 94.

(67) Friedrich Siebert, *Sexualle Moral und Sexuelle Hygiene* (1901) , iii.

(68) Gustav Droz, *Monsieur, Modame et Bébé* (1866; 1997) , 134-54. And see Gabrielle Houbre, *La discipline de l'amour: L'Education sentimentale des filles et des garçons à l'âge du romantisme* (1997) .

(69) Louis Berlioz to Joséphine Berlioz, April 22, 1803. David Cairns, *Berlioz,* vol. 1, *The Making of an Artist, 1802-1832* (1989; 2d ed., 1999) , 11.

第4章

侵略性的托詞①

Alibis for Aggression

在齟齬多端的十九世紀，
哪怕是一些基礎最堅固的口實
也一定會有它的唱反調者。
維多利亞時代的布爾喬亞都帶有
堅定不移的現實主義色彩，
儘管有種種侷限性，
但他們都是睜大雙眼過日子的。

一

史尼茨勒以警句的形式說過：恨的「神聖一點不亞於愛」②。他所創作的角色見證 97
了他對這個標新立異意見是認眞看待的。而他對女人的追獵也給了那個陳腐的語構「性
征服」——它暗示著性與侵略性是密不可分的——活的生命。無疑，會抗拒史尼茨勒
征服的「獵物」並不多，但這一點並不會減少其征服的掠奪性格。（作者註：一八九七年七
月四日，史尼茨勒在日記裡記道（當時他正在單獨度假）：「早上，我走到她房門前吹口哨。吹第二遍時，
她把門打開——我迅速走進去，鎖上門，上了她。」）不管怎樣，史尼茨勒對人性所持的這種觀
點並不是他獨有的：很少維多利亞時代人會懷疑人天生具有侵略傾向。如果說還有誰對
此還多少有所保留的話，那自達爾文（Charles Darwin）劃時代的《物種原始》（*Origin of Spe-* 98
cies）在一八五九年出版以後，他們都閉嘴了。《物種原始》主要要論證的，似乎是大
自然和人性都是內具好戰的驅力。在達爾文那個沒有上帝的世界裡，想要生存就必須經
過最野蠻的鬥爭。基督教「愛人如己」的訓諭終於遇到勁敵了。

這種有關演化的科學理論無可避免會衍生出一些粗糙卻極受歡迎的解讀，也就是利用它來作爲合理化殘暴的托詞。達爾文曾帶點惱怒地指出，把他的觀點解讀爲自私和殘

忍的托詞是錯誤的。但商界的海盜卻歡迎這種解讀，而它也滿足了社會達爾文主義者（Social Darwinist）的需要，因爲它可以佐證，在政治、商場、外交和社會政策上採取冷酷無情立場是正確的。對這些達爾文最偏頗的弟子來說，幫助窮病老弱者之舉不過是濫情的人道主義幻覺！嚴峻的理論家用達爾文的進化論來支持一個命題：各強權和各人種間的戰爭是無可避免的。與此形成鮮明對比的是達爾文較不好鬥也較深思熟慮的追隨者，他們把進化論解釋爲一種緊急的提醒：人類必須堅定抵抗進化式的競爭，否則文明就會倒退爲野蠻。但不管讀者從達爾文的作品中紬繹出哪些意涵，有關侵略性的性質、它的恰當範圍、其限制與結果都是十九世紀的重要議題。

因此，在維多利亞時代人看來，衝突乃是人類處境的一部份。一九〇二年，威廉·詹姆斯（William James）以一句話總括了後達爾文主義者的普遍意見：「祖傳的進化已使我們成爲潛在的戰士。」③他相信，迫害的歷史業已證明了，人類身上仍然殘留著「仇新癖」（neophobia），而這種對新事物的恨意甚至一直殘存到了已啓蒙的十九世紀。生物學教條對知識界的影響力看來是無可動搖的。現實主義小說家和巴黎社會冷眼的觀察者龔固爾兄弟（brothers Goncourt）亦曾以格言的方式在他們卷帙浩繁的日記裡指出：「破壞欲是人所本具的。」④一九〇〇年，德國社會學家齊默爾（Georg Simmel）以同樣扼要的方式指出，人類全分享了他所說的「恨和鬥的天生需要」⑤；換言之，「鬥爭本能」

（fighting instinct）⑥是人皆有之的。

不過，認定侵略性無所不在要比界定它容易，因爲侵略性會以很多不同的聲音說話，而這些聲音彼此協調的時候並不多。侵略性不一定只表現爲冷血的行爲或施虐癖：一則居心叵測的八卦、一篇惡毒的書評、對性能力的自誇或動輒在別人面前自怨自艾，這些，同樣都帶有侵略性的一面。幽默也可以是一種要命的武器。但儘管許多侵略性的托詞究其實都只是自利的，侵略性本身卻不必然是不公允或不道德的。它們有時是可以滿足社會需要的，因此，即便是最人性的立法者，仍然必須允許若干程度侵略性的存在——也許是在法庭上，也許是在戰場上。

事實上，一些強健的侵略性是創造性不可缺少的元素，它們可以像燃料一樣提供人們追求某種理性目標的動力。另外，也不是所有人類都天生具有同樣強度的兇暴性，它們也不是像本能那樣不可轉變的。在侵略性的強度上，幾乎總是有個體上和集體上的變異。所以，一個愛好和平的社會所討厭的語言與行爲暴力，也許是它的鄰國所樂於品嚐的。同樣地，隨著時間的推移，布爾喬亞的理論家也可以重新定義所謂的男子氣概。簡言之，侵略性不只有它的心理學，也有它的地理學和歷史學。

在我的用法裡，「托詞」所指的並不是事情的成因，而是把行爲合理化的口實，它們猶如一張執照，用一些冠冕堂皇的理由（法律上、倫理學上、生物學上，甚至宗教上的）去授與侵略行爲以正當性。脈絡是很重要的：在平時，誰射殺了別人就會受到謀殺罪起訴，但同樣的行爲發生在戰時卻可以爲殺人者帶來勛章。有了托詞，一個人就不一定需要擁抱民族主義或帝國主義——兩種最能攪動維多利亞時代人情緒的意識形態，才能爲自己的侵略性慾望找到出口。例如，十九世紀的法國沙文主義者就會覺得他們想毀滅萊茵河另一邊的「宿敵」（譯註：指德國）的願望是合情合理的。這也是爲什麼，史尼茨勒的《謊言》中那個不討喜的主角費多爾在得知愛人范妮有過兩個男人的時候會出言不遜而不覺得良心不安。

有一件事情自古希臘人起就不是什麼祕密：要是人人都可以隨心所欲發洩報復心理、性衝動和把痛苦加諸別人，那將沒有任何事物可以長存——不會有愛情，不會有家庭，不會有音樂會，不會有穩定的共同體。柏拉圖即提出過一個讓人印象深刻的比喻：理性與激情猶如兩匹不搭調的馬，總是分道而馳。在十七世紀，霍布斯（Thomas Hobbes）刻劃了人在自然狀態中（譯註：自然狀態是指無政府的原始狀態）的可怕情景：一切人會與一切人爲敵，讓生命落得孤單、貧窮、下流、獸性和短暫。

就像所有集體習慣的建立一樣，對侵略性的抑制是從家裡開始的，這種情況在現代家庭尤爲明顯。十九世紀把家視爲一所愛的學校。然而那也是一所恨的學校——用較不誇張的話來說就是一所侵略性及其管理的學校。斷奶、如廁訓練、家庭禱告、父母的獎懲、守規矩、有禮貌——這些都是文化對小孩子原始衝動的管制方法。小孩總是希望一切慾望可以獲得滿足，而且是即時獲得滿足，因此，有必要教育他們學會等待和接受挫折是人生的一個基本部份。這些壓力也許是沉重的，但又是不可缺少的，因爲只有經過這樣的訓練，小孩未來才可望把他們的侵略性衝動限制在一些可爲社會接受的方式裡。易言之，「托詞」乃是自我控制的一種特許例外，是一種安全閥，沒有它們，個人和社會就會因爲過分的壓抑而萎縮或爆炸。

就像其他時代、其他社會、其他階級一樣，十九世紀的布爾喬亞也爲自己構築了一些合理化藉口，讓他們有權去對付異己：批評或嘲笑他們、拘捕或放逐他們、剝削或甚至殺死他們。另一方面，儘管面對的是一個不斷改變的世界，但與其他時代的布爾喬亞比較起來，維多利亞時代的布爾喬亞行爲明顯要克制許多。他們所構築出來的托詞也沒有一個是不會招來異議的。在齟齬多端的十九世紀，哪怕是一些基礎最堅固的口實也一定會有它的唱反調者。因此，雖然十九世紀布爾喬亞百般尋找也常常找到縱容自己侵略性的合理化口實，但他們總的來說是偏好自我約束多於自我放縱。

約翰·史尼茨勒醫生在發現兒子與一些「希臘女神」有染以後所採取的舉動，其性質是符合當時家庭（特別是富裕的布爾喬亞家庭）的教育模式的。他沒有用體罰作爲恐嚇手段，只是實施溫和的恐怖主義，也就是使用言語申斥和視覺恐嚇。我們知道，面對父親的暴怒，史尼茨勒採取了低姿態。他無法反駁父親的激烈申斥：他的犯罪事實是無可爭辯的。他唯一的小小抗議只是父親不應擅自打開他書桌的抽屜。他的感受和行爲完全南轅北轍：內心盛怒，外表恭順。後來，在父親於一八九三年過世後，隨著他愈來愈覺得自己獨立，史尼茨勒處理家庭衝突起來就愈成功。每當母親對他交往的女人有微詞，他都會粗暴打斷她的話：他已經是大人，不容別人干涉他的私生活。但這並沒有導致母子的決裂：正相反，自那時起，他騰出很多時間陪媽媽一起彈古典樂曲改編的四手聯彈曲。這種家庭衝突和解決之道毫無不尋常之處：每個人一生中幾乎都會經歷過許多次。有一個名稱是用來形容人與自己侵略性的這種掙扎的：文明。

政治一向被稱爲「可能的藝術」（the art of the possible），但也許更切中要害的，是稱它爲「使社會成爲可能的藝術」。史尼茨勒既了解政治的重要性，卻又厭惡它。「決定一個國家氣氛的總是政治，而不是科學與文化。」⑦他的這種態度鮮明表現在侵略性的議題上。我前面指出過，史尼茨勒與中產階級觀念格格不入的其中一點是他鄙夷決鬥——一種不合法卻受到容忍的血腥習尚，在奧匈帝國的軍人與上層布爾喬亞圈子中廣爲流行。一八九六年，當他的作家朋友扎爾滕捲入了一起與騎兵隊員的正式決鬥時，史尼茨勒形容這種行為「愚蠢而獸性」⑧。

與這種反對個人侵略性態度一貫的是，史尼茨勒也是鄙夷英雄崇拜的和平主義者，斥責第一次世界大戰是一群外交家設計和硬加給世界的齷齪。在一頁未出版的筆記中，他說：「黷武主義的唯一眞實基礎：君王們腦子裡的想法。我們並不總是夠錢花用的，但我們卻擁有權力；所以我們就發明了一樣新的東西：總動員。這對我們要便宜些。這樣，公民就會爲士兵付我們錢，當父親的就會爲我們派去赴死的兒子付我們錢。我們沒權力這樣做？所以我們就發明了王權神授的觀念。我們的士兵不知道爲什麼要赴死？所以我們就發明了忠君愛國的情操。」⑨如果有這個權力，史尼茨勒一定會禁絕決鬥——以及戰爭。

二

想知道一個文化有多贊成侵略性，其中一個可靠的指標就是看看它對小孩的懲罰有多嚴厲。而正如史尼茨勒的日記本事件所見證的，在維多利亞時代的布爾喬亞家庭，懲罰的嚴厲性正逐漸降溫。在這方面，十九世紀再一次是十八世紀的繼承者。早在十八世紀初，艾迪生和斯梯爾（Joseph Steele）這兩位小品文作家——我們記得，他們曾經讚美過股票經紀（譯註：見第一章）——就在他們創辦的《旁觀者》雜誌（*Spectator*）宣揚過仁慈這種美德。他們呼籲讀者善待各種幼弱者，特別是婦女、小孩和僕人。歐洲大陸上仿效《旁觀者》創辦的道德週刊在這一點上也起而效尤。到了一八〇〇年前後，浪漫主義者——透過他們詩人對小孩的歌詠——把啓蒙運動的教育開明主義帶進了維多利亞時代。

所以，到了維多利亞女王主政的時期，《旁觀者》鼓吹那種善待下人的主張已爭取到爲數可觀的追隨者，其中大部份都是教育程度較好與較富有的布爾喬亞。十九世紀中葉，麥考利（Thomas Babington Macaulay）在其暢銷的《英格蘭史》（*History of England*）裡——一本比較今昔各個時代而又有失公允之作——自豪地宣稱：「對過去的史冊研究愈多，我們就愈慶幸自己是生活在一個慈悲的時代、一個殘忍行爲被痛恨的時代。在我們的時代，即便受罰者罪有應得，痛苦的施加仍然是勉爲其難和出於責任感。」⑩

麥考利一貫的樂觀讓他說出一些超出證據許可以外的話。事實上，在他的時代，仍然有許多體面的父母和受尊敬的教育工作者不但沒有痛恨野蠻，反而是對體罰樂此不疲。要是說較早時期那種管教子女的方法（包括常常責打）在十九世紀已見衰落，但離絕跡還很遙遠。就連格萊斯頓這樣一個慈父也會鞭打才七歲大的長子威利（Willy），而理由只是威利不聽家庭教師的話和上課不專心。他覺得這是個「痛苦的職責」⑪，但又是必須的。很多父親都把教育子女視同於軍事訓練，認爲體罰是絕對恰當的：男孩子要比女孩子任性許多，必須趁他們未定形以前「折斷其意志」。「不受教、不受管、任性的男孩長大後會變成狂暴、暴力、邪惡的人。」⑫德雷克（Henry A. Drake）在一八六七年這樣說，他是波士頓學校委員會的主席。

這樣的格言出自一個英語國家人士之口看來不是偶然的，因為維多利亞時代對體罰的態度確實有某種國民性上的差異，而英國和美國看來是最縱容體罰的國家。不管是在一八四〇年代還是之後，美國都不乏激烈反對在學校裡施行體罰的教育改革家，其中一位是賀拉斯．曼（Horace Mann）。在波士頓學校委員會決定繼續支持傳統的教學方法的二十五年前，賀拉斯．曼即已指出，波士頓的教師不但沒有致力於培養學生的「責任感、親密感、對知識和眞理的愛」，反而動輒訴諸赤裸裸的身體暴力，唯一懂得的教育方法只有「權力、暴力、恐嚇、傷害！」⑬但不管賀拉斯．曼多麼勇猛，這是一場他將會輸掉的戰爭。

一些精心炮製的學校體罰方式會持續不斷被使用，只是出於盲目的保守主義：事情不是一向如此的嗎？有哪一個孩子曾經因此受到傷害嗎？教師們不歡迎神經過敏的醫生、焦慮的父母和溫情主義的政府官員入侵那只該屬於他們的領域。但體罰在英國最堅強的要塞還是要算被稱為公學（public school）那十多家專門培養菁英份子的私校。在這些自成一國的世界裡，學生與老師組成了一個由絕對專制和無政府主義式民主構成的奇怪混合體，校長則高高在上，隨自己喜歡發號司令。這些學校是由一些外人不了解的規則統治的，這些規則會把一些人納入它的小圈子裡，把另一些人排除在外。更糟的是，它會給一些還算不上長大的孩子施加終身的創傷。又因爲這些小團體盛行男子氣概崇拜，受體罰者必須默默忍受樺樹條（譯註：體罰用的鞭子）帶來的痛苦。

外國的訪客被這種野蠻行徑嚇得魂飛魄散。兩個法國教育家在一八六七年參觀過一些英國公學之後，把他們目睹的鞭打形容爲一種「古老而可恥的習俗」、一種「很難稱得上正當和很難稱得上高尙的」社會習慣。⑭由於打學生在法國是爲法律禁止的，這兩位法國人譴責英國的校長——他們常常喜歡親自執行懲罰——是不折不扣的施虐狂。這個論斷有一點點過頭，但仍然算是相當中肯：有些老師、校長之所以喜歡動刑，眞的只是爲了滿足他們勉強壓抑住的同性戀衝動。他們體罰學生的理由往往很薄弱（說學生心不在焉、懶散、缺課、眼神挑釁等），甚至會在缺乏明顯理由的情況下動用棍棒。有時也會傳出一些醜聞：少數校長會因爲同性戀傾向太過明顯或打學生打得太不分青紅皀白，而被迫提早退休。有些他們所製造的傷員一輩子都無法走出兒時被打的陰影，斯溫伯恩（Algernon Swinburne）（譯註：英國詩人、評論家）是其中之一。這就怪不得歐洲大陸會把施虐癖稱爲「英國惡德」（English vice）——儘管對小孩的殘忍毒打並不是英國獨有的。

反觀德國（一個在任何國際男子氣概比賽都會得高分的國家），不管它有多喜歡聘用退伍軍人當小學老師，也不管它有多不喜歡學生流於「嬌生慣養和娘娘腔」，卻逐漸疏遠體罰，不認爲那是帶來紀律的利器。至少它容許人們對這個問題公開辯論。到了一八七〇年代，思想進步的教育家和政治家——傳統主義者稱他們爲「誤解人道原則」⑮的理想主義者——開始反擊，指控「鞭子教師」⑯只有一種技巧：把拉丁文或數學打入學生腦子裡以掩蓋他們的不稱職。自一九〇〇年以後，巴伐利亞和普魯士這些德意志邦國立法禁止可能會給學生帶來身體傷害的管教方式。不過，反覆需要透過國家立法來禁止體罰的現象卻從側面反映出，舊的教育方法——狄更斯在小說《遠大前程》（*Great Expectations*）中稱之爲「被打大的」——式微的步伐緩慢。有跡象顯示，很多德國父母親就像他們的英國同儕一樣，熱中於折斷兒子的意志。儘管人數逐漸萎縮，但會因爲施加痛苦懲罰而得到滿足感的人在維多利亞時代仍有一定比例。

但這種習慣畢竟**還是**逐漸萎縮。愛的教育法在父母、老師和作家中間招募到有影響力的支持者。例如當狄更斯在《大衛．科波菲爾》中描寫大衛被繼父毒打時（「他就像是想要打死我似的」），他可以很有把握地預期，讀者會覺得可惡的默德史東先生（Mr. Murdstone）是冷血動物。不過在當時（該小說出版於一八五〇年），小孩生而純潔這種徹頭徹尾非基督教的主張已經甚至可以在基督徒中間找到擁護者，而那種認爲打小孩是爲他們好的立論則失去了相當多的市場。劇作家哈利戴（Andrew Halliday）在一八六五年指出：在過去，如果說「幾乎每個英國父親都會備有一根皮帶或藤條，以供矯正小孩這個特殊目的之用」，那麼，這種做法已經不時興了。「他已經把舊的嚴峻性放鬆，變得更加人性。」⑰妖魔化小孩的做法被理想化小孩的做法取而代之，而人們也開始聽得到有人抱怨「小孩陛下」（His Majesty the Child）的專政。

在這一點上，一如在其他事情上，十八世紀的典籍爲十九世紀提供了資糧：盧梭有關人生而純潔、只是後來才受到社會污染的學說在十九世紀的教育家之間獲得廣泛的迴響。受此影響，許多繪畫、雕塑和小說也把小孩子刻劃得無比純眞。逐漸地，一種觀點（那是盧梭首先提出而後來又經華茲華斯〔Wordsworth〕背書的）變得廣被接受：小孩生活在一個自己的世界裡，必須以愛和縱溺對待，而不是視之爲邪惡的小大人。

在這一點上，G・德羅茲再一次是個有價值的見證人，但這一次是作爲其時代的盧梭學派的一個代表。《先生、夫人與寶寶》的最後部份不啻是一首父愛的讚歌，其中無一語涉及懲罰。「像個藏起肩章的派出所所長那樣藏起你的父親威權吧。」⑱G・德羅茲又指出，無法駕馭的小孩並不是天生頑劣，只是大人施加的「笨拙壓力」⑲造成的。才一個世紀的時間，遺傳說就開始讓位給環境說，後者呼應了十八世紀哲學家洛克（John Locke）所說的，初生兒的心靈原是一塊白板，它上面會有什麼東西，都是世界後來寫上去的。G・德羅茲堅拒相信人有什麼「天生的惡德」⑳。虔誠基督徒相信的那一套——

人生而帶有原罪——到此爲止囉！

三

如果說在維多利亞時代，家庭內的侵略性走向式微，那同樣的說法也適用於那些爲保存社會秩序而設計的策略。失寵政客的命運是特別有教益的一段歷史。在十六和十七世紀，他們大部份都會被送上絞刑架；在十八世紀，他們會被「流放」到他們位於外省的莊園，百無聊賴地充當政治遊戲的旁觀者。不過，到了十九世紀，受惠於一些現代的發明（比方說反對黨的合法化），他們在失去公職後除了可以保留生命和財富以外，還可以保留相當大的政治能見度，甚至可望有重返公職的一天。在較早時期，政治上的異議份子會被視同亂黨：晚至美國建國的最初幾十年，其開國元勛還會把異議份子斥爲野心勃勃的分裂主義者。但在維多利亞時代，一些較進步的國家卻容許反對份子進入議會，就重要的問題發表意見和投票。

不過，在一些動盪的時刻，當柏克（Edmund Burke）（譯註：英國政治家、保守主義哲學家，一生反對法國大革命）所說的「烏合之衆」（swinish multitude）走上街頭發出怒吼時，布爾喬亞又常常會站在政府的一邊，贊成派遣軍警對「暴民」施加兇暴的彈壓。儘管已經愈來愈有自信、愈來愈有公共影響力，但當他們覺得自己的利益受到威脅時，布爾喬亞就會向當權者靠攏。他們受不了示威者高呼口號、豎立街壘的行爲，因爲那將會威脅到社會的穩定，而社會穩定又一向是統治階級和大部份布爾喬亞都認爲極重要的。正如我前面說過，體面的公民似乎對法國大革命的陰影揮之不去，他們在每一個群衆集會上都看到嗜血的雅各賓份子（Jacobin）的身影（譯註：雅各賓派是法國大革命的激進派，曾一度掌權，以斷頭台對反對者實行血腥統治）。

一件長留在人們記憶的血腥事件發生在曼徹斯特的聖彼得廣場（St. Peter's Field），時爲一八一九年八月十六日。一大群因爲生活困苦而聚集起來抗議的群衆被喝醉的騎兵所驚破：他們衝進了安安靜靜的人群之中大砍大殺，導致十一個示威者死亡，數百人受傷。這就是臭名遠播的「彼得盧大屠殺」（Peterloo Massacre）——這個帶有諷刺意味的名稱是想要用英國四年前在滑鐵盧打敗拿破崙的榮耀來對照它目前的卑下。詩人雪萊（Shelley）當時人在義大利，聽到這起屠殺以後把怒氣傾瀉爲一首長詩：〈暴政的假面具〉（*The Mask of Anarchy*）。詩中，他指控政府裡的高官、律師、銀行家和主教都是「受雇的殺人犯」。那些原指望布爾喬亞會起而譴責暴行的政治改革家對他們的緘默大感震驚。政治小冊子作者韋德（John Wade）以尖銳的言詞譴責那些保持中立的人，不過他又說，那些對軍隊的行動表示支持的人，「更加邪惡和昏昧。他們伸出手去保護一個寡頭政治，又以老虎般的兇暴，幫忙他們去撿熄悲慘者與飢餓者的抱怨——用馬刀，用刺刀，用黑牢！」㉑這個時候的布爾喬亞，涉入政治的渾水可謂前所未有的深，但他們卻兩面不討好，受到來自兩個極端的攻擊：一方面是梅特涅一類的當權派，他們把布爾喬亞視為良好社會秩序的潛在亂源；另一方面是英國的極端份子，他們認為布爾喬亞是反動政府的獻媚者。不管在哪一方的眼中，布爾喬亞都被視為侵略者。

被雪萊用詩筆來加以譴責的那起屠殺與一些由官方發起的暴行多有相似。如果說人天生的侵略性需要什麼東西來火上加油的話，這些場合無疑是最佳的助燃劑。軍隊對示威者的鎮壓往往不成比例——這有時是當局蓄意縱容的，有時則是控制得不夠的結果。這些事件有時會因為人們給它們取上名字而獲得「不朽」。剛剛我們已經看過英國的「彼得盧大屠殺」，而在法國，類似的事件是「六月的日子」（June Days）。一八四八年六月，巴黎的工人及其同情者因為走上街頭表達他們對於四個月前贏得的革命成果被僭奪一事的不滿，遭到軍隊無情的射擊，導致約一千五百人死亡。

在美國的對等事件是「特納起義」（Nat Turner's Rebellion），它引發了一場以維護秩序之名而展開的極野蠻血腥的報復。事件發生於一八三一年八月，地點是維吉尼亞州的南安普敦郡（Southampton）。當時，特納領導的一小群黑奴揭竿而起，用他們所找得到的任何原始武器，殺死遇到的每一個白人（不分男女老幼）。起事很快被敉平，但在那些沒死光的起義者還沒有來得及受審以前，白人莊園主就展開了對黑人的報復，大肆屠殺黑人，而且往往是——如一個目擊者指出的——「出之以極度殘忍的手法」㉒。這種屠殺絕不只是出於恢復秩序的理性企圖，而是一種侵略性的發洩。它鬆開了人們向來的自制，把最邪惡的狂想化爲眞實。有多少黑人在白人的報復中遇害，精確數字我們永難得知，但一些估計是好幾百人。

這些數字固然讓人心驚，但與法國軍隊在一八七一年春末鎮壓巴黎公社（Paris Commune）造成的傷亡相比，仍然黯然失色。那之前的一年，也就是法軍在色當（Sedan）敗於普魯士和巴黎被圍困之後，一個匆匆在凡爾賽組成的法國新政府簽訂了和平條約。然後，一八七一年二月，保皇份子在全國選舉中取得了大勝。首都裡的激進份子因爲害怕君主復辟，拒絕接受這個結果。來自各方面的社會主義者、拒絕喪權辱國條約的愛國主義者和痛恨凡爾賽政權的民粹主義者集結起來，在三月佔領了巴黎，並實行一些左翼的措施。法國政府視之爲一種叛變，揮軍鎮壓。這種法國人打法國人的情形一直持續到五月二十八日巴黎最後一批抵抗力量被殲滅爲止。

接下來是秋後算帳。巴黎公社成員先前殺害了八十四個人質（包括巴黎大主教），但勝利者卻以不成比例的方式來報復。在巴黎，政府軍當街射殺了包括婦孺在內的幾百人，又把數千人送到凡爾賽等候發落。他們很多都未經審訊就被處決，而理由往往千奇百怪：有些是因爲身上有錶、有些是因爲有一頭白髮，有些是因爲長相不討加利費侯爵（marquis de Gallifet）喜歡——加利費侯爵就是那個決定巴黎公社成員最後懲罰的人。超過兩萬五千名巴黎人就這樣被「合法」謀殺。五月二十八日之後的一個星期被稱爲「流血週」（*la semaine sanglante*），但報復的狂熱要持續更久些：一個特別法庭後來又再把約三萬人處決。

加起來，被殺或被放逐（等於一種慢性死刑）到新喀里多尼亞（New Caledonia）（譯註：太平洋西南之法國屬地）去的巴黎人接近十萬。巴黎公社的悲慘命運除了是君主制度擁護者的報復心理使然，也是法國在軍事慘敗給德國以後的一次發洩。但那也同時是一場會讓許多布爾喬亞歡欣鼓舞的階級戰爭。這事件之後，巴黎文化人的評論是讓人髮指的。例如，多產的詩人、文評家和小說家戈蒂埃（Théophile Gautier）就稱巴黎公社黨人爲「野性的動物」和「大猩猩」；都坎普（Maxime du Camp）——福樓拜的朋友、自由派的報紙編輯、前衛攝影家、巴黎史的史家——譴責他們完全不關心政治，只是一群「自戀和醉心權力的野心份子。」劇作家費多（Ernest Feydeau）則說：「不再有野蠻人威脅我們了，不再有未開化的人包圍我們了；那是不折不扣的獸行（譯註：指巴黎公社的動亂）。」㉓他們都幾乎無一語責難那些野蠻的「文明救星」（saviors of civilization）。

四

現在應該很明白的一點是，最能夠讓侵略者——不管是外交家、政客、企業家、父親還是好戰的公民——心安理得的一個托詞，就是他們是比被侵略者高一等的人類。史尼茨勒看穿了這一種托詞的虛假性。「一個人要怎樣才能報效國家？」他在一頁未出版的筆記裡寫道：「一個人要怎樣才能表現自己愛國？透過尖叫：我是個好德國人！我們是一等一的國家！透過把別人貶爲低等人類！」㉔但這一類自大心理是易於染上而難於動搖的，其威信來自一些維多利亞時代社會科學家和生物學家普遍相信的迷信。有些人（工人、異端、猶太人、亞洲人和非洲的部落民族）就是低人一等的想法無疑會讓許多人感到舒服，其中包括面對印第安原住民的美國白人、剝削礦工的礦場主、對妻子頤指氣使的丈夫和鎮壓被征服者的征服者。

普遍接受的刻板印象留下了磨滅不掉的烙印。隨著報紙愈來愈普及，諷刺漫畫取代了理性的論證：酗酒的愛爾蘭人、狡猾的猶太人、粗野的莊稼漢、懶惰的黑人——十九世紀的報紙滿是這一類諷刺漫畫，而讀者也狼吞虎嚥。卡萊爾就曾經這樣諷刺過加勒比海的原住民：「他們坐在彼處，頭埋於南瓜裡，以貓口貓鼻吸其漿而飲其液。」㉕

J・穆勒對這一類歧視深惡痛絕，憤而與其導師決裂，但卡萊爾是有大比例讀者站在他這一邊的。

不過，從J・穆勒對卡萊爾的憤怒回應可以反映出，有關白人乃是受上帝（或進化過程）所揀選，注定要統治世界和拯救低等民族的見解，並不是人人相信的。那麼，在好爭吵的維多利亞時代，又有什麼是人人皆信的呢？美國獨立宣言所釋放出來的進步願景並沒有因爲它歷經半世紀未能兌現承諾而式微，而法國大革命所揭櫫的理念也沒有因爲持續數十載的反動逆流而被遺忘。正好相反，維多利亞時代廢奴運動與社會改革運動的歷史顯示出，那些有志於改革的自由心靈是愈挫愈勇的。在十九世紀中葉，有無以數計的布爾喬亞投身於確立十小時工作制、禁止童工和加速掃除文盲的運動，他們其中最勇敢的一小批還致力於爲婦女爭取投票權。

幸運的是，優越的快感並不一定會驅使一個人去遂行剝削與壓迫，也因爲這樣，廢奴主義者雖然未必人人會相信黑人是自己兄弟，仍然會爲廢除奴隸制的目標努力不懈。但那個認爲自己所屬種族、國家或宗教是站在人類制高點的信仰仍然是很難抗拒的。正因如此，一旦經濟或地域利益發生衝突時，種族偏見很容易讓許多敏感的良知變得麻木不仁。

強調人種是一種生物學的實體，認定優秀人種是歷史進步的主要推手，乃是十九世紀的僞科學的傑作，其目的是爲了讓侵略行爲顯得冠冕堂皇。一八七○年，迪斯累利（Benjamin Disraeli）回顧歷史的時候指出，「人種對人類行動的普遍影響力」一向「被普遍承認爲歷史的鑰匙。」㉖就突出人種作爲歷史之鑰這一點而言，迪斯累利可說是個典型的維多利亞時代人。但他會持這種主張是很奇怪的，因爲雖然是個猶太人（他的政敵從不讓他忘記這一點），他卻爬到了英國首相的地位，並受封爲子爵，可見他出身低等「人種」這一事實並未對他的人生構成任何障礙。而就像語意模糊、無甚用處的「人種」一詞一樣，「血液」一詞也爲一些最粗糙的偏見提供了一層僞裝（當時一些專家認爲人的心智與道德素質是由血液決定的）。一八九九年，以「人類學—社會學家」自封的拉普熱（Georges Vacher de Lapouge）寫道：「一生下來就在血管裡流淌的血液是跟著人一輩子的。」㉗他是其時代最有影響力的人種理論家之一。

這個奇怪的理論在當時已經流行了半世紀。而在十九世紀才被發明出來的「雅利安人種」概念（譯註：在十九世紀中，由於比諾伯爵和其門徒H·S·張伯倫的積極鼓吹，出現過一種說法，認爲凡是講印歐諸語言的人、凡是被認爲對人類進步有過貢獻的人們，以及凡是道德上高於「閃族」、「黃種人」和「黑種人」的人，都是雅利安人種。北歐或日耳曼諸民族則被說成是最純粹的「雅利安人」。這種說法在二十世紀三○年代已被人類學家所拋棄，卻被希特勒和納粹份子利用，並以之作爲德國政府決策的依據，對猶太人、吉普賽人和其他一切「非雅利安人」採取滅絕措施）（一個**不折不扣**的虛構）則漸漸被捧上了天，儼如一個已經得到證明的學說。沒有一個把人種視作重要範疇的文化研究者會覺得人種的難於界定有什麼要緊的，至於在比較兩個人種時會涉及的種種技術困難，他們更是不放在心上。人種概念愈是模糊他們就愈喜歡，因為如此一來，他們就可以隨心所欲去操弄它了。這是一個任何人都可以玩的遊戲，而真的幾乎所有人都玩了：英國用它來低貶法國人，法國人用它來低貶德國人，德國人則用它來低貶所有其他人。不管十九世紀晚期列強瓜分非洲和亞洲的真正或表面理由何在，但讓帝國主義者及其支持者心安理得的都是同一個托詞：他們屬於比較優越的人種。

帝國主義的罪行在過去幾十年已經備受檢視和鞭撻，但我們這裡還是不妨舉一個例子，來說明一個國家的海外暴行是可以如何透過國內的種族主義情緒獲得餵養。比利時國王利奧波德二世（Leopold II）在非洲的行徑就是一個好例子。自落入比利時控制後，盛產象牙與橡膠的剛果自由邦（Congo Free State）（譯註：其範圍與今天的剛果共和國相當）就是利奧波德二世的私人財產，而從一八八〇年代中葉開始，在其公然授意下，他的代理人在剛果自由邦極盡壓榨之能事，土著居民形同奴隸：他們會受到鞭打（往往至死），會被斷肢，會遭到「訓誡性」的射殺。霍布森（J. A. Hobson）在出版於一九〇二年的《帝國主義》（*Imperialism*）裡——其時代對帝國主義最有殺傷力的一部著作——引用了利奧波德二世的話：「我們唯一的目的是追求該國道德與物質上的復興。」對此，霍布森狠狠地評論說：「人在影響他們的種種動機的相對強度與效果的判斷上，自欺的能力是漫無邊際的。」㉘要直到一九〇八年，也就是剛果自由邦歷經二十多年的野蠻統治後，比利時政府才因爲國際抗議聲浪不斷高漲，而把這塊中非洲屬地的管轄權從國王手上收回。

比利時人民對這段歷史的觀感是分歧的。社會主義者、極端份子和右翼的自由派都反對利奧波德的帝國主義行徑，斥責其貪婪。但對於該不該收回國王對剛果自由邦的壟斷，比利時卻分裂爲嚴重對立的兩個陣營。宗教和政治日程讓事情更複雜化，減緩了解決問題的速度。德國的情形幾乎一樣，帝國主義政策的議題成爲一九〇七年全國大選的核心議題之一。德國加入搶奪海外屬地行列的時間要較其他列強晚，但它的殖民地的總督很快就學會怎樣剝削原住民，而且毫不手軟。一九〇四年，德屬西南非洲的赫雷羅人（Herero）揭竿起義，反抗統治他們的異族主子。一名當時在場的德國軍官這樣說：「隨著德國影響力的擴散，以及因此而來的土著成分的消退，土著對德國人支配的仇恨情緒自然會有增無已。」㉙

這是征服者的典型說詞。「德國影響力」眞正所指的，是入侵的德軍奪去赫雷羅人務農所少不了的牛隻，又把他們從牧草地趕走。起義過程中，赫雷羅人殺死約一百個殖民者，不過卻要比一八七一年鎭壓巴黎公社的部隊厚道：饒過婦孺。但德國人在報復時卻幾乎剷除了所有赫雷羅人：到一九〇六年，有大約四分之三的赫雷羅人不是死亡就是淪爲赤貧。就像比利時的情形一樣，德國的左派人士強烈抗議這起暴行，而右派則歌頌軍隊是愛國的英雄。結果是：保守派在國會大選中大獲全勝。這證明了，愛國主義、男子氣概和種族主義的訴求加在一起，魅力是沒法擋的。

同樣程度的強烈對立也讓其他國家的布爾喬亞選民備感苦惱，不管他們要面對的是荷蘭東印度公司在爪哇還是羅得斯（Cecil Rhodes）（譯註：1853~1902，英屬南非行政長官及資本家）在南非的胡作非爲。帝國主義持續不斷地受到來自各方面的人道主義者的韃伐，他們包括了質疑人種有高下之分的社會科學家、在世紀之交已蔚爲一股強大政治力量的社會主義者，乃至一些熱中保護原住民傳統生活方式多於傳教的傳教士。人種是個強有力的托詞，但它不是萬能的。不過，在現代反猶太主義的興起上，它卻扮演了一個非常有毒害性的角色。

114

仇猶是一種古老而熟悉的疾病，唯一新的東西只有「反猶太主義」（anti-Semitism）這個詞本身：它是十九世紀中葉才被創造出來的。許多年以來，猶太人一直是基督徒恥笑（至少是孤立）的對象：基督徒指控他們是殺耶穌的兇手，是聖物的褻瀆者，甚至相信猶太人會殺死基督徒小嬰兒，取他們的血來製踰越節吃的無酵餅（matzoh）。這一類幼稚的流言在十九世紀中葉雖然對普羅大眾仍然具有若干吸引力，但在愈來愈世俗化和認同啓蒙運動理念的人士之間卻失去了支撐。但只是失去支撐而不是正在消失：屠殺猶太人的事件還是時有所聞，只是沒有在英國、法國、低地國家（譯註：指荷蘭、比利時、盧森堡三國）或斯堪地那維亞這些「進步」國家發生，而這也是西方評論家、觀察家所津津樂道的。例如，當一八八一年俄國發生大屠殺，西方報紙大篇幅報導時，這些評論家就指出，這種事只會發生在俄羅斯這種政治文化低度發展的落後國家。但這種自滿的分析只是一種錯覺，而最可具體顯示出這一點的，乃是一八九〇年代發生於法國的德雷福事件（Dreyfus affair）（譯註：德雷福爲猶太裔法國軍官，在一八九四年被控把機密文件出賣給德國人，並在缺乏充分證據的情況下被判終身監禁。數年後有證據顯示，出賣機密文件者另有其人，但軍事當局卻拒不公佈眞相和改變初衷。這一行徑引起了社會輿論的警覺。一八九八年一月，著名作家左拉在報上發表一封致共和國總統的公開信〈我控訴！〉，譴責軍事當局枉法，爲德雷福鳴冤。此舉在法國引起激烈反響，全國很快分裂爲明顯對立的兩大派）。本來只是一場單純的冤獄，卻因爲當事人是猶太人而使得事情逐漸升高爲一個足以撕裂國家的危機，讓本來就搖搖欲墜的共和國更加岌岌可危。隨著法國的反猶太主義者的大動員，反猶情結在一個文明國家可以有多根深蒂固，立刻顯露無遺。所以，史尼茨勒會密切注意此事件的發展以及是個堅決的德雷福捍衛者（Dreyfusard），就不讓人驚訝了。

當時，反猶太主義的暗潮因爲另一種更要命的論點而更加洶湧：人種固定論。在早先的年代，一個猶太人想要擺脫猶太人的集體原罪，一個被認可的方法是改變信仰，受洗成為基督徒。但現在，反猶太主義卻主張，猶太人的民族詛咒是擦拭不掉的，是注定找不到真正的家園的。而如果他嘗試透過改變名字或受洗的方法歸化，只會在不知不覺中透露出典型的猶太人狡猾性格。種族主義者宣稱：只要當過一天猶太人，就一輩子是猶太人，而猶太人總是心懷叵測和危險的。就這樣，仇猶變成了一種具有正當性的侵略行為。可以讓這種敵意膨脹到多大，不同的國家有不同的態度。

在奧地利，反猶太主義的急遽升高是史尼茨勒成年後的支配性事件。我們記得，對奧地利猶太人來說，一八四八年之後的幾十年是一個前景光明的年代，例如，史尼茨勒唸的文科中學班上只有一個同學是反猶太主義者，而且是受到其他同學鄙夷的。但讓史尼茨勒愈來愈沮喪的是，反猶太主義漸漸形成一股政治勢力，甚至入侵到他所屬的社會圈子去。他的日記裡記錄了不少猶太人身分帶給他的尷尬。例如，在一八九八年，他被迫站出來反駁一個對他的質疑：身為猶太人，他是不可能了解維也納的女人想些什麼。史尼茨勒不能決定是這種謬論的惡毒還是愚蠢更讓他氣惱。「百分之九十九住在維也納的基督徒都是這樣想的。」㉚他評論說。

他當然是誇大其詞，但這種誇張卻反映出他的怒氣有多大和疏離感的與日俱增。雖然史尼茨勒是個德國文學的愛好者和鑑賞家，但有一次卻有一個親德的奧地利作家告訴他，身為猶太人，他不可能指望眞正了解像歌德這樣的德國經典作家。在一頁未出版和未記日期的日記裡，他記錄了一則談話：「〔我說：〕第五號交響曲眞是無與倫比：原始森林的氣息、知識與花朵的香氣，一整片德國地貌為之浮現了出來。另一個人卻說：不可能，馬勒（Mahler）是猶太人，不可能了解日耳曼性（Germanness）。」㉛一八九五年，史尼茨勒有機會接觸到一個劃時代的政治願景，卻又不當一回事把它擱到一邊。當年四月，他家裡來了一位客人：赫茨爾（Theodor Herzl）。赫茨爾是記者、劇作家，猶太復國主義（Zionism）（譯註：一種追求巴勒斯坦重建猶太國的主張）就是幾乎由他一手創造出來的。日後他指出，他會想出這個解決「猶太人問題」的極端方案，是德雷福事件刺激出來的。史尼茨勒對赫茨爾——特別是作為劇作家的赫茨爾——相當有認識，但卻不是很喜歡他。事後他在日記裡記道：「〔我們〕交談，〔談了〕猶太人問題，他對自己的解決方案深信不疑。」㉜而史尼茨勒既然是個世界主義者，想法當然不一樣。

在其自傳裡，史尼茨勒曾精確指出，大盛於其成年後的種族主義乃是一種狂想與政治機會主義的混合物。一八七三年五月，維也納的股票市場暴跌，整個歐洲的銀行和投資人遍體鱗傷，史尼茨勒父親是其中之一。這給了反猶太主義者一個可乘之機，他們指責那是猶太的投機者在金錢市場興風作浪的結果，呼籲取消猶太人從事大學教職和公職資格，並終止猶太人對報紙的「支配」。在聰明的煽動家盧埃格爾的主導下，一個本來以政治腐敗爲宗旨的維也納布爾喬亞小團體（它起初是包含猶太人的）被轉化爲一個反猶太主義政黨，而我們記得，靠著反猶太主義這個踏腳板，盧埃格爾將會在一八九七年登上維也納市長寶座。

史尼茨勒認爲，這一連串讓人灰心失望的事件證明了，現代的群衆政治可以被對「群衆最低等本能」㉝的訴求污染得多厲害。代之以去追究誰應該爲經濟蕭條和政府醜聞負責任，政客們發現，把猶太人突出爲唯一的壞蛋是省事多的做法。史尼茨勒沒有用「托詞」這個字，但他的精明診斷卻顯示出他深諳一種侵略性的托詞是怎樣運作的。它需要一個容易辨識的敵人，哪怕這個敵人的面目是遭到扭曲的，甚至是虛構出來的。一世紀以前，布雷克（William Blake）（譯註：英國名詩人）曾慨嘆，凡事概括化的人不啻白癡。不過，拉攏一群白癡來爲自己的政治野心服務，倒不失爲一種良策。

五

在所有關於可容許侵略性（permissible aggression）的辯論中，死刑的議題大概是最有闡明性的。它們也顯示出，人們對這個議題充滿痛苦的疑慮。顯然，沒有一種侵略性要比死刑更爲突出，因爲它是國家以社會的名義合法殺人，而被殺的人本身又是這個社會的成員。在維多利亞時代，大概除了奴隸制度和監獄改革的議題以外，沒有爭議的激烈程度比得上死刑的爭議。主張廢除死刑的人只看到它的不人道，反對者則只看到它的不可或缺性。謾罵是敵對雙方的標準武器：廢除論者指責他們的對手不比野蠻人文明，反過來的，支持死刑的人則把對手形容爲缺乏男子氣概的病態溫情主義者。俾斯麥和其他絞索的支持者當然是毫不猶豫會打男子氣概牌的。

儘管這方面的文獻數量龐大而多樣，但我們卻很難憑藉他們來認識參與辯論者的社會與政治輪廓。這是很自然的，因爲反對死刑的人比支持死刑的人更加喜歡訴諸筆桿；那些希望改變現狀的人也會比那些想保持現狀的人更急於發出聲音。從事哪種行業的人會比較支持廢除死刑或保持死刑也是難以預測的。例如，我們理所當然會預期，神職人員較傾向於反對這種有違基督教義的謀殺，但事實上，贊成和反對死刑的神父、牧師幾乎一樣多，而且都同樣以《聖經》爲後盾。

一八四二年，紐哈芬（New Haven）禮拜堂街教會（Chapel Street Congregational Church）的牧師湯普森（Joseph P. Thompson）針對《聖經》的兩句話——「凡流人血的，他的血也必被人所流。」——講了三場道。他認爲，《聖經》這個宣示，乃是一個「絕對的、毫不含糊的和無條件性的命令」，是「**絕不可以違反的**」㉞。但敵對陣營同樣訴諸《聖經》的權威。如紐約羅徹斯特（Rochester）的神父科丁（Milo D. Codding）就指出，既然地上的政府「理應是與天上的政府協調一致的」㉟，那它就應該從十九世紀已經到達的高度去解釋上帝的命令。他認爲，他的敵人「所利用的乃是發生在野蠻時代的線索」，而忽略人類已經取得了輝煌的進步，這種進步是「對照過去的紀錄和現在的趨勢後可以明白看出來的」㊱。換言之，他認爲必須帶著歷史意識去讀《聖經》的話語才會得其眞意。一八六三年，義大利哲學家韋拉（A. Vera）——他在義大利和法國都有教席——呼籲不管任何情況下（包括犯了軍法或叛國罪）都不應該採取死刑。不過，翌年就有另一個義大利人馬里安諾（Raffaele Mariano）爲文要推翻韋拉的論證，他在結論裡說：「廢除死刑主張是一種〔不切實際的〕烏托邦思想。」㊲

那支爲廢除死刑而戰的部隊擁有許多英勇的步兵。其中最卓著的一位是經濟學家兼律師盧卡斯（Charles Jean-Marie Lucas），他在一八三〇年被任命爲法國監獄總監。三年後，他建立了一個照顧出獄年輕受刑人的組織。幾乎直到逝世那一年（他以八十六歲高齡在一八八九年逝世），他都不遺餘力向各部會陳情、爲文呼籲廢除死刑這種「不正常的狀態」，以及資助各種爲此而奮鬥的組織。這一類組織比比皆是，但貴格會人亞倫（William Allen）所創的「傳播死刑與改善監獄管訓知識學會」（Society for the Diffusion of Knowledge Respecting the Punishment of Death and the Improvement of Prison Discipline）則明顯是最先出現的一個。

同類型的社團既出現於巴黎與倫敦，也出現於柏林與紐約。爲了回應它們的壓力，各國政府紛紛成立研究這方面問題的委員會，只不過，有時這些委員會與其說是爲廢除死刑鋪路，不如說是爲了扼殺任何改革的機會。

到了一八六〇年代前後，正反雙方所能提出的論證幾乎都提出過了，後來的辯論士只是爲原先的論證補充一些僞科學的證據和統計數字。但辯論從來沒有降溫。英國的廢除論者畢曉普（Francis Bishop）在其出版於一八八二年的小冊子裡就指出：「廢除死刑的爭議是一個你無法再添加任何新意的辯論。」㊳而這個話題之所以始終保持活力，除了是因爲主張廢除的一方收穫極其緩慢，也是因爲支持死刑的官員、法官、律師與保守派公民形成了一個堅定的遊說團體，堅決抵抗到底。有時，廢除論者的成功只是曇花一現，因爲立法者會把已廢除的死刑再恢復回來，證明了必須保持不懈的警覺。例如，一八六三年，一群德國法官曾經投票通過在未來的法典中應該取消死刑這一項刑罰，然而在一九一〇年，他們的繼任者又把死刑帶回法典裡。㊴

然而廢除論者還是取得了若干進展，其中包括法庭上應有精神疾病專家在場這一項。在法國，從一八一一年開始，審判時就允許有專家在場，以決定兇手是不是能夠爲自己的行爲負責，一些國家在稍後跟進。一八四三年，在法庭上引入一位精神病學家之舉，因爲著名的「恩納頓案」（M'Naghten case）而在英國受到廣泛注目。被告是因爲謀殺了首相皮爾爵士（Sir Robert Peel）的私人祕書德拉蒙德（Edward Drummond）而受到起訴，但他想殺的人本來是皮爾爵士，只因爲幻覺而把死者誤當爲皮爾爵士。法官以被告精神錯亂爲理由判決恩納頓無罪。因爲這是個後果重大的判決，爲了審愼，上議院的大法官組織了一個法官團重審此案，但他們的結論和原審一樣：被告如果失去區分對與錯的能力，就無須爲行爲負責。

除了這一類進步的措施之外，有些國家還完全取消了死刑。㊵比利時就是一個例子，它的法典上雖然還留有死刑這一項，實際上已不再執行。也有一些國家是被判死刑的人多，實際被處決的人少：例如在一八八七年的法國，兩百四十個被判上斷頭台的人犯中有兩百一十人獲得減刑，而剩下來的三十個最後也只有六個實際執行。到了維多利亞女王主政的後半葉，公共意見已經明顯轉向，不再認爲一命還一命是眞正必要的。

打從最古老的法典開始，死刑就是一種合法的報復武器，只不過，它的現代形式卻是自國家在十六世紀興起後才出現的。在此以前，謀殺和類似的侵犯通常都是由家族或氏族間以冤冤相報的方式解決。但隨著國家的興起，它爲了壟斷暴力的專利權，開始禁止私人報復，把剝奪罪犯生命的權力轉移到政府官員手上：他們是唯一獲授權對犯人審訊、判刑和執行的人。

到了十八世紀，死刑的頻繁在在要求著啓蒙運動的回應，不過這種回應是緩慢的，幾乎是猶豫的。一般公民乃至啓蒙哲學家一般傾向於支持死刑，認爲殺人者死是天經地義的。到了一七六〇年代，當法律改革成爲伏爾泰一個注意的焦點時，他曾雄辯地指出過死刑的不可取。唯一他認爲死有餘辜的人是刺殺法王亨利四世（Henry IV）（伏爾泰最喜歡的國王）的兇手拉韋拉克（Ravaillac）——他先是被溺死再車裂。就此而言，伏爾泰不是個一貫的廢除論者。

但義大利侯爵貝加利亞（Cesare Beccaria）卻是一貫的人。在其一七六四年簡潔的《犯罪與刑罰》（*Of Crimes and Punishments*）一書中，他反對任何的例外，斥責死刑爲野蠻行爲，這本小書迅速被翻譯爲法文與英文，並因爲其不妥協的立場贏得了一些喝采者（伏爾泰是其中最知名的一個）。在十九世紀初，以邊沁爲首的英國功利主義哲學家以更實事求是的語調把貝加利亞的思路引進了維多利亞時代。

文人也在觀念的市場裡保持這場辯論的鮮活。公開吊死人犯的可怕場面引起他們的厭惡，也激發他們的藝術想像力。在這方面，這個世紀最具震撼力的藝術描寫是雨果（Victor Hugo）一八三二年的短篇小說《一個死囚的末日》（*The Last Day of a Convict*）。雨果本身就是個天人交戰的惡魔；他在少年時代曾經去看過一個恐怖的行刑，從此揮之不去，到頭來反過來成爲反對殘忍正義的鬥士。在《一個死囚的末日》裡，他用死囚本身的觀點來看事情，描寫這個死囚怎樣飽受恐懼與自憐的襲擊；其中描寫他與三歲女兒見面的一幕，更是讓人鼻酸。大約三十年後，左拉爲雨果在此小說裡流露的過激激情作出辯護：《一個死囚的末日》是一個政治宣言。「他的目的只有一個：把死刑的可憎面目揭露出來；難道你們還指望他會把它寫成田園詩嗎？」㊶

有兩位小說家湊巧同時目擊了一八四〇年在紐基特（Newgate）執行的一場公開絞刑，並各寫出一篇報導，一個是狄更斯，一個是薩克雷（Thackeray）。他們讓更多的大衆明白，觀看死刑是一種淫穢的娛樂。薩克雷有兩星期時間無法把死者的臉從腦海抹去，他把自己歸類爲「有罪的旁觀者」之一，又對自己「殘忍的好奇心」大加譴責。狄更斯把圍觀的群衆描寫爲一群下流、醉酒、墮落之徒。他指出，在把死刑公開化之餘，現代國家不知不覺中滿足了人最醜陋的一種侵略慾望。公開行刑猶如一場嘉年華會，不只可以吸引到大批無產階級，也可以吸引體面的布爾喬亞和好奇的貴族——他們因爲負擔得起，所以可以從一個視野較佳的位置（馬車上或從出租房間的窗前）一睹爲快。在小說《荒涼山莊》（*Bleak House*）中，狄更斯只用了一句話就把書中那個花花公子的醜陋面貌暴露無遺：「每一次處決人犯他都不會錯過。」那是一個有許多東西可看的場合。除了叫賣有關兇手與被害人背景說明的小販外，你還可以看到辛勤工作的妓女和趁機在擁擠人群裡發點財的扒手。數以百計的觀衆大多會自備酒食，其中又以酒爲主。現代社會很少有場合可以讓人那麼明目張膽把快樂建築在別人的痛苦上，而如果這種刺激會引起性衝動，當然更叫人愉快了。

廢除論者所追求的目標本身是簡單不過的。但到了十九世紀中葉，喜歡中庸之道的中產階級卻開始偏好一個折衷的辦法：把執行死刑的地點移到一些閒雜人等到不了的地方。這既可以讓一些品味庸俗的人失去一種基本的娛樂，又可以讓法律的莊嚴神聖得以維護。這看來是邁向文明化的一步，而事實也是如此。因此，它受到了一些一直以來只是半心半意支持廢除死刑者的歡迎，狄更斯是其中一個（在他以前的同志看來這是一種懦弱的表現）。英國從一八六八年開始停止公開處決人犯。巴黎在三十年後把斷頭台從市中心移到城市的偏遠地區。柏林則在一些監獄的廣場裡執行死亡任務。但這些文明化的安排卻讓廢除論者陷入兩難：儘管表面上取得勝利，但他們事實上卻是被打敗了。不過正因爲這樣子，他們更覺得有必要把奮鬥貫徹始終。誠如我們將會看到的，這個奮鬥在維多利亞時代的中葉取得了若干顯著的成功。

一個最常用來合理化死刑的口實就是說死刑可以對重大罪行起到嚇阻作用。啓蒙時代的改革者認爲，除了罪大惡極的人以外，任何人都應該有改過自新的機會，有權在接受過刑罰以後重返社會。不過，各種形式的監禁實驗卻顯示出，很少罪犯在出獄時會變得比入獄時好。由此可見，沒有什麼懲罰是有嚇阻作用的，死刑更是如此（除了把犯罪者消滅，讓他無法再犯以外，死刑什麼也嚇阻不了，因此狄更斯才會諷稱絞刑手爲「終極的教師」）。事實上，十九世紀的犯罪學家和統計學家都找不到可靠的證據證明，廢除死刑會助長犯罪。正好相反：自十九世紀中葉以後，像荷蘭、比利時和葡萄牙這些勇於廢除死刑的國家謀殺案就沒有再增加過，甚至有一點點減少。

死刑的發展在維多利亞時代英國的歷史中讀起來就像是對嚇阻理論的測試。自十八世紀早期起，英國國會就一再把死刑的適用範圍擴大，以致於到最後被納入死刑的罪行多得超過兩百種。其中大部份都是針對竊賊和僞造者而設，哪怕觸犯者是貧民窟的小孩也未能倖免。最小的犯罪——偷一件僅値兩、三先令的東西——也可能會讓犯人有被絞死之虞。但這種爲有產者而設計的法律卻是行不通的：陪審團拒絕判案，法官則想辦法以較輕的罪名起訴被告，讓他們得免一死。一件頗爲諷刺的事件發生在一八三〇年：有一千多名英國銀行家聯名上書當時還是內政大臣的皮爾爵士，籲請把大部份僞造罪從死刑的名單上廢除，持的理由是野蠻的刑法只會讓罪犯更加鋌而走險。不管這些富有公民的動機是什麼（一如往常，他們的動機都是混雜的，既有經濟上自利的成分，也有對絞刑不安的人道主義成分），到了維多利亞女王登基的時候，被處決人犯的數目已開始減少。一八八〇年，J·法雷爾（James Anson Farrer）在爲貝加利亞的不朽之作《犯罪與刑罰》新的英譯本所寫的導論中指出，自一八三二年起（也就是偉大的「改革法」〔Reform Act〕通過那一年），英國就沒有人再因爲「偷一匹馬或一頭羊而被處死；到一八三三年，沒有人再因爲闖空門而被處死；到了一八三四年，沒有人再因爲從流放地偷溜回來而被處死；到了一八三五年，沒有人再因爲瀆聖罪或偷一封信而被處死。」㊷這個趨勢毫不動搖地持續下去，以致於到了一九一四年，還會動用到死刑的只剩下四種重罪。但英國並未因此而被犯罪的波浪所淹沒。

即便如此，仍然有一些由衛道公民組成的團隊卻無視大量證明死刑無效的證據，繼續爲維持死刑而戰。這種對汗牛充棟證據視若無睹的態度引起研究人類侵略性的學者（不只是十九世紀的學者）注意。不管死刑有多麼非理性和沒有建設性，贊成死刑的人仍然覺得，它至少可以帶給人情緒上的滿足。他們一大堆冠冕堂皇的理由不過是爲了掩蓋一種情緒：報復的渴望。他們固然也會主張死刑可以維持或恢復神聖的社會秩序，而且只有一種方法可以做到這一點：把違犯者永遠消滅。他的死是唯一足以補償其犯行的代價。他們還會籲請聽眾爲受害人的至親好友想一想：讓兇手繼續活著，受害人的親友——他們本身也可以說是受害人——將永遠得不到心理安寧。當然，說這種話的人口口聲聲要求聽眾爲死者親友著想的同時，也是在爲自己著想：消滅兇手可以讓他們獲得快感。

但這種爲受害人至親好友想想的呼籲也不完全是無的放矢。那些爲死者哀痛得最眞誠的人會尋求被二十世紀用一個切口所涵蓋的感覺：閉合（closure）。這也是爲什麼這些人有時會要求行刑時在場，因爲只有這樣，他們才可望卸去一個不會隨時光流轉而減輕的心理包袱。不過也有一些率直和睿智的維多利亞時代人敢於揭穿事情的眞相，敢於把動物本能眞稱爲動物本能。像J・法雷爾（他本身是個廢除論者）就指出：「罪有應得的觀念」其實完全是奠基於「復仇的正義」㊸。到了十九世紀末，這種主張已變成老生常談。J・法雷爾說上面這番話的十年後，一位德國專家京特（Louis Günther）承認，即便是「在我們這個已啓蒙和人道的時代，第一個懲罰不義者的衝動也是來自人性的一項特徵：報復〔壞人〕做過的錯事和施加過的傷害。」㊹人類衝動的自我約束是有時而窮的。

對侵略性（特別是報復的侵略性）的清醒認識，讓一個對人性的斷言成爲維多利亞時代最透徹的心理學洞察之一。一八六〇年，法國心理學家與哲學家蒂索（Claude-Joseph Tissot）指出，他雖然深信他身處一個已啓蒙的世紀、一個已經超越於原始報復心理的世紀，仍然不得不認爲「復仇的飢渴」是最基本的人性特徵之一㊺。這一點，在英國法學家、歷史學家兼保守主義者斯蒂芬（James Fitzjames Stephen）看來完全是自明的（斯蒂芬也是一位死硬的霍布斯主義者，對他來說社會不啻是個戰區）。他在一八七三年指出，罪犯之所以應該被懲罰，主要是爲了滿足「恨的情感——要稱之爲復仇慾望或其他什麼悉隨尊便。懲罰罪犯之舉可以爲健康構成的心靈帶來振奮。」㊻社會如果不把某些形式的侵略性視爲非法，當然是無法維持的，但這位著名的維多利亞時代人發前人之所未發的是：報復慾望是健康心靈的特質之一。

有很多人認爲維多利亞時代人的心靈樣態是很容易理解的：只要看看他們那些婆婆媽媽的紀念物、過於感傷的詩歌、拐彎抹角的委婉語，以及對很多重要問題羞人答答的態度，一切就盡在不言中。沒有錯，維多利亞時代人有許多方面看來都與我們大相逕庭。但他們也不是「婆婆媽媽」或「虛矯」就可以全部道盡的。不管是自由派還是保守派，維多利亞時代的布爾喬亞都帶有堅定不移的現實主義色彩，擁有一種依人生之所是去看人生的天分。容我重申：儘管有種種侷限性，但他們都是睜大雙眼過日子的。不值得驚訝的是，很多縈繞過他們的議題至今還縈繞著我們。例如當代有關死刑是否應該廢除的種種論點，就幾乎沒有什麼超出維多利亞時代人之處：不管是主張死刑可以阻嚇重大罪行，還是主張死刑可以讓受害者的親友釋懷，都是早在一個多世紀前就有人提出過。

類似的例子比比皆是。這種歷久不衰的生命力足以顯示出維多利亞時代的現代性

（modernity）。不管有多喜歡規避問題、有多喜歡拐彎抹角，但許多（非全部）維多利亞時代人所相信並額手稱慶的一點——他們生活在一個進步的時代——是有堅實根據的。任由侵略性盡情抒發出來在他們看來已不可取。隨著時間演進，不管是打小孩的父母、苛待傭僕的主人、剝削勞工的雇主，還是君臨妻子的丈夫都減少了。被處決的人犯也變少了。這並不是說自維多利亞女王駕崩後，布爾喬亞就不再有發洩侵略性的管道。對於那些想滿足侵略慾望的人來說，總是可以找到現成的出氣對象：社會民主黨人、婦運份子、猶太人和鄰國。而只要他們是把侵略性行爲維持在官方容許和布爾喬亞良知許可的界線之內，那唯一的後果只是得到快感。不過，在一個這些界線模糊不清、持續有爭議和逐漸窄化的年代，侵略衝動的心理後果將會變得較複雜和較不怡人，讓人陷於自疑和焦慮——後者是另一種維多利亞時代中產階級的典型情緒。

註釋

①Richard Hofstadter 的經典之作 *Social Darwinism in American Life*（1944; rev. ed., 1955）比它書名允諾要談的範圍還要大；作爲一部先鋒性的作品，如今它有需要作出若干調整，因爲斯賓塞（Herbert Spencer）這一類的社會達爾文主義者事實要比此書所顯示的較人道和崇尚自由。John Chandos 的 *Boys Together: English Public Schools 1800-1864*（1984）談到了鞭打。Ian Gibson, *The English Vice: Beating, Sex and Shame in Victorian England and*

After（1978）對施虐癖進行了心理學的分析。R. J. White, *Waterloo to Peterloo*（1957）爲這起「屠殺」提供了一般性的背景說明。至於一八七一年法國人殺法國人的事件，Frank Jellinek, *The Paris Commune*（1937）有逐日逐日的豐富記載，至今仍相當權威性。Paul Lidsky, *Les écrivains contre la Commune*（1970）收集了作家們對巴黎公社事件的敵意（有時甚至是野蠻）評論。有關人種，特別值得參考的是Hugh A. MacDougall, *Racial Myth in English History: Trojans, Teutons, and Anglo-Saxons*（1982）。Daniel J. Kevles, *In the Name of Eugenics: Genetics and the Uses of Human Heredity*（1985）是研究十九世紀僞科學的卓越著作。

② A.S., "Aphorismen und Betrachtungen, " *Buch der Sprüche und Bedenken,*I（1927; ed., 1993）, 82.

③ William James, *The Varieties of Religious Experience: A Study in Human Nature*（1902）, 366.

④ Edmond and Jules de Goncourt, November 16, 1859, *Journal; mémoires de la vie littéraire, 1851-1898*, ed. Robert Ricatte, 22 vols.（1956-58）, III, 168.

⑤ Georg Simmel, *Soziologie. Untersuchungen über die Formen der Vergesellschaftung*（1908）, 261.

⑥ Ibid., 262.

⑦ A.S., "Aphorismen und Betrachtungen, " 84.

⑧ A.S., May 29, 1896, *Tagebuch*, II, 193.

⑨ A.S., Papers, reel la, State University of New York at Binghamton.

⑩ Thomas Babington Macaulay, *The History of England from the Accession of James II*, 5 vols.（1849-61; American ed., n.d.）, I, 385 [ch. 3].

⑪ William Ewart Gladstone, September 28, 1847, *Gladstone Diaries*, III, *1840-1847*（1974）, 656.

⑫ Henry A. Drake, Chairman, Boston School Committee, *Report on Corporal Punishment in the Public Schools of the*

City of Boston（1867）, 22.

⑬ Horace Mann, *Reply to the "Remarks" of Thirty-One Boston Schoolmasters on the Seventh Annual Report of the Secretary of the Massachusetts Board of Education*（1844）, 135.

⑭ Jacques Claude Demogeot and Henri Montucci, *De l'enseignement secondaire en Angleterre et en Ecosse*（1867）, 40.

⑮ Julius Beeger, "Die Disciplinargewalt der Schule, " *Allgemeine Deutsche Lehrerzeitung*, 28（July 9, 1876）, 232.

⑯ Eduard Sack, *Gegen die Prügel-Pedagogen*（1878）, 13.

⑰ Andrew Halliday. John Tosh, *A Man's Place: Masculinity and the Middle-Class Home in Victorian England*（1999）. 92.

⑱ Droz, *Monsieur; Madame et Bébé*, 342.

⑲ Ibid., 343.

⑳ Ibid.

㉑ John Wade. Dror Wahrman, *Imagining the Middle Class: The Political Representation of Class, c. 1780-1840*（1995）. 205.

㉒ Tony Horwitz, "Untrue Confessions, " *The New Yorker*（December 13, 1999）, 80-81.

㉓ For a catalogue of telling anti-Communard examples, see Lidsky, *Les écrivains contre la Commune*, esp. 46-53.

㉔ A.S., Papers, reel la.

㉕ Thomas Carlyle, "Occasional Discourse on the Negro Question" [in the original version, reprinted as "Nigger Question"], *Fraser's Magazine*, XL（December 1849）, 670-71.

㉖ Benjamin Disraeli. Robert Blake, *Disraeli*（1967; ed., 1968）, 186.

㉗ Georges Vacher de Lapouge, L'Aryen. *Son role social*（1899）, 511.

㉘ J. A. Hobson, *Imperialism: A Study*（1902; 3d rev. ed., 1938）, 198.

㉙ P. Leutwein, "Anhang. Die Unruhen in Deutsch-Südwest-Afrika, " in "Simplex africanus, " *Mit der Schutztruppe durch Deutsch-Afrika*（1905）, 197.

㉚ A.S., February 3, 1898, *Tagebuch*, II, 277.

㉛ A.S., Papers, reel la.

㉜ A.S., November 4, 1895. *Tagebuch, II*, 159.

㉝ A.S., Papers, reel la.

㉞ Joseph P. Thompson, *The Right and Necessity of Inflicting the Punishment of Death for Murder*（1842）, 7, 19.

㉟ Milo D. Codding, *Capital Punishment, Shown to Be a Violation of the Principles of Divine Government as Developed by Nature, Recorded in History and Taught by Jesus Christ, and Proved to be INEXPEDIENT by its Effects upon Society, its Failure to Accomplish its Object, and the Destruction of the Rights of its Victims*（1846）, 6.

㊱ Ibid., 17.

㊲ Raffaele Mariano, *La Pena di Morte considerazioni in appoggio all' opusculo de prof. Vera*（1864）, 19.

㊳ Francis Bishop, *"Thou Shalt Not Kill, " A Paper upon the Law of Capital Punishment*（1882）, 1.

㊴ 美國有些州（如羅德島州）在廢除死刑若干年後又重新恢復。緬因州在一八七六年廢除死刑，七年後恢復，至一八八七年又把這個恢復取消，反映出反對和支持死刑的州民人數非常接近。

㊵ Venezuela did so in 1864, Portugal in 1867, the Netherlands in 1870, Italy in 1880.

㊶ Emile Zola to Jean-Baptistin Baille [end of August, beginning of September 1860], *Correspondance*, ed., B. H. Bakker, vol. I, *1857-1867*（1978）, 231.

㊷ James Anson Farrer, *Crimes and Punishments, Including a New Translation of Beccaria's "Dei Delitti e Delle Pene"*（1880）, 66.

㊸ Ibid., 82.

㊹ Louis Günther, *Die Idee der Wiedervergeltung in der Geschichte und Philosophie des Strafrechts. Ein Beitrag zur universalhistorischen Entwicklung desselben,* 2 vols.（1889-91）, I, 5.

㊺ Claude-Joseph Tissot, *Le Droit pénal étudié dans ses principes, dans ses usages et les lois des divers peuples du monde; ou, Introduction philosophique et historique à l'étude du droit criminel*, 2 vols.（1860; 3d ed., 1888）, II, 591.

㊻ James Fitzjames Stephen, *Liberty, Equality, Fraternity*（1873; ed., Stuart D. Warner, 1993）, 98.

第5章

焦慮的理由①

Grounds for Anxiety

維多利亞時代人之所以那麼在意焦慮，
本身就是焦慮的一個徵候。
弗洛依德相信，布爾喬亞的道德觀已經
把人的生物本能壓抑得超過人可以承受的極限。

一

129 說到焦慮，很少布爾喬亞可以凌駕史尼茨勒。他的日記顯示出他總是擔心這個、擔心那個，爲自己的作品、道德高度和感情生活憂心忡忡。總之，如果說史尼茨勒就像他的大部份同時代人一樣神經兮兮，那他要比他們大部份都來得強烈。但他當然是不孤單的：維多利亞時代的布爾喬亞看來要比其他世紀的同儕更警覺到焦慮這種症候的存在。所有時代都是焦慮的時代，但維多利亞時代人把焦慮視爲一種現代疾病卻又似乎是公允的。他們還給它取了一個專門術語：神經衰弱（neurasthenia）。那是一八八〇年的事。不過，在那之前的幾十年，人們早已把一個習用語「神經緊張」（nervousness）——它原是指精神和活力的高亢——轉用來指稱一種微恙、一種隱隱約約的不安感。

130 十九世紀的人已經知道焦慮並不是只有一種：它可以是非理性，也可以是有根據的；可以是由內在緊張所引起，也可以是客觀的警訊所引起。從這個觀點看事情，維多利亞時代的另一個理想——男人應該是個一無所畏的大丈夫——顯得相當不合理：就是有些人、事、物或情景是理智的人完全有權害怕的。這也是爲什麼小孩社會化過程中老是會被灌輸焦慮的觀念：小心對你示好的陌生人！別走近火爐！十八歲的史尼茨勒就曾在日記裡寫道：「值得讚揚的服從」②。明智的焦慮所教給人的其中一課就是：犧牲一時的快樂以避免稍後的痛苦是合理的。對正在逼近、輪廓朦朧的危險小心以對則是它教的另外一課。

我說過史尼茨勒在焦慮這件事情上並不孤單。當他父親搜查他的書桌抽屜時，並不是出於一時興起，或是認爲當父親的就是有權侵犯兒子的隱私權。約翰・史尼茨勒醫生會這樣做，是出於對兒子的健康的憂慮——而因爲是醫生，他的憂慮比別的父親更甚。兒子可能會交了些什麼樣的朋友呢？他會不會讓自己暴露在某些傳染病的危險中？這不是無關痛癢的問題，也不是父親擔心兒子擔心過頭的表現。在史尼茨勒的時代，性病是一種眞實的威脅，而像史尼茨勒這種以背德爲樂、愛與聲名狼藉女人鬼混的中產階級少年人，又尤其容易受到淋病和梅毒的感染。

這方面的統計數字是公開、豐富和嚇人的，它們從醫學研究蔓延到一些專門刊物，再蔓延到一些較開放的流行刊物。一個例子就可以說明許多事情：在一個對現代婚姻所做的全面性研究中，德國哲學家卡斯帕里（Otto Caspari）指出，一八七二年至一八八八年之間在巴黎各醫院接受診治的性病個案一共是十一萬八千兩百二十三宗，其中約半數是梅毒個案。他又補充，從一八六一年到一八八四年，英國死於梅毒的病人增加了百分之八十四。③儘管在該世紀，醫生對性病的診斷已取得若干進展，但他們不知道的事情還有許多。正因爲知道這一點，約翰・史尼茨勒醫生對兒子的擔心當然只會更多而不會更少。

更糟的是，在一八七九年（史尼茨勒日記被父親發現的一年），醫學界對梅毒的了解很多根本是錯的。最要命的一個誤解就是以爲病患得過一次梅毒而獲得治癒後就不會再得（這個誤解奪去了許多忠誠妻子與無辜小孩的容顏、健康，甚至生命）。很多聲譽卓著的醫生都相信，他們的病人在受到梅毒侵襲而又成功克服以後，從此就可以免疫。在無知醫生信心滿滿的保證下，爲數不詳但肯定不在少數的梅毒患者痊癒後繼續徵逐女色，或自以爲可以放心結婚。一八六〇年，波特萊爾在一封信裡談到一個他相信而當時大多數人都相信的主張：「沒人比得過梅毒而又完全痊癒了的人更健康。」④他很快就會知道這是不是事實。

另一些名人也分享波特萊爾的信念。一八七七年，莫泊桑（Guy de Maupassant）在一封興高采烈的信中告訴友人，醫生曾把他掉頭髮和其他相關症狀診斷爲梅毒，但已經用水銀和碘化鉀的療法加以治癒。莫泊桑當時才二十七歲，但已經因爲一些傑出而俗世（有人說是淫穢）的短篇小說大名鼎鼎，時人還相信他是個性精力無窮的浪蕩子。他告訴友人，自己的頭髮已經重新長出來，感覺好得不得了。「我得到梅毒了！終於得到了！貨眞價實的！不是不入流的性病，不是，不是，就是要了弗蘭西斯一世（Francis I）命那一種。」他說自己爲此「感到驕傲，無比的驕傲——布爾喬亞見鬼去吧。」他忍不住在另一封信裡重複他的興奮。「哈利路亞，我得過梅毒了，不用擔心會再犯了。現在操過流鶯妓女以後，我都會告訴她們：『我得過梅毒喔。』她們嚇得半死，而我只是笑。」⑤好些年後，他進入了醫學界開始認識到的所謂梅毒第三期，飽受恐怖的幻象折磨，發瘋而死，得年四十三歲。

如果較爲布爾喬亞一點的話，莫泊桑說不定可以活得久一點。他是史尼茨勒極爲景仰的小說家。在性慾的不知饜足上，史尼茨勒不輸莫泊桑；不過因爲謹愼，史尼茨勒下場與莫泊桑截然不同。在史尼茨勒的獨身漢歲月，每次他勾引到一個尤物，都會因爲害怕染上性病而猶豫再三。我們知道，這種智慧是他父親用粗魯的方式教會他的。不管我們如何評價約翰・史尼茨勒醫生的教子之道，他對兒子的擔心是完全有道理的。而一旦醫學界發現梅毒不能以梅毒治癒，他的焦慮顯得益發有道理。

二

「神經衰弱」這個臨床術語是康乃狄克州的比爾德醫生（Dr. George M. Beard）在一八三九年始創的。這個名稱出現得有點姍姍來遲，因爲某種難以名狀的內在緊張已經困擾了人們超過半世紀。詩人、道德家和佈道人一直都責難他們的時代缺乏活力，沒有強健心靈應有的那種冷靜沉著。早在一八一三年，倫敦的《檢查者》雜誌（*Examiner*）就把活力的闕如歸因於人們過度放縱的生活方式：「現在這個奢侈的時代的一大特徵是神經緊張。」⑥四分之一個世紀之後，也就是一八四〇年，美國醫生阿爾科特（William Alcott）指出，婦女特別容易感染「那些難以定義的倦怠乏味感」，又說「如果想爲這些多樣的感覺取一個較佳的名字，不妨統稱之爲『神經緊張』。」⑦

把女性說成較男性容易罹患神經緊張，是符合那個時代男性取向的思考風格的，而這個主題也慢慢成爲文學中的大宗。像阿諾德（Matthew Arnold）的〈吉普賽學者〉（*The Scholar Gypsy*）一詩中有這樣的詩句（後來常常被引用）：

> 好一種現代生活的怪病
> 病態的匆忙，多歧的目標

那是一八五三年的事。到了一八六〇年代，一些精神科醫師已經準備好提出一種極端的主張：神經緊張的元兇不是別的什麼，就是現代文明本身。

英語世界並未獨佔這種毛病。一八〇〇年之後不久，法國小說家就偵測到這種疾病，並稱之爲世紀病（*mal du siècle*）——一種憂鬱和茫然感的混合。貢斯當（Benjamin Constant）在小說《阿道爾夫》（*Adolphe*）指出，他的目的就是要藉主角阿道爾夫揭露「我們世紀的一種主要病症：疲倦、不確定感、缺乏活力，喜歡持續不休地自我分析，讓任何情緒都在後見之明中顯得倒人胃口或是從一開始就讓它們顯得這樣。」⑧當這個主題在文學界退流行之後的幾十年後，它開始成爲閱讀大眾的話題。我們在小說家、文評家和劇作家的作品裡都會遇到像「我們神經質的世紀」這樣的句子。在這方面，史尼茨勒筆下的男女主角就像他本人一樣，與其所屬的階級及時代完全相吻合。他們無一不是焦躁不安的人，常常會沒由來情緒爆發，動輒自怨自艾，情緒如走馬燈一樣忽而狂喜忽而沮喪。我們記得，在《帕拉切爾蘇斯》一劇中，史尼茨勒曾經說過：「安全無處可尋。」而那等於是說：「焦慮無處不在。」

神經緊張不完全是摩登的東西，但在十九世紀，它看來卻是以幾何級數的方式擴散開來。權威的克拉夫特—拉賓在一八九五年指出：「神經緊張正以要命的速度興起中。」⑨當時沒有人會對此說感到驚訝。一八九〇年，法爾肯霍斯特（C. Falkenhorst）就已經把時下的醫學智慧在《園圃小屋》（*Gartenlaube*）——德國相當受歡迎的一本家庭週刊——中帶給了他的小布爾喬亞讀者。「我們的時代受到神經疲弱（nervous weakness）所苦，那是十九世紀的疾病。」⑩與此同時，在一八八六年的義大利，頗受尊敬的性學家曼泰加札也把他的集大成之作稱爲《神經緊張世紀》（*Il secolo nevrosico*）。才兩年，此書就被譯成德文，反映出在一個自由貿易的時代，焦慮的傳播有多麼的快。事實上，在十八、十九世紀之交，神經緊張的普遍性是受到如此大的公認，以致廣告文案的寫手覺得不多加利用誠屬可惜。一八九五年，《紐哈芬領袖》雜誌（*New Haven Leader*）上有一則廣告表示，說是有一種稱爲「佩氏芹菜錠」（Paine's Celery Compound）的藥物，可以減輕「小孩子的神經耗弱」，又說小孩的這種症狀已使得父母們處於「一種恆常和愈來愈強的緊張狀態。」⑪可見，焦慮在當時已經成爲一種商人覺得可以圖利的時尚。

這種時尚的根相當淺，但憂鬱氣質（melancholic temperament）的觀念卻歷史悠久。它可以上溯到希波克拉底（Hippocrates）（譯註：古希臘醫生，被譽爲醫學之父），接下來歷代都有信徒。十七世紀初，伯頓（Robert Burton）在英國出版了其著名的《憂鬱的剖析》（*The Anatomy of Melancholy*），此書在他故世兩百年後仍有人當作權威來徵引。所以，十九世紀並沒有對憂鬱症提出什麼新的見解，有的只不過是讓問題的混亂性更增加罷了。他把我們今天會診斷爲「憂鬱」（depression）或「嚴重焦慮」（severe anxiety）的症狀稱爲「消沉」（low spirits）或「神經崩潰」（shattered nerves），把它們的成因歸諸於五花八門的理由：生意失敗、宗教疑惑、失戀或天生的性情。

直到心理學和社會學的解釋當道以前，有幾十年時間，最受歡迎的病因就是「壞的」遺傳。史尼茨勒採取的也是這種觀點。在反省自己的神經緊張時（他妹妹也是這樣的人），史尼茨勒指出，那大概是得自母親的遺傳。直到弗洛依德以前，有關焦慮的起源和定義都是衆說紛紜，莫衷一是。弗洛依德有說服力地指出，焦慮是一個訊號，是由某種等在前頭的麻煩所引起的。換言之，維多利亞時代人之所以那麼在意焦慮，本身就是焦慮的一個徵候。但引起維多利亞人普遍焦慮的「麻煩」是什麼呢？爲了回答這個問題，他們探索了每一種可能性。他們以十八世紀晚期一些分析家的意見，開列出一張「麻煩」的清單，從文化習慣到制度性的安排一應俱全。雖然焦慮似乎是可以感染每一個人的，但有些人就是比別人更容易受感染。儘管如此，焦慮的氣氛仍然看似無所不在，而且就是源起於社會本身。

起初，這種疾病的元兇被懷疑是與黎明中的工業化社會形影相連的分工制度。持這種意見的批判者指出，分工制度是片面性的，無法讓人的各種潛能充分發揮，而這一點，又是工廠系統加諸工人的種種桎梏的直接後果。因此，在最初，焦慮症的主要受害者被認定是貧窮的勞工階級。一七七六年，其時現代的分工制度才剛萌芽，亞當・斯密（Adam Smith）就已經在鉅著《國富論》（*Wealth of Nations*）中分析了分工制度的利弊兩面性：新穎而高效率的方法固然是大大提升了生產力，但它們也重創了工人的心靈與精神。日復一日、年復一年地在工廠裡執行單調的工作，將會讓工人無法發揮人之所以賴以成爲人的本質潛能。他們會淪爲次人的狀態，降格爲無血無淚的機器的奴隸，毫無解放的前景可言。

用不了多久，就有人把這個幽暗診斷的適用範圍擴大，把布爾喬亞也納入當代社會的受害者之列。一七九〇年代初，席勒（Friedrich Schiller）在一篇精采的長文《美育書簡》（*Letters on the Aesthetic Education of Mankind*）中譴責分工化乃是現代人悲慘生活的禍首。他指出，與古希臘人相比，他的同時代人要不幸上無數倍，因爲他們已被敲碎爲可憐兮兮的碎片，充其量只能把一件事情做好，其他事則一件都做不好。一門科學與另一門科學之間的日益疏遠、階級與階級之間鴻溝的不斷擴大，還有理性與感情的分離，在在「撕裂了人性的內在紐帶」。席勒在結論裡凝重地說：「帶給現代人這種創傷的是（現代）文化本身。」⑫

十九世紀的社會研究者創造出一些嚇人的術語來形容現代文化的缺陷。「異化」（alienation）這個詞——它是首先被黑格爾重新發掘出來的——被馬克思用作批判資本主義的武器，其意義與席勒所說的「碎片化」（fragmentation）相當。馬克思指出的，維多利亞時代的工人，不管是在工廠還是辦公桌前面工作的，都被迫成爲其同事、其工作，甚至其本人的異己。整全（wholeness）是這些工人永遠不可得的。然後，在一九〇〇年前後，涂爾幹（Emile Durkheim）把「失範」（anomie）這個神學名詞加以世俗化，用它來形容個人主義所帶來的危害性：人們普遍的自我中心心態已經讓西方社會失去鑄造紮實集體紐帶的能力，無法繼續保持爲一個高凝聚力的共同體。這一類社會學與歷史學的診斷讓人們更有理由相信，焦慮是普遍瀰漫的現象。比爾德醫生和借用其「神經衰弱」一語來談事情的讀者，都毫不懷疑他們在談的，是一種維多利亞時代獨有的疾病。因此，當德國哲學家卡爾內里（Bartholomäus von Carneri）在一八九〇年說出「神經衰弱是我們的時代病」⑬這話時，可謂了無新意。

單是比爾德醫生主要著作的書名本身——《談神經衰弱、其症狀、其性質、其後果、其治療的一部實用論文》（*A Practical Treatise on Nervous Exhaustion [Neurasthenia], Its Symptoms, Nature, Sequences, Treatment*）——就足以說明他的雄心壯志有多大。他一生的職志都在於把神經衰弱這種疾病的病徵與治療方式加以條理化，要讓它們條理井然得像一個法國花園而後已。他年輕時就在筆記裡說過：「秩序：天堂的第一法則。」⑭他對自己這句格言顯然是鍾愛有加的。只不過，他所開列那張神經衰弱症狀的清單是那麼五花八門，讓人不能不懷疑他在談的是不是同一種疾病：「失眠、臉紅、慵懶、做惡夢、頭疼、瞳孔擴大、疼痛、頭漲……耳鳴……易怒、牙齒與牙齦酸軟……手腳冒汗和發紅、怕光、怕負責任、怕開闊或幽閉的空間、怕社交、怕獨處、怕害怕、怕髒、怕一切……（未完）」⑮

這張清單已經夠歎為觀止的了，但它與比爾德對「國民性」的觀察相比，仍然相形見絀。在研究神經衰弱的過程中，他「發現」，在文化愈高和女孩子愈漂亮的國家，神經衰弱就愈常見。換言之，神經衰弱不一定是壞事。他指出，在世界各地走過一遭以後（實際是指在歐洲主要國家的首都走過一遭以後），他發現「美國女孩的美」無與倫比，是任何國家和歷史上任何時代都無法匹敵的。而他認為，這一點是高度發展的心智機能和「生理組織」的精華燦爛結合的結果。比爾德醫生不否認在別的國家也可以看到美女：英國可以「不時」看得到美女，德國則「罕見得多」，法國與奧地利比德國要常見。只不過，他認為這些美女無一足以與美國的姐妹相比。這位自學的藝評家又告訴我們，歐洲藝術作品中女性臉孔之所以「幾乎無一好看」，源於一個事實：歐洲大陸的畫家「從未見過眞正的美女」。他猜測，要是拉斐爾（Raphael）有幸在紐約住過，就不會把西斯汀聖母（Sistine Madonna）畫成「那種神經衰弱和一臉貧血的類型」。⑯

這種比較各國女性長相的題外性研究是比爾德醫生獨有的，反觀他對神經衰弱起源的說明就沒有如此高度的原創性了。比爾德認為，神經衰弱患者非常快速增加的「主要和首要原因」很簡單，四個字就可以涵蓋：「**現代文明**。」⑰他繼而指出，現代文明有五件事情是從前的文明所沒有的：「蒸汽動力、期刊報章、電報、科學、女性從事心智活動。」⑱接著，他又覺得意猶未盡，列出更多的不同處：宗教擾攘、政治機器、技術教育、分工制度、嚴格的時間表、時鐘、噪音、不停的旅行、股票投機、壓抑的情緒——換言之就是現代文明的一切都與過去有所不同。

幾乎所有維多利亞時代的神經衰弱研究者都認爲有一點幾乎是自明的：現代都市生活的「匆匆忙忙」要爲激增的焦慮症負責。談及這個問題的書籍作品汗牛充棟，但結論幾乎都一模一樣，不同的只是措詞。像德國醫生福伊希特斯萊本（Ernst Freiherr von Feuchtersleben）在一本小冊子《靈魂的飲食》（*Dietetic of the Soul*）裡就說：「我們的時代快速、騷亂而輕浮。」⑲這本出版於一八三八年的小冊子非常暢銷，前後印了幾十版；晚至一九一〇年，德國指揮家瓦爾特（Bruno Walter）還把它推薦給馬勒，認爲值得一讀。世界自一八三〇年代以後就大大改變了，但顯然還沒有大得讓福伊希特斯萊本過時。

這一類的診斷在維多利亞時代及其稍後都是主流。例如，在一八五五年出版的小說《北與南》（*North and South*）中，蓋斯凱爾夫人（Elizabeth Gaskell）讓它的女主角把鄉村生活和都市生活加以對比，指出後者的營營擾擾是人們心煩氣躁的原因。「在都市裡，匆匆忙忙的步伐和四周快速旋轉的一切弄得他們神經緊繃。」⑳四十年後，《紐哈芬領袖》雜誌也同意這個診斷，把「匆匆忙忙」視爲現代男女神經緊張的元兇。㉑重述這種主張的文本多得數不勝數。

「匆匆忙忙」理論的影響力要直到第一次世界大戰爆發後才告明顯減弱。一九一一年，德國精神科醫生柏格曼（Wilhelm Bergmann）在著作中感謝過福伊希特斯萊本的啓發後，就以福伊希特斯萊本同樣的語氣（但要饒舌上許多）數落布爾喬亞的不是：「它一心只想要逃離土地，生活在充滿各種刺激、煩惱與焦慮的大都會，以最不羈的激情追逐享樂、追逐金錢。它只在意一些了無價值的東西，不知節制地爲名與利而鬥，直至筋疲力竭而後已；爲了追求快樂，它置一切道德考量於不顧，把自己放在善與惡之外（譯註：尼采一本作品就叫《在善與惡之外》（*Beyond Good and Evil*），或譯《超越善惡》），自誇自己的頹廢是〔尼采式〕超人的表現。」㉒這種對布爾喬亞的熱切控訴讀起來更像是焦慮的表現，而不是一份對焦慮的醫學報告。

在一八九〇年代中葉，也就是弗洛依德將其精神分析思想理論化和從事臨床實驗的早年，他曾經仔細讀過比爾德的作品，但他的結論是比爾德的作品太模糊和太無所不包，因此不值得信賴。㉓他這個說法還太客氣了：事實上，比爾德對神經衰弱所知甚少，而且以錯的居多，並且儘管自稱是個謹慎的經驗主義者，他的許多結論都是來自膚淺印象和根深蒂固的偏見。弗洛依德既然是精神創傷方面的專家，他會加入神經衰弱的討論自是意料中事。不過在一個方面，他對這種疾病的最初評論顯得相當傳統：他相信那個普遍的意見，也就是說相信神經衰弱是現代文化的產物。換言之，對弗洛依德而言，那是一個歷史現象，而它所提出的一些根本問題是其他人未能正確解決的。不過，他對正統的追隨就到此爲止。他接下來一個見解是發前人所未發的：神經緊張乃是維多利亞時代中產階級性壓抑太過厲害的結果。

這種主張不啻是對布爾喬亞道德觀的一個徹底批判。弗洛依德相信，布爾喬亞的道德觀已經把人的生物本能壓抑得超過人可以承受的極限，遂帶來了種種症狀，而精神官能症是其中之一。這不是個沒有價值的理論，但它的全面適用性卻不無疑問，因爲它已超過了證據可支持的範圍之外。弗洛依德的證據完全是來自他那些精神官能症女病人，而他之所以認爲這些證據也適用於一般布爾喬亞婦女，是因爲他把女病人視爲維多利亞時代女性的代表。我寫這本書的其中一個目的，就是爲了推翻他以偏概全的判斷，至少是爲了讓問題的複雜程度顯示得更全面。我們先前已經看到豐富和有力的證據，知道性冷感在維多利亞婦女中間並非如弗洛依德所相信的普遍。作爲精神分析理論家的弗洛依德，立足點要遠比作爲布爾喬亞批判者的弗洛依德穩固。

把注意力放在性挫折與情緒沮喪的因果關係上的，並不是只有弗洛依德一個。像比爾德醫生本來就正在寫一本研究「性神經衰弱」（sexual neurasthenia）的書，只因爲天不假年（他逝於一八八三年）而未能完成罷了。不過，像弗洛依德那麼相信性在人類心理功能與失調上扮演著中心角色的人，仍然是絕無僅見的。儘管他有關布爾喬亞文化的推論有修正的需要，但其心理學的基本取向——其中他的性理論扮演了關鍵角色——對人類心靈的研究來說仍是劃時代的。它不像其他專家那樣只滿足於研究神經緊張的表面，而是潛入到其深處。

弗洛依德的心理理論也許可以簡述如下。他把心靈視爲自然的一部份，也因此，他認爲心靈就像其他自然現象一樣，是受法則的支配的。一句話說，沒有心靈現象是沒有原因的。任何怪異、表現上無意義的心理現象（筆誤或口誤、無可解釋的記憶流失、說明不了的徵狀、荒謬夢境和精神分裂症患者的前言不對後語等）都一定可以有科學的解釋，儘管要發現這些解釋也許相當不容易。弗洛依德認爲，這些現象指向的是潛意識的地下活動，是潛意識要透過扭曲的方式自我顯示的表現。（作者註：當然，並不是所有這一類心理現象都是值得精神分析家注意的。就我所知，弗洛依德從沒有說過這句話：「有時一根雪茄就只是一根雪茄。」但不管這話是誰說的，它都切合精神分析的思考方式。）在人類潛意識裡佔顯著地位的是原慾（主要是性慾和侵略性），再來還有防衛機制以及各種隱藏著但卻是出於迫切需要的戰爭。對弗洛依德而言，人類是一種慾望多多的動物，不自在地生活在文化的束縛裡。

弗洛依德的精神分析體系要求人類謙遜：人有許多行爲動機是人所不自知的，理性並不是一家之主。把理性從王座上推下來的做法，解釋了弗洛依德的觀念爲什麼會受到精神醫學界和社會大衆那麼大的抗拒。他對性慾和潛意識力量的強調，是對維多利亞時代的禁忌——有些話是體面的人所不應該談論的——一個直接的衝擊。然而弗洛依德從不是非理性的同道人：研究心靈的黑暗力量並不表示他要與它們爲伍。非理性可以透過理性來加以分疏這種主張，是一般人難以理解的，但那卻是弗洛依德理論的精要所在。簡單一句話，對他而言，科學必須要成爲主人，而宗教不過是迷信。不管他對中產階級的道德觀有多少批判，弗洛依德本質上和維多利亞時代的布爾喬亞無信仰者是同一類人：一個達爾文與赫胥黎（Huxley）的信徒。

他與其他神經衰弱研究者的目光都專注在布爾喬亞身上。他們都相信，中產階級要比工人階級更容易罹患這種疾病，更不用說的是比貴族更容易罹患。當然，工人階級也有他們需要憂慮的事情，只不過，他們日復一日要爲餬口賣力工作，根本沒有那個奢侈陷入神經衰弱之中。貴族也沒有時間神經衰弱，因爲他們一如往昔，整天忙著吃喝玩樂。但布爾喬亞不同，他們比工人階級有多一點點餘暇，卻身負繁重的家庭與社會義務，同時又被嚴厲的良知驅使著去賣力工作，因此最是容易屈服於歇斯底里、疲倦、陰鬱和胡思亂想——一言蔽之就是屈服於精神官能症。最有錢有閒的男女是精神疾病最顯著的傷員。但這種世紀之疾同樣可以感染沒什麼錢的小布爾喬亞：神經緊張在十九世紀是那麼的瀰漫，以致於一個人是可以一面工作一面焦慮的。

三

神經緊張正急遽成長並以愈來愈快的速度在中產階級裡蔓延開來——這種看法相當普遍，而且看來是可信的。但為什麼神經緊張會在十九世紀特別顯著呢？部份大概是因為醫生們對女病人的抱怨前所未有的重視，讓神經衰弱比以前更為顯眼。這一點也反映出十九世紀確實是一個所謂醫學化的時代，也就是說它趨向於把怪異的情緒和行為歸因於心理狀態，而不是像從前那樣，歸因於鬼魂附體或上帝的懲罰。

雖然神經衰弱為什麼會在十九世紀大行其道這個問題，就本質上來說就是不可能有明確回答的，但看來還有一個解釋既基本而又陳腐：變遷。歷史是「常」與「變」兩者的交替，在歷史學家之間已屬老生常談。儘管如此，歷史上的大部份人類看來都是把「常」體驗為撲天蓋地的眞實。這並不是說窮人不會有深刻的焦慮——最基本的衣食問題就盡夠他們焦慮的了；他們也不是不需要經歷一些激烈的動盪：戰爭、疾疫、飢荒、農民暴動、經濟危機、自然災難、新的宗教和新的主人都是他們常常需要面對的。

儘管如此，在大部份的情況下，環繞他們生存的基本事實都是固定的，常常會歷幾個世紀而不變。

然後，到了十五世紀前後，變遷的速度看來加快了，其中尤以都市爲然。陸續出現了一系列掀天變地的事件（這些事件都是錯綜複雜的，卻被高度簡化爲一個個名詞）：文藝復興、宗教改革、印刷術的發明、發現美洲、現代國家的崛起、科學革命、啓蒙運動、工業化的肇始。這些事件在在讓主宰了過去相當長一段時間的永恆不變感爲之搖晃、震盪。變遷在維多利亞時代臻於白熱化。維多利亞時代人自己也知道這一點；到了十九世紀晚期，有一個說法已經成爲陳腔濫調：要是一個出生於拿破崙政權三代以後的人可以回到一八〇〇年，他將會覺得四周的環境異常陌生。

任何變遷——哪怕是往好的方向變——都會有創傷性的一面。自啓蒙時代起，對進步的追求、對未知的探索、對實驗的殷切就愈來愈成爲社會的主導性調子。令人目眩神迷的各種發明和發現，以及各種有爭議性的新觀念入侵到維多利亞時代生活的每一個領域，帶來了一片充滿希望但焦慮亦如影隨形的氣氛。這就怪不得，社會會不斷進步的理論會成爲一種十九世紀的意識形態（很多人都誤把它歸源於十八世紀的啓蒙思想家）。

很少十九世紀的觀察者意識不到他們生活中的這個最高事實，但他們的反應各有不同：有驚訝的，有高興的，也有難過的。在一八三一年，J．穆勒稱其時代為「一個轉變的時代」㉔。不同意他意見的人並不多。幾十年後，左拉在寫給朋友的信中也說：「我們的世紀是一個轉變的世紀。」㉕在今天看來，這些見解毫不新奇。有些不知名的風趣家曾經這樣說過：當亞當、夏娃被逐出伊甸園以後，為了安慰哭泣的夏娃，亞當告訴她：「開心點，親愛的，我們正活在一個轉變的年代。」但在維多利亞時代，有一個判斷可真是持之有據：這是個與以前時代截然不同的時代，而且繼續不斷要求人作出新的回應。鐵路網、連接大西洋兩岸的電纜、細菌致病的理論、達爾文的進化論、群眾政治的推進──這些，都不過是一個將會全面重塑人類生活的時代最讓人難忘的其中幾項創新罷了。

但不是每個人都對這個讓人眼花撩亂的時代歡欣鼓舞。一八二九年，對時代趨勢一向相當敏感的卡萊爾指出：「那個巨大的、外向的變遷正在進行中，這是任誰都不會懷疑的。這是個生了病、脫了臼的時代。」㉖專研文藝復興時代的瑞士大史家布克哈特（Jacob Burckhardt）也在一八四三年語帶遺憾地說：「人人都在追求新，沒有別的。」㉗同樣的，倫敦的《週六評論》（*Saturday Review*）在一八七四年以其一貫的貴族調調怨嘆說：「這些喧囂騷亂的日子，一切都從固定的狀態被拔起。」㉘在一個一頭熱向前衝的時代，這些評論會採取矯枉過正的修辭是可以理解的，而雖然矯枉過正，它們至少可以提醒讀者一些他們每天必須面對的眞實。

這些眞實現已成爲歷史教科書的重要素材，其中一些我在前面曾簡略提及。但還有更多是我未提的：歐洲人口在一七五〇年還不過一億五千萬，一個世紀後卻激增爲兩億六千萬。爲逃避屠殺、飢荒和反天主教徒迫害而從東歐、德國、愛爾蘭逃往美國的移民合計好幾百萬。有爲數龐大的農村人口移入了城市：巴黎在一八〇一年還不到六十萬居民，五十年後卻超過一百萬；維也納和柏林兩者在一八一五年都只有十二萬人，但一八四八年的人口卻是此數的三倍。都市化把多得前所未有的人口從農村牽引到城市。在十九世紀中葉的英格蘭、威爾斯和比利時，城市人口的數目第一次超過農村。現代形式的商業和工業組織帶來了高得聞所未聞的資本累積。

這些衆所周知的史實已經因爲太爲人所熟悉而失去了新鮮感。但它們全都會紮實地影響到生活在其中的每一個人：不管他是一個住在英格蘭貧民窟裡的愛爾蘭人、一個在銀行倒閉時失去了所有積蓄的德國存戶、一個因爲不想被殺而移民到維也納的俄國猶太人，還是一個因爲搞工會活動而被捕的幹部。他們的焦慮往往是深切的，總是有合理的根據，而窮人的麻煩也無可避免會衝擊到十九世紀布爾喬亞的生活。

因此，帶來不穩定的轉換是瀰漫著整個世紀的。它的爆炸性發明影響深遠而無法抗拒，比先前任何時代要更驚心動魄。改變主宰了一切科學、技術、醫學、經濟、政治、政府、宗教、品味、道德觀念以及性的表述。阿諾德以下這番話代表了許多人的意見：「沒有一個信條是未被動搖的，沒有一個受信任的教條是未被質疑的，沒有一個既有的傳統沒有受到解體的威脅的。」㉙但論速度和全面性，最大的變遷還是在於變遷本身。約翰生（Samuel Johnson）（譯註：英國作家、辭書家，十八世紀下半葉最重要的文學界人物）一七八三年所抱怨的「創新的狂暴」在幾十年後還要更趨極端。變遷的無所不在與高速進行這兩個相互關連的因素要比任何理由——包括了布爾喬亞的性壓抑——都更讓維多利亞時代人神經緊張。

但它同時也讓維多利亞時代人感到快樂。悲觀主義者對進步的批判總的來說要比他們對手的意見受到較多的徵引，也因此在歷史學家中間受到了比他們應得要多的注意。事實上，對創新的嚮往和對創新的恐懼自啓蒙運動初期就一直在角力，互有佔上風的時候——但總的來說是嚮往創新這一邊佔優勢。一八五〇年亞伯特親王（Prince Albert）（譯註：維多利亞女王的丈夫）在倫敦市長就職宴會（Lord Mayor's banquet）上所發表的演說道出了樂觀主義者的心聲。「沒有一個對現在時代各種特徵投以關注的人會有片刻懷疑，我們是生活在一個棒極了的轉換階段，它正要迅速實現一個所有歷史都指向的偉大目標：人類的統一。」他提醒聽衆，倫敦萬國博覽會馬上就要揭幕了，而透過它，「已獲得的知識將會一下子變成這個共同體裡大部份人的財富。」也因此，「人正在邁向更完全地實現他被派到這個世界來的偉大神聖使命。」㉚在亞伯特親王及其他喜歡變遷的人看來，十九世紀是一個持續進步的世紀，幾乎是不證自明的。

他們的看法不無道理，因爲發明家、工程師、自然科學家讓培根（Francis Bacon）在兩個多世紀前揭櫫的理想——人定勝天——比任何時候都要更接近實現。另外，儘管起初有些笨拙和欠缺效率，但政府的各部門（它們的數目與功能都驚人地增加了）莫不戮力朝同一個目標邁進：克服由都市化和工業化所引生的種種新問題。私人企業家創建了跨國公司，投資建設鐵路網，又創辦了維多利亞時代生活最色彩斑斕的代表——百貨公司。所謂的一般公民——至少是其中的大部份——也從這些活動中受惠。當然，一八四〇年代郵政大改革所帶來郵遞服務的快速化、可靠化和便宜化，也是一般公民以致於商業鉅子同感高興的。

有一點是說比做容易的：進入那些經歷這些改變的人們的心靈。但我們不妨以維多利亞時代其中一個大發展作爲代表。沒有一種十九世紀的發明比鐵路更能讓維多利亞時代人感到他們是生活在一個改天變地的時代。一八四八年初，法國內政大臣迪莎泰爾（Comte Duchâtel）於主子路易—菲力普國王垮台前夕曾說過，在他的時代，「事物的移動速度要遠快於六十年前。事件就像旅人一樣，都是由蒸汽所移動。」㉛鐵路是我上面所說那種漫天的驚奇感與不安全感的一個貼切比喻——難道它不名副其實是以幾乎難以置信的速度讓生活動起來嗎？它也不只是個比喻：對愈來愈多的布爾喬亞以致工人來說，鐵路眞的是把他們從居住地與原有生活方式中連根拔了起來。它徹底把人員與貨物的運輸現代化。它毀了一些商業城鎮而扶植起另外一些。就像十九世紀的其他驚人創新一樣，火車所能帶給維多利亞時代人的刺激是他們還來不及全部吸收的，焦慮於是隨之而來。

薩克雷曾經以幽默誇張的筆法，傳神地刻劃出鐵路興起前後的生活有多大的不同。他在一八六一年寫道：「我們這些生長於鐵路興起前的人是屬於另一個世界的。」他承認火藥和印刷術都曾有過把文化「推向現代化」之功，但鐵路的震撼性不遑多讓，因爲它已「開啓了一個新紀元」。他說，那些生活在鐵路時代以前的人都是大洪水以前的人類，就像是「從方舟走出來的諾亞和其家人。孩子會圍著我們這些家族的元老，問道：『爺爺，告訴我們有關舊世界的事。』我們會喃喃細說過去的故事，會一個一個老死，人數一日少於一日，剩下的都是非常衰弱的老頭。」㉜薩克雷當然是開玩笑，但又不只是開玩笑。

作爲時代的特徵，鐵路會激起文學家的想像力是很自然的。把火車頭擬人化的做法蔚爲風尚：它被視爲一種強勁的、人似的力量。在德國小詩人普倫尼斯（Luise von Plönnies）的〈鐵路上〉（*On the Railroad*）（一八四四年）裡，火車頭被形容爲挾帶著雷鳴的迅疾閃電；而在惠特曼的〈致一輛冬日的火車頭〉（*To a Locomotive in Winter*）（一八七六年）裡，火車頭則被稱爲「嗆喉的尤物」。這兩位詩人都暗示著火車頭蘊含一種情慾般的能量，而這種能量在克拉勒蒂（Jules Claretie）出版於一九〇五年的小說《火車十七號》（*Le train 17*）中更加昭然若揭：書中的主角是個已婚火車司機，而他對他的火車的感情事實上就是一種愛情。

但更多時候，作家會把火車視爲邪惡的威脅力量（這與要命火車意外的頻傳以及報紙喜歡鉅細靡遺報導這些意外不無關係）。不只一個小說人物命喪於火車輪下，安娜・卡列尼娜（Anna Karenina）只是其中最著名的一個。狄更斯小說《董貝父子》中的壞蛋卡克（Carker）也是被火車撞上和肢解。左拉小說《衣冠禽獸》（*La bête humaine*）的高潮是兩個正在格鬥的人被火車輾過，身首異處。這只是一小部份例子。當然，大多數的維多利亞時代人都是把他們對鐵路的世俗眞實——火車交通的舒適便利、火車總站的金碧輝煌、火車旅行所帶來的惱怒、火車廂分頭、二、三等的現實——放在心裡的。不過，從鐵路在小說中的高能見度反映出，它在維多利亞時代人的心靈裡是具有一個重要地位的。有好幾十年時間，鐵路甚至擁有一種它專屬的疾病：「鐵路腰」（railway spine）。那是意外事故之後造成的嚴重背痛症。很難想像有什麼對火車文化重要性的禮讚更大於此的了。鐵路很多時候都讓人歡欣，但帶來的憂慮亦復不少。

四

維多利亞時代人的焦慮一個特殊處是它們常常是非理性的、牽強的。其中一個例子就是他們對手淫近乎歇斯底里的恐懼，這一點值得我們深入分析。因爲，從反手淫態度的那麼普遍和頑強，從它對否定性證據的視若無睹，反映出這是一個受過良好教育的布爾喬亞所揮之不去的迷信。毫不意外的，維多利亞時代人並不喜歡直呼「手淫」之名，而是使用種種刺耳、帶有道德褒貶意味的代稱，如「孤獨惡德」（solitary vice）、「自我污染」（self-pollution）或「自我濫用」（self-abuse）。這種避諱，讓一些「專家」在譴責這種主要屬於年輕人的娛樂時顯得更加理直氣壯。

對這種「不敬虔」、「不道德」、「骯髒」的自我取悅之道的焦慮，同時籠罩著維多利亞時代的教育家和父母。十九世紀中，一位法國外省的醫生和研究手淫的專家德莫（J.-B.-D. Demeaux）宣稱，這種習慣已經感染了未來法國「政治界、道德界、工業界的菁英」[33]。同一世紀稍後，德國一個研究指出，文科中學（一種低下階層少年上不起的學校）的學生之中，有手淫習慣的比例大概介乎百分之七十一至百分之一百之間：這個統計數字不只驚人，而且以其貌似精確的不精確性顯得逗趣。

就像很多其他事情一樣，十九世紀對手淫的焦慮也是十八世紀的遺風，但生了病的與其說是那些溺於手淫的年輕人，不如說是那些對手淫大加鞭撻者。其中一位率先把手淫妖魔化的人是備受敬重的蒂索醫生（Samuel-Auguste-André-David Tissot），他把這個議題從一些語焉不詳的庸醫手中接過來，加以條理化，讓它成爲一個值得焦慮的問題。蒂索是個具有啓蒙思想的醫生、伏爾泰的朋友。他的名聲讓他出版於一七五八年的拉丁文小書《手淫》（*L'Onanisme*）得到熱賣（譯註：Onanisme 這個拉丁文的英文對等語爲 onanism，直譯是俄南主義。俄南爲《聖經》中人物，〈創世紀〉記載，俄南兄長死後，父親命他與嫂子同房，以便爲兄傳宗接代，但俄南不願意子嗣爲他人所有，與嫂子行房時洩精於地。基於這個典故，西方人也稱手淫爲「俄南主義」。但「俄南主義」亦可指性交中斷法，根據的是同一個典故）。此書在翌年就被譯成法文，其他語文的譯本相繼出現。更後來的版本把它惶恐的信息帶進了維多利亞時代。晚至一八三二年，還有另一個《手淫》的增訂版出版。

一支反手淫的大軍在此時集結而成。這支由佈道家、教育家和醫生組成的三方面聯軍發出讓人膽喪的預言：如果不把「自我污染」（手淫）消滅，醫學和文化上的災難將無可避免。爲他們搖旗吶喊的還有顱相學家、江湖騙子和傳統的衛道之士，以致於到了一八五〇年代和一八六〇年代，整個文明世界的反手淫出版品加起來已數以百計。它們有時也會以年輕女子爲警告對象，因爲她們一樣可能會陷溺於這種祕密的邪惡。不同的小冊子和論文對手淫的驚恐程度各有不同，開出的對治方法也不盡相同。它們有些還是有附圖的，讓它們的恐怖信息更加深入人心。圖片所載的通常都是縱溺於手淫者的駭人模樣：他們形容憔悴、顴骨深陷、兩眼無神、嘴角流涎。但不管是較溫和還是較狂熱的份子，所有反手淫的宣傳家都可以說是維多利亞時代焦慮大家庭的成員。

大部份的衛道之士都帶著近乎施虐快感去羅列慣性手淫者會罹患的症狀。蒂索醫生開列的症狀包括了長癬子、疼痛、身心活力衰減、淋病、無能、早洩——後三者是反手淫人士最愛提的。這個表列已經夠嚇人的了，但十幾年後它還要膨脹得更大。後來的衛道之士似乎是爲了把前人比下去，又加入了以下症狀：癲癇、肺結核、憂鬱症、精神錯亂與死亡。美國醫生卡爾霍恩（George R. Calhoun）說得最簡明扼要：「手淫是通向墳墓最穩當的路。」㉞

不過反手淫之士也難過地意識到，光靠語言文字的警告，很難與年輕人壓抑不了的性衝動競爭。長老教牧師葛瑞翰（Sylvester Graham）就指出：「天國的嚮往，地獄的恐懼，地上種種可怕災難——這一切都不足以阻止那些從一出生起就品味墮落的人的情慾的踰越。」㉟但這種無力感並沒有讓狂熱之士停止繼續傾瀉他們的恐嚇、責備、呼籲和懇求。他們也會推薦一些更具侵略性的對治方法：泡熱水澡、淋冷水浴、睡硬板床、穿厚衣服、長距離散步、吃不加調味料的食物。劇烈運動是最多人愛建議的方法，因爲疲勞被公認爲是對抗「自我濫用」的有效預防劑。

住宿舍的學生被認爲需要特別的控制，醫生會向校方建議一些天才的道具（有時候會被採用）：沒有口袋的褲子、沒有門的廁所、一塊在學生睡覺時架在身體中央的木板，讓他的手難以搆得著性器官。還有各種最具想像力的奇巧器具：緊身褲子、手銬和內有小針的陰莖環。但還有更野蠻的方法：少數舍監會給那些無法自我控制的女孩子動陰蒂切除手術。

推薦這些讓人喪膽方法的衛道者絕不在少數。爲了維護性純潔的神聖原則，他們會採用一些極端誇大的修辭。像反手淫健將德莫醫生以下一番話，對十九世紀讀者來說是司空見慣的。他說，手淫的「災禍」業已對家庭、社會與人類產生了有毒害的影響。「這種可恥的惡德從未像現在那樣瀰漫、那樣致命。」又說手淫會讓年輕人道德淪喪，能力和心智都破碎得無可修補。而手淫者結婚以後，因爲他們「本來已耗盡了生命的本元」㊱，所以生下來的孩子會病懨懨，注定夭折或體衰多病。手淫原是個人的私事，但在德莫醫生和其同道看來，那並不是私事。

爲什麼這些被認爲有見識而理性的專業人士會感染對手淫的集體焦慮症？其答案在於當時一些生理學觀念（其中一些可上溯至希波克拉底）與當時極不穩定的文化氣候的匯流。當時的醫生相信，人體天生下來的精氣是有一定量的。沒有錯，消耗掉的精氣在經過一段時間會自行恢復，但不會與原來的一樣多。

蒂索把這一點放在其論證的核心。他指出，一個男性的「精液」如果損失頻繁，那就會極端難以恢復。㊲他最有力的證據（對他來說有力）就是男人在房事以後會疲乏，甚至有筋疲力竭感。這一類臆想的生理學讓一個經久不衰的神話如虎添翼。而它喜歡用「獲得」、「損失」、「消耗」這樣的修辭，也和時代的重商風氣一致。

對相信這一套的人而言，一個邏輯結論就是男人必須珍惜他們寶貴的精液。這樣，手淫就不只是在道德或宗教上站不住腳，而且是在生理上有害的。因此，想要有良好的健康，人在婚前應該禁慾，而在婚後也應該要以最保守的程度消耗精子。福勒（O. S. Fowler）在一八四六年大聲疾呼：「床笫上的踰度」將會挖空身體、弱化心靈、破壞消化、導致恐怖的疾病以及破壞婚姻。㊳福勒是個顱相學家，卻喜歡給自己加上醫生頭銜——只不過，他對手淫的觀點與真正的醫生並無實質差異。

我說過，這種對手淫的反感讓世俗的焦慮販子與神職人員之間產生了一種意想不到而且很多時候不想要的聯盟關係，而這種關係也解釋了爲什麼反手淫的戰役在十九世紀後期雖然受到質疑，卻仍然活力不衰。固然是有少數明智的醫生開始反對恐慌販子散佈的無根據恐慌：例如在一八七〇年，著名的英國外科醫生佩吉特爵士（Sir James Paget）就否認手淫是許多神經症狀的原因㊴；十一年後，克里斯蒂安（Jules Christian）也在他爲《醫學科學百科全書》（*Dictionnaire encyclopedique des sciences medicales*）所寫的條目「手淫」裡宣稱，他從未看過手淫會帶來任何一絲的疾病㊵，但還是要再等上幾十年，焦慮的維多利亞時代人才把他們畫在牆上的惡魔給拭去。

自一九〇〇年起，也就是反手淫運動洋洋得意了超過一世紀以後，對手淫的攻擊開始式微。儘管如此，在一九一二年，弗洛依德仍然觀察到，「有關手淫的討論幾乎是沒完沒了的。」㊶這個時候的精神分析家認爲手淫是有害的，因爲它會引起當事人的罪惡感，讓人對其他的可欲之物不感興趣，不過這已是不帶歇斯底里情緒的溫和指控。童子軍之父貝登堡（Robert Baden-Powell）在兩年後寫給其小隊員的手册裡，仍然稱手淫是「骯髒低級的行爲」，是最沒有男子氣概的不道德。㊷但這已是反手淫道德家的最後掙扎了。

如前所述，反手淫運動本身就是一種焦慮的徵候，它同時瀰漫於作爲始作俑者的醫學界與整個社會。另一方面，十九世紀對醫學界本身來說就是一個焦慮的年代。在一個又一個國家，醫生們都透過種種手段（建立證照制度、創辦期刊、舉行會議、分科、設立教學醫院等），不遺餘力要把醫學建立爲一門眞正的專業。這種自我轉化對他們來說是極端重要的，因爲那可以讓他們有機會爭取到國家的支持，壟斷特權和執照，把競爭對手——信仰治療師、祕方販子、聖徒和聖地（譯註：當時許多信徒認爲到聖地朝拜可以醫治疾病）——給排除掉。

與此同時，十九世紀的醫生又得肩負來自病人更大的期望。那是一個在化學和生物學上都紛紛有驚人發現的時代，這激起了人們對醫學空前未有的期望，但這種期望卻一次又一次以失望告終。任何老實的行醫者都會承認，在十九世紀一片科學革命的氣氛中，醫學的進步遠遠跟不上其他科學。不管是哪個國家的統計數字都顯示出醫學的少許成功和許多失敗。在一八〇一年至一九〇一年間的法國，死亡率從每一千人二十七點一下降爲二十點一；同一時期，女性平均壽命從三十六歲提高爲四十六歲。但與這些讓人動容的數字相比，嬰兒死亡率的減低程度要遜色許多：只從每千人的一百九十人減至一百六十人。換言之，就像別的國家一樣，法國嬰兒死亡的數字高得驚人；產婦死亡率也好不到哪裡去。十九世紀爲改善人們的健康做了許多事，但猶待去做的事更多。

另外，診斷想要戰勝猜測和空想的理論也需要時間。至少直到巴斯德（Louis Pasteur）（譯註：十九世紀法國化學家、細菌學家）以前，法國醫學界都習慣從空想的哲學思辨那裡吸取資糧。其他國家也好不到哪裡去。敵對的醫學派別爲爭取支配地位激烈鬥爭，而因爲它們都用一些不可共量的專門術語來包裹自己，讓人無由科學地斷定它們誰是誰非。

在《普遍接受觀念辭典》（*Dictionary of Accepted Ideas*）一書裡，福樓拜（他有一個醫生父親和醫生弟弟）把當時醫生的無知奚落了一番。在「胃」的條目裡，他告訴我們：「所有疾病都源於胃。」㊸而在「濕氣」的條目又說：「濕氣：所有疾病的原因。」㊹「好的健康」的條目就更不用提了：「太過健康是諸病之源。」㊺儘管如此，在經過多個世紀的努力以後，醫師還是終於在十九世紀晚期克服了他們長久以來的不被信任，成爲布爾喬亞家中的偶像。我們可以在一些油畫中看到他們的樣子：蓄著鬍子，身形結實，親切坐在病人旁邊，沉思著怎樣不負所托去把病人給治好。醫學界以至社會大眾對手淫的恐慌也差不多是在這個時候開始式微，而這大概跟醫生已經建立起威望與自信不無關係。

五

焦慮會催生防衛，也就是催生出一些用來駕馭或否認焦慮的策略。維多利亞時代人的焦慮也不例外。不過十九世紀的防禦策略失敗的時候並不比成功的時候少，而失敗又會倒過來引起新的焦慮。面對不斷創新一定會帶來的茫然感，甚至混亂感，一個很自然的反應就是再次尋求秩序的保護。不過，維多利亞時代人到頭來卻發現（這一點也是他們的批評者喜歡拿來做文章的）：過頭的秩序化會助長僵化（包括嘴巴上和態度上的僵化），讓人無法適應意料之外的處境，變得高度依賴規則。

相當多維多利亞時代人所設法建立的秩序都是出於特殊的需要。組織性體育活動在學校和公眾領域的勃興在在要求有可以辨識的準則：網球場該有的大小、拳擊賽中可以容許打對手哪些部位、足球隊的人數等等，都是需要規範化的。另外，為了讓工廠或辦公室的運作順暢，固定的上下班時間又是不可缺的，這一點對經理的要求幾乎不亞於對祕書以至機器操作員的要求。鐵路網的大肆擴張也使可信賴的時刻表成為必要之物。事實上，時間表就像球場上不偏不倚的裁判一樣，是維多利亞時代的象徵。正如比爾德醫生已看出的，在十九世紀，世界是臣服於守時的理念、時間表和報時鐘聲的支配的。

但對十九世紀的資本主義而言，規律的制定和遵守並不只是一種為了讓生活運作順暢的純技術面設計。它們侵入且形塑了人的性格特質。在著名的《新教倫理與資本主義精神》（*The Protestant Ethic and the Spirit of Capitalism*）一書中（由兩篇分別出版於一九〇四年與一九〇五年的論文構成），偉大的德國社會學家韋伯（Max Weber）幽暗地描畫出當代金融家和企業家是被一種苦行主義所主宰。他指出，布爾喬亞是被困在一個鐵牢籠（iron cage）裡面的，他們拚命賺錢，不是爲了可以享受金錢的購買力，而純粹身不由己。理性是可以變成最不理性的習慣的。J・穆勒譴責這種「不守安息日的財富追求」（the sabbathless pursuit of wealth）。這句子，比任何對貪婪資本家的不平之鳴都要來得有力，因爲它一語道出他們有多不快樂。

然而，這幅維多利亞時代布爾喬亞肖像是以偏概全的，是以部份的傷員來代表全體的人，其偏頗不亞於弗洛依德把他從病人那裡歸納所得的結論來涵蓋所有中產階級男女。如果說很多布爾喬亞都是他們成功事業的受害者，那也有許多人的成功只有甜味而不帶苦澀。不過，韋伯等人對發瘋理性的批判也不全是無的放矢。正如我先前說過：防堵焦慮之舉是會帶來新的焦慮的。這也是爲什麼，在維多利亞時代的求醫者中，強迫性精神官能症患者佔了很大的比例。然而值得記住的是，也有不勝數的維多利亞時代中產階級是不需要求助於精神醫師就可以把心理調適得好好的。

註釋

①有關梅毒的危險，參見 Claude Quétet, *History of Syphilis*（1986; trans. Judith Bradcock and Brian Pike, 1980）。Terra Ziporyn 所寫的專論 *Disease in the Popular American Press: The Case of Diphtheria, Typhoid Fever, and Syphilis*

（1988）亦相當有用。關於法國作家和他們的梅毒，Roger L. William 在 *The Horror of Life*（1980）一書談波特萊爾、福樓拜、龔固爾、莫泊桑和都德的論文是權威性的。有關維多利亞時代人對神經衰弱的態度，Janet Oppenheim, "*Shattered Nerves": Doctors, Patients, and Depression in Victorian England*（1991）相當有啓發性。

② A.S., April 28. 1880. *Tagebuch*, I. 45.

③ Otto Caspari, *Das Problemüber die Ehe! Vom philosophischen, geschichtlichen und sozialen Gesichtspunkte*（1899），19-20。這篇由一位德國哲學教授所寫的長篇論文是其時代與文化的產物，由乾巴巴的數字與情緒性的訴求混合而成。

④ Charles Baudelaire to Auguste Poulet-Malassis, ca. February 10, 1860/Baudelaire, *Correspondance générale*, ed. Jacques Crépet, 6 vols.（1947-53），III, 22.

⑤ Quoted from an auction catalogue by Quétet, *History of Syphilis*, 129-30.

⑥ *Examiner*（London），May 17, 1813.

⑦ Dr. William Alcott, *The Young Woman's Guide to Excellence*（1840; 13th ed., 1847），295.

⑧ Benjamin Constant. Jane Matlock, "Novels of Testimony and the "Invention' of the Modern French Novel, " in Timothy Unwin, ed., *The Cambridge Companion to the French Novel, from 1800 to the Present*（1997），28.

⑨ Richard Krafft-Ebing, *Nervosität und neurasthenische Zustände*（1895），80。涂爾幹在其研究自殺現象的經典之作中說過同樣的話：「神經衰弱是一種初級的精神病……也是愈來愈瀰漫的狀態；它正在逐漸變得愈來愈普遍。」-*Suicide: A Study in Sociology*（1897; trans. John A. Spaulding and George Simpson, 1951），68.

⑩ C. Falkenhorst, "Jugendspiele, " *Gartenlaube*, XXXVII（1890），219-20.

⑪ *New Haven Leader*, April 4, 1895.

⑫ Friedrich Schiller, *Über die aesthetische Erziebung des Menschen, in einer Reihe von Briefen*（1794）, Sixth Letter. *Sämtliche Werke, Säkular-Ausgabe*, 16 vols.（1904-05）, XII, 18.

⑬ Bartholomäus von Carneri, *Der moderne Mensch. Versuch über Lebensführung*（1890; 5th ed., 1901）, 25.

⑭ Dr. George M. Beard, journal, ca. June 11, 1858, Beard Papers, Yele-Manuscripts and Archives.

⑮ George M. Beard *American Nervousness, Its Causes and Consequences. A Supplement to Nervous Exhaustion（Neurasthenia）*,（1881）, 7.

⑯ Ibid., 65-67.

⑰ Ibid., vi.

⑱ Ibid., 96.

⑲ Ernst Freiherr von Feuchtersleben, *Diätetik der Seele*（1838; 5th ed., 1848）, 21.

⑳ Elizabeth Gaskell, *North and South*（1855; ed., Dorothy Collins, 1970）, 376 [ch. 37].

㉑ *New Haven Leader*, April 4, 1895.

㉒ Dr. Wilhelm Bergmann, *Selbstbefreiung aus nervösem Leiden*（1911; 3d ed., 1913）, 7-8.

㉓ See Freud, "On the Grounds for Detaching a Particular Syndrome from Neurasthenia under the Description 'Anxiety Neurosis'"（1895）, Standard Edition, III, 90.

㉔ John Stuart Mill, *The Spirit of the Age*（1831; intro. Frederick A. von Hayek, 1942）, 6.

㉕ Emile Zola to Jean-Baptistin Baille, June 2, 1860, *Correspondance*, I, 169.

㉖ Thomas Carlyle, "Signs of the Times, " *Latter-Day Pamphlets, Characteristics, etc.*, Library Edition（1885）, 29.

㉗ Jacob Burckhardt to Johanna Kinkel, August 23, 1843. *Briefe*, ed. Max Burckhardt, 9 vols.（1949-94）, II, 42.

㉘ Anon., February 14, 1874, *Saturday Review*, XXXVII., 204.

㉙ Matthew Arnold. David Daiches, *Some Late Victorian Attitudes*（1979）, 87.

㉚ Prince Albert. Nikolaus Pevsner, *High Victorian Design: A Study in Victorian Social Theory*（1951）, 16-17.

㉛ Comte Duchâtel. Georges Duveau, *1848: The Making of a Revolution*（1965; trans. Anne Carter, 1967）, 27.

㉜ William Makepeace Thackeray, "De Juventute," *Roundabout Papers. The Works of William Makepeace Thackeray, Centenary Biographical Edition*, 26 vols.（1910-11）, XX, 73.

㉝ Dr. J.-B.-D. Demeaux, "Exposé de quelques mesures hygiéniques à introduire dans les établissements destinés à l'instruction publique," inserted in Jean-Paul Aron and Roger Kempf, *Le pénis et la démoralisation de l'Occident*（1978）and separately paginated, 204.

㉞ Dr. George R. Calhoun, *Report of the Consulting Surgeon on Spermatorrhoea, or Seminal Weakness, Impotence, the Vice of Onanism, Masturbation, or Self-Abuse, and Other Diseases of the Sexual Organs*（ca. 1858）, 6.

㉟ Sylvester Graham. *A Lecture to Young Men*（1834）, 79.

㊱ Demeaux, "Exposé……," 205-07.

㊲ Samuel-Auguste-André-David Tissot, *De l'Onanisme*（1758; ed., 1832）, xiv.

㊳ O. S. Fowler, *Amativeness: Or Evils and Remedies of Excessive and Perverted Sexuality, Including Warning and Advice to the Married and Single*（1846）, 41, 43, 47.

㊴ Sir James Paget, "Sexual Hypochondriasis." Oppenheim, *"Shattered Nerves,"* 162.

㊵ Dr. Jules Christian, "Onanisme," *Dictionnaire encyclopédique des sciences medicales*（1881）.

㊶ Freud, "Concluding Remarks, Contributions to a Discussion on Masturbation"（1912）, Standard Edition, XII, 254 （translation modified）.

㊷ Sir Robert Baden-Powell. John Neubauer, *The Fin-de-Siècle Culture of Adolescence*（1992）, 155.

㊸ Gustave Flaubert, "Estomac," *Dictionnaire des idées reçues, Oeuvres,* ed. Albert Thibaudet and René Dumesnil, 2 vols.（1951-52）, II, 1009.

㊹"Humidité," ibid., 1013.

㊺"Santé," ibid., 1022.

Ⅲ

維多利亞時代的心靈

The Victorian Mind

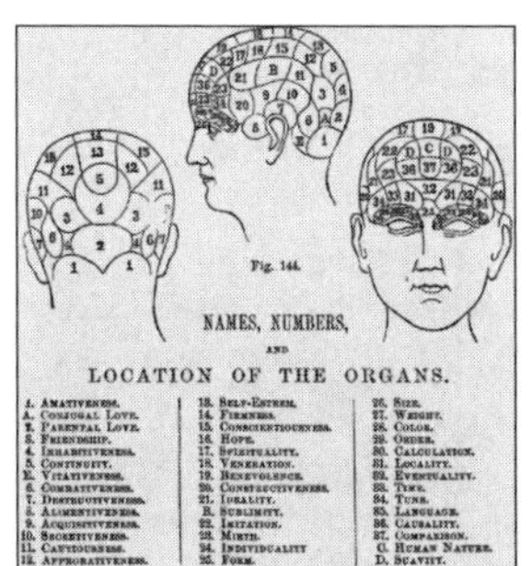
Fig. 144.
NAMES, NUMBERS,
AND
LOCATION OF THE ORGANS.
1. Amativeness.
A. Conjugal Love.
2. Parental Love.
3. Friendship.
4. Inhabitiveness.
5. Continuity.
E. Vitativeness.
6. Combativeness.
7. Destructiveness.
8. Alimentiveness.
9. Acquisitiveness.
10. Secretiveness.
11. Cautiousness.
12. Approbativeness.
13. Self-Esteem.
14. Firmness.
15. Conscientiousness.
16. Hope.
17. Spirituality.
18. Veneration.
19. Benevolence.
20. Constructiveness.
21. Ideality.
B. Sublimity.
22. Imitation.
23. Mirth.
24. Individuality
25. Form.
26. Size.
27. Weight.
28. Color.
29. Order.
30. Calculation.
31. Locality.
32. Eventuality.
33. Time.
34. Tune.
35. Language.
36. Causality.
37. Comparison.
C. Human Nature.
D. Suavity.

第 **6** 章

訃文與復生①

Obituaries and Revivals

那些無法再留在傳統教會裡的
布爾喬亞並不準備跳到理性的冰水裡，
而是寧可尋找一些妥協的方法來尋求心靈的滿足。
對他們而言，他們會相信，
純粹因為那是真的。

一

「我了解謀殺，但不了解虔誠。」②史尼茨勒在一九〇二年三月二十一日的日記上 157 說。寫這段話的當時，他已經是個老練的作家，對人性的幽微觀察入微。但他卻少了對超越界（transcendence）的鑑賞力。在十八歲至二十歲這段青春期後期，他曾短暫沉思過永恆的問題，但很快就把它擱在一邊，覺得這一類的反省是多餘的。他滿足於不可知論（agnosticism），認爲眞誠的唯物主義者或無神論者都是不存在的（譯註：「不可知論」認爲上帝的存在與否是人無法斷言的，有別於主張上帝不存在的「無神論」）。「任何聲稱自己能超出人類思考極限的人，」史尼茨勒寫道，都只不過是「胡說、僞裝、撒謊，或瘋了。」③但這種對無神論的保留態度並不意味宗教在史尼茨勒的生活和作品裡有什麼重要分量可言。

他極少使用宗教性的比喻，而即使偶一爲之，也是爲了要闡明他的某種世俗觀點。例如，在反思年邁的歌德死前還孜孜不倦把《浮士德》（*Faust*）第二部完成這件事時，史尼茨勒寫道：「這事讓你有何感想！我會說這跟天才無關，而是跟人格氣質有關！這 158 是虔誠二字的最高意義！八十二歲的時候用二十歲的態度把工作做好，這就是虔誠！最南轅北轍的兩回事：虔誠與憂鬱症。」④史尼茨勒最常自責的一件事就是自己老爲憂鬱症所苦，因此，他把虔誠稱爲憂鬱症的反面，不啻是給了虔誠極大的禮讚。但這樣禮讚虔誠的同時，他只是禮讚了大部份布爾喬亞都會認同的德行：工作的福音。

非宗教的氣氛是史尼茨勒在家裡反覆會碰到的。他父親發現他日記以後所作的一頓訓話純粹是爲了教會兒子審愼，無涉宗教與道德。他完全沒有暗示，兒子的所作所爲有可能招來上帝的責罰或是他應該爲此而去告解。史尼茨勒的大家族裡唯一有虔誠信仰的人是他外婆。也是因爲她，這個家族才會一直（包括她身故以後）守猶太教的重要節日。但那是一種全然非宗教性的虔誠：只是對一個受愛戴的女家長表示尊敬的方式。史尼茨勒在形容這位外婆的時候，語氣中只有一丁點兒的批評（「一位受過教育的布爾喬亞」），其他都是讚語：一位賢慧能幹的家庭主婦，「儘管有一個問題多多的丈夫，仍然是最有奉獻精神和耐性的妻子，也是衆多子女鍾愛的慈母。」⑤

史尼茨勒的父親也是一個信守世俗人文主義的人。一八八四年，當約翰・史尼茨勒醫生被任命爲維也納綜合醫院（Allgemeine Polyclinic）院長後，發表了以下的信仰守則：「醫生的宗教就是人道，也就是愛人類而無分貧富、無分國籍與宗教。因此，當任何國族沙文主義與宗教狂熱大行其道之時，他應該堅守崗位，充當人道的使徒——也就是爲了國與國的和平及人類間的手足情誼而工作。任何不如是想、沒有如此感覺的人，都不是眞正的、信實的醫者。」⑥史尼茨勒當然不會說這一類嚴肅八百的話，但他會願意爲父親的這種觀點背書，卻是無疑的。

很多其他人也會願意。約翰・史尼茨勒醫生父子所信守的世俗主義，是爲歐洲與美國一群爲數龐大而且看來與日俱增的布爾喬亞所分享的，他們包括了：法國大革命理念的繼承者、有科學傾向的英國不可知論者、如費爾巴哈（Ludwig Feuerbach）一類離經叛道宗教哲學家的德國信徒、共濟會（Freemason）各分支的天主教徒、各地的懷疑主義者。不管他們對上帝的譏笑有多保留，這些人全都認爲傳統信仰是一個過於輕信的過去的殘留物。他們都認爲宗教已落入下風和大膽預期它離死不遠。十九世紀的物理學家、化學家、生物學家、天文學家和地理學家幾乎每一年都會有驚人的發現，足以挑戰《聖經》中有關人類起源的記載，而這些發現與勞工階級強烈的反教權主義（anti-clericalism）情緒具皆在維多利亞時代文化裡留下無可磨滅的烙印。德國的高等批判學（higher criticism）（譯註：指用科學方法對《聖經》各書的作者、寫作日期、寫作目的等所作的考證，區別於只對《聖經》作校勘工作的 lower criticism）也是如此（它很快就出口到其他文明國家）。這種新批評把神聖的典籍視同世俗作品，以懷疑的眼光一一拆解，揭露它們處處都是人的痕跡。這就難怪十九世紀的世俗主義者會那麼自信滿滿——但只是一時的。

上述世俗主義的最後一支部隊特別值得研究維多利亞時代布爾喬亞的歷史學家注

意，因爲它直接訴求的對象是受過教育的人。認爲《聖經》就像其他任何書籍一樣應該接受檢視的想法，乃是上兩個世紀的遺產。一小批十七世紀的思想家（斯賓諾莎〔Spinoza〕、霍布斯和拜爾〔Bayle〕是其中的佼佼者）因爲主張《聖經》不應該享有不受質疑的特權，而爲懷疑主義開了路。這個主張稍後擴大到一切事物，成爲啓蒙運動的主要理念之一。「一切都必須加以檢驗，」狄德羅寫道：「一切都必須予以搖晃，沒有例外，沒有藉口。」⑦一八七九年，著名美國演說家、被稱爲「偉大的不可知論者」的英格索爾（Robert Ingersoll）在《摩西的一些錯誤》（*Some Mistakes of Moses*）裡說了一番語氣與狄德羅如出一轍的話：「在每個靈魂都被容許自由檢視每一本書、每一個信條、每一則教理以前，這個世界不能算是自由的。」⑧由此可見，啓蒙運動的理念有多麼深入到維多利亞時代。

在一批人數不多但讀者衆多的自然神論者（deist）的推波助瀾下，十八世紀被輕輕推向一種反基督教的心靈樣態和一種較爲自然主義的神學（兩者都會進入維多利亞時代）。這些自然神論者眼中的上帝是個仁慈的造物主，祂建立了自然和道德的法則以後就不再干涉受造物的行動，任由大自然與人類自行其道；因此，所有所謂的神蹟都是騙局。這些自然神論者喜歡用一些挖苦的評論來折騰基督徒。但他們那些逗趣的評說絕不只是玩笑，而是一針見血的挑戰。例如：如果《摩西五經》眞是出自摩西手筆，那書中又怎麼會有他死亡的記載？如果《新約》就像《舊約》一樣，都是出自神啓，那爲什麼《馬太福音》記載的耶穌世系又會跟《路加福音》有所不同？這兩個例子，我是取材自伏爾泰出版於一七六二年的《哲學辭典》（*Dictionnaire philosophique*）。類似的質疑在這部邪惡的小書裡比比皆是，它們也使得伏爾泰的犀利形象——就如同他的風趣家和人文主義者形象一樣——深深印入了維多利亞時代。一八七二年，莫利（John Morley）在其自傳的一開始就說：「當正確比例的歷史意識的人們心靈裡培養得更充分時，伏爾泰的名字就會一如『文藝復興』或『宗教改革』那樣，突出成爲一個偉大的、決定性運動的代稱。」⑨

伏爾泰的方法是要透過指出基督教的荒謬可笑之處，讓它顯得不可信（他的另一個方法爲揭露基督教是迫害與戰爭的根源）。他的這種努力，在十九世紀得到來自一些博學者的一個互補：透過顯示基督教在知性上的站不住腳而使它顯得靠不住。在這方面，最有殺傷力的作品大概要數施特勞斯（David Friedrich Strauss）的《耶穌傳》（*Life of Jesus, Critically Examined*），此書共兩冊，分別出版於一八三五年與一八三六年。這部書及其作者的際遇是一個有教益的故事。施特勞斯是一位學富五車的德國神學家暨哲學家，在一八三三年獲得圖賓根大學（University of Tübingen）的教職，之後就全力投注於《耶穌傳》的寫作。就像一位德國歷史學家指出的，這本書與其說是一部傳記，不如說是一場地震。⑩

施特勞斯爲他的書取名《耶穌傳》而不是《基督傳》是有深意的。因爲在他的解讀裡，《新約》各書的作者不過是他們時代的產物，全都是一些輕信的人，各有各的癖性，唯其如此，他們才會用神話來取代事實。因爲沒有事實意識，這些作者才會對他們的前言不對後語和矛盾——施特勞斯指出這兩種情況在《新約》裡比比皆是——不當一回事。一言蔽之，虔誠基督徒所敬拜的那個基督不過是集體思鄉病的產物。

此書出版後，施特勞斯受到來自四面八方的攻擊，但他沒有退縮，反而在一八四〇年出版的《耶穌傳》第四版裡給予批評者一個有力的反駁。四年後，一位傑出的英國小姐瑪麗・安・埃文斯（Mary Ann Evans）——她的筆名喬治・艾略特（George Eliot）更廣爲人知——著手把《耶穌傳》翻成英文。她花了兩年時間，因爲即便是對以德語爲母語的人來說，那都是一本難啃的書。這個時期，施特勞斯的事業經歷了戲劇性的轉折。一八三九年，他被委以蘇黎世大學（University of Zurich）的神學講席。然而當地人卻對這個撒旦的門徒極爲反感，以致於施特勞斯還沒有走馬上任，州政府就決定付給他退休俸請他退休。但一如往常的，這種妥協沒有討到任何一方的喜，反而引發了街頭暴力，導致十五人死亡。在這種壓力下，自由派的政府向保守派對手作出了讓步。施特勞斯只好回去寫書，主要是寫些傳記。一八六四年，他再度以耶穌的生平爲題材寫成一書，出版後也是熱賣，四十年內印行了十三版。然後在一八七二年，也就是施特勞斯逝世前兩年，他在最後一本著作《新舊信仰》（*The Old and the New Faith*）裡宣佈他已成了唯物主義者和達爾文的信徒，不再是基督徒。至少對這位學者而言，科學與宗教的界線是一清二楚的。

另一個讓非信徒滿懷希望、甚至沾沾自喜的發展，是許多國家在漫長的十九世紀放棄支持某個基督宗派作爲國教（或至少是抽回部份支持）。這本身並不是一種世俗化政策，但卻透露出這些國家有接受其他信仰的成員爲其良好公民的意願，這樣的立場，當然是反宗教的意見團體所樂見的。英國繼續保留聖公會作爲國教，但在一八二九年通過一項被稱爲「天主教徒解放」（Catholic Emancipation）的法案，容許天主教徒進入國會；而在一八五八年通過的「猶太人限制解除法案」（Jewish Disabilities Bill），也讓猶太人獲得了同樣的權利。十九世紀的法國因爲政局動盪不安，政權更迭頻仍，其教會與國家的關係，自是要視掌權的是什麼政權而定，也因爲這個原因，法國教會的地位反覆經歷過好幾次大起大落。要到一九〇五年，反教權的共和主義者才取得最大的勝利：政教正式分離。其他國家的情況也一樣，公民權愈來愈與宗教信仰分離。另一方面，這種分離往往又是停留在法典上的：基於宗派差異而產生的社會與經濟歧視仍然相當有力地繼續存在，幾乎無法靠立法加以矯治。美國當然已經把政教分離的原則以第一修正案寫入了憲法中，不過直到一八二〇年代以前，還是有些州把某些基督教派當成官方宗教看待。儘管如此，不過，美國在一九六〇年以前從未有天主教徒的總統候選人當選過這一點，仍然說明了許多事情。

與此同時，史尼茨勒所屬的多民族帝國卻見證了，以上見於其他國家的進步不是一定能保證宗教的友善關係的，甚至不保證人與人之間會保持最基本的禮節。奧匈帝國本來就因爲民族衆多而內部齟齬不斷，自一八八〇年代起，這種齟齬更因爲反猶太主義的興起而白熱化。一八九八年三月，馬克吐溫在《哈潑新月刊》（*Harper's New Monthly Magazine*）向讀者報導了發生在維也納議會的混亂場面，其粗野的程度會讓最粗魯的美國議員亦自愧不如。議會的代表彼此叫囂、謾罵，拒絕服從主席恢復秩序的呼籲，最後得靠警察進入會場把一些叫嚷得最厲害的議員拖走，騷亂才告落幕。爲了向不熟悉奧匈帝國國情的美國讀者解釋這個現象，馬克吐溫指出，奧匈帝國議會四百二十五個議員使用的語言共分爲十一種，而這表示它包含了「十一種妒意、敵意和衝突的利益。」他又補充說，這些議員來自各行各業，全都是「有宗教信仰的人；他們都殷切、眞誠、虔敬，而且都恨猶太人。」[11]不過我們記得，很多奧地利人（包括當時三十歲的史尼茨勒）都曾經歷過一些宗教激情處於低潮的美好年代。在維多利亞女王的世紀，開明風氣是與嚴重的倒退反覆更迭的。

二

反教權主義者對世俗化進程的預言當然是大抵正確的，但並不是全部正確。馬克思早在一八四三年就自信滿滿地宣稱：「在德國，宗教的批判已大體完成。」⑫在一八六〇年代和一八七〇年代，演化論開始吸引少數布爾喬亞（他們在很長時間內都只會是少數），讓他們相信，大自然的奧祕和人類的潛力根本不需要訴諸神明來解釋。在十九、二十世紀之交，尼采的名字以驚人的速度在人們中間——特別是那些只知道他一言半語的人們中間——傳播開來，而膽敢談論「上帝已死」的人也愈來愈多。一九〇八年前後，哈代（Thomas Hardy）（譯註：英國著名小說家、詩人）已大可以為上帝的喪禮寫一首肅穆的輓詩了。不過，這些訃文都是早熟的。要知道，達爾文的年代也是保守的教皇庇護九世（Pius IX）的年代。不管有多少人大談自然界血淋淋生存鬥爭的道理，但向聖母顯靈地朝聖的人潮依舊絡繹不絕。那些宗教的公共展示——教會學校、教堂建築、政府措施、對有關教義和禮儀的爭論——在維多利亞時代都是具有高度爭議性的存在，從一些茶壺裡的小口角到高分貝的鬥爭，不一而足。

在最死硬派的無神論者眼中，這些衝突乃是科學與迷信間的一場生死戰爭，而他們站在另一個極端的對手則視之爲一場從邪惡的無神論手中拯救信仰的戰爭。但一如往常，事情比極端論者願意承認的要複雜得多：一個人大可以是反教權主義者的同時而不必然是個無神論者的。例如，法國第三共和締造者之一的甘必大（Léon Gambetta）——他同時敵視教士與無神論者——就曾大聲疾呼：「教權主義者就是敵人。」

有些歷史學家喜歡把科學與宗教的戰爭描繪爲一場長命、涇渭分明的社會衝突。對這種偏頗，邇來已經有過不少一言半語的評論。事實上，戰鬥雙方的陣營並不是壁壘分明的。以對大自然的崇拜爲例，到底它是宗教的一種眞誠代替品，還是一種新的宗教？又或者只是那些勇於拋棄原有宗派而又沒有勇敢得拋棄一切信仰的人一種規避的方法？有若干中立的觀察者曾指出，敵對雙方所呈現的是一幅讓人眼花撩亂的圖畫：戰線常常是交錯的，敵友關係因時而異，頑強死硬的態度與策略性的妥協互爲交替。構成個人宗教情感的那些元素往往是雜七雜八和不一貫的，部份會潛藏在意識的下面。它們有可能只是一種習慣而非眞實感情，只是一種家庭傳統而非個人的眞誠抉擇。沒有任何簡單的概括可以全面捕捉得住人們中間那種信仰與懷疑變動不居的情形。一九○六年，法國的保守派文評家法蓋（Emile Faguet）引用尼采的話指出，法國人是本質上宗教性和本質上非宗教性的。⑬這句話對問題的釐清並無多大幫助，但至少反映了當時人們的普遍困惑。

儘管情勢如此混亂，但科學的一黨——史尼茨勒所屬的一黨——看來卻在敵人的陣地多有斬獲。那些最高分貝的反宗教人士都雅好徵引一些容易朗朗上口的名言警句。尼采當然是他們的最愛之一。尼采作品的一個中心主題就是猶太教和基督教都是大騙局，是弱者在幾乎兩千年前誘騙強者去相信的，而這個騙局仍然縈繞著十九世紀。弗洛依德離尼采只有一步之差：在他看來，所有宗教本質上都是一種集體精神官能症，是小孩子害怕父親的產物——不是一種成年男女應該有的心理。一八九〇年，弗雷澤爵士（Sir James Frazer）在《金枝》（*Golden Bough*）這部對文化人類學大有推廣之功的著作裡更是直言：對宗教的研究必然會得到一個結論，那就是儀式與信仰是「錯誤和愚蠢的」。⑭面對這些嚴重的挑釁，神職人員和虔誠信徒的反應會有多激烈是可以想見的。

讓事情更複雜化的是，在許多基督徒看來，信仰中的美學成分會讓信仰變得怡人和沒有壓迫性。一八〇二年，夏多布里昂（François-René de Chateaubriand）——一位擁有廣大布爾喬亞讀者的貴族——在其暢銷之作《基督教眞諦》（*Genius of Christianity*）中試圖以色彩繽紛、金碧輝煌的大教堂來印證天主教的眞理性。莊嚴的彌撒、神聖的禮拜儀式、振奮人心的讚美詩歌——這些全都成了他辯論時的武器。夏多布里昂力主，《聖經》是一部比《奧德賽》更能讓人神思煥發的作品。對他和他的許多仰慕者而言，基督宗教不是因爲眞而美，而是因爲美而眞。

半世紀之後，也就是一八五七年，福樓拜在《包法利夫人》（*Madame Bovary*）裡透過易受感染、注定走向毀滅的女主角艾瑪（Emma）的高翔想像力，鮮明地刻劃出宗教可以帶給人怎樣的感官陶醉。寄宿在一家女修道院的時候，艾瑪被教堂裡的氣氛深深吸引：「聖壇發出的芳香，聖水吐出的清芬，蠟燭射出的光輝」，以及「聖書的藍邊插圖」在在都讓她感受到一種令人消沉的神祕力量。做彌撒的時候，她沒有仔細聆聽講道的內容，而是沉湎於被刺激起的感官，在腦子裡幻想一些有性暗示的畫面。「一些在講道中反覆會出現的比喻——『許配』、『配偶』、『屬天的戀人』、『神祕婚配』等——以一種悸動的新方式讓她激動不已。」⑮以情緒爲訴求並不是天主教的專利，而這種訴求也不是非降低到半遮面的性慾層次不可的。例如，衛理公會的信徒就樂於享受魅力型傳道者（譯註：指自稱具有神授能力，做禮拜時會讓會衆感受到被聖靈充滿而如痴如醉的傳道者）的帶領。英國記者庫珀（Thomas Cooper）在一八三七年寫道：「我們時代的眞正精神，乃是對宗教新奇與變化普遍的如飢若渴。」是那種一位佈道明星所能激起的興奮。有這樣的宗教明星站台，往往可以讓參加星期天禮拜的信衆增加兩到三倍。

福樓拜沒有提及音樂，但對英國的分離派（Dissenters）（譯註：指不隸屬英國國教的英國新教徒）、德國的路德派和其他地方的新教徒而言，教會裡的詩歌和管風琴在在可以提升會衆的宗教心靈，加強會衆間的和諧一體感。寫成於維多利亞時代的讚美詩歌見證了，審美感情可以對宗教情操帶來實質的支撐，儘管也有人懷疑，忘情於詩歌的詠唱是不是一種眞正的宗敎感情。海涅一類的十九世紀反敎權主義作家反覆申斥基督敎的苦行主義，譴責它對肉體和自由性愛的敵視。這些批判不無道理。另一方面，宗敎信仰又是有它潛意識的一面的，而對那些認爲詩歌所激起的感情澎湃已足以讓他們深信自己虔誠的信徒來說，神學的問題用不著他們操心，最好還是留給神學家去管。

簡言之，就如我們將會看到的，並不是所有信徒都同樣虔誠，也不是所有非信徒都同樣不敬。法朗士（Anatole France）（譯註：法國作家，一九二一年諾貝爾文學獎得主）就曾三分開玩笑七分認眞地說過，天主敎乃是最可以接受的宗敎冷漠形式。另外，虔誠也是有選擇性的，會因宗派、階級、居住地的不同而有不同。眞誠的信仰可以與大相逕庭的政治立場並存：大部份虔誠的路德派敎徒都是以順服於政治權威著稱，而許多虔誠的一位論派（Unitarianism）（譯註：一位論派認爲上帝只是一位而非三位一體，耶穌只是人而不是神，又稱「自由基督敎派」）敎徒則以關心公共事務聞名。通常，男性和女性對宗敎的感應也會有所不同。一八九七年，在成千上萬患病信徒尋求醫治的聖地盧爾德（Lourdes）（譯註：盧爾德是法國西南部城鎭，一八五八年，一名十四歲女孩聲稱她在城鎭附近一處洞穴目睹聖母多次顯靈。一八六二年，敎皇宣佈這種異象眞實可信，建立了盧爾德聖母的神龕，自此該地成爲一處重要朝聖中心，每年有近三百萬朝聖者到此，其中約有五萬是尋求神蹟醫治的殘疾人），有一群朝聖男女果然奇蹟似的不藥而癒，其中一百一十七名是女性，只有十名是男性。⑯這種驚人的不平衡性也有其政治上的後果。十九世紀晚期，隨著女性主義者對婦女投票權的爭取愈來愈活躍，我們會理所當然地認爲，在法國或義大利這些具有強大天主教政黨的國家，左翼政治家照理說是應該支持女性主義者的訴求的，但事實卻不然：他們激烈反對給予女性投票權，理由是女性較容易受教士左右，投出錯誤的票——也就是投保守派的票。

儘管問題有這種種複雜性，但各方面的論辯文獻都反映出，絕大多數的布爾喬亞都懷疑，他們所目擊的，是一場一竹竿打翻一船人的鬥爭。而這種懷疑也成了一個會自我實現的預言。例如，施托爾茨（Alban Stolz）——一位多產的德國天主教好辯之士——就曾經把他的所有敵人涵蓋在一頂方便好用的大帽子下面：「新教猶太人」。同樣的，在德國，一個自由派的新教作者也籠統地把那些嚴守正統的信徒稱爲「新教的耶穌會士」（譯註：耶穌會是天主教的一個組織，這裡所說的「新教的耶穌會士」指「新教中的保守份子」，有挖苦意味）。在好戰份子眼中，只要非我族類都是敵人，而且大部份長相相似。但並不是所有人都這樣籠統的：十九世紀末，威斯特伐利亞（Westphalia）（譯註：位於德意志西北部的歷史地區）的聖公會會議（Evangelical Consistory）指出，在這地區，反新教的情緒要比反猶太主義更顯著。⑰研究現代仇猶心態的學者常常忘了的一點是，基督徒對基督徒的恨意有時會比他們對猶太人的恨意更專注、更享受。

因此，維多利亞時代最不受約束的宗教敵對，看來是發生在新教徒與天主教徒之間。它點燃了一些關係重大的事件，其中之一是俾斯麥在一八七一年對羅馬天主教發起的「文化鬥爭」（*Kulturkampf*）（譯註：指俾斯麥打壓德國天主教的一系列舉動，其中最重要的一項是把包括私立天主教學校在內的所有學校置於國家的監督下）。這種舉措，主要是普魯士用來打壓在德西和德南佔大多數的天主教徒。俾斯麥的用意不難了解，他是想透過此舉來排擠那些自稱對教皇與德皇同樣忠心的人，以凝聚統一未久的德意志帝國的向心力。在這起事件裡，宗教議題與政治議題完全交織在一起。在日常生活裡，主流的宗教多數族群也實行同樣一套排除政治學（politics of exclusion）：歧視異己而提拔自己人。在德國，受壓迫的是天主教徒，而在法國則剛好倒過來。一八六三年，一位在法國布列塔尼省（Brittany）居住多年的英國新教徒布羅姆菲爾德（James Bromfield）憤怒地爲文抗議地方政府的狹隘心態和加諸新教徒的諸多限制。他指出，在其中一個縣，《聖經》完全禁止流通；而在其他的縣，《聖經》的流通也受到嚴格控制。大部份鼓吹新教教義的書籍和小冊子都未獲准出版。任何開辦新教學校的意圖都注定失敗。「只有羅馬主義（Romanism）（譯註：對天主教的貶稱）一支獨大，它的教授們都洋洋得意，面露微笑。」⑱這等於是把發生在以前世紀的宗教戰爭以不流血的方式持續下去。

因此，維多利亞時代是一個世俗化時期之說——一種當時人普遍相信的說法——需要歷史學家謹慎以對。通往大馬士革的道路（譯註：指通向世俗化的道路）並不是一直線的，而且不可能一直以等速前進。英國文評家和歷史學家戈斯（Edmund Gosse）出版於一九〇七年的著名傳記《父與子》（*Father and Son*），清晰而感人地見證了人想要走出父母的宗教，有多麼的困難——戈斯本人的父母信的是一個嚴峻的新教派別，即普利茅斯弟兄會（Plymouth Brethren）。十九世紀是一個逆流充斥的時代，這一切反映出，那些為上帝寫祭文的人基本上只是出於一廂情願。

有許多善感和坦誠的維多利亞時代人都飽受內心掙扎之苦，他們擺盪於信仰和無神論之間，認為不管是相信宗教還是不信宗教都有同樣中肯的理由。梅爾維爾（Herman Melville）（譯註：美國浪漫主義小說家，著有《白鯨記》等）就是其中之一。一八五七年秋天，他在好友霍桑（Nathaniel Hawthorne）的家裡住了幾天，兩人一起遠足散步、抽雪茄，談一些難有結論的話題（包括靈魂是否可以不朽）。霍桑在日記裡記下了他對梅爾維爾的觀察：「要是不能攀住一種固定的信仰，他的心將永不安寧。他堅持要在荒漠之間——這些荒漠幽暗和單調得就像我們坐過的那些沙丘——來回流浪，而且堅持得要命——我認識他的時候就是如此，而且歷史大概還可以上溯更早。他既不能信，又無法安於他的不信；他太忠實和有勇氣了，以致於不願意在兩者中擇一而安頓下來。」⑲

總之，並不是所有非信徒都像馬克思那麼自信，認為反信仰的戰爭已基本底定。一八七九年，法國的世俗主義者羅西埃（Raoul Rosières）還呼籲學者，他們既然已經把教會的歷史**去帝王化**（*deroyalized*），就應該更進一步，把它**去教士化**（*declericalize*）。⑳不過，既然他會這樣呼籲，就表示宗教對一般的人心仍然有相當大的支配力。事實上，雖然尼采那麼聲嘶力竭去吶喊「上帝已死」，但他顯然並不是那麼相信這一點，因爲如果上帝眞的已死，他就用不著那麼拚命和那麼頻繁去抨擊基督教了。除了基督教遠遠沒有死亡以外，各種神祕信仰也再一次蔚爲時尚。一八九〇年代，荷蘭正統喀爾文派領袖克伊波（Abraham Kuyper）不悅地指出：「上距理性主義（譯註：這裡的理性主義應是唯物主義的同義語）像紙老虎一樣耀武揚威還不到一個世紀，唯物主義就從科學的位階上退下來了，一種空洞的虔誠再一次發揮它的媚功。每多一天，跳入神祕主義暖流中的行爲就愈時髦一分。」㉑一八九九年的荷蘭宗教人口普查印證了這番話有多精準：承認自己是無神論者或不可知論者的男女共十一萬五千一百七十九人，只佔全人口的百分之二點二五。無信仰者的實際數字當然高一些，而且在二十年後，這個數字當然也將會增加十倍。儘管如此，他們的總數仍然少得可憐。而這正是涂爾幹在一八九五年嘀咕「這個神祕主義復生的時代」㉒時心裡想到的事——他也把自己的國家包括在這個黯淡的觀察裡。

涂爾幹這個判斷並不是隨口說的。從一八八〇年代開始，就有爲數衆多的詩人和小說家皈依天主教，不然就是與天主教保持密切關係。其中之一是布爾熱（Paul Bourget），他最初是以論現代心理學的銳利論文而知名（史尼茨勒讀他的作品讀得津津有味），但到頭來卻拋棄早歲相信的實證論，並在一八八九年把自己皈信天主教的心路歷程寫成知名小說《門徒》（*Le disciple*）。克勞德（Paul Claudel）很年輕就成了信徒，而宗教激情也成了他日後劇作的一大主題。小說家兼新聞記者的布洛瓦（Léon Bloy）是另一個年輕的皈依者，他把他的宗教經驗盡情傾瀉到小說裡去。在這些人之中，于斯曼（Joris-Karl Huysmans）大概是讀者最多的一個，他最初是大自然的崇拜者，後來先後轉向唯美主義（aestheticism）、魔鬼崇拜（diabolism）和唯靈論（spiritualism），最後投入了天主教的懷抱。詩人貝璣（Charles Péguy）也躋身這份名單之列：就像許多其他人一樣，他也是從無神論轉向天主教的。

這些法國作家的個人信仰史並不是孤立現象。許多保守主義者、保皇派（往往是反猶太主義者）都是同一個傾向。但這種向右的靠攏也招來了世俗主義（至少是反教權主義）更強烈的反擊。儘管有詩人、小說家和政治記者爲天主教搖旗吶喊，但激進派的政治家則慢慢把法國導向與梵蒂岡決裂。總的來說，無神論的力量（至少是反教權的力量）在十九世紀最後幾十年看來是略佔上風的。但就像談戀愛一樣，韋伯（他與涂爾幹被並尊爲社會學的創立者）所說的「世界的除魅化」（disenchantment of the world）從來不是一條坦途。

三

最先對除魅化發起口誅筆伐的，是十九世紀初的德國浪漫主義者。在他們看來，伏爾泰、休姆（Hume）、吉朋（Gibbon）、狄德羅這些不敬虔的啓蒙哲學家因爲宣揚道德中立的科學，異教徒的德行觀念，對教會、聖徒和上帝半遮面的羞辱，業已扼殺了詩的生命。浪漫主義者指出，啓蒙運動對宗教的詆毀是極不公道的，需要爲世界後來所發生的全部罪惡負責。最可怕的結果業已發生了：法國大革命和信仰自人們生活的中心退卻到邊緣。

浪漫主義者對啓蒙心靈的這種敵意解讀是有政治目的的。用深具影響力的德國文學史家與文學理論家施萊格爾（August Wilhelm Schlegel）的話來說：「去詩化（depoeticization）的過程已持續得夠久了；把地、火、氣、水再一次詩化，此其時矣。」㉓筆鋒的流利程度不亞畫刷的德國浪漫主義畫家龍格（Philipp Otto Runge）也慨嘆說：「有那麼多優秀的心靈屈從於所謂的啓蒙與哲學的心靈架構，眞是可惜。」㉔這些忿忿之詞說出了數以百萬計想在一個變動不居的世界裡尋求確定性的人們的心聲。而顯然，這些追求世界再次魅化（re-enchant）的鬥士在在都是世俗主義運動的一大障礙。

就像任何運動的旗手一樣，浪漫主義者是言過其實了，他們除誇大對手的不虔敬，也誇大了自己的原創性。很多具有顛覆性的啓蒙哲學家都是自然神論者，伏爾泰和盧梭只是其中最著名的兩位。換言之，他們雖然反教權，卻不是無神論者。在其他陣營，像蒲柏（Alexander Pope）和斯威夫特（Jonathan Swift）這些重要的十八世紀作家也遠遠沒有放棄基督信仰，他們所做的事與啓蒙思想家如出一轍：只是要攻擊宗教「狂熱」、批評基督徒的不羈激情。而文評家和劇作家萊辛（Gotthold Ephraim Lessing）——康德以前最重要的德國啓蒙思想家——甚至企圖建構自己一套合乎理性的宗教。同樣的歷史健忘者也讓德國浪漫主義者忘了浪漫主義的根源是在十八世紀：把人類感性與想像力高揚為一種高級人類稟賦——更不要說是對詩的崇拜——就是從啓蒙運動開始的。就連反教權最著名的伏爾泰，也曾經公開表示過他對詩性直觀能力的景仰。另外，一位論派的信徒（最強的一支是在英國）都是啓蒙份子，也是標準的基督徒——至少就他們自己的標準來說是如此。

這些較細緻的事實在十九世紀的文化爭吵中被淹沒了。一次又一次，反宗教的作品和政府的世俗化措施都會激起信仰者發自本能的回應。正是在這些時候，基督徒因為處於守勢，不同派別才會願意暫時摒棄宗派齟齬，攜手合作。另一方面，宗教激情的復甦也會帶來相近宗派間的激烈摩擦。他們印證了弗洛依德所說的「對細微差異的自戀」(the narcissism of minor differences):特別容易互相仇視與猜疑的,往往是神學上的近鄰。正統派猶太人與自由派猶太人之間,喀爾文派新教徒和路德派新教徒之間,英國的高教會派(High Church)與低教會派(Low Church)之間(譯註:高教會派與低教會派皆爲英國聖公會的一派,前者要求維持教會較高的權威地位,主張在教義、禮義和規章上大量保持天主教的傳統;後者則主張簡化儀式,反對過分強調教會的權威地位,較傾向於清教徒主義),都強烈互相仇視,其程度是外在威脅較溫和的時期所未見的。簡言之,敵意行爲在大小舞台上都激起了敵意的回應。儘管「愛你的鄰人」(即愛所有人,包括敵人)是耶穌本人所揭櫫的基督教最高守則,但「恨你的鄰人」卻是十九世紀宗教生活一個屢見不鮮的事實。

非正統陣營也是一樣的擁擠和好吵架。隨著懷疑主義的蔓延,維多利亞時代成爲有想像力者自創信仰品牌的天堂。一八六八年五月,法國最著名的文評家聖勃夫(Charles Augustin Sainte-Beuve)在參議院演講時指出,除基督教以外,還存在著「另一個大教區」,這個教區是「沒有固定邊界的,其範圍涵蓋整個法國與全地。」它的人數和力量都在穩定增加中,其成員「處於解放的不同階段,但他們全體都同意這一點:他們的首要之務是從一個絕對的權威和盲目的服從中解放出來。這個陣營包羅廣泛,包括了數以千計的自然神論者、唯靈論哲學家、自然宗教（natural religion）的信仰者、泛神論者、實證論者、現實主義者、懷疑論者和各式各樣的尋求者，還有常識（common sense）的崇奉者和純科學的追隨者。」㉕就像它的對手基督教一樣，這個陣營內部分裂成無數互不信任的小陣營，只會在生存受到威脅時才攜手合作。

因此，正如聖勃夫指出的，「另一個大教區」乃是最分歧的思想與狂想的大雜燴，充滿內部爭議性和不穩定性。但研究維多利亞時代布爾喬亞的宗教立場時，這個「大教區」卻值得我們特別注意，因爲它的每一個派別幾乎都有中產階級參與，而且往往是領導者。但中產階級也並未成群成群地拋棄主流的傳統信仰。另一方面，無神論者在中產階級之中又爭取到不少支持者，儘管許多無信仰者就像史尼茨勒一樣，寧可採取那種較不教條性和較中庸的立場：不可知論。「不可知論」一詞是達爾文最得力的支持者赫胥黎所創，他本身也是生物學家，而他會創造「不可知論」的立場，一方面是出於對經驗和實驗的敬重，另一方面出於對一些未解與解不了的神祕謎團的尊重。「我所熟悉的所有較年輕的科學人**本質上**想法都與我相同，而這是很好理解的。」赫胥黎在一八六九年寫給金斯利（Charles Kingsley）的一封信上說，當時金斯利企圖用基督教的靈魂不朽說來安慰正在經受喪子之痛的赫胥黎，希望可以爭取到他皈信基督教——卻白費心機。「坐下來像個小孩一樣面對事實吧。」㉖赫胥黎回答說。他不能接受基督教的慰藉，但他也不是無神論者。

在聖勃夫所說的「另一個大教區」裡，其中一個大宗是聖西門主義者（Saint-Simonian）。而不管他們的一些觀點（有關愛情的、婦女的或宗教領導權的）有多麼離經叛道，他們仍然是布爾喬亞性格最強烈的一群，也因此最有影響力。但他們也是最弔詭的一群。其創立者和主要靈感來源是聖西門（comte de Saint-Simon），他一生冒險犯難，多采多姿，包括參加過法國大革命，後在一八二五年過世。他的主張包含在一系列的出版物中，這些出版物在其死後又經過後繼者一再修訂，以滿足他們極多樣化的目標，包括把宗教現代化、推進激進的女性主義、與卡萊爾所說的「工業化艦長」結盟等（譯註：卡萊爾把資本主義社會裡的金融家和工廠主譽爲「工業化艦長」）。聖西門的代表作《新基督教》（*The New Christianity*）出版於他逝世那一年，書名雖然有「基督教」三個字，但內容卻與基督教毫無關係。就連聖西門繼承者昂方坦（Barthélemy Prosper Enfantin）所鼓吹的愛的福音（gospel of love），也是一種徹頭徹尾的異教主張——這一點，從它把肉體的地位高揚就可見一二。昂方坦是一位活力過人的改革家，他慢慢認定自己身負彌賽亞般的神聖使命，有責任把老師開創的「教會」加以改造和發揚光大。不管生前或死後，聖西門都吸引到大批的信徒，其中包括了前述的文評家聖勃夫、熱情洋溢的政治詩人海涅、哲學家暨政治思想家J．穆勒和社會學家孔德（Auguste Comte）——孔德一直是聖西門的祕書。這些人在聖西門主義下度過一段學徒生涯後就分道揚鑣，走上各自不同的道路。

然而聖西門所鼓吹的科學資本主義也在一些實事求是的心靈裡留下了烙印，其中包括與權力核心走得很近的銀行家與金融家（如佩雷爾兄弟）。雷賽布（Ferdinand de Lesseps）所建造的蘇彝士運河也是聖西門主義的一種遺產：聖西門早在幾十年前就很有先見之明地主張，應該開鑿一條連接大西洋與太平洋的運河。不管有多麼誇張和不經，聖西門主義者的方案——把經濟與工業的進步結合到它鼓吹的福音裡——乃是一種理性的宗教、一種沒有基督的資本主義：布爾喬亞基督教。

隨著種種現代性的力量——科學、政治、學術、哲學、技術——對傳統教會帶來愈來愈大的壓力，十九世紀成爲各種新的救贖道路的繁衍場。它們之中固然是有一些緊密親附於世俗的工業化社會（如聖西門主義），但爲數不多；相反的，大多數新信仰都極大膽地向信徒承諾，人不但有可能獲得此生的快樂，還可以在死後獲得永恆的福樂。由此可見，基督教的損失並不總是無神論者的進帳。各種奇怪的信仰都找得到一些熱切的支持者，像是華格納所促成的「北歐人崇拜」（Nordic cult）就有H・張伯倫（Houston Stewart Chamberlain）爲之大力宣傳。H・張伯倫是個移居德國的英國人，後來成爲華格納的妹夫，鼓吹耶穌是雅利安人不遺餘力。另一種新信仰是神智論，其創立者勃拉瓦茨基夫人（Madame Blavatsky）獨裁、全知而具有感染力（至少對那些易被感染的人是如此），愛爾蘭詩人葉慈（W. B. Yeats）是其最知名的弟子。勃拉瓦茨基夫人宣稱，神智論不過是科學、宗教與哲學的綜合。值得注意的是她把科學包括進來之舉，這對物理學家與生物學家來說可說是個結實的禮讚。至於艾娣太太（Mary Baker Eddy）會把她建立的新信仰稱爲基督科學派（Christian Science），則反映出她的腦筋就像勃拉瓦茨基夫人一樣清楚，知道時代的大趨勢是趨向科學這邊的。

在弗洛依德一類好鬥的無神論者看來，基督科學派是個一清二楚的矛盾語詞。但不是所有維多利亞時代人都像他們一樣自信。例如，馬克吐溫雖然也爲文反對艾娣太太的主張，卻不得不佩服她經營有術。一九〇九年，也就是故世前一年，馬克吐溫在寫給一個蘇格蘭人（顯然是艾娣太太的信徒）的信中這樣說：「你說你們在格拉斯哥（Glasgow）有五百人。但距今五十年後，你們的後人將不是以百爲單位，而是以千爲單位。我對此深信不疑。」㉗他的預測比他所知道的還要準確：儘管受到無信仰者的鄙夷，也儘管受到來自教皇、喀爾文派和聖公會大主教的隆隆撻伐，他們五十年後仍然茁壯爲好幾千人。

這些另類宗教之所以會茁壯，理由是自明的，而在當時也受到相當多的討論。它們其中擴散得最快的一支稱爲「唯靈論」，這個名字反映出它的血統有多古遠。爲數龐大的維多利亞時代人業已無法繼續信他們教會宣講的那一套，認爲那不管是在邏輯、歷史或道德上都是站不住腳的。另一方面，他們又不願意接受科學的教條。對他們來說，唯物主義（他們不無道理地視之爲無神論的同義詞）無法在人經歷壓力或失喪時提供慰藉、無法解釋宇宙的奧祕、無法解決道德的兩難式，也未能像歷史悠久的儀式、禱告和讚美詩歌那樣，帶給人情緒上的滿足感。

他們指控說，唯物主義把宇宙和人類化約爲一堆無生命的原子的集合，沒有留空間給靈魂和精神的向度，但少了這個向度，人就不會是人。唯物主義也未能提供人以共同體的自在感。天主教徒、新教徒和猶太教徒遇到快樂或哀傷的事件時會齊聚在一起慶祝或哀悼；但唯物主義者頂多只能諦視廣大無邊的空虛——而且是獨自一人諦視。因此，在任何公允對待人類需要與渴盼的思想系統裡，靈的向度都是不可缺少的。一八八四年，當一個叫S・霍爾（S. C. Hall）的狂熱愛爾蘭唯靈論者（他太太同樣狂熱）在家裡舉行降靈會的時候，這樣宣示他的追求：「我相信它**現在**就存在，而且主要是爲一個目的而存在：透過提供確定和**可觸的**證據，證明上帝賜給了每一個人類不會隨肉身腐朽的靈魂，從而**推翻和摧毀唯物主義**。」[28]

在唯靈論的家裡，有許多的宅第（譯註：這是仿《新約・約翰福音》的話：「在我父的家裡，有許多的宅第。」指的是唯靈論分爲許多派別），而它們信徒間的口角有時會升高爲家庭衝突。

歐洲的唯靈論者甚至擁抱時髦的反美主義，把他們「高一籌」的信仰區隔於「歷史短暫的美國人」。例如，德國的「神祕學家」基塞韋特（Carl Kiesewetter）就認爲（對他來說「神祕學」（occultism）基本上是「唯靈論」的同義詞），新世界的唯靈論者所倚賴的是「最愚昧的反省、解釋與哲學」。而因爲美國人「既不擁有科學的或任何種類的保守主義，所以他們總是對一切新的東西敞開胸懷。」基塞韋特認爲，這種漫不經心的其中一個好處是讓美國人要遠比德國人務實，儘管後者「在知識和謹愼上更勝一籌。」㉙這位神祕學者想必也認爲，美國的唯靈論者（很多都是活躍於紐約州的北部）需要爲那些愚蠢得讓人發窘的小册子負責。他的其中一個箭靶是出生在紐約州布盧明格羅夫（Blooming Grove）的戴維斯（Andrew Jack Davis）。後者是一位催眠師、夢遊者和神視者，自稱擁有許多異能，其中包括不用讀過一本書就可以知道其內容。基塞韋特又挖苦美國的唯靈論者把時間浪費在傾聽一棟又一棟房子發出來的怪聲，把它們當成是超自然之聲的證明。不過面對這種批評，美國人也大可以反駁說，英國、法國、德國、義大利的唯靈論者何嘗不是輕易就相信一些靈媒捎來的陰間訊息和桌子自己會動之說，可見他們並沒有比他們受鄙夷的美國同伴高明到哪裡去。

但不管唯靈論的大家庭有多麼不和睦和小心眼，有一點卻是他們一致相信的：靈魂是不朽的，活人可以透過方法與已逝者取得聯繫。由靈媒主持的降靈會乃是唯靈論者的正字標記。就像是不由自主地戲仿科學家對事實的高度看重那樣，唯靈論者喜歡不斷賣弄事實。在她回憶兄長克爾納（Justinus Kerner）的書中（克爾納是德國醫師、詩人和唯靈論者），瑪麗（Marie）指出，那些以爲她哥哥喜歡探索靈魂是因爲想像力太豐富的人是錯的。「他只不過是把純粹的事實記錄下來罷了，而這些事實都是他親眼所見——不獨是他親眼所見，也是社會裡每個階層和年齡層的人親眼看過的。」㉚唯靈論者記錄「事實」的出版品愈堆愈高，而他們都指天誓日其內容是值得信賴的；他們尤其偏愛那些本來抱懷疑態度但參加過降靈會後改變想法的人所寫的紀錄。

值得重申的是，不管傳統基督徒覺得會說話的桌子或憑空發出的聲音有多麼稀奇古怪，科學與宗教的戰爭從來不是像反教權主義作家所以爲的那樣，是陣線分明的。只有史尼茨勒那樣的死硬派無信仰者會認爲科學與宗教的界線是一清二楚的，這條界線反覆受到信徒（或非信徒）高度個人性的選擇所顛覆。有些信仰上帝的自由派人士甚至主張「科學」和「宗教」這兩個被認爲是死敵的範疇事實上是相容的。「宗教與科學之間並無衝突可言，」羅勃茲博士（Dr. J. E. Roberts）一八九五年在密蘇里州的坎薩斯城向諸聖堂（All Souls）的教眾宣稱：「宗教與理性之間也沒有衝突可言，但在獨斷的正統教義和科學與理性間卻存在著無可壓抑與不休止的衝突。」他主張：「歷史將有一天會把耶穌和伏爾泰的名字並列，視他們爲人類的釋放者，把人類從最糟的奴役（即宗教的奴役）中釋放出來。」㉛在另一次以「耶穌與伏爾泰」爲題的講道中，他又宣稱：「如果說耶穌來是爲了拯救世界，伏爾泰來則是爲了拯救**基督教**。」㉜

有些唯靈論者把他們的信仰完全同化到現代科學之中。對基塞韋特而言，「科學」乃是對其神祕學最恰當的形容。因此，「每個自然科學家和哲學家，只要他不是唯物論者，只要他承認演化的法則是涵蓋萬有的，只要他是不由自主地受到天文學和達爾文主義揭櫫的事實所吸引的，都必然會成爲一個神祕論者，而不管他自己喜歡與否。」基塞韋特指出，神祕學既不是基督教或佛教，也不是任何的宗教教義，而是「人類學的一部份，隸屬於自然科學，沒有任何教派之分。」㉝相傳，義大利統一運動著名領袖加里波底（Giuseppe Garibaldi）也說過（唯靈論者喜歡把一些名言僞托給名人）：「理性與科學的宗教被稱爲唯靈論。」

另一方面，也有一些唯靈論者視他們的信仰爲對基督教教義的合理延伸。一八七一年前後，S．霍爾表示，唯靈論「除去了我的所有懷疑，如今我可以相信《聖經》所說的一切了：相信禱告可以帶來無法形容的快樂，相信人會因信得救、相信救主，相信神意在持續不斷地照管著我們，相信救主的犧牲爲我們帶來了救贖，相信基督是人與上帝的中介者。一句話：我是個**基督徒**了。」㉞一個人很難再多求了。但霍爾所提供的這種信仰和解之道卻是很少主流基督教派——不管天主教還是新教——會樂於接受的。

四

在這一股股逃離正統的風潮中，中產階級的唯靈論者、神智論者和其他死後生命的探索者產出了汗牛充棟的文獻，去爲靈魂的可信性辯護——儘管在無信仰者的眼中，這些文獻是荒謬的，甚至只是騙局。另類信仰的信徒包括了許多商賈、專業人士、公職人員和法官。唯靈論的活躍份子喜歡舉一些顯赫信徒的名字，以證明他們的信仰是值得尊敬的：洛奇爵士（Sir Oliver Lodge）——物理學家、伯明翰大學（Birmingham University）的教授與校長；柯南・道爾爵士（Sir Arthur Conan Doyle）——大偵探福爾摩斯的創造者；克爾納——他的詩讀者衆多，也是身兼醫生和小說家二職（譯註：作者會有此一說，是因爲柯南・道爾也同時是醫生和小說家）。

這個運動中的專業人士比比皆是。十九世紀中葉，一個名叫萬特拉（Eugène Vintras）的法國靈媒以魔術把戲（包括讓空玻璃杯突然注滿美酒或是讓受過祝聖的聖體（譯註：聖體是指天主教聖餐禮中的聖餅）流血）激起了很大的熱潮。基塞韋特報告過這件個案，但他認爲這些驚人之舉有些是人爲操縱的，不過他又指出，包括「名流、醫生、律師」㉟、貴族和教士在內，很多原先反對萬特拉的人在看過他的表演後，都一改初衷，由疑轉信。另一些法國的變戲法高手——不管是外省還是巴黎的——同樣吸引到數以千計布爾喬亞的支持者。

俄國的情況也一樣：第一次世界大戰爆發前的幾十年，一波現代神祕主義的熱潮席捲了中產階級。據統計，在這些年間，有超過三十五個唯靈論的社團繁榮於俄國的大城市，有三十份報紙和期刊爲這方面提供精神糧食。它們的信徒包括了小說家、哲學家、詩人、文評家、神學家、慈善家、翻譯家和其他知識界的成員，但卻顯然沒有深入到無產階級與農民群衆。也有些布爾喬亞看出這是個有利可圖的機會，紛紛在一些朝聖地點開店（如旅館客棧），大賺那些尋求神蹟的朝聖者的錢——哪怕這些所謂神蹟最初只是由窮兮兮的村民編出來的。例如，當一八五八年貝娜多特・蘇比魯（Bernadette Soubirous）宣稱她在盧爾德目睹過聖母顯靈以後，盧爾德就成了一個商機蓬勃之地。

同樣的情形也見於英國，唯一不同的是英國的工匠以及受過點教育的工人也對來自另一個世界的訊息感興趣。《一八七一年唯靈論年鑑》（*The Year-Book of Spiritualism for 1871*）喜洋洋地指出：「在我們的學校裡，有志於從事探索的人包括了牧師、邏輯學者、教師；再來還有醫生與律師；再來還有藝術、科學和文學界的聞人，以及政治家。」㊱——受過教育的婦女就更不用說了。唯靈論者的主導人物不乏報紙和期刊的主編、國會議員和教授，他們全都樂於接受和散播這種古代智慧，總是認爲他們讀到的報告是可信的。換言之，那些無法再留在傳統教會裡的布爾喬亞並不準備跳到理性的冰水裡，而是寧可尋找一些妥協的方法來尋求心靈的滿足。但這些人當然不認爲他們的信仰是一種妥協；對他們而言，他們會相信，純粹因爲那是眞的。他們所展示的並不是威廉・詹姆斯在一篇名文裡所稱的「信仰的意志」（The Will to Believe），而是一種信仰的**需要**（need to believe）——一種對維多利亞時代人來說很迫切的需要。

五

威廉・詹姆斯是這種需要最高貴的範例。這位廣受閱讀和備受尊崇的美國哲學家暨心理學家並不是妥協主義者，遠遠不是。他鍥而不捨地探索自己與別人的心靈，動員起全部的勇氣而不計後果。他是一位最個人性、最自傳性的思想家；他容許自己的最高需要融入哲學思考中，比他的任何同儕要來得坦白。因爲深信沒有神的世界是沒有前景的，所以他相信有上帝——一個非常個人性、非常不正統的上帝，祂需要人類的幫忙來實現祂的意旨。在其代表作《宗教經驗之種種》（*The Varieties of Religious Experience*）的結論裡，威廉・詹姆斯表示他相信「有一個能量的神聖來源」這種「額外信仰」（over-belief）（譯註：指他相信上帝存在這一點。威廉・詹姆斯認爲所有宗教都有一些不證自明的共通點，但每種宗教又各有一些主張是不能證明的、是「額外的」，他稱之爲「額外信仰」。在他看來，相信上帝存在就是基督教的「額外信仰」），因爲，「依我的淺見，藉著對這個額外信仰的相信，我們彷彿變得更清醒，也更眞實。」㊲有一個玩笑是說威廉・詹姆斯的文字像個小說家，而他哥哥亨利・詹姆斯的文字反而像個典型哲學家（指其文字晦澀難懂）。這玩笑話對於亨利・詹姆斯這樣一個敏感細緻的天才固然不公允，但我們也許可以明白其緣起。

作爲一個開創性的心理學家，威廉・詹姆斯既不藐視事實也不藐視客觀性。基於科學的理由，他反對化約主義者的主張，不認爲怪異出格的心理現象可以用生理的理由（不管是胃痛、消化不良或性倒錯）來解釋。不過，一旦進入更高級的領域，他卻成了賭徒，把「巴斯卡的賭注」（Pascal's wager）（譯註：巴斯卡爲十七世紀法國數學家、物理學家與哲學家）帶進了科學的時代。巴斯卡曾經主張，在有關上帝是否存在一事的爭論上，相信上帝存在是比較划算的：因爲信對了，一個人就可以獲得救贖；如果信錯了，他也沒有什麼好損失的。這種態度極爲吸引詹姆斯，因爲在他看來，赫胥黎的不可知論是一種置身事外的舒服立場。對詹姆斯而言，毫無可信的證據而信只是迷信，但在事情有可能爲眞的情況下去信卻是有建設性的。「**在有些情況下，信仰會創造出其自身的驗證**。」㊳他所呼籲的，只是給可能性一次機會。

這種對信仰的積極態度讓詹姆斯與神祕主義的靠近變成是免不了的。一八八四年，他參加了西奇威克（Henry Sidgwick）兩年前在劍橋大學創立的心靈研究協會（Society for Psychical Research）。西奇威克是道德理論家和女權主義者，大概也是當時最出色的英國哲學家。身爲三一學院（Trinity College）的院士，他自是有義務要簽名表示認同於「三十九條信綱」（Thirty-nine Articles）（譯註：英國聖公會的教義綱要）。然而，兼容並蓄的閱讀和痛苦的反思卻讓他相信，基督教的核心教義——神蹟和童女生子——是站不住腳的。他發現自己遠不是孤立的：相繼有物理學家、天文學家、詩人、政治家加入了他的協會，從事檢視一些聲稱目睹超自然事件的報告。

就像威廉・詹姆斯一樣，西奇威克並沒有屈從於科學理性主義，這部份是因爲他覺得找尋世界之外的世界饒引人入勝，部份是因爲不服氣：一些自然科學家說他的探索只是浪費時間。一八八八年，他用一如威廉・詹姆斯的語氣告訴協會的會員：「我們無保留地相信現代科學的方法，準備好要順服於它得之於理性推論的結論。但我們卻不準備以同樣的恭順向科學人的純偏見卑躬屈膝。在我們看來，有一組重要的證據已經初步證明了靈魂或精神是存在的，但它們卻被現代科學以鄙夷的態度擱在一旁。」㊴在他看來，自然科學家這種獨斷要不得的程度不亞於作假的唯靈論者。

後來有些唯靈論者因爲忽視這種差別而加入了協會。但他們未幾即與其他心靈較開放的成員發生摩擦。當然，這兩者都宣稱他們是站在科學的一邊的。因此，當西奇威克及其同志致力於判別眞僞的同時，那些篤信唯靈論的成員卻深信他們的探索將會印證他們本已相信的事。在這樣的緊張關係中，心靈研究協會揭發了幾個作假的靈媒，又出版了一個對勃拉瓦茨基夫人相當有殺傷力的報告，指出她的異能只是靠著道具、手法敏捷和串通者的協助而獲得的結果。

然而，心靈研究協會與其說是一個可以提供有用知識的組織，不如說是一個宗教衰退不可逆轉的時代的症候。這個協會的成員大多有大學背景，所以不能算是中產階級大衆的典型代表，然而，從他們那麼有社會地位的人也對唯靈論疑中有信，足以反映出傳統宗教主張在維多利亞時代有多麼岌岌可危。在那些對上帝繼續深信不疑或全心擁抱世俗主義的人身上，自是不存在什麼心理張力，但在那個由變遷支配一切和懷疑廣爲瀰漫的時代，中間立場乃是一個困惑的泥淖。相當有說明性的一件事情就是，唯靈論者幾乎有來自宗教圓周上每一點的人：天主教徒、喀爾文派信徒、路德派信徒、正統猶太教徒、無神論者、自然神論者。一九〇六年，也就是西奇威克逝世六年後，凱因斯（John Maynard Keynes）評論說：「他除了好奇基督教是否爲眞以外，並沒有做過什麼；他希望它是眞的，卻證明了它不是。」[40]這評論雖不懷好意，卻相當中肯。

六

還有另一個與宗教有關的燙手問題是維多利亞時代各方的布爾喬亞都需要面對的：農民和工人階級信仰式微的問題。不過，中產階級眞正擔心的並不是低下階層信仰低落，而是由此會衍生的政治後果。對絕大多數的城市布爾喬亞而言，農民（不管是住在農村裡的還是已遷入城市的）乃是一種未知數。很多城市工人都是來自鄉村地區，而他們也把農村的生活習慣和迷信帶在身邊。布爾喬亞到處都可以碰到農民：家裡的僕人、市場裡的水果蔬菜攤販，不一而足。其結果就是，布爾喬亞覺得有必要構築一幅有關農民的圖像，不管那是奠基於虛構、傳聞軼事，還是一種把農村美化了的意識形態。德國和瑞士的作家都投入於創作農村文學的文類，高度讚許農民的健康單純、與土地的密切關係，更不用說是他們對上帝發自內心的信仰，以之對比於城市居民的不眞誠與物質主義。這方面最成功的例子大概要算是德國諷刺小說家伊默曼（Karl Immermann）極爲暢銷的《奧伯霍夫》（*Der Oberhof*）——他四大部的《閔希豪生》（*Münchhausen*）（一八三八年至一八三九年）中一個可獨立部份。《奧伯霍夫》裡的鄉下人都勤奮、忠實而虔誠，反觀書中的布爾喬亞角色要不是言不由衷就是歇斯底里。

反宗教的一邊當然也少不了小說家的坐鎮，其中最壯觀的一位是左拉。他出版於一八八七年的《土地》（*La Terre*）會讓最習慣自然主義批判筆鋒的法國讀者也為之蹙眉。左拉筆下那些粗鄙不文的農民對土壤固然擁有強大的激情，但這種激情又帶有淫穢的成分，因為那是徹頭徹尾獸性的。這些人不惜一切代價追求性滿足，但也可以說他們是不用付出代價的，因為他們對女性的痛苦視若無睹。強姦、亂倫、謀殺是左拉筆下農民會訴諸的手段，只要他們覺得那是於己有利的時候。早在大約四十年前，法國醫生德拜（Auguste Debay）就主張過，「在那些想像力很弱或沒有完全培養出來的地區」——也就是農村地區——「男人做愛的時候都像野獸，只是為了滿足生理需要。」㊶《土地》以讓人震驚的想像力把這種論斷具象地表現了出來。

幾乎所有這些作家在繪他們的農村肖像畫時，面前都沒有坐著模特兒。同時代人中，對農民的社會與宗教生活擁有真正第一手資訊的，只有傳教士，他們或是想要爭取到農民的皈信，或是想設法把他們留在基督裡。他們的報告當然都是片段的，但幾乎所有這些報告都會讓那些相信農民信仰虔誠的人吃一驚。它們披露出，會上教堂或慶祝歷史悠久節日的農民並不必然意味他們是信仰虔誠的。大盛於天主教地區的朝聖和出巡活動讓傳教士們憂心忡忡，因為它們被世俗化了，常常會淪為一些不道德的娛樂：縱酒、唱歌跳舞，還有其他不堪啓齒的餘興節目。

教士對這些行爲的憂慮可以理解，但這些世俗表現的確切意義卻是難於斷定的。虔誠和貪婪常常會並存在同一個人身上，無法分梳。這部份是一種與品味有關的事情。一九〇二年冬天，也就是死前數年，頹廢小說家、由不信歸於信的唯美主義者于斯曼遊訪了盧爾德。自從梵蒂岡正式承認聖母顯靈的報告眞實可信之後，盧爾德頓時成爲國際朝聖活動的焦點。原來單純的小鎭被改建得面目全非，以容納成千上萬來此尋求醫治的朝聖客，他們有些得的是歇斯底里，有些得的是不治之症。到了十九世紀末，整個市鎭籠罩在一股濃濃的買賣氣息之中，幾乎爲朝聖客所窒息。于斯曼感到厭膩欲嘔。「讓人魂飛魄散的大雜燴。」他說。身爲一個新皈信的教徒和品味高級的文化人，他感到自己不能不對這個世界聞名的醫治聖地提出抗議。它「過剩的俗氣」、「排山倒海的壞品味」[42]在在讓于斯曼懷疑，這一切是不是魔鬼本人在操縱。在他看來，農民已不再是教會可堪信賴的孩子。這是眞的：布爾喬亞在謹守或回歸到祖先宗教的同時，也讓基督教庸俗的一面變得更壯觀了。

如果說魔鬼把很多農民從眞正的信仰中勾引走，那他在工人階級之中找到的伴肯定要多更多。這對中產階級來說當然是個更燃眉的關切。要怎樣才能讓城市裡的窮人安於工廠與礦場裡的生活，接受有損健康的工作環境和無保障的雇用，支持（或至少是隱忍）既存的社會秩序呢？這是維多利亞社會一個焦慮和討論得很多的議題。

這個問題毫無新鮮之處，因爲在古代，上層階級同樣覺得有必要設計一些方法去安撫躁動不安的庶民。以麵包和馬戲團來讓群衆保持快樂這種主張，最早可以上溯到古羅馬詩人尤維納利斯（Juvenal）。在啓蒙時代，要怎樣才能讓窮人遵守那份他們無份簽訂的社會契約（譯註：十七、十八世紀的政治哲學家認爲社會是根據一份全部人同意的社會契約而成立），也讓啓蒙哲學家們費煞思量。伏爾泰曾經以俏皮話的方式警告過（被歸到他名下的俏皮話很多，但不全是他說過的），要是低下階層也採納了自然神論或無神論的觀點，就不會再對地獄的懲罰感到害怕，而會放膽搶劫和割斷他們主人的喉嚨。由此可見，自古代起，宗教就一直被視爲一個內在的警察、一個有效和相對便宜的秩序鞏固者。

在維多利亞時代，特別是自其中葉以後，隨著工廠和大規模產業的興起，這個議題有了新的緊迫性。維多利亞時代資本主義的批判者一向主張，向下層階級灌輸宗教信仰，本質上是一種資本家的陰謀：畢竟，一個相信上帝的工人是較不可能會去參加罷工的，更不要說是組織工會了。根據這種觀點，布爾喬亞之所以那麼喜歡教導工人讀《聖經》或開辦主日學讓他們的子女接觸福音，是爲了讓他們安於本分。

這就是社會控制（social control）的理論，是最先由維多利亞時代人想出來用以抹黑布爾喬亞的。這個認爲有財勢者把宗教用於非宗教用途的觀點後來是那麼大行其道，以致於連小說家也樂於採用。這不是個沒有若干說服性的理論。我們先前已大略指出過，有些官員和雇主會採取這種策略，而有時，他們使用的伎倆並不是宗教而是世俗的方法。馬克思早在一八四七年即已談到所謂的「基督教社會原理」，說是這種原理爲了滿足一個統治和壓迫階級的需要而「宣揚怯懦、自輕、自賤、順服、謙卑的素質——也就是說宣揚所有屬於賤民的素質。」㊸部份可以佐證這項分析的一則事例是英國一個國會委員會曾經建議應該讓工人多踢球，因爲工人如果有球可踢，就不會去踢警察。在法國城鎮維埃納（Vienne），當當地工廠主爲工人組織了一支球隊的時候，地方的觀察家挖苦地指出：「只要工人有橄欖球好打，他們就會安安靜靜的。」這些做法，社會控制理論的同黨們指出，都是意在捻熄工人階級拿起武器反對不公平與剝削的意圖。

但這種論點抹殺了人類動機的複雜性。那些創辦《聖經》研讀班、主日學、墮落婦女收容所和散發免費宗教讀物的慈善家並不一定不能是虔誠、無私的基督徒。而他們之所以會想要拯救不信教的下層民衆，部份是因爲他們認爲把部份財富分享給較不幸的人是理所當然的，部份則是因爲他們害怕不行善就會有被打入地獄之虞。十九世紀的諷刺家動輒喜歡挖苦那些整天忙著分發救濟品給窮人的名媛貴婦，說她們是愛出風頭的遊手好閒者，說她們表面仁慈，骨子裡冷酷無情。狄更斯不是唯一一個兇猛嘲諷他們的維多利亞時代人。但事實上，他們的動機——顯意識或潛意識的——要簡單上許多。要是你問這些富裕的布爾喬亞，他們之所以向窮人攤開天國的憧憬，到底是爲了讓窮人得到永生還是只是爲了讓自己得到永生，他們不見得會明白你問些什麼。不管怎樣，即便十九世紀有錢人對窮人的善行眞的只是社會控制的伎倆，那種種證據都顯示，這些伎倆大多是失敗的。

它們的失敗並不只一個方面。除了若干顯著的例外，歐洲的工人群衆大多與教會疏遠。這方面的證據汗牛充棟。我們只舉兩個扼要的例子。在法國，哀嘆信仰陷入危機的神父每十年都不乏其人。「在巴黎——他們所說的信仰中心——有四分之三的居民是對宗教漠不關心的。」當時是一八三六年。「漠不關心是我們時代基督徒的大疾病。」當時是一八四五年。「如果走進我們多不勝數的工廠，問問工人對上帝的想法、對耶穌基督的宗教的想法，你就會知道，對他們來說，福音裡的上帝乃是**不知名的上帝**。」當時是一八五三年。晚至一九〇六年，還有神職人員慨嘆：「不必到中國去找異教徒和野蠻人了。他們叢聚在巴黎和各大城市的外緣。」㊹至於英格蘭和威爾斯的情況，一八五一年的宗教人口普查是個有力的說明，它帶給上教堂的布爾喬亞的失望不亞於帶給英國國教或非國教教士的失望。這個普查顯示，在英格蘭和威爾斯近一千八百萬的總人口中，只有略多於七百萬會參加禮拜。即使把小孩、病人和殘障者排除在外，仍有五百二十五萬是本來可以上教堂而沒有去的。這個統計讓布爾喬亞大爲恐慌，因爲主要的缺席者顯然是低下階層，特別是勞工階級。

對維多利亞時代人來說，工人與教會之間爲什麼會疏遠，理由太明顯了。牧師、神父的短缺讓教會無法照顧好所有的教眾，勸導他們遠離邪惡的娛樂。這一點也使得許多窮人子女無法獲得宗教教育的機會（慈善家在這方面是做了一些事，但補救程度有限），以致於對中產階級少年人來說是第二天性的東西（譯註：指宗教），在他們身上是連影子都沒有的。窮人也對自己襤褸的衣服感到尷尬，不好意思走進教堂；另外，如果成爲教徒，那舉行婚禮和喪葬時都是需要費用的。再來還有一些有力的新思潮搶走了傳統信仰不少的市場佔有率，這個現象，尤以社會達爾文主義者把《物種原始》給通俗化和庸俗化以後爲然。有些工人則是因爲忌恨教士高高在上的社會與政治地位而敬教堂遠之。換言之，工人不上教堂的理由就像農民一樣錯綜複雜。

然後，到了十九世紀的下半葉，工人階級的反教權主義者變得組織化了。無神論的社會主義政黨成長茁壯，壯大得甚至被人稱爲「反教會」（counter-church），反觀相互競爭的基督教社會主義政黨則充其量只有有限的追隨者。而歷經一段痛苦的起伏後，羅伯特・歐文（Robert Owen）（譯註：十九世紀初英國的空想社會主義者）那些反教權和反宗教的觀念就被其他國家的社會主義政黨接收了，他們要比馬克思更早主張宗教只會讓無產階級的奴役無限延長。在一八七〇年代晚期的德國，社會民主黨爲了抗衡一個保守的基督教社會黨運動，正式宣佈不計較黨員屬於何種信仰。

要言之，布爾喬亞與工人階級起初是各走各路的。然而時間的演進卻讓這兩者開始了友好的交流（這情況在一些國家比另一些國家常見）。隨著社會主義政黨進入了政治的主流，他們就愈來愈像布爾喬亞政黨（他們自己當然是激烈否認有這種事的），一點都不覺得要和自由派的左翼政黨結盟有什麼爲難。另一方面，布爾喬亞自由派也樂於投票給社會民主黨、工黨和義大利的勞動黨。即使是有信仰的人也不覺得這樣做有何不妥。

經過這番探索後，還留下了些什麼呢？顯然，在維多利亞時代人中間並沒有代表性宗教態度這回事。要爲他們畫一幅集體肖像畫的話，我們得到的會是一個穿著五顏六色衣服的小丑。不過，在一片分歧中，我們也許可以權宜性地如此概括：布爾喬亞要比工人階級有信仰，布爾喬亞妻子要比丈夫有信仰，而十九世紀的布爾喬亞要比他們十八世紀的先祖有信仰。但所有這一類的概括無一例外都是有例外的。剩下的就是局部史（local history）了。

註釋

①近年來，許多歷史學家都對十九世紀的宗教研究作出了傑出貢獻，以下我只列舉印象最深刻和獲益良多的幾本：Janet Oppenheim, *The Other World: Spiritualism and Psychical Research in England, 1850-1914*（1985）；Ruth Harris, *Lourdes: Body and the Spirit in the Secular Age*（1999），它談的是教會所熱烈擁抱的聖母顯靈現象；David Blackbourne, *Marpingen: Apparitions of the Virgin Mary in Bismarckian Germany*（1993），這部絕不可錯過；Helmut Walser Smith, *German Nationalism and Religious Conflict: Culture, Ideology, Politics, 1870-1914*（1995），這部出色的專論擴展了我對十九世紀晚期宗教與政治的了解。另外請參考 Thomas A. Kselman, *Death and the Afterlife in Modern France*（1993）；Pierre Pierrard, *L'Eglise et les ouvriers en France（1840-1940）*（1984），它包含了大量有關法國勞工「去教權化」的資料；Michael J. Wintle, *Pillars of Piety: Religion in the Netherlands in the Nineteenth Century, 1813-1901*（1987）.

② A.S., March 23, 1902, *Tagebuch*, I, 366.

③ A.S., *Jugend in Wien*, 94.

④ A.S., October 25, 1908, *Tagebuch*, III, 362.

⑤ A.S., *Jugend in Wien*, 18.

⑥ A.S., Editiors' notes to A.S, *Briefe*, 717.

⑦ Denis Diderot, article "Encyclopédie," *Oeuvres complétes*, ed.Jules Assézat and Maurice Tourneux 20 vols.（1875-77）, XIV, 474.

⑧ Robert Ingersoll, *Some Mistakes of Moses*（1879）, 14.

⑨ John Morley, *Voltaire*（1872）, 1.

⑩ Thomas Nipperdey, *Deutsche Geschichte 1800-1866. Bürgerwelt und starker Staat*（1983）, 430.

⑪ Mark Twain, "Stirring Times in Austria," *Harper's New Monthly Magazine*（March 1898）. In Mark Twain, *Concerning the Jews*（1985）, 4.

⑫ Karl Marx, "Contribution to the Critique of Hegel's Philosophy of Right"（1844）, in *Early Writings*, ed. and trans. T. B. Bottomore（1964）, 43.

⑬ Emile Faguet, *L'Anticléricalisme*（1906）, 2.

⑭ Sir James Frazer, "William Robertson Smith"（1894）, in *The Gorgon's Head*（1927）, 284.

⑮ Gustave Flaubert, *Madame Bovary. Moeurs de province*（1857; trans. Francis Steegmuller, 1957）, 40 [part I, ch. 6].

⑯ See Harris, *Lourdes*, 306.

⑰ See Smith, *German Nationalism and Religious Conflict*, 99n.

⑱ James Bromfield, *Lower Bittany and the Bible There. Its Priests and People. Also Notes on Religion and Civil Liberty in France*（1863）, 1-2.

⑲ Nathaniel Hawthorne, *English Notebooks.* James R. Mellow, *Nathaniel Hawthorne in His Times*（1980）, 358.

⑳ Raoul Rosiéres, *Recherches critiques sur l'bistoire religieuse de la France*（1879）, 12.

㉑ Abraham Kuyper. Wintle, *Pillars of Piety*, 43.

㉒ Emile Durkheim, Author's Preface to the First Edition, *The Rules of Sociological Method*（1895; trans. Sarah A. Solovay and John H. Mueller, ed. George E. G. Catlin, 1938）, x1.

㉓ August Wilhelm Schlegel. Eckart Klessmann, *Die deutsche Romantik*（1979）, 79.

㉔ Philipp Otto Runge（undated letter, ca. 1801 or 1802）, *Hinterlassens Schriften*, ed. by his older brother, 2 vols.（1804-41）, II, 179.

㉕ Charles Augustin Sainte-Beuve. John McManners, *Church and State in France, 1870-1914*（1972; ed., 1973）, 18.

㉖ T. H. Huxley to Charles Kingsley, September 23, 1860. Leonard Huxley, *Life and Letters of Thomas Henry Huxley*, 2 vols.（1900）, I, 218-21.

㉗ Mark Twain to j. Wylie Smith, August 7, 1909. *Mark Twain's Letters*, ed. Albert Bigelow Paine, 2 vols.（1917）, II, 832-33.

㉘ S. C. Hall, *The Uses of Spiritualism?*（1884）, 6. Janet Oppenheim, *The Other World*, 63.

㉙ Carl Kiesewetter, *Geshichte des neueren Occultismus. Geheimwissenschaftliche Systeme von Agrippa von Nettesheym bis zu Carl du Prel*（1891）, 455.

㉚ Marie Niethammer, *Kerner's Jugendliebe.* Kiesewetter, ibid., 138.

㉛ J. E. Roberts, *The Inevitable Surrender of Orthodoxy*（1895）, 8.

㉜ Ibid., 57.

㉝ Kiesewetter, *Geschichte des neueren Occultismus*, xi-xii.

㉞ Kiesewetter, *Geschichte des neueren Occaltismus,* 145.

㉟ S. C. Hall. Oppenheim, *The Other World*, 67-68.

㊱ Hudson Tuttle and J. M. Peebles, *The Year-Book of Spiritualism for 1871*（1871）. Oppenheim. *The Other World*, 29.

㊲ William James, *The Varieties of Religious Experience*（1902）, 509.

㊳ William James, "The Sentiment of Rationality"（1879）, in *The will to Believe and Other Essays in Popular Philosophy*（1899）, 97.

㊴"Presidential Address, July 16, 1888," *Presidential Addresses to the Society for Psychical Research*, in Frank Miller Turner, *Between Science and Religion: The Reaction to Scientific Nataralism in Late Victorian England*（1974）, 55.

㊵ John Maynard Keynes. Oppenheim, *The Other World*, 111..

㊶ Auguste Debay, *Hygiène et physiologie du mariage*（1848）, 102.

㊷ Joris-Karl Huysmans. Robert Baldick, *The Life of J.-K. Huysmans*（1955）, 319.

㊸ Marx, "The Communsim of the Paper *Rheinischer Beobachter*"（1847）, *Basic Writings on Politics and Philosophy, Marx and Engels*, ed. Lewis S. Feuer（1959）, 268-69.

㊹ Pierre Pierrard, *L'Eglise et les ouvriers en France（1840-1940）*（1984）, 16.

第7章

「工作的福音」問題重重①

The Problematic Gospel of Work

工作的福音幾乎完全是一種布爾喬亞專屬的理想。
成功是有它自己的失敗的，
而工作的福音也有它的種種侷限性。
在他們的世紀，
工作的理念逐漸受到休閒的理想互補。

一

如果說有哪個委屈要比別的委屈更容易引發史尼茨勒與父母口角的話，那就是他被認定是個無可救藥的懶骨頭。這項指控又與父母對他到處拈花惹草的擔心相匯合；他們認爲，史尼茨勒與其把時間和精力用在追逐女色，不如用在功課上——後來則是用在當個盡責的醫生上。他們認爲，史尼茨勒夜夜與他那些同樣不檢點的光棍朋友泡在咖啡館裡，是一種不務正業。一八七九年十一月，就在他父親偷看他的日記後不久，史尼茨勒寫道：「家裡嘀咕我的交往、馬虎、玩忽。」②我們談過，在十多年後，也就是在一八九二年的時候，他仍然在日記裡表示：「家裡不愉快的討論」（譯註：這則日記作者在第二章曾引用過一次，其全文爲：「家裡不愉快的討論——說我都三十歲人了，還沒有單獨開診，至於文學創作嘛，又看不到有什麼錢景可言。」）。他當時已三十歲，還沒有自己開業看診，而他的文學實驗也沒有什麼明顯的前景可言。換言之，他一直都在觸犯布爾喬亞十誡中的一誡：工作的福音。

用宗教語言來形容布爾喬亞對工作的態度並無不當，因爲在中產階級的理論家看來，工作的理念所要求的並不只是努力工作。它同時也是一個道德律令，包含著相當多維多利亞時代布爾喬亞所珍視的價值觀，是任何良好市民都會自感有必要奉行的。它意味著人要對雇主、顧客和競爭對手忠實，矢志於「自律」，對家庭全心奉獻，以及隨時保持一種義務感。工作也可以淨化靈魂。在這一點上，甚至連信仰虔誠的布爾喬亞都會敢於修正上帝的話語。《聖經》記載，當亞當和夏娃犯下違逆上帝的大罪時，受到的嚴厲懲罰就是自己和後代子孫都得終身勞苦工作。但十九世紀中產階級理論家的看法卻恰恰相反：工作是**罪**的預防劑。他們主張，勤勉工作的防罪效用大概不亞於祈禱。

自古以來，工作的益處就被概括在一些扼要的名言警句裡，而十九世紀的中產階級家庭父母也樂於用它們來教育（也可以說是折磨）子女。那些在學校學過一點拉丁文的人都應該背得出維吉爾（Virgil）的格言：「堅毅勞動可以征服一切」（*Labor omnia vincit improbus*）。如果是德國人，大概會喜歡引用知名歌曲《勞動》（*Arbeit*）的起句：「勞動使人生甜如蜜」（*Arbeit macht das Leben süss*）。但對中產階級來說，對工作更中肯的讚語來自他們鍾愛的作家席勒，在他所寫的教育民歌《大鐘歌》（*The Song of the Bell*）裡有一句經常被引用和戲仿的名言：「勞動爲中產階級增添光彩」（*Arbeit ist des Bürgers Zierde*）。當然，對工作這麼多的謳歌難免會招來一些嘲諷，像英國幽默作家傑羅姆（Jerome K. Jerome）在一八八九年就寫道：「我喜歡工作，它讓我著迷。我可以一坐就是幾小時，看著別人工作。」③不過，這種溫和的取笑也反映出工作在維多利亞時代是個多麼強有力的觀念。

對工作的莊嚴意義論說得最多的人大概首推卡萊爾；從他寫過的作品，我們可以輕易編出一本論工作的小文選。一八四三年，他於《過去與現在》（*Past and Present*）一書裡說：「找到工作的人有福了，他不應該再祈求其他福分。」④而那之前七年，他也在《衣裳哲學》（*Sartor Resartus*）中把他對工作的膜拜推到了極致：「有某種不明朗的自我意識朦朧地住在我們裡面，只有透過工作，我們才能把它轉化為明朗和清晰可辨。工作是一面鏡子，可以讓靈魂第一次看見自己天生的輪廓。因此，應該把『**認識你自己**』（譯註：最先由蘇格拉底所提出，他認為這是人最重要的工作）這句愚蠢而不可能辦到的格言改寫為『**認識你勝任什麼工作**』，因為這才是庶幾可以實現的。」⑤他向讀者大聲疾呼：「生產吧！生產吧！」⑥對卡萊爾而言，盡心盡力工作幾乎就是好人的定義。十九世紀的布爾喬亞基本上是同意這個見解的，而且會透過實踐把它變成家常便飯。

「家常便飯」表示它們隨處可見（雖然愛挑剔的人會對這種粗糙的概括皺眉頭），也因此可以作為我們了解一種通行的文化風格的線索。一個最能說明這種風格的例子是柏林富商赫什孔（August Friedrich Hirsekorn）退休時（他經營的是一家生意興隆的男士服飾店）寫給兒子卡爾（Carl）的一封信。信件的日期是一八三三年三月三十一日。「愛兒：我該退下來而你該獨當一面的時候到了。然而，離開前夕，我必須遵循心的衝動，對你說幾句話。首先我必須爲你在我店裡忠誠和審愼的表現謝謝你，滿懷感動地謝謝你；另外，我還要預祝你在若干年後，也會像我今天一樣，帶著喜樂和滿足感退休。然而，要做到這一點，你必須堅守最嚴格的開支守則（但不能流於吝惜），而且要以最大的勤奮來經營事業，哪怕這意味著你得犧牲掉一些最喜愛的嗜好。另外，在完全履行自己職責的同時，你也必須嚴格要求下屬效法。因此，從一開始就嚴格要求最是上策，但同時又應該寬容他們的一些小錯誤，因爲人非聖賢，孰能無錯。」

「再來，」老赫什孔繼續說，他顯然很樂於扮演愛說教的樸羅紐斯（Polonius）（譯註：莎劇《哈姆雷特》中人物）：「我發現，人想要強化和鞏固實踐職責的決心，或者是想在人生低潮和憂鬱時得到慰藉和振奮，信仰宗教、不時參加禮拜是個可靠的方法。我不是假裝虔誠，而是眞的心有戚戚，因爲我自己曾在痛苦和憂鬱時從信仰中獲得過慰藉和振奮。因此，你也應該不時參加禮拜。碰到這些時候，如果你希望幫忙的話，我會樂意回店裡看顧幾小時。你也應該鼓勵下屬效法，給他們幾小時上教堂做禮拜的時間。相信我，這不會讓你有什麼損失，因爲上過教堂之後，他們會更加善盡職責。把每天結帳後收進皮包裡的錢袋看作一天努力的紀念品。願你能謹愼支出，把每一分錢用在刀口上，與此同時又能固定拿出錢來濟貧賑苦。」⑦

造作囉唆的措詞和表現柔情的笨拙手法在在反映出老赫什孔的智慧並非得之於書

本，而是來自人生經驗。他在信中流露的種種矛盾，也讓他可以作爲典型布爾喬亞的代表。首先，他是個精打細算的雇主，懂得用鼓勵員工上教堂的方法讓他們得到抗憂鬱劑而安於本分（老赫什孔自己會參加禮拜也是爲了找抗憂鬱劑）。但他有關虔誠的說教並不只是說給員工聽，也是說給自己聽：對他而言，社會控制（他的信本身就是這方面一個鮮明的例子）不過是個人困境的公開展現。另外，他也顯示出自己是個理性的財產管理員，相信中庸的消費形態是最合理的：節儉而不淪於吝惜，慷慨而又節省用度。最後，在鼓吹勤奮工作的同時，他又拒絕把工作抬高爲一個吸去一切的神明。

但不管有多少體貼的保留，老赫什孔這篇布爾喬亞說教詞本質上要宣揚的是一件事情：工作的福音。這也是盧貝克富商約翰・曼（Thomas Johann Mann）——大文豪湯瑪斯・曼的父親——在遺囑裡留給幾個繼承人的教誨。一八九一年，約翰・曼在其預立的遺囑裡說：「（我知道）湯姆（譯註：即湯瑪斯・曼）會因我之逝而痛哭。他務必不可忘記祈禱、尊敬母親、勤奮工作。」⑧相當有趣的是，湯瑪斯・曼把父親的這帖人生處方寫進了他發表於一九〇一年的第一本小說《布登勃魯克家族》（*Buddenbrooks*）。在書中描寫兩兄弟大吵一架的一幕中，哥哥湯瑪斯・布登勃魯克——一位受尊敬的商人——對著神經兮兮、終日游手好閒的弟弟大吼道：「工作去！」⑨他等於是說：去做點有用的事吧，不要整天沉湎在憂鬱症裡了！我們談過，弗洛依德相信，對工作的不同態度正是其中一個可以把中產階級與「民衆」區分開來的準繩（譯註：見第一章第四節）。我們也談過，瓦西里伯爵曾經對「不間斷的勤奮」大加讚揚，認爲那是維也納的布爾喬亞最與衆不同的特色之一（譯註：見第一章第三節）。

正如布爾喬亞批判者不會忘記指出的，讚揚工作是美德不啻是讚揚賺錢是美德，而後者無疑是一種庸俗的理想。不過，布爾喬亞也大可以反駁說，他們歌頌賺錢並不是因爲錢本身。沒有錯，法國歷史學家基佐（François Guizot）固然曾經在一八四三年三月一日以首相身分在下議院提出「致富去」這個著名口號，但我們不能把它解釋爲鼓勵法國人不擇手段致富，因爲這口號是有下文的：「致富去——靠努力工作和省吃儉用致富。」⑩基佐呼籲國人的，是透過工作和儲蓄而致富。而儲蓄所體現的是另一個布爾喬亞的理念：律己（self-control）。

極爲反諷的是，在對布爾喬亞最恨之入骨的批評者之中，有一些自身恰恰是布爾喬亞工作觀的奴隸。但他們諱談這一點，有時候甚至不自知。包括薩克雷、左拉、易卜生、霍夫曼斯塔爾在內的許多知名作家都把龐大時間投入在文藝創作上，猶如交貨準時的文學生產商。史尼茨勒並不例外。儘管他把許多時間花在女色上（白天的調情尤其耗時間），也儘管他老是在日記裡自怨自艾又虛耗了一天光陰，但他的作品產出量仍然讓人咋舌：源源不絕的故事、小說、劇本和詩集，更不必說他那些浩瀚的通信以及數不盡的日記。

既然把工作奉爲理念，維多利亞時代人自然也會去鞭撻工作的反面：懶散。就像史尼茨勒的父母那樣，很多人都把懶散視爲十惡不赦的大罪。富家子弟被認爲特別容易被這種惡德感染，所以需要特別嚴厲的告誡。在這一點上，道德家自是樂於追隨大衆意見的。他們其中一位是芒格（Theodore H. Munger），其《成敗門檻邊緣》（*On the Threshold*）一八八〇年於美國初版，五年內就印了十五版。芒格在是書中指出：「一旦年輕人感到老爸有錢，用不著自己去奮鬥時，他就毀定了。除非擁有最稀有的稟賦和接受最嚴格的磨練，這一類富家子才可望不致錯失實踐人生眞正目的的機會。」⑪但人們不只深信懶散是一種道德上的惡，也相信它會帶來身體上的衰弱。一八七三年，一位法國校長梅根第（A. Magendi）說出一番很多人都會同意的話：「不活動的小孩長大後會成爲邪惡之徒。」「就像長歪了的小樹枝一樣，如果不矯正過來，小孩在長大成人後會有折斷之虞。」「因爲缺乏身體活動，有強健體格卻習於懶散的年輕人很快就會喪失他們的肌力。儘管看起來還健健壯壯的，但每做一件最不費吹灰之力的事，都會讓他們羸弱一分。」⑫依這些人看來，懶骨頭最可能的下場是短命。

換句話說，工作與好人品是不可分的（好人品是維多利亞時代的另一理想）。工作是通向好人品的康莊大道。像羅斯福這一類鼓吹男子氣概不遺餘力的鬥士都對於十九世紀晚期人心糜爛的現象憂心忡忡。羅斯福雖然沒有用「去勢」這個字（一個將會由精神分析學家炒熱的字眼），但他基本上是認爲懶散就像去勢一樣，會對人們的男子氣概構成嚴重威脅。唯一能治這種時代病的藥方是勤奮工作。「文明的首要危害之一，」他一九一〇年在柏林大學（University of Berlin）演講時指出：「在於它總是會讓男性的戰鬥美德、戰鬥銳氣日走下坡。一旦人們過慣了太舒服和太奢侈的生活，文弱就會像酸一樣，侵蝕到他們男子氣概的肌理裡面去。」⑬這位美國總統一向樂於消遣那些「文化品味十足和過著悠閒生活的人」⑭，顯然，在他看來，蒐集油畫和寫詩都算不上是工作。

羅斯福這種責難並無新意。長久以來，人們對工作的歌頌就一向是伴隨著對懶骨頭的諷刺或責難。一八五〇年，美國著名教育家賀拉斯・曼以「給年輕人的一些想法」爲題，在波士頓商業圖書館協會（Boston Mercantile Library Association）演說時指出：「不管一個年輕人的財富有多麼多，前途有多麼看好，他都沒權利過懶散的生活。在這個充滿奮鬥誘因與成就獎賞的世界，懶散乃是荒唐之最，可恥之尤。」⑮幾年後，也就是一八六三年，義大利畫家卡馬拉諾（Michele Cammarano）展出了油畫《閒散與勞動》（*Idleness and Work*），畫的是一位頭戴高禮帽、身穿燕尾服的布爾喬亞，雙手插在口袋，走過一片田野，田野中的農民正在勤勞收割麥子。此畫想要傳達的信息再清楚不過：不事播種的懶蟲最後一定不會收割到有價值的東西。⑯一八八三年，大爲暢銷的《蓋氏標準百科全書暨自我教育指南》（*Gay's Standard Encyclopaedia and Self Educator*）——一部針對渴盼自我提升的下層中產階級而寫的美國作品——在其中一篇題爲「善用時間」的文章中這樣恐嚇讀者：「人一旦染上無精打采的懶散習慣，懶散就會用鉚釘把人的心靈牢牢釘死，非盡最巨大的努力不足以脫出其桎梏。財富散去可以透過耐心工作而恢復，知識忘了可以透過再次學習而復得，但光陰過了就一去不返。」⑰

這種不祥語調在那個時代的勸世家作品中是典型的。他們會告訴你，災難的腳步近了；告訴你要是不聽他們的話，美好的東西就會注定衰敗；告訴你罪惡對靈魂的箝制是很頑強的。在那個所有生活領域都有長足進步的年代，這些專門販售建議的人希望爲其聽衆接種抵抗安逸疾病的疫苗。在他們看來，唯一可以充當預防大災難的防洪壩的，是專心致志把被分派到的任何工作做好。

我們說過，那些販賣建議的宣傳家覺得工作的美德是不可抗拒的話題。他們複述自己的話就像複述別人的話一樣起勁。一八五〇年，三十八歲的斯邁爾斯（Samuel Smiles）把工作放在其教誨的核心，稱之爲他的哲學。斯邁爾斯先生是維多利亞時代英語世界中最廣爲閱讀和最常被引用的好人品鼓吹家，在美國受歡迎的程度不亞於故鄉英國。他原先並不是幹這個的，但在換過幾個職業後，他發現自由業會更有搞頭，便開始用他無人能否認的才智來散播他的教誨。他的方法相當簡單：用一些名人的傳聞軼事來佐證自己的主張。他在一八五九年的《自助》（*Self-Help*）一書中應用了這種技術，結果一炮而紅，從此一帆風順，大發利市。直到一九〇四年以九十二高齡故世爲止，他寫過許多極爲暢銷的小書，包括一八七二年的《人品》（*Character*）、一八七五年的《節儉》（*Thrift*）和一八八〇年的《義務》（*Duty*）等，它們全都是對勤奮工作者的禮讚。

他爲傑出工程師寫的傳記集軼聞野史之大成。他希望，這些傳記可以激起讀者見賢思齊的心理。當然不是每個人都可望成爲史蒂文生（George Stephenson）這樣的鐵路機車大發明家，但至少人人都可在崗位上善盡職責。斯邁爾斯先生在《人品》一書中說：「〔工作〕是我們存在的法則——是可以引領人和國家向前進的活的原則。」某方面，他要比其他資本主義的職業啦啦隊長坦白，因爲他承認，工作「也許是一種負擔和一種懲罰」，不過馬上又說：「但它也是一種榮譽和光彩。沒有它，將無一事可成。人類所有了不起的事物都是靠工作成就出來的，而文明則是其產物。」⑱總之，工作不只可以帶來有形的成果，也可以讓人遠離不誠實、揮霍、不虔敬、色慾和不負責任。要是老赫什孔有讀過斯邁爾斯先生的著作，一定會豎起大拇指。

二

工作的福音幾乎完全是一種布爾喬亞專屬的理想。基本上，貴族是不會以工作爲貴的，而貧窮的工人更是厭惡工作。但「幾乎」和「大體而言」這兩個限定語是不可少的，它可以防止過簡的概括化。因爲，有些貴族也會像許多布爾喬亞那樣，從事生意買賣，即便是在法國這個認爲貴族經商有失身分的國家亦復如此。另一方面，有些工人（特別是擁有專門技術的工匠）因爲希望受人尊敬，也把工作的理念視爲當然。他們本身不是布爾喬亞，也無意成爲布爾喬亞的翻版，但至少對工作的態度與中產階級並無二致。一八五四年，一位英國記者在新堡（Newcastle）走訪過一些鐵工廠之後報導說：「**工作**的嚴峻理念——辛勤、汗流浹背、積極地工作——在這兒籠罩著一切。」⑲這些工匠以及其他數以千計的工匠都以把份內事做好爲傲。在他們看來，受人尊敬的生活意味的是過得清醒、正派和盡責——不管在家裡或工作上都是如此；他們也希望藉此獲得上司的尊重。這方面的證據在各國都是汗牛充棟：很多行業的工匠都希望過一種有尊嚴的生活，對他們的生存來說，尊嚴的意義一點都不亞於一份可以過活的薪水。

不過，既然十九世紀充滿創新和不確定性，那工作的福音並沒有得到全體的一致支持自不足爲奇。當時，暴發戶在全歐洲比比皆是，他們在享受金錢之樂的同時，也千方百計、甚至恬不知恥想打進上流社會或躋身貴族之列。在他們看來，只有最高程度和最讓人側目的懶散，才可以洗刷身上的銅臭味。辛苦工作了大半輩子，他們希望可以逃離工商界，進入（至少是讓下一代進入）社會中最顯赫的圈子——一個以閒閒無事或從事昂貴娛樂爲標榜的圈子。

十九世紀末，特立獨行的經濟學家凡勃倫（Thorstein Veblen）在經典之作《有閒階級論》（*Theory of the Leisure Class*）裡追溯了這種鄙夷工作的態度的源頭，認爲那是封建時代的殘餘，因爲在封建時代，勞動基本上是普通大眾的事。凡勃倫創造了兩個日後廣爲傳誦的新詞來說明十九世紀權貴表現自己財富的方法：「炫耀式消費」（conspicuous consumption）和「炫耀式浪費」（conspicuous waste）。他們把錢花在豪宅、華服、珠寶、昂貴的消遣、揮霍的太太和其他無用、無生產力的事物上，一擲千金而面不改色。而他們之所以這樣做，是因爲這些惹人厭的活動和選擇可以讓他們把別人比下去。凡勃倫指出：「遠離勞動是證明自己有錢的最方便證據，也因此是顯示社會地位最方便的標記；而這種對炫耀財富的堅持也讓他們更奮勇地堅持於休閒。」[20]正是這種對工作的輕夷態度讓維多利亞時代的羅斯福之輩深感不安。

這種種例外的情形在在指向一個問題：工作的福音在維多利亞時代人中間的適用範

圍有多大呢？要是例外太多，會不會正表示它是一個多少有問題的理念？很顯然的一點是，對於中產階級下層和城鄉中的勞動貧民來說，大聲歌頌工作是不必要的，是與他們的處境不相干的，甚至是一種侮辱。少有證據可以顯示，這些收入微薄的人曾經讀過斯邁爾斯先生或其同道的書；要是他們有讀過，那反應如果不是憤怒，大概就是覺得好笑。他們用不著別人建議他們去工作或告訴他們工作對好人品的養成有多重要。他們不能不工作，因爲這是他們唯一可以活下去的方法。

三

工作福音鼓吹者的嚴厲信息明的當然是針對人類中的男性（小男童、年輕小伙子和成年男人）而發，不過，他們也心照不宣地把女性納爲聽衆。我在前文已頗爲詳細地陳述過女性的法律地位和公共能見度在十九世紀經歷了怎樣的激烈演進，此處用不著複述。上述兩項變化對緊張兮兮的守舊人士而言是太快了些，但對於無耐心的女權鼓吹者而言卻太慢了些。儘管如此，雙方都不懷疑的一點是，女性也是有工作要做的：畢竟，亞當犯下違背神命的大罪時，夏娃不是全程參與的共犯嗎？所以她理當像亞當一樣，注定終身勞苦工作。固然，打從「教會父老」（Church Father）的時代開始（譯註：「教會父老」

指的是基督教早期的著作家，而教會父老的時代約開始於公元二世紀），許多善良和有學問的基督教著作家都把夏娃視爲人類失落伊甸園的眞正禍首，然而，即便是那些認爲亞當要爲原罪負一半責任的人，都仍然相信男女是天生注定分管生活的不同領域。十九世紀的理論家除了重提這個歷史上反覆出現的論證以外，也把工作的領域整齊切割開來，明確界定出中產階級女性的專屬工作領域：家庭。

家務管理對中產階級家庭主婦意味的是採購日用品、督導僕人、愼用預算、教養小孩（她們花在小孩身上的時間通常遠比丈夫多），以及在接待客人時當個優雅雍容的女主人。維多利亞時代的丈夫多少也意識到家務事的繁重，不過從我們這個電力化、電器化的時代回顧，歷史學家還是會發現，維多利亞時代家務事的繁重程度要比當時人所願意承認的還要嚇人。

在沒有吸塵器之助下保持家裡一塵不染、在沒有洗衣機之助下把所有衣服洗乾淨、在沒有電冰箱之助下保持食物新鮮、在沒有電爐之助下烹調三餐、在沒有攪拌器之助下把麵粉揉成糰、在沒有電風扇（更別說冷氣）之助下保持空氣清新——這全都是一個家庭主婦需要做到的。固然是有一些日後可以減輕主婦工作量的器械已經面世，但在頭幾十年，它們不是太貴就是太大或太笨重，在家裡派不上用場。洗衣機最初都只裝設在洗衣店裡；攪拌器要在服務了麵包廠數十年之後才轉爲家庭用品；電燈也是在戲院和歌劇院使用了一段長時間後，才演進爲家庭和私人照明的一個選項。

維多利亞時代的主婦都被教導，污垢是家裡的頭號敵人，必須不懈地加以消滅，不管這樣做需要的體力勞動有多麼令人吃不消。床單、煤油燈、廚房爐灶、壁爐和廁所都務必要保持乾淨，而這些工作，又大部份是得每天重複做的。出版於一九一二年而大受德國主婦歡迎的袖珍指南《基利食譜》（*Kiehnle-Kochbuch*）一書中，作者基利（Hermine Kiehnle）以一個篇幅不少的附錄去談兩個問題：怎樣摺餐巾和保持家裡的一塵不染。基利對兩者的討論都極爲詳盡，不過，與後一主題的篇幅相比，前一主題顯得小巫見大巫。「整齊和乾淨，」她告誡讀者：「是家裡隨處和隨時都必須保持的：這是有資格被稱爲能幹家庭主婦的最起碼條件。」㉑一言以蔽之，家庭主婦的工作是種類多端、吃力和做不完的。

不管德國主婦對於乾淨的追求看似多麼狂熱，但從其他國家出版的家務管理書籍可以反映出，這種心態其實到處都一樣。自細菌致病理論廣被接受之後，家庭主婦們看起來就像是醫生派駐在各個家庭裡的副手。但一個家庭主婦要擔負多繁重的家務事，更多時候不是取決於個人的氣質性情，而是取決於國情風尚。在十九世紀，常常會有一些外國人對他們遊訪國家的主婦之忙（或閒）感到吃驚。英國女性對德國主婦的擔子之重和任勞任怨咸表欽佩；德國的妻子則認爲法國主婦要比她們好過太多了。當然，幾乎所有維多利亞時代的中產階級家庭（包括小布爾喬亞家庭）都至少會有一名僕人（一名以上更多見），以負責最髒的家務事。在我們先前引用過那本著名的《家管之書》裡，比頓太太明白指出這種分工的重要性。如果一個中產階級家庭裡只有一名男僕或女僕，那麼他或她的工作鐵定不會輕鬆愉快。「他的生活，」比頓太太寫道：「肯定不是什麼閒差。」㉒而如果這名僕人是女性，那她「大概會是同一階級裡唯一值得我們同情的人；她過的是一種孤孤單單的生活。」㉓這種女僕人（男僕人）一大早就得起床，展開沒完沒了的清潔工作，包括擦男主人的靴子、清潔起居室的壁爐、抹拭廚房的爐灶等等。

不過，也有些主婦是得隻手操持家務的。從一位不知名美國主婦（三十三歲，住在康乃迪克州的哈南〔Hallam〕）一部日記的殘篇中，我們可以得知，在一八八〇年的美國，有些中產階級主婦幾乎得家事一肩挑——頂多是偶而有什麼親戚自願前來幫忙。單是家裡的清潔工作就佔去我們這位日記作者的全部時間。她感到無聊乏味和怨恨，一次又一次在日記裡抱怨：有時顯得認命，有時則接近造反的邊緣。「一座接一座，」她在四月二十七日寫道：「大山縮小爲小丘了。」（譯註：大概是指她要洗或要摺的衣物）第二天打量過廚房之後，她寫道：「至少『最要命的部份擺平了』。」有兩次（九月十二日和一星期後），她在日記上只簡單地說：「單調的一天。」這種單調感顯然沒有因爲阿姨蘇菲亞（Sophia）在九月十日前來幫忙她洗衣服而有所消滅。「可眞是十足浪漫的生活。」她自我挖苦說。她先生沒有幫半點忙。「團聚天，」她於六月十八日記道：「奴隸們忙得不可開交，人偶元首（figure-head）（譯註：指她先生，挖苦他這個「元首」什麼都不會做，形同人偶）只是袖手旁觀。」她在八月十日形容自己是被鐵鍊鎖在「小囚室」裡，又記說有一個訪客來看她這個「白癡同儕」（fellow-idiot）（譯註：指對方也是像她一樣忙不停的家庭主婦）。這就難怪她在六月十二日會說這種一成不變的生活「讓人期望永恆的安息」㉔。從字裡行間看得出來，她是個聰慧而有幽默感的女性，但生氣卻被重複又重複的家務雜事給蠶食掉——大概也被那個「人偶元首」蠶食掉。在維多利亞時代中產階級婦女的畫廊裡，她是屬於那種工作復工作的類型。

還有另外一種工作是十九世紀中產階級婦女被編派去做的：當丈夫堅強、可靠的助手。這是一項維多利亞時代人鮮少公開談論的義務，卻是中產階級主婦的家務事日程表中的要項。她們被要求慰撫帶著疲憊身軀或失意心靈從外面世界（政界、商界、工廠、大學或藝術界）回來的丈夫，在他們意氣風發時搖旗吶喊，在他們灰心喪志時加油打氣。我在前文提過，即使最有活力的枕邊談話也幾乎無力修正法律帶給婦女的不平等地位。這是沒錯，但枕邊談話可以提升丈夫的士氣，使他們煩惱紛亂的心思沉靜下來，也許甚至能挽救他的事業或婚姻。維多利亞時代的男人（哪怕是相信女性有一股祕密力量的那些（譯註：見下一節））都會願意談論妻子帶給自己的助力——但又不會談全部，而且會想盡辦法不讓完全的男女平等進至其屋內。

一個很好的例子見於休斯（Thomas Hughes）一八六一年的小說《湯姆・布朗在牛津》（*Tom Brown at Oxford*）。此書主角湯姆在前集《湯姆・布朗的學生時代》（*Tom Brown's Schooldays*）中早已名聞全英倫，而現在，他已長大成人並結了婚，婚姻美滿幸福。不過有一件事卻是他深深憂慮的：他看不出自己會有賺到大錢的前景，深怕委屈太太瑪莉（Mary）過一輩子不體面的生活（請不起僕人、僅堪溫飽的生活）。在向太太表白自己的羞愧和害怕時，他說，以她這樣一位「美麗、寬厚、有同情心的天使」㉕，是不應該過有虧缺的生活的。「這是丈夫的份內事，」他說：「他怎麼能讓太太過苦日子？」大出他意料之外的是，瑪莉居然對他的傳統想法極不以爲然。「爲什麼不把我視爲你的同儕呢？」她抗議說，又說女人不是天生就要靜靜坐著、打扮漂亮和花錢的。「爲什麼不讓我與你並肩奮鬥呢？」她這番熱情的小演說無疑是女性解放史上光榮燦爛的一刻。不過作者休斯的前衛性到此打住了，因爲接著他就讓瑪莉下這樣的結論：「就算一個女人成就不了什麼大事，熱愛丈夫和爲他增光總是她做得到的。」休斯是個心胸廣闊的自由派作家，對女性的看法算是走在時代的尖端。儘管如此，他還是不敢去碰觸大部份的舊結構。「就算一個女人成就不了什麼大事」一語明白反映出，休斯就像大多數維多利亞時代男人一樣，對前衛女性是深感不安的。

我們知道，與休斯類似的丈夫不在少數。當一批大膽的女權主義者起而要求擴大投票權和職場上的平權等聞所未聞的要求時，很多男性都覺得自己面對的是吹起戰號的亞馬遜女人（Amazons）（譯註：古希臘傳說中住在黑海邊的一族女戰士），而他們的焦慮反應不一而足：咆哮、低貶、諷刺或指控她們違反種種人性法則。驚恐的報紙主筆和政治家把女權主義者比喻爲一支嗜血的潑婦大軍，窮凶極惡而橫衝直撞。龔固爾兄弟先後都做過去勢焦慮的夢：弟弟茹爾（Jules）夢見一個鼻子掉到地上的男人，哥哥埃德蒙（Edmond）夢見一個有帶齒陰道（*vagina dentata*）的女人。

這一類焦慮殘存到本書涵蓋時間範圍的最後，以至於超過。十九世紀（特別是中葉以後）一個相當讓人矚目的現象，是很多以掠奪性女人爲主角的古代傳說紛紛復興：夏娃、大利拉（Delilah）（譯註：《舊約》中的人物，猶太士師參孫的非利士情婦，後把參孫出賣給非利士人）、克麗佩脫拉（Cleopatra）、梅薩利納（Messalina）（譯註：古羅馬皇后，以淫亂和陰險出名）、猶滴（Judith）（譯註：古猶太寡婦，相傳殺亞述大將而救全城）、莎樂美（Salome）。這些塞壬（siren）（譯註：希臘神話中半人半鳥的女海妖，以美妙歌聲誘惑過往海員，使駛近的船隻觸礁沉沒；作者這裡是指上述那些歷史上的著名「妖女」）足以提醒我們，致命的女人並不是維多利亞時代的發明，不過這一次，她們卻以更兇猛的勢頭和更狠毒的形象捲土重來。斯芬克斯（Sphinx）（譯註：希臘神話中帶翼的獅身女怪，常叫過路的行人猜謎，猜不出者即遭殺害）本來早早就被伊底帕斯消滅了，但十九世紀的作者和畫家卻覺得有必要把這個故事改寫，把斯芬克斯寫成是勝利者。一八三九年，海涅在《歌集》（*Book of Songs*）的詩體序中描繪了這樣的情景：他在一片神祕的地貌中漫遊，於一座荒廢城堡前面碰到一尊斯芬克斯的大理石像。他探身去吻她的漂亮臉龐，斯芬克斯因這一吻而醒了過來。她回親海涅，帶給他極大的快樂，但接著又以獅爪子把海涅抓得差點死掉。這是一種典型經驗（對海涅而言典型）：性狂喜與性創痛是交織在一起的。但不管海涅有多享受這種滋味，他受的傷仍是痛徹心扉，無可忘懷的。一八六〇年代早期，畫家莫羅（Gustave Moreau）畫了一幅情境相似的圖畫：畫中那個男子氣概十足的伊底帕斯不但未能收復斯芬克斯，反而被她的爪子抓傷。

這種兇猛女性形象激發起許多作家的想像力：濟慈（Keats）詩歌〈無情的妖女〉（*La belle dame sans merci*）中的妖女；海涅筆下的羅蕾萊（Lorelei）；梅里美（Prosper Mérimée）的吉普賽女子卡門（Carmen）——她的邪惡狠毒較比才（Bizet）同名歌劇的女主角猶有過之；斯溫伯恩的「痛苦女神」多樂雷絲（Dolores）。在這些藝術家的手中，現代女性被描繪成以閹割男人爲務的族類。在現實上，這些妖精當然與那些要求唸大學和擁有獨立銀行帳戶的女權主義者毫無相似之處。不過，上述作家的目的並不是描繪社會的眞實，而只是以直觀方式披露出社會所患的精神官能症。不過一些自以爲是如實描述社會現象的評論家很快就取而代之。日記作者、詩人、小品文作家都紛紛以最緊迫的語氣呼籲大衆要愼防現代女性致命的「胃口」。對於這些驚恐文本，我們這裡只舉一個例子。英國小品文女作家伊莉莎・林頓（Eliza Lynn Linton）——她可能是當時讀者最多的反女權主義作家——詳盡分析過「現代婦女」的現象之後宣稱：「男人都害怕她，而且是有道理的。」㉖只有少數戲仿者以爲這種神經兮兮的恐女症用一點點幽默就治療得了。

不過，如果一個女人懂得韜光養晦，懂得當個默默啓迪丈夫而不居功的繆思（muse）（譯註：古希臘神話中司藝文的女神，一共九個，是作家創作靈感的啓迪者），那她丈夫就不會覺得她的祕密力量有什麼好怕的。這樣的女人會是丈夫的軍師（儘管她丈夫不一定知道），當丈夫在外面的大舞台揮灑時坐鎭家裡。她可以喚醒丈夫的所有潛能、能爭取到所有對丈夫前途有影響力的人的歡心，並會默默地改善丈夫的禮儀和文章。她是眞正的一家之主，而且（正如許多低能的反女權主義者津津樂道的）不需要投票權，因爲先生和兒子都會照她的意思投票。

對女性怎樣才能做好繆思角色最淸楚的說明，是巴里（James M. Barrie）首演於一九〇八年的風行喜劇《每個女人都知道》（*What Every Woman Knows*）。女主人公梅姬・魏里

（Maggie Wylie）二十五歲，面貌平庸卻討人喜愛，慧黠無比卻潛斂鋒芒，嫁的是一個比她小而亟思在政界有一番大作爲的丈夫。但他欠缺才華，寫的演講稿都相當蹩腳，每一次都是靠太太偷偷修改，才不致貽笑大方，得以在政壇上一帆風順。直到最後一刻，他才知道一直是那個他的仰慕者和謙遜傾聽者在幫他的忙。但梅姬不只挽救了丈夫的事業，也挽救了他的尊嚴和婚姻：因爲知道丈夫忍受不了別人的幫忙，梅姬安慰他說，她所做的不過是每個妻子的份內事，是「每個女人都知道」的責任。值得注意的是，巴里也是名劇《彼得潘》（*Peter Pan*）的作者。此劇的主角彼得潘是個永遠不會長大的小孩，人生中的唯一女人就是母親。所有現代「女強人神話」的源頭都不用到別處找了。

不管維多利亞時代的主流意識形態是什麼，區隔男女領域的理念從來沒有完全落實。沒有錯，隨著中產階級的財富在拿破崙戰爭以後的與日俱增，把女性排除在職場外的主張變得愈來愈有道理和受到愈來愈多家庭奉行。下至維多利亞女王主政的最後，布爾喬亞男人，哪怕收入不是很穩定的那些，都已經可以自信滿滿去鼓吹這種主張了。一八八三年，還是個窮醫生的弗洛依德在寫給未婚妻瑪爾塔・貝內斯的信中，對J・穆勒剛譯成德文的《論女性的屈從地位》一書表示異議。他說，穆勒爲被壓迫的女性請命、認爲應該讓她們自食其力的主張也許有道理，但他卻忘了，女性在家裡的工作已經夠多的了。另外，J・穆勒也忘了騎士精神。「任何女孩，即便她們沒有擁有投票權或法律地位，但只要是有一個男性親吻過她的手以及勇於去爭取她全部的愛，她都一定會告訴穆勒先生，他想錯了。」畢竟，「上天已經透過賦予女性美麗、迷人和溫柔這些特質而決定了她們的命運。」㉗在這方面，史尼茨勒的思想也不比弗洛依德進步。當瑪麗・賴恩哈德向史尼茨勒表示想重回職場時（當時兩人住在一起），他的反應是威脅說要跟她分手。因此，這兩個男人固然都有非傳統的一面，但也有著布爾喬亞的一面；也沒有證據顯示他們為此感到困擾。

在此同時，隨著醫學這一類專業的茁壯和大量生產產業的出現，也讓一行又一行的女性從業員人數銳減。以接生這種歷來都是由女性所壟斷的行業為例，早在十八世紀，隨著男性開始加入這一行（他們只因為是男性就更受青睞），女性就不能不有所妥協。但到了維多利亞時代，名聲早已搖搖欲墜的接生婦更是受到了來自醫學界更強烈的競爭與反對。在法國和普魯士，她們都是要處於國家的監督之下，而自十九世紀中葉一些接生訓練學校建立起來以後，她們的日子只有在英國才好過一些——英國經過幾十年的激烈辯論後，才在一九〇二年把接生工作置於官方監督下。

同樣的，大型百貨公司在十九世紀中葉之後的興起也讓小商店變得難以為繼。這些小店通常都是由夫妻共同經營，他們原指望可以靠老街坊和老客戶的光顧維持下去，卻經常以失望告終。關門大吉後，這些小商店的老闆娘別無選擇，只能投入廣大的傭人勞力市場。在大企業，可望晉升到管理階層的女性當然是屈指可數的。體面婦女想就業的話只有三個選擇（至少一八六〇年代以前是如此）：當老師、家庭女教師和作家——後者有時可以帶來可觀收入。

一八九三年，德高望重的義大利犯罪學家隆布羅索（Cesare Lombroso）在巴黎的《期刊導覽》（*Revue des Revues*）爲文談論女性與天才和才智的關係，而因爲連這麼大名鼎鼎的人物（不完全是浪得虛名）也認爲女人低男人一截，我們就可以知道那些渴盼進入職場的女性要面對多大困難。隆布羅索首先否認，女性之所以無法在繪畫、音樂、文學和哲學上大放異采，純粹是因爲受到男人的歧視。「一個無可辯駁的事實就是，在所有脊椎動物中，雌性的能力都要低雄性一截。」㉘他認爲這個道理不只適用於昆蟲或鳥類，也適用於人類。女性體重比男性輕，智能也不如男性。她對性慾和痛苦較爲痲木，因此不可能成爲大詩人或藝術家；她天性保守，所以期望女性會有任何種類的創新乃是緣木求魚。

隆布羅索也承認有一些女人天賦很高，像喬治桑、羅莎·邦賀（Rosa Bonheur）（譯註：十九世紀法國女畫家和雕塑家）、喬治·艾略特就是個中例子，但她們無一可到達米開朗基羅或牛頓的高度，而且，以上三位女性比很多男性都要男性化——看看她們的長相和聽聽她們的聲音就可以知道！儘管如此，在一些不那麼需要氣力的領域，她們還是可以表現得很不錯：她們可以成爲優秀的老師，甚至醫生。隆布羅索指出，在俄國有六百名女醫師，在美國有大約三千個。換言之，受過教育而又想外出工作的女性是不需要絕望的——只要她們不要奢望成爲天才。這不能說是個很大的讓步，但隆布羅索至少沒動用到那個傳統的論證：女人之所以不適合接受高等教育，是因爲每月一次的月經會讓她們完全癱瘓好幾天。

儘管有這一類出於男性焦慮的理論，但把婦女排除在職場之外的各種經濟和社會力也會反過來提供她們就業的機會，儘管受益者主要是中產階級下層的女性。新的行業、新的工業、新的銀行、新的政府機關都需要多得前所未有的雇員，但不是什麼隨隨便便的雇員，而是需要識字和能算數、外貌和儀態都尚可的。最能符合這種條件的是小布爾喬亞女性。電話與打字機一類的十九世紀新發明都需要操作員，這進一步把女性推向勞動市場。十九世紀中葉英國人口普查所顯示的女性就業人口還少得可以忽略不計，但在一九一一年的普查裡，七十三萬九千名的總就業人口中卻有十五萬七千名是女性，即佔了百分之二十一。在這場小型革命裡，美國的數字更加搶眼。在一八五九年，華盛頓聯邦政府的行政部門一共雇用了一千兩百六十八人，清一色是男性；到一九〇三年，這個數字增加了二十倍，也就是兩萬五千六百七十五人，其中四分之一（亦即六千八百八十二人）是女性。㉙任何老實的上司（當然清一色是男人）都必然會承認，這些女性雇員常常異常能幹，而且不只勝任一些程序化的工作。換言之，男性終於發現女性是有大腦的。

但在一個又一個國家，對中產階級下層婦女所開放的機會並不是沒有雜質的。她們會受到歧視，而這種歧視是內建在由男性制定的薪資結構裡的：女性的薪水幾乎一定比男同事低，往往甚至比職位不及她們的男性少。這個現象，連公正的上司也改變不了。在美國，政府女雇員幾乎一律是被任用爲低等的「抄寫員」，年薪九百美元，哪怕她們實際負責的是年薪一千六百美元的「文員」工作。㉚各國女教師的薪資反映出同樣的男女不平等，這一點會引起女權主義者的抗議是很自然的，但她們的抗議總是徒勞。唯一的罕有例外是在巴黎百貨公司的女售貨員，她們的薪水連紅利加起來有時可達每年三千法郎——一筆勉可維持獨立生活的收入。早在十九世紀中葉，一些有見地的女權運動支持者就已指出，女性想要提升地位，更好的辦法是爭取接受高等教育的機會，而不是爭取投票權。這是想要當教師、行醫、甚至獲得管理階層低階職位的不二法門。

四

從十九世紀初開始，對工作的理想化讓許多良善的布爾喬亞在面對貧窮勞工的處境時感到不自在。工作的理念只爲社會中少數人秉持的事實就夠讓他們困擾的了。對不勝數在工廠或辦公室裡工作的人來說，這種理念只帶來了強加的新習慣和新壓力：雇主要求他們接受更嚴格的工作紀律。他們被要求準時和固定的出勤，更專心工作，接受一些陌生的常規程序，而這一切，都是和歷史悠久的傳統習慣相衝突的。在小型的作坊（這種作坊在整個十九世紀都是法國的大宗，而在高度工業化的英國，它們也有幾十年時間是大宗），雇主和雇員因爲彼此熟悉，所以還能保持一種人性的關係。但在大型工廠，工人卻被化約爲一雙雙「手」（hands），基本上是匿名的，是幾乎可以互相取代的單位。工業秩序的嚴苛性還入侵到工人的居所（破敗的郊區或都市的貧民區），因爲在家裡工作的工人——如女縫紉和刺繡工，後者讓人想起史尼茨勒的情婦珍奈特——都必須繃緊神經、拚命工作，才可望把接到的訂單給做完。

同樣讓那些沒有被追求利潤或傳統偏見蒙蔽眼睛的布爾喬亞感到困擾的是，工廠裡的環境絕不是牧歌式的。沒有錯，要經過好些年時間，一般的布爾喬亞才多少了解到工人階級家裡是什麼樣子和工作環境有多麼糟。其中一個讓他們這樣無知的原因是那些偏袒工廠主的宣傳家的生花妙筆。晚至一八七〇年代，被認爲無所不知的德國首相俾斯麥還覺得有必要進行這方面的調查，因爲除了一些工業家的片面之詞以外，他對這方面所知無幾。一般大衆就更不用說了，在一片混雜著內疚感、防衛心理、紆尊降貴感和憑空猜想的氣氛中，他們自是容易被一些誇大工作機械化好處的宣傳打動：這些宣傳歌頌的不只是工廠工作帶來的經濟利益，也歌頌它所帶來的歡樂。

這一類文獻在今天讀起來會讓人覺得不可思議，但在當時，它們卻是對工廠系統五花八門的觀點的一個基本部份。枉顧這種種不確定性將會無法公允對待當時各種遍見的心理狀態——有些人搖擺，有些人獨斷，有些人無知。隨著大規模生產白熱化而來的是一籮筐的棘手問題（如工人的健康、住屋、工資問題等等），而它們都不是傳統的補救機制（主要是地方性的慈善團體）可以解決於萬一的。無疑，自利心理和階級偏見都是衝突的源頭。但它們絕不是工業家、說教士或議會議員的唯一動機。宗教和哲學上的信念——它們有時固然只是一種托詞，但不一定總是如此——也可以同樣左右一個議員或報紙主編的立場。

還有不少社會運動困擾著這個時代（如反奴隸制度運動），它們帶給改革者的除精神上的利潤以外別無其他。儘管如此（或者說正因爲如此），一些熱情充沛的理論家把它們放在他們政治日程表的顯著地位。不過，當問題涉及現代資本主義的利弊時，最主要的觀察者（如果他們是誠實的話）都會承認，他們對於自己的理念是不是切合實際毫無把握。對改革家而言相當不幸的一點是，十九世紀初期在政治經濟學家之間最具影響力的那些理論，似乎認爲政府對自由市場的任何干預都會適得其反。比方說，如果政府立法調高薪資和扶病濟老，只會導致物價的升高和不適者生存。面對這種兩難式，具有人道心靈的人要怎麼辦呢？

由於英國是建立工業秩序的先鋒，而且是四鄰競相仿效的對象，因此，看看它怎樣回應這個經濟的美麗新世界（brave new economic world），應該很有說明作用。在英國，對工業新秩序最熱情的辯護士當非尤爾（Andrew Ure）莫屬。他是研究英國棉紡工業的歷史學家，這方面的知識相當淵博。一八三五年，他出版了一本雄心勃勃的著作《工廠哲學》（*The Philosophy of Manufactures*）。他在書名頁放上他的醫學學位、皇家學會的會員資格以及各種其他頭銜。這本書詳細考察了工業體系的每一個部份，其中有一個部份討論到所謂工廠的「道德經濟學」（moral economy）。尤爾是個超級樂天派，不遺餘力去宣傳「生理—機械科學所賜給社會的福祉」㉛。他聲稱自己曾突擊走訪過「很多工廠」，而結果讓他相當滿意：「我從來沒有看過一個孩子受虐待或者受體罰；也沒有看過孩子們情緒不好。他們看上去都很快活、很機靈，對他們肌肉的輕微活動感到愉快，充分享受著適合他們年齡的活動。」他也發現觀看童工工作是愉快的事：「看一看走車退回的時候，他們怎樣靈巧地接上斷頭；看一看他們用自己纖巧的手指活動了幾秒鐘之後，怎樣在空閒的幾秒鐘內採取各種姿勢玩耍著，直到把線抽出來又繞上爲止，那是非常令人愉快的。」他說這些「活潑的小鬼」視工作爲「一種遊戲」，而且他們也「意識到自己的靈巧，很願意把它秀給每一個參觀者看。」他們也沒有因爲一天的工作而筋疲力竭，「因爲他們一走出工廠，就在最近的一個遊樂場上跳跳蹦蹦地玩起來，和剛從學校裡出來的孩子沒兩樣。」㉜這麼說工廠簡直就是遊樂場嘛！奇怪的是那些「小鬼」怎麼會沒有一大早就在工廠大門外排隊，哀求讓他們早點進去？

十年後，恩格斯在《英國工人階級狀況》（*Conditions of the Working Class in England in 1844*）一書中，以不下於尤爾謳歌工廠生活的熱情去揭發那是一個多麼荒涼的地方。他引用了我們上面引述的每一句話，把尤爾的無知、斷章取義和「恬不知恥」㉝狠狠諷刺了一番。但這種否證並未讓後來與尤爾持相同觀點的宣傳家閉嘴。不管是否讀過《工廠哲學》，他們的言論讀起來就像是尤爾的回聲。晚至一九○四年，法國醫生費雷（Charles-Féré）還在他的《工作與快樂》（*Work and Pleasure*）一書中，取笑那些想要限制工時的極端份子：「社會主義者的理想是把一天的工時一減再減，有鼓吹減爲八小時的，有鼓吹六小時的（瓦利恩特〔Vaillant〕），有鼓吹四小時的（海因德曼〔Hyndman〕），有鼓吹三小時的（拉法爾格〔Lafargue〕），有鼓吹兩小時的（拜因施多夫〔Beinsdorf〕），有鼓吹一個半小時的（茹瓦爾〔Joire〕）。他們企圖向我們顯示，工作乃是罪惡之尤。」他呼籲讀者要謹記，沒有任何機器是可以讓人類完全免於工作的。費雷醫生又為托爾斯泰工作是快樂生活源頭之說背書，堅稱人「只有透過工作才會獲得快樂」，而因為工作代表快樂，所以「**不工作**代表不快樂」。㉞費雷醫生相當傳統的認定，工作與否或是從事何種工作，是一個人可以完全自主決定的。布爾喬亞與勞工階級對工作的看法，很難找到較此更大的差距了。

這種差距也幾乎沒有因為那些研究工作與韻律的專技研究的出現而告減少（這一類研究在費雷醫生出版《工作與快樂》時在市場達到飽和）。儘管這些研究的語氣是專業、冷冰冰的，卻掩蓋不住一個事實：工廠工作總是單調乏味的，對人的個性深具殺傷力。亞當·斯密早在一世紀以前就提出過類似的警告。但在一八九七年，卻有一位德國醫生比歇爾（Karl Bücher）反過來主張：「正是工作的單調可以為人帶來最大的裨益——」這是一句讓人目瞪口呆的話，不過他馬上就補充說：「只要身體動作的韻律是他可以自己決定和可以隨時喊停的。」㉟這個補充，固然挽救了他上一句的胡說八道，卻也摧毀了它可能具有的任何實質意義。

既然有這種自鳴得意的作品，那美國作家甘尼特（William Gannett）會在一八九〇年寫出一篇〈頌讚歸於苦工〉（*Blessed be drudgery*）這麼輕鬆的文章就沒有什麼好奇怪了。文中，他宣稱一切工作，哪怕是最單調無聊的苦差事，都是讓人愉快的。難道工作不是最好的施教者嗎？「**我每天的份內事**，不管內容是什麼，**就是對我最主要的教育**。與它所能給予我的相比，其他所有的教養都只是奢侈。」他宣稱，要當偉人不難，只要做到「秩序、勤奮、耐性、忠實——而這一切，都是你和我本來一直在做的。把錢存到銀行儲蓄起來，做好學校裡的算術題，保持農田興旺、房子乾淨、桌子整潔。」相對之下，特殊的才智和知識並沒有那麼重要，更重要的是「我做了多少我懂得做的事。」因此，他輕快地下結論說：「對苦工唱句哈利路亞吧：**頌讚歸於苦工**，那是我們唯一少不了的！」㊱他當然是對的，但理由和他所想的不同：有數以百萬計的人之所以少不了苦工，是因爲不想餓肚子。

即使不知道作者的名字，我們也可以確定只有一個人能說出這樣的話。不過，在一個嚴肅許多的脈絡下，從十九世紀晚期起，資方開始對所謂的「科學化管理」（scientific management）感興趣。發明這個新詞的人是泰勒（Frederick W. Taylor）。一八八〇年代初，他在賓夕法尼亞州的米德瓦爾鋼鐵公司（Midvale Steel Company）當工長（foreman），期間對怎樣才能提高工人操作機器的效率作了科學的分析。接下來二十年，泰勒和他的追隨者對時間與動作的研究洋洋大觀，而工廠主也根據他們的結論重新設計器材與安排工序。在某些方面，工人確是從這一類對追求更高產能的研究中受惠，因爲它們對照明、乾淨的注重，讓工人的工作環境有所改善。另一方面，工會人士對這種改善卻抱著狐疑的眼光，認爲這只是資方想要提供產能而又不願提高薪資的伎倆。換言之，儘管語氣和精準度有所不同，但十九世紀晚期工廠工人的處境，與尤爾筆下那些歡快的「小鬼」所面對的並無多大不同。

五

尤爾會拿著筆記本一家一家工廠逛，並不是爲了在低下階層中間尋開心，而是爲了推進他的一個政治觀點（嚴格來說是兩個）。用現在的說法，他是要投入於「打擊工會」（union bashing）的工作和反擊他所謂的「反對工廠的議會十字軍」。㊲他對大型政府的憎惡不亞於對工會的痛恨，認爲兩者都是全然的惡，但相較之下，後者是個更大的威脅。特別惹惱尤爾的是「十小時法案」（Ten Hour Bill），他認爲那是忘恩負義之徒與不滿份子的陰謀。

但這些忘恩負義之徒與不滿份子卻在議會裡找到支持者。一位論派信徒與聖公會新教徒結成了一個聯盟，與其他有人道心靈的議員攜手一道，致力於消除貧民窟、童工和過長工時這些社會之瘤。一八三二年，聖公會議員薩德勒（Michael Sadler）在下議院提出「十小時法案」的提案；翌年，一個由他主持的專案委員會向下議院提交一份有關童工的報告，裡面引用了大量傳聞軼事說明童工生活的陰暗悲慘。這份報告受到報紙的大幅報導，也引起人們議論紛紛。但隨後成立的一個皇家調查委員會——它較偏袒資方——卻認爲薩德勒的調查方法問題多多，結論偏頗。就連恩格斯在十二年後回顧這份報告時，也認爲那是「工廠制度公開的敵人爲了黨派利益而做的十分不公正的報告。」㊳然後，在一八三三年，經過連番斡旋和多次修改後，議會以兩百三十八票對九十三票的比數通過了一項限制童工工時的法案，但成年工人的工時卻維持不變。儘管如此，這項「工廠法」（Factory Act）還是深具意義，因爲誠如恩格斯指出的，此法實施後，「幾種最驚人的禍害幾乎完全絕跡了。」㊴這是英國第一個嚴肅正視工業資本主義後遺症的表現。法國在一八四一年跟進，立法禁止工廠雇用八歲以下的童工，對這個歲數以上的童工工時亦有所限制。雖然事後證明法國這項立法很容易規避，但它至少反映出，人們已經意識到吃苦、不識字和不信神的小孩愈來愈多的事實。有「我們必須爲此做些什麼」想法的人也愈來愈多，儘管這種想法不一定會帶來具體的結果。

一八三三年「工廠法」的通過，事實上是以犧牲十小時工時的理想取得的，後者要到一八四七年才被寫進法典裡。但尤爾不但沒有爲這個勝利感到高興，反而對投票結果深感失望。「所有熱情的心靈都肯定會對這個結果感到驚訝，」他抱怨說：「因爲下議院竟然有九十三位議員投票贊成，任何已經是成年人的工匠一天不應該工作超過十小時——這種對子民自由的干涉，沒有任何基督教世界（Christendom）的立法者敢於片刻支持。」⑳他又嘀咕，工人不但對穩定的雇用和優厚的工資不思感激，反而因爲無知和善妒，輕易受「高明的煽動家」㉑所欺騙；工人在議會裡的捍衛者也沒有好到哪裡去，他們對工業世界所揭開的美麗前景了無所知。

恩格斯也對投票結果失望，理由卻剛好相反。在評論成爲立法基礎的第二份報告時，他指控說，它反映出「工業布爾喬亞對待工人的態度是如何令人憤怒和冷酷無情，表明了整個卑鄙的工業剝削制度是怎樣毫無人性。」㉒他又指出，「工廠法」儘管第一次建立了工廠檢查官的制度，本質上乃是一種手腕高明的騙術：「人們所關心的只是使布爾喬亞的野蠻的利慾蒙上一種僞善的文明的形式，使工廠主由於這項法律的限制，不再幹出太露骨的卑鄙勾當，以便使他們有更多的騙人理由來吹噓他們的虛僞的人道主義——事情不過如此而已。」㉓這就怪不得對馬克思的這個他我（alter ego）（譯註：指恩格斯）而言，所有布爾喬亞都是一模一樣的壞蛋，而「工作的福音」則是他們典型流露：表面虔誠，骨子裡是個奴隸督工。

但這種看法會引起一個疑問：減少貧苦大眾的原動力從何而來？由於通曉以迄一八四四年爲止的整部英國立法史，恩格斯知道，主張所有改革都只是出於一些不可解釋的偶然原因是站不住腳的。另一方面，因爲深信「作爲**一個階級**的布爾喬亞」注定滅亡，所以他只願把改革的功勞歸功於一些個人：一小批有慈善心腸的布爾喬亞，特別是「半德國人半英國人的湯瑪斯・卡萊爾」——恩格斯認爲他「比所有英國資產者都更深刻地了解到社會混亂的原因。」對恩格斯而言，「布爾喬亞內部形形色色的部門、分支和派系，」——這種複數現象一直是我這本書的核心主題——「僅僅具有歷史和理論的重要性。」㊹

恩格斯把事情打發得太輕鬆了，任何把本書從頭一路讀下來的讀者都應該已經知道，很多時候，以複數的方式來看待中產階級，要比把他們視爲幾乎同質的一群來得更有解釋性。另外，把所有改革的反對者一律斥爲貪婪、邪惡、心懷鬼胎的人也不公平。事實上，支持和反對「十小時法案」的兩造內部差異是很大的，而這反映出，當時人在辯論資本主義的涵蘊時——這種辯論稍後會在德國、比利時、法國和美國再次上演——是被一種深深的惶惑感所籠罩的。

「惶惑」是個貼切的形容。維多利亞時代人不懂而有待學習的事情太多了：投資的風險、公司的法律責任、政府干預市場的後果等等。不是每一條鐵路線、每一項新產品或每一家百貨公司都保證賺錢。失敗的事例比比皆是，而一項事業或一家銀行的破產往往會帶來哀鴻遍野。經濟學家的預測有時會錯得離譜，智者有時不智，政治家則身處一片漆黑之中。機械、運輸和金融上的創新無可避免都會爲投機和不法行爲大開方便之門。不過誠如我在本書裡一再強調的，十九世紀是一個一切都在快速變遷的時代，要求人們作出中庸或明智的判斷是太苛求了。那些負責決策的人在帶領大衆通過未經探索的地貌時，大多數時候手上都是沒有地圖可資參考的。大部份尤爾的保守派同道都覺得他爲自由英國子民的權利辯護合情合理。舊的系統讓大部份經濟決策權落在這個國家超過一萬五千個教區（parish）的手裡，這樣混亂的結構遲早會垮下來當然是用不著說。然而，它看來卻是一道可以防止中央集權的防波堤——這種主張，讓人道的立法有好幾十年時間屢遭挫敗，而且不單是以英國一地爲然。

談論資本主義的時候，我們常常太把注意力放在階級衝突上而忽略一個事實：在資本主義所製造的傷員中，爲數不少是資本家。我這裡所說的「傷」，並不是指金錢或社會地位上的「傷」，而是指心理上的「傷」。這些還能走路的傷者包括了閒不下來的金融家、企業主、經理人、店東，他們像是得了強迫症似的不停工作，沒有所謂的假期或退休。老赫什孔在一八三〇年代就提醒過兒子不要犯這種毛病。容我再一次引用韋伯：

他在二十世紀初說過，現代的資本家是被關在一個「鐵牢籠」裡的。賺錢本來只是手段，但對這些人，手段卻變成了目的。他們這種「不守安息日的財富追求」（J・穆勒語）乃是一種心理扭曲的反映。

在她一本較不那麼著名的小說《工作：一個經驗的故事》（*Work: A Story of Experience*）中，露易莎・阿爾柯特（Louisa May Alcott）（譯註：英國女作家，以小說《小婦人》聞名於世）以簡潔有力的筆觸描述一個年輕女子怎樣下定決心，要逃離她雜活纏身的生活、逃離單調乏味的新英格蘭農村家鄉：「我禁不住覺得，一定有一種生活勝過我現在的生活——一種枯燥的生活，只有無窮無盡的工作，除賺錢餬口以外別無目的可言。我不能爲了餵飽肉體而讓靈魂挨餓。」㊺這是一個年輕理想主義者的心聲，她想要尋找可以讓她逃出鐵牢籠的職業。值得指出的是，斯邁爾斯先生也是盲目物質主義的一個熱情批判者。他在《自助》一書中曾經警告：「聰明人最應該戒愼的，是不要養成積聚的習慣，這種行爲，對打拚的年輕人來說是必要的，但在老年人卻會演變爲貪婪；它對前者來說是責任，對後者卻有可能變成一種惡德。」他認爲，「從商的人太易犯的一種毛病就是不知不覺中養成一種機械化的性格；商人往往會墨守成規，眼光看不遠。」這一類人很容易辨認：「撕去他們一頁記事簿，就好像要他們命似的。」斯邁爾斯先生承認，這一類人雖然缺乏崇高的心靈和良好的品格，卻未嘗不能過得好好的，但他還是認爲那不是值得

效法的榜樣：「沒有錯，金錢是一種力量，但學識、公共精神和道德操守同樣是力量，而且是高貴得多的力量。」㊻

如果連這位鼓吹自助的先知都認爲有必要提醒讀者，不是每一種成功都是好事，那這個問題就不可等閒視之了。簡單來說，成功是有它自己的失敗的，而工作的福音也有它的種種侷限性。隨著愈來愈多維多利亞布爾喬亞擁有愈來愈多的閒錢和餘暇，他們對斯邁爾斯先生的告誡也愈在意。在他們的世紀，工作的理念逐漸受到休閒的理想互補。十九世紀中產階級花在參加音樂會、參觀畫展和上劇院的金錢和時間都是多得前所未有的。

註釋

①布爾喬亞的工作觀是個無比重要的歷史課題，但這方面的研究並不多。*The Oxford Book of Work*, ed. Keith Thomas（1999）是一本讓人動容的文選；*The Historical Meaning of Work*, ed. Patrick Joyce（1987）是一部精緻、紮實的伴讀。有關中產階級的職業婦女，Priscilla Robertson, *An Experience of Women: Pattern and Change in Nineteenth-Century Europe*（1982）提供了一份豐富的比較清單。更專門的是 Lee Holcombe 的 *Victorian Ladies at Work: Middle-Class Working Women in England and Wales, 1850-1914*（1973）。Cindy Sondik Aron, *Ladies and Gentlemen of the Civil Service: Middle-Class Workers in Victorian America*（1987）揭示了婦女在職場所受的持續

歧視。有關工業社會中的工作社會學，Everett C. Hughes, *Men and Their Work*（1958）有許多紮實的觀察。對於現代各種專業的研究，*Professions and the French State, 1700-1900*, ed. Gerald L. Geison（1984）是一部有價值的論文集。Rudolf Braun, *Sozialer und kultureller Wandel in einem ländlichen Industriegebiet.（Zürcher Oberland）unter Einwirkung des Maschinen-und Fabrikwesens im19. und 20. Jahrhundert*（1965）是一部經典，而雖然它的論述集中在工廠工人，仍然是我們了解十九世紀的工作世界（包括了布爾喬亞的工作世界）所不可缺的。

② A.S., November 17, 1879, *Tagebuch*, I, 13.

③ Jerome K. Jerome, *Three Men in a Boat（To Say Nothing of the Dog）*（1889; American ed., n.d.）, 220.

④ Thomas Carlyle, *Past and Present*（1843）. *Chartism* and *Sartor Resartus*（1848）, 198 [book III, ch. 11].

⑤ Carlyle, *Sartor Resartus*（1836; ed. Kerry McSweeney and Peter Sabor, 1987）, 126 [book II, ch. 7].

⑥ Ibid., 149 [book II, ch. 9].

⑦ August Friedrich Hirsekorn to Carl August Hirsekorn, March 31, 1833, "Meine Lebenserinnerungen," typescript of handwritten memoirs, Landesarchiv Berlin, E Rep. 300-20, no. 51.

⑧ Thomas Johann Heinrich Mann, last will. Donald Prater, *Thomas Mann:A Life*（1995）, 11.

⑨ Thomas Mann, *Buddenbrooks*（1901）, part 9, ch. 2.

⑩ François Guizot, to the Chamber of Deputies, March 1, 1843. A. Jardin and A. J. Tudesq, *La France des notables. L'Evolution générale, 1815-1848*（1973）, 161.

⑪ Theodore H. Munger, *On the Threshold*（1880; 15th printing, 1885）, 4.

⑫ A. Magendi, *Les effets moraux de l'exercice physique*（1873）, 209, 211.

⑬ Theodore Roosevelt, "The World Movement"（1910）, in *The Works of Theodore Roosevelt*, ed. Hermann Hagedorn,

20 vols.（1926）, XIV, 275.

⑭ Theodore Roosevelt, *An Autobiography*（1913）, 57.

⑮ Horace Mann, *A Few Thoughts for a Young Man. A Lecture, Delivered Before the Boston Mercantile Library Association, on Its 29th Anniversary*（1850）, 48-49.

⑯ Michele Cammarano, *Idleness and Work*, illustrated in Robert J. M.Olson et al., *Ottocento: Romanticism and Revolution in 19th-Century Italian Painting*（1992）, 174.

⑰"A Proper Use of Time," *Gay's Standard Encyclopaedia and Self Educator Forming a Household Library*, vol. I（1883）, 39.

⑱ Samuel Smiles, *Character*（1872）, 97.

⑲ Keith McClelland, "Time to Work, Time to Live: Some Aspects of Work and the Re-formation of Class in Britain, 1850-1880," in *The Historical Meaning of Work*, ed. Patrick Joyce（1987）, 184.

⑳ Thorstein Veblen, *The Theory of the Leisure Class*（1899; Modern Library ed., 1934）, 40.

㉑ Hermine Kiehnle, *Kiehnle-Kochbuch*（1912; ed., 1951）, 637.

㉒ Beeton, *Book of Household Management*, 964.

㉓ Ibid., 1001.

㉔ Anon., fragment of a diary（1880）, Vol. 12, box 1, Diaries, Miscellaneous, Yale—Manuscripts and Archives.

㉕ Thomas Hughes, *Tom Brown at Oxford*（1861; ed., 1889）, 478.

㉖ E. Lynn Linton, "The Girl of the Period"（1868）, in Linton, *Modern Women*（1888）, 30.

㉗ Freud to Martha Bernays, November 3, 1883. Ernest Jones, *The Life and Work of Sigmund Freud.* vol. I, *1856-1900:*

The Formative Years and the Great Discoveries（1953）, 176.

㉘ Cesare Lombroso, "Le Génie et le Talent chez les Femmes," *Revue des Revues*, VIII（1893）, 561.

㉙ Aron, *Ladies and Gentlemen of the Civil Service*, 5.

㉚ Ibid., 74-75.

㉛ Andrew Ure, *The Philosophy of Manufactures: or, An Exposition of the Scientific, Moral, and Commercial Economy of the Factory System of Great Britain*（1835）, 7.

㉜ Ibid., 301.

㉝ Engels, *Condition of the Working Class in England in 1844*, 169.

㉞ Charles Féré, *Travail et plaisir, Nouvelles etudes expérimentales et psychoméchaniques*（1904）, 2, 3, 15.

㉟ Karl Bücher, *Arbeit und Rhythmus*（1897; 2d ed., 1899）, 366.

㊱ William C. Gannett, "Blessed be Drudgery," *Blessed be Drudgery; and other Papers*（1890）, 8, 11, 12.

㊲ Ure, *Philosophy of Manufactures*, 305.

㊳ Engels, *Condition of the Working Class in England in 1844*, 170.

㊴ Ibid., 173.

㊵ Ure, *Philosophy of Manufactures*, 297.

㊶ Ibid., 279.

㊷ Engels, *Condition of the Working Class in England in 1844*, 172.

㊸ Ibid., 173.

㊹ Ibid., 293-94n.

㊺ Louisa May Alcott, *Work: A Story of Experience*（1873）, 10.

㊻ Samuel Smiles, *Self-Help*（1859; 1860）, 289.

第8章

品味方面的事情①

Matters of Taste

維多利亞時代文化生活最讓人驚訝的事實，
乃在於品味的分歧多樣性，
它們基於藝術市場的需要
而緊張、不穩定地並存在一起。
原地踏步的布爾喬亞與大膽創新的
探索者之間的界線是千瘡百孔的。

一

一九〇八年十二月，史尼茨勒跑去聽羅莎四重奏樂團（Rosé Quartet）所演奏的《作品 221
第十號》（opus 10），那是荀白克第二首也是最新一首四重奏，是他對無調性音樂的一
個革命性實驗。該年稍早，荀白克在爲《空中花園》（*Book of the Hanging Gardens*）——改
編自格奧爾格（Stefan George）同名詩集的樂曲——所寫的節目解說中曾經宣稱，他已經
「打破了一種過去審美觀的全部的侷限性」，而他的《作品第十號》對調性的顚覆也不
遑多讓。史尼茨勒在日記裡記道，在演奏的過程中，聽衆曾出現過一陣「騷動」，又評
論說：「我不相信荀白克。我馬上就聽得懂布魯克納（Bruckner）、馬勒——難道這一次
我聽走耳了嗎？」②因爲對前衛藝術抱持開放態度，所以他願意再考慮一下問題是不是
出在自己本身。不過，他很快就把他無法欣賞無調性音樂的原因歸咎於作曲家本人。一
九一二年，他以晚宴款待羅莎四重奏樂團和瓦爾特夫妻，席間進行了「有關音樂問題的
熱烈談話；（談了）荀白克和其他騙子。」③史尼茨勒認定，荀白克不是現代主義作曲 222
家，只是贗品。

他對前衛性繪畫的反應同樣明確和同樣具說明性。一九一三年一月，他在日記裡記

錄了他與別人一番有關「現代藝術的使命」④的兩小時談話。一個月後，他到慕尼黑短暫一遊，有機會親身作出判斷。他參觀了現代畫廊（Modern Gallery）爲畢卡索（Picasso）舉行的個展。「早期的畫作不同凡響，」他寫道，不過接著馬上補充：「〔但我〕激烈抗拒他當前的立體主義。」⑤但史尼茨勒的抗拒顯然不夠強，因爲兩年後畢卡索的作品在維也納展出時，他還是再去觀展。奧地利和德國的現代主義畫家帶給他的觀感同樣歧異。一九一三年聖誕節期間，他參觀了一個畫展，找到一些「賞心悅目的東西：克林姆（Klimt）、李卜曼（Max Liebermann）〔的畫〕。」但畫展裡也有些「自命不凡的騙子」⑥（史尼茨勒顯然很喜歡指控他不懂的藝術家爲騙子），其中一個是施勒（Egon Schiele）——一位傑出的畫者和不饒人的人體研究者。史尼茨勒固然隨時準備好擴大自己的審美眼界，但不是擴大到無限。

我們很容易會想要把史尼茨勒對荀白克、畢卡索或施勒的懷疑解釋爲一種時代性對抗的反映：十九世紀對二十世紀的抗拒。不管是在繪畫、雕刻、詩歌、戲劇、小說、音樂、建築的領域，所有藝術都處於一片鬧嚷嚷的氣氛。但只有一小批狂熱份子是全心擁抱現代主義的，因此，史尼茨勒無法吸收畢卡索的最新作品不足爲奇。自十九世紀中葉以後，一個厭倦了恪守成規傳統學院派油畫的收藏家也許會對巴比松畫派（Barbizon Schoo-

）的水彩畫感興趣，他卻會嫌印象派太漫不經心，甚至邋遢；而一個印象派的鍾愛者則會嫌後印象派作品原始和混亂；換成梵谷（Van Gogh）的仰慕者則會否定康丁斯基的抽象畫，認爲那只是一種哄騙好騙大眾的投機取巧——一如史尼茨勒覺得荀白克的新音樂對一個嚴肅的音樂愛好者來說是一種欺詐。只有在需要痛擊他們共同痛恨的布爾喬亞時，各個前衛藝術家才會聯合起來，形成同一陣線。除開這些可以向俗人開火的機會，他們就會熾烈強調自己的個體性。像是高更（Gauguin）就指責印象派畫家仍然綁手綁腳，沒有把全部的視覺可能性開發出來，而蒙德里安（Mondrian）（譯註：荷蘭畫家，風格派運動幕後的主要藝術家之一，也是非具象繪畫的創始者之一）則批評畢卡索未能「進步」到完全抽象的高度。一個畫家的藝術想像力在另一個畫家看來只是無骨氣的表現。

因爲低估了這些複雜性，歷史學家常常都很簡單地把維多利亞時代人的品味紛爭，概括爲傳統繪畫與現代主義繪畫兩個陣營的對決。但事實上，維多利亞時代文化戰爭的前沿線從來不是這樣一刀切的。很多時候，對於某種新興繪畫或音樂風格的爭論，往往發生在三造、甚至更多造之間。也有些前衛藝術家私心竊願成爲體面布爾喬亞的一員。以馬奈（Edouard Manet）這位現代主義繪畫偉大先鋒爲例，他的最大心願是獲得一枚榮譽勛位勛章（譯註：榮譽勛位是一八〇二年由拿破崙創立，目的在褒揚對法國國家及社會有卓越貢獻的民間或軍方人士）；反觀德國最著名的準印象派畫家李卜曼雖然是「柏林分離派」（Berlin Secession）的領導者，卻是徹頭徹尾的布爾喬亞，過的是最循規蹈矩的生活。到頭來，維多利亞時代文化生活最讓人驚訝的事實，乃在於品味的分歧多樣性，它們基於藝術市場的需要而緊張、不穩定地並存在一起。

簡言之，原地踏步的布爾喬亞與大膽創新的探索者之間的界線是千瘡百孔的。維多利亞時代中產階級藝術收藏家的名字要列成清單的話將會是一長串。這些梅塞納斯（Gaius Maecenas）（譯註：古羅馬外交家，著名的文學贊助人）的現代繼承人大多是富翁、富婆——但只是大部份，不是全部。第一批收藏塞尚（Cézanne）畫作的人絕對談不上富有，而且都是非傳統（各有各的非傳統）的布爾喬亞。第一個在店裡展出塞尚畫作的人是唐吉（Julien François Tanguy），他是個好心腸的巴黎藝術用品供應商，本身不富有，卻願意讓印象派畫家和後印象派畫家用畫來抵貨價，或是讓他們欠錢多年不還。他給塞尚畫作的標價相當保守：大張的一百法郎，小張的四十法郎，儘管如此，他前後賣出過的塞尚油畫只有一幅。

那個唯一的買家看來就是蕭凱（Victor Chocquet）。身爲巴黎海關人員，蕭凱的收入很有限，但他的收藏熱忱卻遠超過經濟能力，而他對塞尚的崇拜也是衆所周知的：不管是朋友、畫評家還是收藏家被他碰到，都會被他拉住，聽他大談塞尚。他常常流連在拍賣場，但因爲財力有限，每次喊價超過三百法郎左右就會打退堂鼓，只能等待下一次機會看看是不是可以碰到他買得起的畫。就像所有收藏家一樣，蕭凱多少是個偏執狂，但他卻不是單戀狂：除了塞尚的畫以外，他也會買德拉克洛瓦（Delacroix）、畢沙羅（Camille Pissarro）、莫內和雷諾瓦（Renoir）的畫。一八九一年過世時，他共擁有三十二幅塞尚的作品。

另一位同樣蒐集了三十多幅塞尚作品的塞尚迷是嘉舍醫生（Dr. Paul Gachet），他是心智失調和女性疾病的專家，在巴黎開診，除了與畫家爲友外，本身也是個有天分的業餘畫者。身爲政治左派又有慈善心腸，嘉舍醫生會爲窮人免費看診。爲嘉舍畫過肖像的梵谷稱他是個怪胎，而此語大概不假。例如，在各種時尚的療法中，他獨鍾水療法和同種療法（homeopathy），但他眞正怪的是對塞尚的狂熱。唐吉、蕭凱、嘉舍這三位收藏家，都是維多利亞時代那些財富不多但又具有強烈藝術熱忱的布爾喬亞的典型。

然而，基於事情的本質使然，最重要的收藏家還是那些有大筆餘錢可以花用的布爾喬亞。有錢的德國和俄國商人，曼徹斯特、巴黎、阿姆斯特丹、紐約和芝加哥的富翁都起而捍衛畫家，而且是用最實際的方法去捍衛。「當你手上有那個物質條件的時候，只有一個方法可以證明你喜歡一個畫家的作品：買下它們。」[7]劇作家小仲馬（Alexandre Dumas fils）在一八八〇年代打趣說。而富商巨賈也眞的這樣做了。一八五三年，一個有錢有閒而又熱中找人給自己畫肖像的銀行家之子布呂亞（Alexandre Bruyas）在巴黎沙龍

（Paris Salon）（譯註：此處指一年一度的巴黎美術展覽會）看到了庫爾貝（Gustave Courbet）的作品，驚爲天人，委託庫爾貝爲自己畫了三幅肖像畫，又買了好些他的其他作品，兩人後來還成了莫逆之交。十九世紀末前後，莫斯科富商休金（Sergei Shchukin）以一些當代俄國畫家的平凡作品展開收藏，卻在巴黎找到他的眞愛：梵谷、高更、塞尚。回到莫斯科以後，他開始收藏馬蒂斯（Matisse）的作品，成果豐碩；後來他甚至把顧客身分轉換爲贊助人的身分，並爭取到馬蒂斯的友誼，委託他爲自己的豪宅繪畫大型油畫。

再舉一個現代「梅塞納斯」的例子：在一九一〇年，柏林工業家克勒（Bernhard Koehler）以每月兩百馬克的生活津貼資助青年畫家馬爾克（Franz Marc），讓他可以安心作畫——這位重要的畫家後來在一九一六年命喪沙場，繪畫事業嘎然而止。以上只是一大批布爾喬亞藝術贊助人的少量取樣，但也許已足以改觀我們認爲資本家無不俗不可耐的刻板印象。在審美的事情上，有些布爾喬亞是敢於違逆潮流的，而資本家在品味上的進取心有時也不輸於他們在商場上的進取心。

看一看這些富有收藏家與藝術贊助者的動機，將可進一步推翻人們對他們的刻板印象。他們的動機是複雜和分歧的。一個人會想要成爲歌劇院包廂的長期訂戶或成爲博物館董事會的成員，動機之一當然是爭取社會聲望——但只是其中之一。從小仲馬到亨利・詹姆斯的劇作家和小說家，都創造過一些試圖以擁抱藝術來證明自己有教養的暴發戶角色。莫泊桑一八八五年小說《漂亮朋友》（*Bel-Ami*）裡那個投機者和腐敗的出版商瓦爾特（Walter）就是典型例子。他是個一心想打入上層圈子的猶太人，眞正感興趣的是有性意味或謔虐的油畫，但在聽說了一個名流家裡應該掛些什麼畫以後，就購買了一些出自諸如布格羅（Bouguereau）手筆的學院派精品。

就像許多諷刺漫畫一樣，這種把中產階級收藏家刻劃爲裹著文明外衣野蠻人的諷刺漫畫是有著一個眞理內核的，但就這麼多。在十九世紀最後二十五年，有一小批富有的德國猶太人——西蒙（James Simon）和阿諾德（Eduard Arnhold）是其中的佼佼者——因爲樂善好施和收藏豐碩而名聞遐邇。由於與威廉二世（Wilhelm Ⅱ）關係友好，人們帶點不懷好意地稱他們爲「御前猶太人」（*Kaiserjuden*）。無疑，他們之所以會大力贊助藝術家和慷慨捐贈藝術品給博物館，其中一個動機說不定是讓他們可以在柏林的上流社會站穩腳跟。生活在一個猶太人才剛剛獲得政治和法律的平等，但仍然大部份見拒於上流社會的國家，他們會有這種想法不足爲奇。然而就我們對他們的所知，追求地位的動機頂多是其次的。他們蒐集藝術品是因爲他們愛藝術。不管反猶太主義者是怎麼說的，並不是所有千方百計往上爬的人都是猶太人，也不是所有猶太人都是千方百計往上爬的。

要言之，西蒙和阿諾德都是收藏家，而收藏家就像我說過的，多少都是瘋子一族，都是一些對他們渴望擁有的東西如痴如醉的人。他們服從內在的驅策，上窮碧落下黃泉去搜尋他們著迷的東西——不一定是繪畫，也可以是珍本書籍或手稿、某個時期的家具或郵票。一八六八年，一個不具名的作者在倫敦《音樂時報》（*Musical Times*）談到了「時下流行的『收藏狂』」⑧。他沒說錯，因為在維多利亞時代，人們有興趣蒐集的東西種類增加了好幾倍——但這另一方面也反映了布爾喬亞餘暇和餘錢的增加。

用「狂」這個字眼也許誇張了一點，但蒐集行為的強迫性格卻是明顯不過的。一八四六年，當大藝評家托雷（Théophile Thoré）——被遺忘的大畫家弗美爾（Vermeer）就是靠他重見天日的——在巴黎沙龍一幅法國東方風畫家德康（Alexandre Decamps）所畫的油畫前面駐足時，心裡這樣想：「一個人不可能沒有一幅德康的作品而展開收藏，而任何擁有一幅德康作品的人都會感到情不自禁；他會愛上繪畫；他會不能自已地開始蒐集油畫。換言之，他會成為收藏家。」⑨半個世紀後的一八九八年，美國人博爾斯（Edwin C. Bolles）在解剖收藏這種疾病時（他自己就是個病人），中肯地指出收藏家的困境同時也是一種快樂：「在希望、獲得、回憶的各種最強烈的愉悅中，很少有一種可以勝得過收藏家的愉悅。他的場地是全世界；他渴望收藏的東西可以是發黑的郵票，可以是古希臘花瓶，可以是鑽石，不一而足。」⑩因此，不管報上那些大簡化家是怎樣說的，在史尼茨勒的世紀，中產階級品味都不只是一種未來與過去的對抗，而是有著嚇人的分歧性和不可測的深度，端視社會地位、國家、個人取向的不同而不同。

一九〇〇年，巴黎舉行了「十年展」（Exposition Décennale），它五花八門得驚人的油畫與雕塑展品見證了維多利亞時代晚期中產階級的品味有多麼漫無邊際和不可預測。作爲巴黎萬國博覽會的一部份，「十年展」的展品都是由各參展國自行挑選，而由於沒有統一的評選標準，結果就成了一場雜然紛陳的眼睛饗宴。但總的來說，展出的作品都被認爲是最好的近期作品，至少是高度受讚賞的。幾乎每一種風格的繪畫和雕塑都琳琅滿目：風景畫，靜物畫，肖像畫，自畫像，裸體畫，人物半胸像，正在收割的農人，騎在馬上的亞馬遜女人，出浴婦女的小雕像等等，包羅萬有，一應俱全。

爲數不少的展品無疑是暗含教育動機的：用漂亮的鄉村風景來暗中對比都市的荒涼幽暗，用《聖經》中的莊嚴場面來喚醒觀畫者的信仰，或是刻劃工人被剝削與被踐踏的畫面以激起觀衆的同情。有些展品是純裝飾性的，或是以不同姿態的女體來公然刺激觀賞者的感官。另外一些畫家則用自畫像來推銷自己，向人們展示他們肅穆的樣子或漂亮的髭鬚。不過，還有一些畫家（塞尙、馬蒂斯、竇加〔Degas〕、畢卡索、孟克〔Munch〕等）明顯是用作品來爲現代繪畫的表現力歡呼喝采。總的來說，「十年展」的藝術層次相當高，反觀參觀者的品味層次就沒有那麼高了。如果想用參觀者對哪一類風格的作品反應最熱烈來作爲十九世紀晚期最受布爾喬亞青睞的藝術風格的指標，那答案會是：全部。他們對藝術的品味就如他們對政治的意見一樣分歧。⑪

二

「十年展」附屬於維多利亞時代人一項多姿多釆的發明：萬國博覽會。這些規模龐大、人山人海的盛會展示了機械、小器具、家具和藝術方面的最新創造，而它們就像音樂廳與博物館一樣，主要是爲布爾喬亞而設立——但卻不一定由他們斥資舉辦。我們談過，在巴伐利亞，這一類文化活動或機構大多是王室出主意和出錢，而第一個萬國博覽會——一八五一年倫敦萬國博覽會——的主要發起人也是英國的亞伯特親王。其他國家也是一樣，它們的首腦都想把他們最野心勃勃的文化企圖心——不管有沒有暗含展示國力或爭取經濟霸權的動機——轉化爲金碧輝煌和昂貴的有形之物。不過，隨著時間的更迭，那些以促進藝術爲己任的王侯愈來愈樂於在中產階級的富商巨賈之間尋找助力，讓他們幫忙出錢建造新的博物館，或讓他們捐贈部份珍藏去充實舊的博物館。但不管主導建設這些高級文化新殿堂的人是誰，受惠的都是觀衆和聽衆，而在法國大革命以前，這一類場所寥寥無幾。

當然，劇院和歌劇院這一類大衆聚會場所並不是維多利亞時代首創，但它們的規模和數目在十九世紀都是空前的。高級文化的民主化要比政治的民主化來得更早。前一個世紀只由貴族和巨賈所獨享的文化活動，在維多利亞時代成爲了家的公共替身，提供布爾喬亞家庭一些他們買不起卻參觀得起的東西。這些家外之家主要的服務對象是社會的中間和富裕層級，不過我們將會看到，隨著時光流轉，小布爾喬亞也常常躋身聽衆和觀衆之列。

一八七〇年，倫敦國家畫廊館長伊斯特萊克（Sir Charles Eastlake）的夫人——她本身也是個當代藝術的高明評論家——在回顧三十年前時指出，社會力已重塑了英國藝術品的生產與消費：「從前，藝術贊助者幾乎清一色是貴族與仕紳，但現在，這種身分已爲一個富有和聰慧的階級所分享（將來甚至會幾乎獨佔），他們的財富主要是來自商業和貿易。」她又說，這種轉變讓活著的藝術家大大受惠，因爲這些「新富」的良好判斷力讓他們自覺對「鑑賞問題的無知」⑫，而這一點，又會讓他們更樂於購買當代的藝術品多於過去的藝術品，因爲他們對於後者了解甚少。在別的國家，這種轉變的進展要緩慢些，但大趨勢卻是哪裡都抗拒不了的。

在維也納和阿姆斯特丹這些音樂之都，貴族在家裡舉行私人音樂會或巨賈邀請幾個朋友到他豪宅賞畫的風尚仍然沒有絕跡，但音樂廳和畫廊卻愈來愈成爲富有中產階級喜歡碰面的場所。在演奏大師輩出的時代（其高潮介於一八三〇年代與一八六〇年代之間），帕格尼尼（Niccolò Paganini）、李斯特（Franz Liszt）、琳德（Jenny Lind）那些轟動一時的巡迴演出是舊時代難以想像的，因爲從前音樂演奏只會見於貴族的宅邸、教堂和喧鬧的庶民節日。新創立的管弦樂團也用季票制度吸引到大批聽眾。隨著世紀的邁進，連一些中型城市——如美國的哈特福德（Hartford）和法國的魯昂（Rouen）——也開始有了自己的藝術博物館，前者是在一八四四年，後者在一八八〇年。免費的公共圖書館和收費的私人圖書館滿足了與日俱增的閱讀胃納。就連那些需要門票的文化場所也有相當多布爾喬亞負擔得起了；愛好藝術、戲劇、音樂和小說的庶民有那麼多擴大其享受生活中美好事物的機會，在歷史上還是第一次。

但擴大並不必然代表提升。如果一家博物館是由思想守舊的董事會或同樣老派的館長主持的話，它就會形同一座陵墓，展示的盡是些了無新意的畫作或雕塑品，讓原創性天才的清風無法吹入。在十九世紀，通常每年舉行一次的巴黎沙龍有好長一段時間都是由一些守舊的官僚所主導，他們不願意給那些沒有在傳統畫室或學院裡待過的藝術家機會。這當然不是說所有學院派作品都是平庸的，像是梅索尼埃（Jean-Louis Meissonier）和卡巴內爾（Alexandre Cabanel）這些無疵可尋的畫家，就以他們細密的技法讓觀展者驚嘆不已。儘管如此，通往未來的道路是位於別處的。

因爲不甘忍受這種無前景可言的待遇，前衛藝術家開始反擊，有時是以嘲諷，有時是以怒斥。一八四九年，最了不起和最有名的法國新古典主義畫家安格爾（Ingres）發言指責巴黎沙龍「平庸四溢」，說它們的「陳腐老套」已蔚爲「公衆的不幸」，帶來了壞品味，徒然浪費國家的資源。「無疑，這些展覽已成爲我們生活的一部份，因此壓抑它們是不可能的，但也沒有必要加以鼓勵。它們扼殺藝術，讓它成爲一門不再受藝術家尊敬的行當。」⑬這是很強烈的措詞，但其他不滿者說的話更尖銳。印象派畫家畢沙羅——他的作品在一八八〇年代冒出頭角——不是第一個或最後一個認爲應該放把火將所有博物館燒掉的人。他深信，被那些博物館館長不加批判奉爲經典的作品都是些石質土，會窒息新藝術的生機。⑭

因爲知道口舌之爭的徒勞，那些自覺他們比他們所說的「官方平庸」高一籌的藝術家開始組成了反建制。畫商在推廣新品味一事上也居功匪淺：他們會故意在巴黎沙龍舉行期間搞些個展，與國家所資助的畫展互別苗頭，有時甚至會壓過之。一八七四年，印象派畫家在巴黎舉辦了他們第一次的獨立沙龍（Independent Salon）。一八八六年的獨立沙龍是第八屆也是最後一屆，而當時它的幾個要角——莫內、雷諾瓦、莫莉索、畢沙羅、卡玉伯特（Caillebotte）——皆已相當有名（儘管不是人人收入豐厚）。在倫敦，寬敞氣派卻短命的格羅夫納畫廊（Grosvenor Gallery：1877-1890）透過展出惠斯勒（Whistler）、瓦茨（Watts）、蒂索（James Tissot）的作品而讓藝術氛圍平添生氣，有時又會將前衛作品與保守作品並展，讓兩者的高下在無形中對照出來。這座「藝術宮」（palace of art）也喜歡展出一些不太受皇家學院美展青睞的畫家的作品，而且特別同情女畫家的困境。在一八九〇年代的德國和奧地利，不滿帝國或王室藝術品味的畫家組成了一個個所謂的「分離派」（Secessions）。然而，在一個變動不居的時代，這些叛逆團體無可避免又會衍生出新的分離派，因爲他們在同代人眼中雖然是顚覆者，但在下一代眼中卻是既得利益者。

三

十九世紀的布爾喬亞會上歌劇院、音樂廳、戲院或各種公私展覽會，其目的形形色色，不一而足。有些人是以之作爲放輕鬆或調情的地方，有些人是爲了與生意上的熟人交際。準畫家到博物館去是爲了臨摹大師的作品，獨唱的學徒到歌劇院是爲了聆聽大師的演唱。有些人到歌劇院則是爲了追求肉體的快樂多於精神的快樂——他們會不時瞄樓座一眼，尋找坐在陰影裡的妓女。不過，在最最廣的意義下，這些公共場所——不管是由國家還是企業家興建的——都是一些教育機構。正如休姆早在十八世紀就指出的，品味是培養出來的，不是天生的。人需要透過反覆和冗長的浸淫，才可能突破那個粗淺、輕率、目中無人的想法：「我喜歡的就是好的。」但這樣的浸淫又需要大量的時時間。

間——不用工作賺錢或管理家務的時間。簡言之，在攝取高級文化一事上，金錢就是時間。

值得重申的是，隨著時光的推移，工作的理念逐漸不再完全獨佔中產階級的注意力。對他們其中許多人來說，培養高級文化品味的機會要到維多利亞女王的世紀才告出現。沒有錯，自印刷術在十六世紀普遍開來以後，閱讀（不管是詩歌、小說或宗教方面的小册子）就是一般中產階級可以負擔得起的嗜好，而劇院到了莎士比亞的時代已開始能滿足大衆的需要。但其他需要更高鑑賞力的文化活動，則要等到十九世紀他們才有那個時間和金錢去培養品味和欣賞。除免費日以外，大部份博物館和藝展都需要門票；而如果全家一起參加音樂會或看歌劇的話，將會是一筆不貲的開支；書本和活頁樂譜則是另一個開銷的來源。對維多利亞時代人而言，金錢還可以買到時間以外的東西。

需要多少金錢？需要多少時間？我曾經把維多利亞時代的布爾喬亞比喻爲經濟的金字塔，其頂部非常小，底部非常寬，斜邊非常陡。這個生活的事實是羅斯金（John Ruskin）所稱的「藝術的政治經濟學」（political economy of art）無法規避的。顯然，一個人能買得起、看得起或聽得起什麼樣的文化產品，乃是決定其品味的關鍵元素。同樣顯然的是，如果是個年薪六十或七十英鎊的一般英國文員（特羅洛普〔Anthony Trollope〕〔譯註：

十九世紀英國小說家）在郵局找到的第一份工作收入相對優厚：年薪九十英鎊），又如果是已婚，那他享受文化產品的機會肯定比年收入三百英鎊的家庭要狹窄上許多。同樣的，一個年收入一千八百馬克的德國小布爾喬亞店東所過的生活，也是一個年收入五千到六千馬克的公僕不能想像的，教授、銀行家和貿易商的收入就更不在話下了。再來，一個年收入六百到一千兩百克朗（Kronen）的奧地利人享受文化產品的機會也是無法望史尼茨勒項背的——他的戲劇和小說版稅加起來，粗估一年有三千克朗之譜。儘管如此，史尼茨勒還是老是喊窮，而他信誓旦旦要過得節儉一點的決心，也不會獲得維也納大多數中產階級讚賞。

文化商人和負責文化事宜的公僕很快就學會怎樣去適應布爾喬亞的金字塔。一個由狄克遜父子公司（James Dixon & Sons）生產而由雷德格雷夫（Richard Redgrave）彩繪的謝菲爾德茶壺（Sheffield teapot）如果是純銀製的話，可以叫價到二十幾尼（guinea）（譯註：從前英國之金幣名，等於二十一先令，即一點零五英鎊），但銀箔製的只需要兩英鎊，而用一種錫合金製的更是只賣十六先令。曼徹斯特的哈萊樂團也微調了它的票價。一八六〇年一月，該樂團演奏孟德爾頌（Mendelssohn）的《仲夏夜之夢》（*Midsummer Night's Dream*）（號稱出動了「由七十個樂師組成的管弦樂隊和全部的合唱隊員」），保留座的票價是三先令，正廳是一先令六便士，後排站票是一先令。一個月後，該樂團演奏葛魯克（Christoph Gluck）的

《依菲金妮在陶利》（*Iphigenia in Tauris*），說是動用了「樂師與合唱隊員共兩百五十人」，其保留座票價升高爲四先令，正廳升高爲兩先令，後排站票仍然保持爲不貴的一先令。保留座的價格未幾就急升：一八六四年是七先令六便士，但後排站票仍然停留在一先令，而這個價錢是一個低收入的文員負擔得起帶太太一起觀賞的，那大約是他工作三小時的收入。

富有得可以出遊的德國布爾喬亞想要買一本貝德克爾出版社（Baedeker）的旅遊指南的話，也有幾種選擇：介紹柏林和周遭地區的售價三馬克，介紹南德國的五馬克，介紹更異國風情地點（西班牙、埃及或巴勒斯坦）的十二馬克。一八八〇年，小品文作家和編輯萊克斯納（Otto von Leixner）出版了一本研究美學的書，封面是考夫曼（Angelica Kauffmann）（譯註：十八世紀瑞士新古典主義女畫家）畫的一幅維斯太貞女（Vestal virgin）（譯註：古羅馬主持對女灶神維斯太的國祭的女祭司）。萊克斯納表示，他可以用一百五十到二十五馬克不等價錢，售予讀者這幅畫的複製品，而雖然售價懸殊，他聲稱各種價錢的複製品是「一幅在各方面都不辱原作的傑作」⑮。這些和其他無數的事例都反映出，高級文化已經開始可以滴落到窮兮兮的中產階級下層，甚至滴落到工人階級的最上層。

在歌劇院和戲院這些地方，票價的區分特別細，透露出在中產階級內部裡頭，從富裕到貧窮之間分爲一層又一層。史尼茨勒自己的戲劇就是一個鮮明的例子。一八九五年十月九日，維也納的霍夫貝格劇院（Hofburgtheater）上演了他的《調情》（*Liebelei*），故事描述女主角克麗絲汀（Christine）與男主角弗里茨（Fritz）的一段情。克麗絲汀是個年輕漂亮的小布爾喬亞婦女，弗里茨則是上層階級的大學生，但他在與克麗絲汀交往的同時卻與另一個有夫之婦有染，最後在一場決鬥中命喪於對方丈夫之手。沒多久，克麗絲汀就發現弗里茨的不忠，讓她感覺自己形同守了兩次寡。這齣辛辣戲劇的票價分爲多種：樓座後段的站票是零點四克朗，正廳後座的站票是一克朗，樓座前段的包廂是二十五克朗，包廂中一個座位的票價從三點五克朗到六克朗不等，正廳前排的票價從三克朗到四點五克朗不等。這種細分法盡夠讓史尼茨勒寫出一齣機智俏皮的獨幕劇了。

然而，這種細分法並不保證所有或大多數的布爾喬亞會利用空閒時間去改善他們的藝術品味。另一方面，前衛藝術家、作家和文化評論家對布爾喬亞的猛烈攻擊——說他們沒有鑑賞力、說他們庸俗——是大大地誇張了。史蒂文森（Robert Louis Stevenson）（編註：十九世紀英國作家，著有《金銀島》、《化身博士》等作品）一度稱布爾喬亞爲「流著汗追逐財富的俗人」⑯，但這一類無所不包的斷言枉顧了複雜的歷史眞實。因爲如果他們的鄙夷眞有堅實根據的話，那麼我們就不明白，施皮茨韋格（Carl Spitzweg）繪畫的那個恐怖畫面——一個藝術家餓死在自家的頂樓裡——爲什麼在眞實生活中罕見其例。

不過有一點倒是眞的：在十九世紀末以前，進步的藝術和文學品味在體面圈子裡較少受到青睞，而得到的回報也較少。例如，在十九世紀中葉以後，梅索尼埃一幅栩栩如生的行軍圖可以賣到兩萬法郎，甚至更多；反觀畢沙羅在一八八〇年代初賣出的一張艷陽下的鄉間畫，則僅僅售價兩百法郎。但對布爾喬亞品味漫無邊際的聲討就像對他們品味漫無邊際的辯護一樣，都無法全面捕捉得住維多利亞時代中產階級偏好的分歧性和全部歷史。不過以下一點也是無可否認的：有很長一段時間，大部份布爾喬亞都是追求他們兒時就有的那種審美快感，而不思尋求更成熟的滿足。

幾乎可以說，一般布爾喬亞喜歡或不喜歡什麼，是相當孩子氣的。小孩的選擇都是不猶豫和範疇化的，而許多維多利亞時代中產階級的成年人在追求高級文化的時候，也並未拋棄這種童稚的獨斷。維吉妮亞・伍爾夫（Virginia Woolf）說過，喬治・艾略特的《米德爾馬奇》（*Middlemarch*）是維多利亞時代唯一寫給大人看的小說。這個毫不留情的評語既不公允卻又精采，因為它點出了十九世紀文化生活的一個重要事實：大部份維多利亞時代的布爾喬亞，就像他們之前和之後的布爾喬亞一樣，看戲或讀故事的時候喜歡知道他們是站在哪一邊的，而聽交響樂或觀畫時喜歡感受到他們預期會有的那些感受。在小說方面，他們喜歡福斯特（E. M. Forster）所說的「平板」（flat）角色，也就是一眼就可以分辨忠奸善惡的人物。

想要能欣賞十九世紀那些大師級小說裡的「渾圓」（round）角色，品味的培養是少不了的，而這需要時間、努力，往往甚至需要導師。一個不老到的讀者會把《安娜・卡列尼娜》裡的卡列寧（Karenin）——女主角安娜的丈夫——理解爲一個毫無彈性、面目可憎的官僚；同樣的，對《玩偶之家》（*A Doll's House*）的膚淺閱讀，也會讓人覺得女主角挪拉（Nora）的丈夫海爾茂（Torvald Helmer）是個麻木不仁的暴君。但如果讀得更深入，我們就會發現托爾斯泰和易卜生筆下的兩位丈夫要遠比乍看複雜：他們既是加害者，也是受害者，除了承受來自社會成規的壓力以外，也得承受來自不順服妻子的壓力。這就難怪亨利・詹姆斯晚期的小說——它們把一些複雜角色寫得鞭闢入裡——過了許多年才獲得讀者的青睞。

同樣的複雜性也見於那些寧可傾聽內心悸動而不是尊貴贊助人勸告的畫家。就如「十年展」所反映的，大部份藝術愛好者都對高明的技法讚揚有加，而技法是幾乎所有學院派的油畫都具備的。貫穿十九世紀的大部份時間，收藏家和政府都樂於分別以錢和勛章去肯定那些會讓他們感動的作品（畫狗向主人搖尾巴的）、會讓他們微笑的作品（畫一個英俊義大利小伙子靦腆邀請一個美女共舞的）、會讓他們目不轉睛的作品（畫一個正在懺悔而衣衫稀少的抹大拉瑪利亞〔Mary Magdalene〕〔譯註：《聖經》中的角色，耶穌深爲嘉許的女子〕的），以及會讓他們產生敬虔美感的作品（畫一群裸體女子在羅馬澡堂裡嬉鬧的）。

十九世紀參觀畫展的群衆大多數看來都不自覺秉持著某些欣賞規則：一幅畫作必須徹底完成而不能看似草稿那樣草草幾筆——這個標準排除了印象派畫家。畫布上的形狀和顏色必須盡可能忠於眞實——這個標準讓高更、梵谷、孟克、畢卡索被排除在受尊崇的畫家之外。而如果是裸女畫（這種畫從來不失大衆的寵，而且在任何畫展都是顯眼的大宗），那畫家就必須遵守我所謂的「距離守則」（the doctrine of distance）：女體必須是經過理念化的，絕不可以是如實的描繪，而且背景要放在一個遙遠的國度、時代或《聖經》的脈絡裡。把女體移到古代或神話裡就像給誘人的裸體模特兒戴上面紗一樣，可以爲她帶來尊嚴。這個守則解釋了馬奈在一八六五年巴黎美展上展出的《奧林匹亞》（*Olympia*）爲什麼會招來那麼大的非議。他畫的明明白白是一個青樓女子，而且是個巴黎女人，這簡直是對觀畫者的一種挑釁。更安全的做法是把一個羅衣褪盡的誘人女體取名「春天」、「特洛伊的海倫」——再不然「電力」也行！

四

如果藝術場所對維多利亞時代的布爾喬亞具有藝術教化功能的話，那有涵養的文學評論者和見多識廣的樂評家亦復如此。在一些罕有的時刻，一個策略高明的贊助者可以對品味的歷史發揮驚人影響力。法國新繪畫最成功的鼓吹者是瑪麗・卡莎特（Mary Cassatt）。她出生於匹茲堡一個富有的上層中產階級家庭，後來在西歐廣泛遊歷，結識了不少畫家，自己也作畫。一八七四年起，她定居巴黎，受到印象派畫家的歡迎，被邀請與他們一起舉行畫展。她與竇加的關係密切（密切到這個無可救藥的人類憎恨者所能忍受的最大範圍），這一點，從她的油畫和彩色蠟筆畫可以反映出來。不過，眞正讓她成爲一股歷史力量的，是她對法國反學院派畫家不懈的捍衛。她讓她從美國來的朋友（都是富婆）開了眼界，認識了庫爾貝、馬奈和其他顚覆性的藝術家，回國後開始收藏他們的作品。她們其中一位是露薏絲・埃爾德（Louisine Elder），她未幾就嫁給了富有的哈夫邁耶（Henry O. Havemeyer）。露薏絲・埃爾德的收藏從一幅竇加的油畫開始，繼而延伸到其他顚覆者，主要是庫爾貝、馬奈、莫內，甚至塞尚（大部份十九世紀末的觀畫者都認爲塞尚是個桌子都畫不正確的蹩腳畫匠）。她的輝煌收藏後來讓大都會藝術博物館（Metropolitan Museum of Art）大爲生色。

瑪麗・卡莎特和哈夫邁耶的名字在在提醒我們，十九世紀的美國儘管是個年輕和在許多方面生澀的國家，但它至少有些公民是熱愛藝術和對高級文化有促進之功的。美國人要比歐洲人所以爲的多一些教養和少一些庸俗。有別於維多利亞時代一般人的觀感（一種至今仍然沒有全部消除的觀感），並不是所有美國人都品味低俗。資助或創辦交響樂團、公共圖書館或地方性博物館的富有美國人大有人在。他們其中一小批還是前衛藝術的贊助者，如：哈特福德的沃森爾茲（Daniel Wadsworth）——他是一八四四年哈特福德圖書館（Hartford Atheneum）的創辦人，也是美國畫家科爾（Thomas Cole）和丘奇（Frederic Church）的支助者；巴爾的摩的沃爾特斯（William T. Walters）——他是多產的法國動物雕塑家巴里（Louis Barye）的金主；弗里克（Henry Clay Frick）——他買下自己所能找到的哈爾斯（Hals）和根茲巴羅（Gainsborough）（譯註：哈爾斯爲十六世紀荷蘭畫家，根茲巴羅爲十八世紀英國畫家）這些大師的每一幅畫；哈夫邁耶買了爲數衆多的林布蘭（Rembrandt）作品，其中頗有一些是眞跡。這兩位收藏家後來都把他們的蒐集公諸於衆，前者是在自己的豪宅，後者在大都會博物館。

這份名單還可以任意加長：弗里爾（Charles L. Freer）——他蒐集了爲數可觀的亞洲藝術品，而在與惠斯勒爲友後，又蒐集了比誰都多的惠斯勒作品；加德納夫人（Isabella Stewart Gardner）——一位品味多元、高度個性化的女收藏家——收藏的畫作包括了提香（Titian）與馬奈的作品。這兩位收藏家身後都留下了展出場地，供一般大衆分享他們的收藏。値得指出的是，這些美國高級文化的贊助者當中，有些不無道理地被嚴厲譴責爲壟斷者和土匪頭子：哈夫邁耶幾乎壟斷了美國的製糖業，弗里爾幾乎獨佔了鐵路機車的製造，弗里克則是鋼鐵大王卡內基下手不留情的事業夥伴。不過，在一個聯邦政府或州政府並不資助音樂廳、戲院和畫廊的國家，這些文化事業除了靠私人的支助以外（不管他們錢財的來源有多不名譽），是別無他法的。

品味的分歧現象也見於大西洋的彼岸。就像他們的歐洲夥伴一樣，美國的百萬富翁高度讚揚十七世紀的畫作，而美國的音樂愛好者則對新音樂持狐疑態度。在世紀之交，紐約人對布拉姆斯（Brahms）（他生前被認爲是個難懂的作曲家）的害怕並不亞於柏林人。有一則傳說是說，在波士頓交響樂廳和維也納愛樂學會都有人見過這個標示：「演奏的如果是布拉姆斯的曲子，出口在此」。不過，也有一些努力是致力於架接兩大洲的品味的，其中之一是一九一三年二月於紐約舉行的「軍械庫大展」（Armory Show），其搞手是一小批特立獨行之士，包括了攝影師施蒂格利茨（Alfred Stieglitz）和收藏家奎因（John Quinn）。抱著給大眾上一課的目的，這個展覽展出的都是歐洲現代主義藝術家最新和最離經叛道的作品。

大約有十三萬名藝術愛好者參觀了「軍械庫大展」，很多人大爲震驚——他們理所當然感到震驚。畢卡索的立體主義作品、馬蒂斯的野獸派油畫以及立體主義雕塑家布朗庫西（Constantin Brancusi）的《吻》（*The Kiss*），在在招來了憤怒報紙社論的鞭撻和諷刺漫畫的揶揄，不過也有一些人認爲大大開了眼界。最受歡迎的畫作是杜象（Marcel Duchamp）的《下樓梯的裸女》（*Nude Descending a Staircase*），但此畫也讓大部份觀賞者一頭霧水，因爲不管怎麼找，他們就是找不著畫題所允諾的那個裸女。「軍械庫大展」是對維多利亞時代一個不經意的告別：因爲才一年半以後，標誌著十九世紀終結的第一次世界大戰就猝然爆發。不過憑著它造成的轟動，「軍械庫大展」還是在美國人中間——不管是贊助者、收藏家還是只是觀、聽衆——進一步強化了國際性的布爾喬亞品味。

作爲把美國人和歐洲人品味架接在一起的先鋒，瑪麗・卡莎特深受愛戴和深具權威性，而她不知倦怠的熱忱爲她換來的只有感激。但藝文評論家的處境就沒有那麼好過了，因爲每當他們對庸俗品味加以嘲笑時，換來的不是漠不關心就是堅決的抵抗。一八四〇年，英格蘭雜誌《音樂世界》（*Musical World*）指控上歌劇院的人重視歌者所引起的情緒悸動要多於表演的品質：「在最廣的意義下，他們都是感官主義者（Sensualist）——追求的只是眼和耳的滿足。」⑰晚至一八八九年，《音樂時報》還這樣申斥這一類墮落的布爾喬亞：「有若干部份的閱讀大衆，他們的心靈是那麼的具有依賴性，以致於他們不是不願意就是沒有那個能力去自行作出判斷。對他們來說，任何來自權威來源的評論都是不刊之論。」⑱這段話相當不經意地透露出，那些教導讀者怎樣想事情或欣賞些什麼的權威在維多利亞時代是深受仰賴的。藝文評論家的態度固然有時高高在上，但不管怎樣，對藝術的原創性來說，那些自以爲什麼都懂的讀者，要比那些害怕自己不懂的讀者是更大的威脅，而最歡迎藝文評論家權威建議的也是後一類人。

事實上，藝文評論家的建議是被需要的，甚至常常被渴望。至少，在不懈地捍衛自己的發現和以公然鄙夷的態度面對庸俗時，藝文評論家讓一個維多利亞時代的典型爭論活力不衰。另外，不管這些評論家有多麼可憐兮兮的相信，他們的努力猶如對牛彈琴，受他們影響而把品味改變過來的讀者仍遠多於他們所敢希望的。因此，藝文評論家乃是維多利亞時代文化舞台的重要角色。他們中間最有影響力的那些吸引到大批忠實的讀者——一些對言之成理、持之有故的藝術和文學判斷如飢似渴的人。

從一個多世紀後的今天回顧維多利亞時代，我們可以清楚看出，當時藝文評論的讀者是既幸又不幸。那是一個大作家會投身評論同儕作品工作的年代。他們都是一些完全知道自己說什麼的人。談到這個時代的評論家，我們首先會想到的是法國十九世紀中葉最重要的詩人波特萊爾，再來還有豪威爾斯（William Dean Howells）、左拉、馮塔納（Theodor Fontane）、亨利・詹姆斯，他們全都具有小說家的身分。他們其中一些（特別是波特萊爾和左拉）也會爲美展寫些引人入勝的評論。在一八九〇年代，蕭伯納的樂評家身分要比劇作家身分更廣爲人知。

但他們面對的是一個艱鉅的任務。十九世紀的藝文評論家同時是閱讀普遍化的受惠者與受害者。日報和週報一個世紀前首先出現在英國，但從一八三〇年代開始，它們在美國和歐洲都獲得爆炸性的成長。這個現象，既讓藝文評論者有固定的收入和可觀的讀者，與此同時又讓他們被一大群天分較低和較不審慎的同僚所困擾。在一個激烈爭奪讀者的年代，報紙主編往往會限制、甚至禁止評論家發揮他們的教化功能。銷路戰爭和政治仇恨也常常滲透進它們本不應該存在的報紙專欄裡。法國的讀者特別倒楣：很多評論者——常常是一些從外省來到巴黎尋覓財富的年輕人——都以不忠實著名，他們會誇獎或貶低一本書或一場音樂會，往往是出於主編授意或被收買的結果。他們見識淺薄的厲害程度也不亞於他們受賄的程度。一個布爾喬亞的讀者永遠不能確定這些評論者是否正在提升他們的品味。

到了十九世紀中葉，對有求知慾的讀者來說，最大的威脅已經不是評論者被收買的問題，而是受雇去評論的記者人數暴增的問題。他們對書籍、戲劇、音樂漫不經心的評論只會讓這個行當的技藝水平每下愈況。一八九一年，亨利．詹姆斯在一篇沉重的短文〈評論〉（*Criticism*）裡審視了這個讓人氣餒的處境。他抱怨說，文學評論「在報章雜誌氾濫成災，宛若衝決了河堤的河流。」它的空前成功已經帶來了自身的失敗。這種「文評家身分與機會的擴散」不亞於一場「災難」，帶來的是「判別的失敗、風格的失敗、知識的失敗和思想的失敗。」⑲評論已經降格成為了回顧（*reviewing*）——這個詞在亨利·詹姆斯的用法裡是一種訕笑。

他的挖苦當然是有意誇大其詞，因爲從他自己出版的文學評論即足以證明，在維多利亞時代的評論俱樂部裡，並不是所有作品都是虛假和膚淺的。善於把既有觀念倒過來的王爾德甚至說過，評論工作是要比小說家或詩人的工作更難和更傑出的。其他人就沒有他那麼有把握了。但除去我上述提過的顯赫名字以外，確實有一些評論家很傑出，他們的傑出或表現在才智上，或表現在勤奮上，或表現在文筆上，或表現在審慎上。但不管用這幾個標準的哪一個來衡量，聖勃夫都肯定名列傑出評論家之林。一八〇四年生於濱海布洛涅（Boulogne-sur-Mer）一個小布爾喬亞家庭，聖勃夫一輩子都是個自由派，卻不是政治活躍份子，也因爲這樣，他才能與拿破崙三世的帝國相安無事。但他從不讓自己的基本理念妥協。一八五七年，儘管《包法利夫人》的作者、出版商和印刷商才因爲淫穢罪和褻瀆罪而被起訴，評論這本書的時候，聖勃夫卻勇氣十足地對它大大讚揚了一番，並堅持只應該用文學的標準來衡量它。在一篇論達阿爾讓松侯爵（marquis d'Argenson）——路易十五（Louis XV）時代的一位重臣——的文章裡，聖勃夫讚美達阿爾讓松侯爵擁有「布爾喬亞的單純性和不可腐敗性，哪怕是脾氣也知所節制」⑳——這些都是道地的中產階級價值觀，而且也正是聖勃夫本人奉行不渝的。文學批評和學術就是他的全部生活，只會偶而被演講或與作家朋友（如龔固爾兄弟和福樓拜）聚餐打斷。在其文學事業的一開始，聖勃夫原是雨果圈子裡的一名浪漫主義詩人，一八三四年出版了自傳性極強的小說《情慾》（*Volupté*）。同一個十年，他著手研究巴斯卡和十七世紀的詹森派教徒（Jansenist）（譯註：羅馬天主教斥爲異端的一種教派，盛行於十七世紀和十八世紀的法國），然後用二十年時間寫出五大部的《堡羅亞爾修道院史》（*Port-Royal*），此書至今仍值得一讀。用聖勃夫自己的話來說，文學變成了他的宗教。

隨著聖勃夫抖去告解式的心靈框架和浪漫主義的姿態，他也找到了自己眞正的志業。從一八二四年起，他持續爲自由派報紙《環球報》（*Le Globe*）撰寫文學評論。然後，自一八三〇年前後，他沉潛下來寫作深思熟慮又研究周詳的論文，評論對象是法國的古今文學。從一八四九年到一八六九年過世這段期間，他每個月都會發表一篇論文，它們後來結集成一册又一册的《月曜日漫談》（*Causeries du Lundi*）和《文學家畫像》（*Portraits littéraires*）。這些論文都體現了聖勃夫的一個基本原則：文學作品，不管是小說、回憶錄還是歷史著作，都必須被理解爲一個鑲嵌在其文化中的心靈的產物。這種立場，被後來的批評家（特別是普魯斯特）批評爲理性過強而文學性不足。但聖勃夫從不動搖。「我分析，我採集，」他在一八四六年寫道：「我是個心靈的博物學家（naturalist of minds）——我想創造的是一部**文學的博物志**（literary natural history）。」㉑爲了把這部文學的自然史寫好，爲了豐富自己手上的調色盤，聖勃夫讓自己成爲十九世紀法國最博學的作家之一，而他之所以把歌德突出為「文評家的王者」（the king of critics）㉒，理由之一正是歌德花了一輩子去研究他四周的世界。

儘管對歷史和學術擁有激情，聖勃夫的天分更多是在揄揚或重新發現過去作品的偉大性，而不在賞識新生的天才。他未能給予巴爾扎克和波特萊爾恰如其分的讚賞，讓他不得不承受身後的責難。但多少可以彌補這種盲點的是其文章的嚴肅和紮實，以及他不留情面的忠實。當他哀嘆「文評家這可悲的行當」㉓時，他並不只是在指責這一行庸人猖獗的現象，還是在感慨文評家這身分讓他失去很多朋友：他們往往想利用他的影響力來自抬他們所不配得的身價。如果說不肯同流合污是他唯一突出的文評家資格的話，那這資格已儘夠在布爾喬亞讀者大眾之中受到高度讚賞。但他所能貢獻的遠不止此，而是還包括了：活力、眼界、清晰、淵博。

論影響力的寬泛、學養、盡責與機智，德國樂評家漢斯立克與聖勃夫有著強烈的相似性。他在維也納音樂界的影響力是那麼大，以致被人冠以「沙皇」的綽號。布魯克納曾經想在他的第七號交響曲首演前先把樂譜出版，為的就是怕漢斯立克的批評會破壞大眾對它的接受度。布魯克納固然是個不諳世務和奴性強的人，但他的顧慮也反映出漢斯立克多有權勢。然而在一個重要的方面，漢斯立克與聖勃夫又極其不同。聖勃夫的關注是廣泛的，而且全神投入於用他的評論來做出一種高難度的表演，但漢斯立克卻心有旁騖：他深深捲入了一場在十九世紀後半葉橫掃美國和歐洲音樂界的紛爭：華格納支持者和布拉姆斯支持者的互相叫陣。漢斯立克毫不隱瞞他是站在哪一邊：他從頭到尾都是個布拉姆斯捍衛者。

華格納—布拉姆斯戰爭——說是「戰爭」一點不爲過——絕不是無關痛癢的。它們導致觀衆在音樂廳裡抗議，家人對立、朋友反目。布拉姆斯一派斥責拜魯特的節日劇場（譯註：此劇場專演華格納的戲劇）是對一個自大狂的病態禮讚，是對一個偶像的倒錯崇拜，又指《崔斯坦與伊索德》（*Tristan und Isolde*）是一齣淫穢放蕩的戲劇。華格納一派則回敬說布拉姆斯的音樂是傳統主義的、空洞的，一言蔽之就是了無價值。華格納本人——他從來不是個有度量的人——則把布拉姆斯的音樂形容爲平庸、沉悶、引人反感。

漢斯立克以旺盛的精力（這是他的正字標記）投入這場對抗華格納的鬥爭。正如他在一八九四年的自傳裡說的，他的信條乃是：「樂評的存在並不是爲了頌揚一切，而是爲了說出眞相。」㉔這不表示漢斯立克在華格納的音樂裡找不到優點，特別是在剛開始時的華格納——當時的他比任何時候更有自由精神。但隨著時間的推移，漢斯立克逐漸相信，不使用最強烈的語言，是無法把華格納式音樂劇的邪惡威脅和它對其他作曲家的壞影響給袚除的。正是因爲站在這樣的戰鬥立足點，他才會把布魯克納低貶爲只是華格納的跟班——外加瘋子。

漢斯立克憎惡華格納還有一項個人因素：一八六二年，華格納前往維也納朗讀《紐倫堡的名歌手》（*Meistersinger*）的歌詞，漢斯立克應邀出席，並馬上看出，劇中那個愚蠢自大的評論家角色貝克梅瑟（Beckmesser）影射的就是他。據說，華格納還一度考慮過要給這個角色取名「漢斯・立克」（Hans Lick）。華格納會這樣赤裸裸羞辱漢斯立克，是不是因為漢斯立克的母親是猶太人，仍是有爭議的問題。但事情還有更深的一面。華格納自視為未來音樂（Music of the Future）的先知，宣稱他創作的歌詞和樂曲為一個具有深刻政治、文化和精神意義的宣言；在這一點上，漢斯立克與華格納形成強烈反差，因為他追求的是一個他所謂的「純粹美的世界」（a world of pure beauty）㉕，而在他看來，布拉姆斯的作品（特別是室內樂）是這種美的體現者。漢斯立克不無道理地認為，華格納所挑起的議題是政治性的。華格納主義者在受過教育的大眾和作曲家中間爭取到不少皈依者，在專業的音樂期刊掌握了主編的位置，並壟斷了有關音樂的議論。漢斯立克在一篇逗趣的短文裡說，要是聖靈下凡，第一件祂想問的事就是：你對華格納怎麼看？漢斯立克指出，要是華格納主義者得勝，那音樂就會有臣服於歌詞之虞，美就會有臣服於意識形態之虞，「無形式性（formlessness）將會被抬高到原則的高度，歌者和樂師將會像吃了鴉片一樣如痴如醉，而一種膜拜也將會出現——我們知道，一座神廟（譯註：指節日劇院）已經在拜魯特升了起來。」㉖在漢斯立克看來，這是一個他必須動員他全部力量去驅除的邪惡巨靈。

儘管學識淵博、勤奮，並自稱對不同的音樂風格具有包容性，但漢斯立克的品味事實上是相對狹窄的。他曾引用《聖經》裡的話自況：「在我父的家裡，有許多的宅第。」㉗（譯註：即指他的音樂品味極具包容性）不過他卻對白遼士（Hector Berlioz）之類的非傳統作曲家難起共鳴，而被他供在他的音樂萬神殿裡的作曲家也相對稀少：主要是韓德爾（Handel）、葛魯克和布拉姆斯。他有點懷疑巴哈（Bach）的作品是不是只剩下歷史意義，而他對較早期的音樂也沒有什麼好話說。例如，他會說他「寧可見到舒茲（Heinrich Schütz）的所有作品被燒掉，也不寧可見到〔布拉姆斯的〕《德意志安魂曲》（*German Requiem*）被燒掉。」㉘在把尊重一切品味視為最高原則的今天看來，這種兒戲的論斷已瀕臨庸俗的邊緣。然而，對漢斯立克的讀者而言，他基本上仍然是個可信賴的老師，而這是因為他對自己的品味坦然不諱，而且用了數以十計的樂評文章去論證他的偏好。

維多利亞時代布爾喬亞的美學教育得之於博物館和畫廊的，與得之於評論家的一樣多。但博物館當然不是什麼抽象的實體，而是一種人性得不能再人性的機構。它們的主持人猶如代理收藏家，被任命去幫助愛好藝術的大眾。他們的任命者希望，他們會用大衆的錢去提升和淨化大衆的審美眼光。然而，這些有文化修養的館長要是眞有什麼原創性主意的話，一個能夠落實這些主意和實現博物館教化功能的前提，是他要頂得住來自上級的壓力，不管這個「上級」是國王還是內閣部長，是市議會還是董事會。如果一個博物館館長碰到的上級是個像威廉二世這樣事必躬親、對什麼事情都有意見的人，那麼他就必須擁有外交家的長才，懂得周旋折衷，在自己與操有最後決定權者的審美觀之間找出平衡點——否則他的位子就難望坐得穩坐得久。

不過，一個固執己見卻深受愛戴的館長即便老是引進一些非傳統的作品來挑釁大衆的品味，其位子仍然未嘗是不可能保住的——哪怕是他激怒了其中一些上級。「其中一些」在這裡是個關鍵語：分化就是征服。一個很好的例子是利希特瓦克（Alfred Lichtwark）。他在一八八六年被任命爲漢堡藝術館的館長，此後雖然一再挑戰中產階級的傳統藝術品味，卻能夠一直留任到一九一四年去世爲止。利希特瓦克出身小布爾喬亞，單憑聰慧而往上爬，最後得到漢堡大老的接納，視他爲自己人。利希特瓦克也是個集矛盾於一身的人：既是溫和的社交高手，又是自己藝術判斷的勇猛戰士；一方面是邦國的熱愛者，但藝術品味上卻是世界主義者。他被一個任務迷住：恢復漢堡人乃至德國人的高雅藝術品味。他認爲，歷經德意志多個世紀的分裂，德國人的藝術品味已經降得很低，而儘管德國已在一八七一年重新統一，德國人的品味仍亟待修復。他在一九〇五年指出，德國的公民已經有太長一段時間忽略了他們的教養（*Bildung*），有太長一段時間「只生活在知性中。而現在，讓倫理—宗教和藝術活力充分培養出來的時候到了。」㉙

他的目的並不單單是要提升其國人對美的敏銳度。在利希特瓦克看來，好的藝術品味乃是道德的必要元素，這也是爲什麼他會演講和寫作小冊子不輟的原因。他會談和寫一些被忽略的本地建築、一些被人不公正地遺忘的德國畫家，以及提倡把藝術加以普遍應用：用在室內設計上、家具上、攝影上等等。他把自己視爲德國文化的醫生。他相信，值得受尊敬的德國市民已經降格爲膚淺、現代的布爾喬亞，必須靠一些有較高文化素養的人（他自己當然是其中之一！）帶領他們走出迷航。「任何從藝術和藝術家立足點看向布爾喬亞的人都不會覺得他們可愛，」他在一八九八年寫道：「他們都是暴發戶，有著暴發戶所有討人厭的典型特徵；他們被成功沖昏了頭，變得專斷、傲慢，是一切藝術獨立性天生和不共戴天之敵，是那些奉承其虛榮與狹窄目光者的贊助者與保護人。由於基本上對藝術興趣缺缺，作爲業主、客戶和買家的布爾喬亞已經把建築、裝飾藝術和繪畫的層次弄得就像他們本身一樣低。他們不思貢獻什麼，卻又相信自己有權要求一切。」㉚這個指控對自視爲德國現代化尖兵的布爾喬亞來說不可謂不嚴厲。

雖然常常演講和不斷發表小冊子，但利希特瓦克最主要的教室當然還是漢堡博物館——一個被他改造爲發現和再發現的地方。他騰出空間來展出如龍格、佛烈德利赫（Caspar David Friedrich）這些當時名氣甚小的十九世紀早期德國畫家的作品，又引進莫內、雷諾瓦這些法國印象派畫家的畫作供漢堡人認識。不過，他的最大考驗出現在一八九一年，當時他委託李卜曼爲八十三歲的漢堡市長彼得森（Carl Petersen）畫一幅真人大小的肖像畫。深受十七世紀「荷蘭黃金時代」（Dutch Golden Age）和法國印象派影響的李卜曼可說是當時最受爭議的畫家——儘管一個真正的印象派畫家也許會覺得他的印象派相當靦腆。董事會最初拒絕撥款，覺得這位被認爲對「醜」情有獨鍾的畫家太反學院派了，不會是保守的市民所能接受的。但利希特瓦克沒有放棄，他找來了一個私人資助者。既然錢不成問題，董事會覺得沒有什麼好反對的。可見，金錢這東西不但可以買到時間，還可以買到若干彈性。

李卜曼把市長畫成穿著官服，又用一個白領圈框住他英俊的臉龐。彼得森討厭這幅畫，稱之爲一個沒有品味和失敗的實驗（譯註：彼得森不喜歡這幅畫的原因，是它把他畫得像個普通工人，而不是威嚴赫赫的市長，而且用的是類似印象派的筆觸，缺乏細部的描繪）；很多貴族與他意見一樣。利希特瓦克深知這是一場打不贏的戰役，但又決心不輸掉戰爭。他採取了妥協的做法：直到一八九四年他才敢把畫擺出來，但卻用一塊布幕遮住，一遮就是十一年。儘管如此，利希特瓦克還是保住了他的館長位子，繼續從事他教育德國中產階級的自任神聖使命。正如他所看出的，布爾喬亞的文化處境也許是困難的，但卻不是無望的。

在一八七〇年，也就是拿破崙三世的部隊被普魯士徹底打垮而第二帝國末日在望那一年，巴黎大大小小的畫商超過一百個。這個數字本身沒有什麼特別，因爲荷蘭早在十七世紀就已經有一樣多的畫商。巴黎畫商的空前處是他們的規模，而這是法國布爾喬亞財富有增無已的一個標誌。另外，巴黎畫商的出發點也並不只是牟利，他們都是一些受過良好教育和見多識廣的人，能帶給顧客的藝術教化幾乎不亞於博物館館長或藝評家。

這些善於教育顧客的畫商中最鼎鼎有名的是迪朗—呂埃爾（Paul Durand-Ruel）。他生於一八三一年，父親是藝術用品商。一八六〇年繼承父業以後，他把店面改爲畫廊，一心一意經營油畫和水彩畫的買賣。他的經濟情況大起大落：有時會因爲某個畫家價錢急升大發利市，但有時也會因爲某個金主破產或某個他包下的畫家作品滯銷而瀕臨倒閉。迪朗—呂埃爾爲人海派，碰到他欣賞和相信前途看好的畫家，有時會一次買下他們的全部作品。一八七三年，他以三萬五千法郎的價錢買下他在馬奈畫室看到的二十三幅作品，事後證明這是一宗賺大錢的買賣，因爲他很快就以每幅四千到兩萬法郎不等的售價把畫賣光。一八八一年一月，他買下所有畢沙羅拿給他看的畫，又承諾會購買畢沙羅以後畫出的每一幅畫；一個月後，他對布丹（Eugène Boudin）作出了同樣的承諾。隨著美國百萬富翁湧入法國，迪朗—呂埃爾把一些賣出過的油畫高價購回，再以天價（如十萬法郎）賣給美國人。

一位藝術市場的史家曾經指出，讓迪朗—呂埃爾在一八九〇年代眞正發起來的是那些如潮湧至的美國收藏家。同樣一幅莫內的作品，他十年前可能是以低於三百法郎購得，現在卻能夠以十倍於此的價錢賣給美國人。雖然他給人的印象是個一心一意的法國印象派鼓吹者，但他的蒐集其實相當多元。像是在一封致《事件》雜誌（*L'Evénement*）的公開信中，他就大力推薦布格羅和卡巴內爾這一類的沙龍派畫家。但印象派畫家無疑還是他的最愛。他曾經在他們經濟有困難時伸出援手，而現在，他則希望他們的藝術成就獲得肯定。「很久以來，我都懷著巨大的讚嘆購買一些非常原創性和技巧非常高明的畫家的作品。他們許多都是天才，而我努力把他們推薦給收藏家。我認爲，竇加、夏凡納（Puvis de Chavannes）、莫內、雷諾瓦、畢沙羅和西斯萊（Sisley）的作品都値得被包含在最美的收藏中。」㉛收藏家也眞的這樣做了，而這部份是迪朗—呂埃爾不懈推薦的功勞；就像瑪麗・卡莎特推薦朋友買的那些油畫一樣，這些作品很多最後都進了美國的博物館。

儘管醉心前衛藝術，但迪朗—呂埃爾卻是虔誠的天主教徒和政治反動派。一八七三年，他寫了一封公開信給《費加洛報》（*Figaro*），唏噓畫商身處不確定時代的痛苦，並建議一個讓人狐疑的解決辦法：「我們所有畫商，作爲法國人和作爲商人，都期盼著世襲君主制度的恢復，只有這個辦法才可以終止我們的煩惱。」㉜這並不是不一貫的表現。品味上的極端派不必然就是政治上的極端派，一如政治上的極端派不必然就是品味上的極端派。兩個畫家的情況足以道出前衛藝術家的政治光譜有多麼廣闊：畢沙羅是社會主義者和猶太人，竇加是反德雷福派和反猶太主義者。

迪朗—呂埃爾同時支持前衛藝術和君主復辟這一點，再一次印證了我從此書一開始就強調的：十九世紀中產階級的心靈是無比分歧的。但在品味方面的事情上，中產階級對於新藝術的欣賞度和支持度——有鑑於他們在這方面的惡名——仍然足以讓人驚愕。品味低俗，偏愛平庸甚至拙劣藝術品的布爾喬亞固然比比皆是，但贊助前衛藝術家、捐贈前衛品給藝術館或創辦管弦樂團的中產階級藝術愛好者仍所在多有，而這種現象在在逼令我們去重新省思那個對維多利亞時代中產階級的一般看法。我們談過，史尼茨勒把「布爾喬亞」和「無聊乏味」視爲同義語，但他是錯的。

註釋

①我在這一章要比其他章更建議讀者參考我最新出版的*PW*（1998）的參考書目。在這裡，我會加上Robert Jensen, *Marketing Modernism in Fin-de-Siècle Europe*（1994）這一本，它描述了十九世紀的藝術市場（包括畫商、畫展

等），可以與 Dianne Sachko Macleod, *Art and the Victorian Middle Class: Money and the Making of Cultural Identity*（1996）對照著來讀。Sarah Burns, *Inventing the Modern Artist: Art and Culture in Gilded Age America*（1996）是藝術社會史的一個好榜樣。Roberta J. M. Olson et al., *Ottocento: Romanticism and Revolution in 19th-Century Italian Painting*（1992）考察了一些過去相當受忽略的領域。*1900: Art at the Crossroads*（2000）, by Robert Rosenblum, Maryanne Stevens, and Ann Dumas 是紐約古根漢博物館（Guggenheim Museum）一次展覽的目錄，它顯示出世紀之交中產階級的品味有多麼分歧巨大。Wolf Lepenies 的知性傳記 *Sainte-Beuve: Auf der Schwelle zur Moderne*（1997）非常精采。有關萬國博覽會，參考 Jeffrey A. Auerbach, *The Great Exhibition of 1851: A Nation on Display*（1999）；有關國際的布爾喬亞品味，參考Robert M. Crunden, *American Salons: Encounters with European Modernism 1885-1917*（1993）

② A.S., Deecmber 21, 1908, *Tagebuch*, III, 375.

③ A.S., April 24, 1912, *Tagebuch*, IV, 321.

④ A.S., June 28, 1913, *Tagebuch*, V, 15.

⑤ A.S., February 8, 1913, ibid., 17.

⑥ A.S., December 24, 1913, ibid., 86.

⑦ Alexandre Dumas fils. Preface to Bernard Prost, *Octave Tassaert. Notice sur la vie et catalogue de son oeuvre*（1886）, 1.

⑧ *Musical Times*, XIII（January 1, 1868）, 249.

⑨ Théophile Thoré, "Salon de 1846," *Salons de Théophile Thoré, 1844, 1845 1846, 1847, 1848*（1868; ed., 1879）, 279.

⑩ Edwin C. Bolles, *Collectors and Collecting: An Essay*（1898）, 1.

⑪ See Rosenblum et al., *1900: Art at the Crossroads.*

⑫ Lady Elizabeth Eastlake, "Memoir of Sir Charles Eastlake." Charles Locke Eastlake, *Contributions to the Literature of the Fine Arts*, 2nd series （1870）, 147.

⑬ Ingres, letter to the Commission Permanente des Beaux-Arts. Jensen, *Marketing Modernism in Fin-de-Siècle Europe*, 29.

⑭ Camille Pissarro. Theodore Reff, "Copyists in the Louvre, 1850-1870,"*Art Bulletin*, XLVI（December 1964）, 553n.

⑮ Otto von Leixner, *Aesthetische Studien für die Frauenwelt*（1880）, separate page following the frontispiece（not paginated）.

⑯ Robert Louis Stevenson, "Walking Tours"（1876）, *Essays by Robert Louis Stevenson*, ed. William Lyon Phelps（1918）, 32.

⑰ *Musical World*（April 2, 1840）, 208.

⑱"The Ethics of Art," *Musical Times and Singing-Class Circular*, XXX（May 1, 1889）, 265.

⑲ Henry James, "Criticism"（1891）, *Selected Literary Criticism*, ed. Morris Shapira（1963）, 167-71.

⑳ Charles Augustin Sainte-Beuve, "Mémoires du marquis d'Argenson, ministre sous Louis XV, publiés par René d'Argenson," *Le Globe*（July 16, 1825）. *Oeuvres*, ed. Maxime Leroy, currently 2 vols.（1956-）, I, 109.

㉑ Sainte-Beuve, Pensée no. 20, "Pensées," *Portraits littéraires,* 3 vols.（1862-64）, III, 546.

㉒ Sainte-Beuve, "Qu'est ce qu'un classique? "（October 21, 1850）. *Causeries du Lundi*, III, 40.

㉓ Sainte-Beuve to Charles Didier [June 8, 1834], *Correspondance générale*, ed. Jean Bonnerot and Alain Bonnerot, 19 vols.（1935-83）, I, 440.

㉔ Eduard Hanslick, *Aus meinem Leben*, 2 vols.（1894）, II, 49.

㉕ See Eduard Hanslick, *Vom Musikalisch-Schönen*（1854; 10th enlarged ed.,（1902）, passim.

㉖ Ibid., vi-vii.

㉗ Hanslick, *Aus meinem Leben*, II, 305.

㉘ Ibid., 304.

㉙ Alfred Lichtwark, "Der Deutsche der Zukunft," *Der Deutsche der Zukunft*（1903）, 24.

㉚ Alfred Lichtwark, *Das Bildniss in Hamburg*, 2 vols.（1898）, I, 51-52.

㉛ Paul Durand-Ruel, letter to *L'Evénement,* November 5, 1885. *Les Archives de l'Impressionisme*, ed. Lionello Venturi, 2 vols.（1939）, II, 251.

㉜ Durand-Ruel, letter to *Le Figaro*, October 31, 1873. Anne Distel, *Impressionism: The First Collectors*（1989; trans. Barbara Perroud-Benson, 1990）, 25.

第9章

一個獨自的房間①

A Room of One's Own

不管隱私權的觀念後來獲得了多大認同，
它的疆界線在整個十九世紀都還是浮動不居的。
維多利亞時代的自剖大爆發現象
見證了有多少布爾喬亞下了多大的決心，
要賦予他們的經驗和情感一種稀薄的永恆。

一

我說過，約翰・史尼茨勒醫生擅自打開兒子的抽屜翻閱其日記之舉及其後果在許多方面都可以充當引子，說明中產階級文化對十九世紀價值觀的影響。但我卻把它最重要的意蘊留到最後來談。這件事情讓史尼茨勒最痛恨的一點（痛恨得對父親失去一切信任，甚至三十年後回憶往事時還猶有餘怒），在於父親侵犯了他的隱私權。他的空間——一個他小心翼翼防護但顯然還是防護得不夠的空間——被父親褻瀆了。這種雞鳴狗盜的行爲儘管出發點良好，卻是對史尼茨勒男子氣概的狠狠一擊，是他無法原諒也沒有原諒的。

這個事件本身及其深遠意蘊對想要定義十九世紀中產階級的歷史學家來說特別重要。布爾喬亞是把隱私權奉爲理念的，視侵犯隱私的行爲爲嚴重冒犯。我們從同時代一些其他年輕人對私人書信與日記視同神聖的態度，可知年輕史尼茨勒的感受並非特例。一八二二年四月，作曲家白遼士的妹妹「南施」（Nanci）（譯註：南施不是德國名字，可能是她的「洋名」）在日記中埋怨說，她寫給哥哥的一封信被媽媽擅自拆閱了：「我氣得無以復加。」②一個月後，白遼士夫人故技重施，拆閱了另一封女兒寫給哥哥的信——一種女兒不認爲她有權利做的事。「媽媽又讀了信，讓我深深惱怒。」③南施當時十六歲，比哥哥小三歲，顯然認爲自己已經大得有資格保有若干隱私權。而在一八九八年的維也納，當阿爾瑪・辛德勒（Alma Schindler）發現她媽媽「違背諾言」，「讀了我日記裡的一些結巴話」④時，也是大感憤怒。從痛恨母親把她降級爲小孩這一點，反映出阿爾瑪乃是其時代與階級的典型。

儘管隱私權的理念是現代的產物，但其源頭卻可回溯至遙遠的過去。古代雅典人早在公領域與私領域間畫出清楚的界線，並頌揚前者而貶抑後者。在雅典的文化裡，純粹的私人是沒有資格享受那種最受推崇的特權的，也就是沒有參與城邦（*polis*）事務的權利。這就不奇怪，從中世紀開始，「私」（*idios*）這個希臘文會被用來指涉一種心靈缺陷（譯註：*idios* 這個字是英文中「白癡」〔idiot〕一詞的字源）。不過，早在維多利亞時代之前的許多個世紀，就有一些私人的禁區被認爲碰不得。例如，畫家和雕塑家都認定，男人和女人的「私處」名副其實是私人的；除極罕見的例外，藝術家都會用各種方法把作品中的生殖器部位給遮住：也許是一塊紗，也許是一片布，也許是一隻巧妙安排的手。不過，他們在呈現邱比特或小耶穌時卻沒有這種顧忌，會把他們的小陰莖纖毫畢現，而這種做法也不會招來虔誠信徒的抗議。這是因爲，有一個想法是畫家和觀畫者都認爲天經地義的：沒有兒童性慾（infant sexuality）這回事（譯註：兒童性慾是始自弗洛依德的觀念，他認爲人的性意識從出生時即開始，如嬰兒會從吮吸母親乳頭中獲得滿足，稍後則從排便中獲得快感）。

儘管如此，在十八世紀以前的幾個世紀，大部份人都生活在衆目睽睽之下，只有少數社會（如古代的雅典）會強迫體面人家的婦女默默待在家裡。居住在城市的中產階級商人和藝匠自成一張張關係緊密的網，而因爲人數少，這張網更是在所難逃。固然，早在十二世紀和十三世紀，就有少數坐擁廣大土地的貴族會舉行一些只限於少數人參加的歡宴，甚至是有單獨的臥室的，但這種蓄意的自我隔離就像財富一樣罕有。

因此，啓蒙時代以前，生活在衆目睽睽之下被認爲是理所當然的人類狀態。不管是在鄉下還是城鎮，人們大多彼此認識。在普利茅斯殖民地（Plymouth Colony）（譯註：一六二〇年英格蘭清教徒移民在北美洲麻薩諸塞東南部建立的殖民地），人們都是一家人住在一個不隔間的小房子裡，不然就是住在只有兩個隔間的不大房子裡，因此，父母與子女是混處在一起的。如果是兩房之家，有一房就可以充當父母做愛之用的臥室。一些家境較佳的清教徒會擁有一張帶簾子的床，讓他們可以多少有獨處的空間。由於大部份人是文盲，寫和讀都得求助於識字的鄰居，所以信函猶如公開的文件。向官府舉發不道德的行爲——特別是非法的性行爲——幾乎被當成一種公民責任。那個烙印在通姦婦人胸上的猩紅色A字（譯註：這個A字是「通姦」〔adultery〕一詞的縮寫），絕不是罕見或不受歡迎的（對被烙者當然例外），因爲在一個共同體裡，個人之事就是全體之事，是每個人都有權知道的。

即使隱私權在過去是可欲的，開放式的家居空間卻讓它的存在成爲不可能。從與普利茅斯殖民地同一時期（即十七世紀初期）的荷蘭風俗畫裡，我們可以看到，人們用來睡覺的房間也是同時用來吃飯與招待客人用的。隱私意味著關上門，但直到十八世紀中葉，雖然已經有愈來愈多的門對外人關上，身體及其機能（譯註：指吃、喝、拉、撒、睡等）基本上仍然是暴露在別人眼前的事情（譯註：這裡的「別人」應是指家人）。事實上，哪怕是很近代，隱私對大部份人來說都是不存在的。直到十九世紀，走訪過貧民窟的政府調查員、新聞記者或慈善家都可以告訴你，窮人是不會渴望有一個獨自空間的，甚至不會想到。我們談過，比頓太太曾經教那些無法親自哺乳的媽媽在雇用奶媽前應仔細檢視應徵者的乳房，而誠如我說過的，兩個階級的女人之間的鴻溝，沒有比一個布爾喬亞媽媽有權審視低下階層乳母應徵者的乳頭一事反映得更清楚了。

不管隱私權的觀念後來獲得了多大認同，它的疆界線在整個十九世紀都還是浮動不居的。一如其他事情，這條疆界線會因時因地而異（但它的核心領域要相對沒有異議）。英國法律史學家斯蒂芬在一八七三年指出：「要清楚界定隱私權的領域是不可能的，但我們卻可以用一些籠統之詞來描述它。」這些籠統之詞包括了「生活中所有較親密與較敏感的關係」，像是「家庭的內部事務，愛情或友誼關係，以及很多同一類的事情。」⑤斯蒂芬的不精確反映出，沒有一個對隱私權領域的清楚界說是所有維多利亞時代人都衷心接受的。要直到一八九〇年，美國法學家沃倫（Samuel D. Warren）和布蘭代斯（Louis D. Brandeis）才在他們廣受徵引的文章裡建議，法律應該保障人「有獨處的權利」⑥。

相信這種權利的人有時會頗爲熱情地爲它辯護。一八八八年，美國牧師與大學校長薩金特（C. E. Sargent）在《我們的家：打開較高貴生活的鑰匙》（*Our Home: Or, the Key to a Nobler Life*）一書中堅決地說：「保密是家庭關係加諸人的首要義務之一。它對一個家庭的存在攸關重大。每個家庭都有它的祕密，也只有在擁有這種祕密的時候才成其爲一個家庭。公開這些祕密將會讓一個家庭解體。」他認爲小孩也應該享有「某些隱私權」，諸如不應該在有外人在場的情況下懲罰小孩等。在薩金特看來，隱私權是培養好禮節所不可缺少的。但他不是想要鼓吹冷漠，畢竟，「所有家庭都是愛的產物。」但如果一對夫妻在公眾場合「展示他們的親熱」，那將會是「最失禮的行爲」，因爲「愛的感情在其各階段都是本能地尋求隱私的迴護的。」⑦

然而在那個充滿對抗的時代，不只隱私權的合理疆界何在是有爭議的，就連隱私權本身也有它的反對者。有些討人厭的道德家反對那種認為異端思想或行為「純屬私事」、不應該受懲罰之說。我們記得，王爾德在一八九五年因為「傷風敗俗」的罪名而被判刑，這個判決是受到社會大衆支持的。我們也記得，在整個西方世界，都有一些精力旺盛的組織以淨化藝術與文學的工作為己任。到處都有些好心好意的「審查官」在忙，他們認為人有權利看任何書或說任何話之說，只是假寬容之名行邪惡之實。

這些十字軍也常常爭取到法律的奧援。一八六八年，大概是最有影響力和最惹人厭的美國「衛生警察」康斯托克（Anthony Comstock）成功推動紐約州通過反誨淫的立法，五年後又成功推動國會通過同樣的立法。有好幾十年時間，康斯托克領導的「紐約抑制惡德協會」（New York Society for the Suppression of Vice）竭盡所能讓節育資訊的散播者和裸體圖片的印刷商破產或坐牢，眞正的色情書刊更是他們的眼中釘。一八八一年，也就是協會運作僅僅八年，康斯托克就能夠自豪地宣稱，其協會已摧毀了兩萬七千三百八十四磅重的書籍、沒收了二十萬三千兩百三十八幅「淫穢」圖片，以及一百三十七萬六千九百三十九件歌曲、函件、詩歌和型錄——這不能不說是對隱私權要塞的一個沉重打擊。⑧自由意志主義者（Libertarian）、自由派人士、圖書館員、藝術供應商和前衛藝術的辯護士嘲笑他們是「清教徒」和抗議這種蠻橫行徑，但有好些年都只是徒勞。

二

其中一種隱私權是人們總是期盼卻從未得到完全保障的：信件的隱私權。一七九〇年八月十日，巴黎的國民大會宣佈信件的隱私權是不可侵犯的，而法國的刑法法典也把它納入。一八四〇年，希爾爵士（Sir Rowland Hill）對英國的郵政系統進行了徹底的改革，統一郵費，大大降低了郵資和郵遞的不確定性。其他國家迅速起而效尤，自此，寫信的風氣在中產階級之間蔚爲流行。書疏往返成了各地布爾喬亞情緒經濟學的一個重要部份，而寫信人就像收信人一樣，默默認定德國人所稱的「通信祕密」（*Briefgeheimnis*）是會受到保障的。一個又一個國家立法承諾，信件的隱私權必須受到保障，違反者必須受罰（我們將會看到，這不是個總是被信守的承諾）。史尼茨勒的奧匈帝國是在一八七〇年立這樣的法的。隨著電報的迅速興起，國家也把它置於同樣的保護傘之下。例如，巴伐利亞早在一八六一年就明定，未經當事人同意而把電報內容披露的人得坐一年的牢。

換言之，信賴成爲通信行爲中不可缺的部份。書信經常包含著一些未經授權的第三者不應該看的東西：情人間的幽會邀約，姐妹間的八卦（如談某種鮮爲人知避孕方法的），或生意夥伴間的商業機密（不管合法還是非法的）。在相對自由的國家，通信者會覺得安全有保障，但如果說他們信得過國家或教會的話，他們對家人的信任程度就沒那麼高了。這也是爲什麼我們在檔案庫裡可以看到一封又一封十九世紀信件上面會寫著這樣的警告：「看信的時候別大聲唸出來，看完燒掉！」歷史學家可以感受得到讀信者的心理掙扎：他們一方面知道寫信人言之有理，另一方面又希望把珍貴的生命紀錄保留下來。

並不是所有收信人都夠謹慎。到底有多少情書被憤怒的父母偷看過或撕毀，我們永遠無從得知，但數量想必相當龐大。有時候，這種對隱私權的侵犯讓人髮指。一八四〇年代初期，義大利統一運動的先驅馬志尼流寓於英國。到一八四四年，他才得知英國內政部一直在拆閱他的信件。更要命的是，內政部竟然把一些信件交給了奧地利政府。當時奧地利佔領了義大利北方大部份地區，鎮壓民族主義者的顚覆活動不遺餘力。馬志尼的兩個同志——兩名威尼斯軍官——就是因爲這樣而身分曝光，遭到逮捕和處決。

被激怒的馬志尼斥責這是一種「低級和不英國的行爲」。他的憤怒激起了即時和激烈的迴響。麥考利指控英國政府「把郵政局轉化爲警察機器」，並指稱這種做法是「大衆絕對厭惡的」。⑨卡萊爾給《泰晤士報》（*The Times*）的憤怒投書讀起來就像是一篇支持隱私權的宣言：「這對我們來說是一個攸關重大的問題：一封放在郵局裡的密封書信有沒有被當成聖物來尊敬——儘管我們都會幻想答案是肯定的。」他把拆閱別人信件之舉比擬爲偷錢包和其他「更卑鄙和遠爲要命的流氓行徑」⑩。大臣們這才意識到踩到了禁忌，但在下議院受到質詢時卻仍然辯稱，在一個革命四起的年代，這是保護國家利益的不得已之舉。

人們對信函隱私權的高度重視激發起十九世紀劇作家和小說家的靈感，而其中一個頗受青睞的橋段是這個：載有罪證的信件不巧落入不該落入的人手中。這方面，立刻會讓人想到的是馮塔納的傑出小說《愛菲・布利斯特》（*Effi Briest*）。女主角愛菲是中年貴族因斯特頓（von Instetten）的年輕妻子，有一天，她不在家的時候，丈夫不經意發現了一些她藏起來的情書——一些當然是他無權閱讀的書信——得知若干年前她曾經短暫出軌。結果名副其實是致命的：因斯特頓向「情敵」提出決鬥的要求，並在第一槍就結果了對方的性命，但也因此間接結果了妻子的性命——她無法接受這種不名譽和女兒從她身邊被帶走，在默默中凋謝了。

因斯特頓的非理性反應更讓人唏噓的是，他本不相信決鬥可以洗刷不名譽，但最後卻擺脫不了自己階級的傳統觀念。他生活在貴族和中產階級兩種不同價值觀的拉扯中。我們知道，一個布爾喬亞是有可能分享因斯特頓的憤怒，卻不見得會以時空錯亂的方式來宣洩憤怒。他也許會把妻子痛罵一頓，甚至要求離婚，卻不會訴諸被默許的謀殺方式。不管我們對這種榮譽的觀念有何感想，這裡與我們攸關的是馮塔納讓小說情節得以展開的引子：對隱私的侵犯。如果早前愛菲有把情書燒毀的話，她的婚姻將會繼續固若金湯。但在那年頭，哪怕寫信人千交代萬交代，又有誰會把信燒掉呢？

隨著現代八卦小報的興起，隱私權又多了一個敵人。有財有勢者的小差錯是它們最喜歡餵給讀者的飼料。爲了刺激銷路，這些鮮廉寡恥小報的記者會千方百計刺探一些不足爲外人道的事情，而有些自稱握有名流顯貴婚姻出軌之類醜聞的人也會把消息賣給報社，發一筆財。有時候，當八卦小報沒有什麼好報導，就會自己去杜撰一些。這裡只舉一個例子。在德雷福事件中，有些無恥的日報憑空揑造德雷福已經承認叛國罪和其他「事實」。它們發現，如果當事人出來闢謠的話，報紙的銷路會只增不減，而且不管當事人的辯白有多眞誠和多精確，最初的謠言在他身上烙下的印痕永遠不會完全擦拭得掉。

三

隱私權——擁有一張有上鎖抽屜的書桌、不被監視的通信自由、一本不受侵犯的日記，更理想的是擁有一個獨自的房間——並不是生而擁有的權利，而是一張要由大人授予的執照。換言之，小孩只有在邁入青春期以後，才可望擁有若干的隱私空間。而青春期這個觀念是在十九世紀的最後幾年才開始為心理學家重視，它指的是一個兒童期（需要管控的時期）與成年期（需要終止管控的時期）之間的過渡階段。一九〇四年，美國心理學家G・霍爾（G. Stanley Hall）在其兩大册的經典之作《青春期》（*Adolescence*）中指出，現代文明因為「累積了大量的文化與技藝，所以需要更長時間和更嚴厲的學徒階段（apprenticeship）與專門化（specialization），這使得青春期年輕人的壓力更形沉重。」在這種情況下，「許多年輕人——如果不是說大部份的話——都應該被鼓勵去學習撰寫告解式私人日記（confessional private journalism），從中學會自我知識（self-knowledge），因為自我表達的能力如果能夠培養出來，那通常都是從這個階段開始被培養出來的。這個階段擁有豐富的主觀素材和需要一些它專屬的表達方式。」⑪在G・霍爾和許多其他研究年輕人的學者看來，寫日記乃是通向成熟的康莊大道。

日記的隱私權之爭看來在無數個家庭發生過。中產階級的年輕人常常在老師或父母的鼓勵下開始寫日記。父母會在他們六、七歲時（也就是剛開始適合寫東西的年齡），買一些有淡線的小筆記本給他們，讓他們寫起字來更方便些。然後，這些父母會帶著仁慈的笑容細讀兒女的作品，時而發出讚美的聲音，時而提供教育性的意見。但小孩是會長大的，而隨著青春期的逼近，他們日記的內容也會從動物園裡的小白兔或尼加拉瓜大瀑布之遊轉變為談學校、談運動、談他們初開的情竇。一八九三年八月，茱莉・馬奈（Julie Manet）——莫莉索的女兒、馬奈的姪女——在其日記的首頁寫道：「我常常有記日記的念頭，而我希望可以從現在開始。我覺得自己開始得已經有點晚了，但愈拖只會愈晚，再怎麼說我已經十四歲了。」⑫這番話反映出，至少在她那個有教養和富裕的圈子裡，她的朋友都已開始寫日記一段時間。但她開始得還不算太晚，因為在她的日記裡，我們將會看到她的一整個青春期翩然來到。

重讀舊日記所帶給人的情緒激動，有時不亞於寫下它們的當初。「重讀舊日記，感動莫名。」⑬史尼茨勒在一八九七年六月十八日寫道。一年後，他又扼要寫道：「下午讀日記。大大激動。」⑭我們知道，他是霍爾所稱的「告解式私人日記」的厲行者，只有偶爾（極偶爾）才會把他的日記分享給一個特別親密的朋友或特別看重的情人。一八八〇年，也就是父親偷看了他日記的翌年，他曾有過把日記拿給范漪恩看的打算（譯註：范漪恩是他當時的新歡，見本書的「序曲」）。一八九八年，他把日記中有關「瑪姬一」的段落唸給好朋友霍夫曼斯塔爾聽。有一、兩次，他想辦法看情婦的日記，發現相當有趣。可是，在一九〇二年，也就是他與女歌手奧爾佳・古拉斯曼（Olga Grossmann）結婚的同一年，未婚妻要看他的日記，他卻抵死不從，「斷然決然地」拒絕了。⑮既然我們知道他的日記裡有些什麼，就不難明白他爲何拒絕。顯然，史尼茨勒的最佳讀者就是史尼茨勒本人。

這一點也適用於大部份寫日記的人，但不是全部。有些人寫日記是爲了給別人或後代子孫看的。華格納夫人（Cosima Wagner）之所以日復一日把家裡的事寫成日記，是要寫給丈夫看的，而自丈夫於一八八三年二月十三日過世後，她就沒有再寫過日記或碰過舊日記本。出生於俄國的法國女畫家瑪麗・巴什克采夫（Marie Bashkirtseff）的日記則是要寫給後人看的，而她的私生活記述也要比她公諸於衆的畫作更廣爲人知。儘管瑪麗・巴什克采夫有很好的理由相信，自己不久就會死於肺病，但她還是忠實和勇敢地記下自己過的每一天。「沒有錯，」她在日記裡寫道：「我是有那種渴望（如果不說是希望的話）：以某種方式繼續留在這個世上。如果不會早逝的話，我樂於把日記出版——那太有意思了。」⑯她是對的，維多利亞時代晚期的讀者都被她的勇敢和對不朽的渴望所打動，而她的日記也帶來了醫生所不能帶給她的東西：長壽。

既然是其作者的一面鏡子，日記的面貌自然也因人而異，千差萬別。不過，在把日記看成了一個朋友這一點上，許多日記作者卻有志一同。像是美國旅遊作家瑪寶兒・托德（Mabel Loomis Todd）就把她的日記稱作「親愛的日記」。她有時候會對它說話：「我想告訴你一件事，親愛的日記。」⑰在第二本日記本寫滿以後，她給了它一個深情的道別：「再見了小本子——你深情而感激的朋友瑪寶兒致上。」⑱有些人更誇張：他們不是爲活著而寫日記，而是爲寫日記而活著。十九世紀最長的日記必定是日內瓦文評家阿米爾教授（Henri-Frédéric Amiel）所寫的無疑，它們加起來一共是密密麻麻的一萬六千八百多頁。一八六四年，也是在寫了十六年日記之後，阿米爾教授問自己：「我爲何要寫日記呢？」這位鐵了心的獨身漢知道答案何在，有點可憐兮兮地把它寫了出來，把他的日記說成就像充滿各種人的素質：「因爲我孤單。它是我的對話、我的社交、我的同伴、我的知己。它同時也是我的慰藉、我的回憶、我的出氣筒、我的回聲、我私密經驗的蓄水庫，幾乎是我唯一值得流傳身後的東西。」⑲就像瑪麗・巴什克朵夫一樣，他的預言太精確了。

有些人寫日記則是爲了希望得到他們所渴望得到的注意。一八三三年，年方二十的德國劇作家黑貝爾（Friedrich Hebbel）開始寫日記（這部日記日後將會成爲卷帙浩繁的大部頭），並深具自信地表示：「我動手寫這本子，不只是爲了方便日後爲我作傳的人——我對自己會聲名不朽深信不疑，所以也相信一定會有這樣的人。它也將是一本我的心的筆記，會如實錄下我的心的調子，保留它們以供我在未來的年月愉快重溫。」⑳他的第二個立場是第一個立場的驚人後退：在第一個立場，他宣稱他寫日記是爲了幫助爲他作傳的人，但第二個立場卻保守得多，說寫日記是供他將來獨自一人快樂重溫。

有一種日記是那些對心理層面感興趣的歷史學家得不到多少好處的：流水帳式的日記。這種日記只記錄當場發生的事情，不涉其他。像是達爾文這一類科學家在從事調查過程中所寫的日記，就沒有太多關於心理生活的披露。達爾文的好友與捍衛者赫胥黎也有類似的情形。他曾經乘坐英國皇家海軍的「響尾蛇號」（Rattlesnake）從事了四年的航行，每天都一絲不苟記下自己做了些什麼科學研究（譯註：赫胥黎二十一歲時在「響尾蛇號」上任軍醫助理，隨船到澳洲考察，途中用簡陋儀器研究海生動物，並將研究結果陸續寄回英國。這些研究讓他聲名大噪，回國後入選皇家學會），但當一八五〇年初他把日記手稿寄給未婚妻時，卻遺憾自己沒有能力在日記中「把人類靈魂更廣闊和更奇怪的遊蕩述說出來。」他對自己缺乏把心緒與感情書寫出來的長才感到惋惜。「要是靈魂的歷史能寫成於當時，那它將會比那個人的外在所顯示的更多變化、更加充滿掙扎。但誰可以去寫它呢？只有我這個唯一的歷史學家。但當時的我太複雜了、太捲入了，難以把一個故事寫得允當。」㉑赫胥黎太低估他親炙自己的能力了：他的日記裡閃爍著幽默和引人入勝的題外話。不過，作為一個維多利亞時代人，他會覺得自己應該有多一些自我披露是很自然的。其他人也發現日記可以是一種有價值的記憶輔助工具。一八三九年，著名的美國昆蟲學家菲奇（Asa Fitch）在與一位好朋友敘過舊後，決定要重新開始寫日記（他年輕時有寫日記的習慣，後來中斷了），因為這番敘舊讓他「找出舊日記來讀，重溫了我們在一起的一些時

光」，而他發現，「這些紀錄的價值以加倍的力量震動我的心靈。」㉒

不管是出於什麼動機寫日記，有一件事情都是維多利亞時代的日記作者不會懷疑的：他們的「朋友」將不會使他們失望。它是耐心的楷模，總是隨侍在側，值得信賴的程度是世界上的任何人和物所無可比擬的——對極少數的人來說甚至是唯一的親密朋友。一本日記是不會批評、不會抱怨、不會洩密的。日記不是維多利亞時代人發明的文類，早先的時代就有過如伊夫林（Evelyn）、佩皮斯（Pepys）、鮑斯韋爾（Boswell）、聖西門（duc de Saint-Simon）（譯註：這位聖西門是十七、十八世紀法國著名散文家，與第六章提到的社會改革家聖西門不是同一人）等大日記家，更不用提的是那些會焦慮地把他們的善行或過失記在日記裡的清教徒與虔信派教徒（Pietist）。但寫日記在維多利亞時代的一個殊異處是它的普遍、它的平民化與大眾化。

維多利亞時代的自剖大爆發現象見證了有多少布爾喬亞下了多大的決心，要賦予他們的經驗和情感一種稀薄的永恆。寫日記和讀日記都是一種特殊的隱私形式，是體面的布爾喬亞其中一個追求（追求自我理解和豐富自我）的基本構成部份。

日記材料的侷限性是明白不過的，但研究維多利亞時代文化的史家卻必然會發現它們比自傳更有參考價值。日記要比自傳多些自發性而少些盤算、多些生動的描述而少些文飾。在那個仍然有相當程度言語禁忌的時代，日記的私人性質讓它比其他的自剖方式來得更加坦白。無疑，手是比腦慢的，而寫日記的人也會因爲擔心說不定有一天他的日記會被別人讀到而有所保留。儘管如此，對那些有興趣探索內心世界的歷史學家來說，特別是他研究的是像十九世紀這麼重視隱私的時代，日記仍是史料中的不二之選。

維多利亞時代人對日記正經八百的態度少不了會招來一些嘲諷，最著名的一個嘲諷來自王爾德。在《不可兒戲》（*Importance of Being Earnest*）讓人會心微笑的一幕裡，尊貴的費爾法克斯小姐（Gwendolyn Fairfax）這樣對賈爾杜小姐（Cecily Cardew）說：「我沒有一次旅行不帶日記。搭火車啊總該看些感人肺腑的東西。」但大多數寫日記的人顯然是對他們的自我檢視有嚴肅得多的目的。像是阿爾瑪·辛德勒深具表達力的日記就見證了，這一類的自剖有時候可以讓人有多深入十九世紀中產階級婦女的內心世界。她的日記內容幾乎沒有歷史重要性可言，大多是些瑣碎的私語，但它們卻對一個我們迄今所知甚少的性愛領域提供了幾塊不可少的拼圖板。沒有錯，我們讀她的日記時必須帶著謹慎，因爲她是個感情誇張和歇斯底里的女人，名氣主要是得自先後嫁給了幾個名人——作曲家馬勒、建築家格羅佩斯（Walter Gropius）、小說家魏菲爾（Franz Werfel），以及曾經跟知名畫家柯克西卡（Oskar Kokoschka）打得火熱。儘管如此，她記在日記內的事情還是遠比她那本渲染感傷（這一點從書名就可知道）的自傳《愛是橋樑》（*And the Bridge Is Love*）信

實得多。比方說，她的日記曾經記錄了母親侵犯她的隱私：「啊，可怕！……（她讀了）克林姆吻我的那段日記！」㉓

事實上，她的日記顯示，克林姆吻過她兩次。辛德勒太太的擔心不無道理：她女兒是個衝動型和不可預測型的人物，而克林姆又是個惡名昭彰的花花公子。克林姆騙女人上床的拿手說詞（顯然也屢獲成功），是說只有「完全的肉體結合」㉔才可以把男女之情提升為真正的愛。但另一方面，辛德勒太太又有點過慮了，因為不管她女兒多受到英俊的克林姆吸引，身為一個家教良好的年輕淑女，阿爾瑪並沒有被克林姆的自利說詞打動。她見證了中產階級的年輕婦女有時候會覺得放棄貞節比保持貞節還要難。

阿爾瑪的情緒大起大落，時而喜上雲霄，但又會一下子幾乎沒由來就掉到谷底。日記裡遍佈著感歎號。她身材苗條，圓臉，五官端正卻有點模糊。然而，從她可以吸引到那麼多有名的男人看來，她一定是散發著一種性魅力。讓她更有吸引力的是，她常常會暗示自己還是處女，因為處女仍然是其階級的一個主流價值觀，不過，她對處女之身的堅持卻愈來愈與她的性慾望相抵觸。例如，當她收到維也納交響樂團的指揮布爾克哈（Max Burckhard）一封情書時，她發現那猶如一顆春藥：「今天收到B的來信時，我從頭臉紅到腳。我很寂寞，我知道這一點。我讀信時愈讀愈興奮，我親了它。哪怕只是一個吻，我卻覺得已經把身體給了他。」㉕她的想像力常常會超時工作。例如，在她和作曲家哲林斯基（Alex von Zemlinsky）那段不可思議的熱戀期間（說「不可思議」是因爲哲林斯基又窮、又矮、又醜，而且是猶太人），她曾經這樣寫道：「我好渴念他。有時我會抱頭伏在桌子上，想像我們〔纏綿〕的光景，一伏就是幾小時。……我不能想像除他以外，我還會委身給任何人——**哪怕對方是克林姆!!**」㉖

隨著挫折感愈來愈甚，她的綺想益發淫蕩。「我**渴望**被**強暴**。誰都行。」㉗然後，在即將與馬勒結婚前，她又忽然決定把布爾喬亞貞潔原則扔到一邊。「我今天要記的事相當憂愁，」她在一九〇二年的元旦日寫道：「我去找了古斯塔夫（譯註：馬勒的名字），下午我們在他房間裡單獨相處。他給了我他的身體（譯註：這裡的「身體」似乎意指陽具），而我讓他用手撫摸我。他的男性雄風堅硬而直挺。他把我抱到沙發，將我輕輕放下，然後趴在我身上。然後，就在感受到他的刺穿時，他失去了所有強度。他把頭埋在我的胸上，簌簌發抖——幾乎要爲慚愧而掉淚。」等馬勒情緒平伏一些，就換成阿爾瑪沮喪地把頭埋在他胸膛裡。「怎麼辦，要是他那個以後都不行怎麼辦！我好可憐、好可憐的丈夫！」㉘

他們接下來的兩次歡愛看來要完滿得多。一月三日的日記有這樣的話：「極樂與狂喜」，第二天又有這樣的話：「無盡的狂喜」。在維多利亞時代，沒有一本自傳會有近乎阿爾瑪這部日記一半的坦白——她自己寫的那本自傳就更不消提了。公、私領域界線的近乎被拆毀，乃是後來世代的事。就算說歷史學家在阿爾瑪日記裡得到的資訊遠遠談不上完備，但至少他在讀完日記以後又會找到另一證據：並不是所有史尼茨勒時代的體面女性都是性冷感的。

四

把隱私理念化是一回事，把理念轉化爲現實又是另一回事。在這一點上，最世俗的因素（如住房），往往是決定性的。隨著十九世紀有錢的中間階層愈來愈多，負擔得起住在寬敞空間裡的布爾喬亞也愈來愈多。金錢是可以買到距離的。夠寬敞的房子既可以讓一個家庭與外面世界隔開，也可以讓家庭中的成員彼此隔開。牆壁、窗簾、百葉窗、堅固的大門、巧妙佈置的矮樹籬和籬笆都是一些符號，警告陌生人（甚至鄰居）不許走近。它們名副其實可以保障居住者的隱私權，而這種不被別人侵擾的自由乃是許多布爾喬亞特別看重的。一八六九年，有位美國作者向英國讀者指出，他觀察到「體面人家不喜歡與歌劇演員、黑人滑稽樂隊演員（negro minstrel）、好冒險的紳士或退休的酒色之徒爲鄰。」㉙隱私的原則有其勢利眼的一面，而十九世紀布爾喬亞生活的這一面也是史尼茨勒特別不喜歡的。

一八六〇年代中期，著名的英國建築師克爾（Robert Kerr）在論文《紳士居》（*The Gentleman's House*）裡斷然把隱私明定爲家居的原則。他指出，一棟房屋要夠得上稱爲**紳士居**，包含了衛生、舒適、陽光充足、空氣流通等十多項要素，其中最重要的要素是隱私：「這對於英國人的上等人家而言是一條首要原則。」隱私意味著把兒童區隔開去，更重要的是把家裡的幫傭區隔開去。「家人自成一體，僕人自成另一體。」克爾指出，這樣清楚的區隔對雙方都有好處：「同住在一個屋簷下，兩個階級都有權對對方關起門來，不相打擾。」㉚再沒有什麼比這番話更能反映出十九世紀社會的階級實質了。

十九世紀的大衆對如何才能落實隱私的資訊如飢似渴，而這方面的出版品也爲數龐大。它們有太多可談的了，而且名副其實是磚與瓦都談到了。在一本談良好禮節的長銷書裡（此書在一九〇〇年發行了第二十三個增訂版），德國作者弗蘭肯（Konstanze von Franken）提醒其讀者不要搬進「那些外表新潮而光鮮亮麗的摩登大樓，因爲它們雖然好看，但牆壁都薄得可以，結構又欠佳，以致隔壁鄰居所說的每句話以及樓上的鋼琴聲都可以聽得清清楚楚。」另一種可以避免雜音干擾的方法是「選住同一棟大樓裡離其他公寓盡可能遠的一戶公寓。」㉛簡單來說，想要獲得隱私，就必須照顧到方方面面——有太多前線需要去征服和防衛了。難怪維多利亞時代的中產階級會那麼焦慮重重。

想享有家內的隱私權，最起碼的條件當然是擁有一個獨自的房間，而我們說過，這是窮人無法負擔得起的。這個差別，是區分十九世紀布爾喬亞與工人階級的重要準繩。英國建築師米德爾頓（G. A. T. Middleton）在一九〇六年總括其數十年的社會觀察時指出：「爲中產階級蓋房子和爲工人社區蓋房子是兩碼子事，其差別大得有需要動用兩套完全不同的規劃方式。」㉜在布爾喬亞方面，爲主人夫妻騰一間單獨的房間當然是首要之務。那是一個用來更衣、小憩、私密談話的地方——當然也是供除睡覺之外其他床上活動進行的地方。合法的交配要是不用擔心被撞見的話，進行起來會更舒暢。許多布爾喬亞父母親（特別是較低收入的）會讓小嬰兒在他們臥室裡睡一段時期，而一旦經濟負擔得起，就會去物色更大的居處，以便給他們的小孩以至他們自己更多一些隱私。

這也是爲什麼愈來愈多布爾喬亞家庭會認爲（特別是十九世紀中葉以後），租屋要更方便些。因爲，隨著可支配收入的增加，兒女的數目也會跟著增加，需要換住到更大的空間。而在城市紛紛興起的公寓大樓（apartment house）（譯註：包括許多獨立住宅單元的房屋，通常共用服務設施）則爲這種流動性提供了便利。讓小孩也可以享受到隱私福利的第一步，是讓兒子與女兒分房睡——但這種安排，連收入最多的工匠都不敢奢望。專門爲工人階級蓋房子的營建商總是把重點放在追求「極便宜」，所以會把兒童睡房設計得夠大到能容納一張、甚至兩張雙人床。這種拘束是中產階級鮮少需要面對的。在十九世紀中葉之後，除了法國之外（該國的出生率是出名的低），許多國家上層布爾喬亞的房子或公寓（apartment）（譯註：公寓大樓裡的獨立住宅單元）裡的臥室常常不會少於六間。像曼哈頓其中最早一棟公寓大樓「達科他」（Dakota），就是以這種慷慨的規格建造的。他們的房客都是事業成功的家庭，雇有奶媽和保姆，家中人丁旺盛。我們談過，維多利亞時代的布爾喬亞夫妻已經發現了節育的好處，不過，世紀中葉之後英國、德國、奧地利的獨棟住宅（town house）（譯註：指兩層或有時爲三層的獨戶住宅，與鄰屋有公共邊牆相連）持續存在的現象，反映出大家庭仍然比比皆是。像是波特小姐（Beatrice Potter）（她冠夫姓的名字衛博〔Beatrice Webb〕更廣爲人知）（譯註：波特與夫婿衛博〔Sidney Webb〕爲英國社會改革家、費邊主義者，創建倫敦政經學院）就一共有八姐妹——毫無疑問是個大家庭，當時卻沒有人會覺得不正常。也沒有人認爲弗洛依德夫妻有六個子女有什麼好奇怪的。

上述善體人意的空間配置方式雖然風行，卻不是人人奉行。有些事例可以反映出，一些富裕布爾喬亞會因爲狂熱追求社會風評而不惜犧牲子女對隱私的渴望。這方面，瓦亨海姆女士（Hedwig Wachenheim）的回憶錄爲我們提供了一個好例子。瓦亨海姆女士一九〇〇年前後生長於德國曼海姆（Mannheim）一戶上等人家，父親是個猶太銀行家，已故，留下她與母親及一個姐妹共三人。她們住的是一棟有六間廳室的大房子。儘管如此，姐妹兩人只能擠在屋後一個濕氣重的小房間裡，因爲其餘三個可用的廳室都是她媽媽交際用的——一間當沙龍（每年有兩次大型的晚宴接待），一間當起居室兼餐廳，一間當她媽媽的客廳。

像這樣披露一個富有寡婦如何縱溺自己和取悅世界的回憶錄在十九世紀相當罕見。不過，富裕的布爾喬亞建造他們的別墅，用心並不純粹是爲了家庭成員之間的隱私，這倒是眞的。在德國的商業重鎭法蘭克福，其西區（Westend）是一個企業家、商人和銀行家雲集的住宅區，房子通常都包含一間撞球室、一間吸菸室（兩者都是男士專用），以及一間舞廳（*Tanzsaal*）——有時候則是一廳三用。在一九〇〇年，至少有一名建築師相當體貼其業主的需要：傑出的維也納設計家霍夫曼（Josef Hoffmann）在為亨內貝格夫人（Frau Henneberg）設計房子時，把它設計成寬敞得足以容得下兩間客房、一間吸菸室和一間專供太太使用的房間。另一方面，愛好音樂的人家也可能會騰出空間來容納他們的愛好。例如，在比切女士（Catharine Beecher）出版於一八六九年的《美國婦女的家居》（*The American Woman's Home*）一書中，我們就看到這樣一幅中產階級的房屋平面圖：房子面積雖然不大，卻還是留了空間給一架立式鋼琴。

這些分歧現象提醒我們，空間配置要怎樣才算適當（包括該有多少間僕人房間），在整個十九世紀都是有爭議的。很多家庭和建築師都響應了重視隱私的住居趨勢，但置之不理的人亦比比皆是。在一八六四年，《營造人》雜誌（*The Builder*）帶點滿意地指出，英國人終於不再嘲笑巴黎人動輒蓋四、五層樓公寓大樓的做法，自己也蓋起小城堡來了，儘管他們還是沒有採取巴黎人的模式，把五層樓的每一層分租給一個收入水平不同的階層。又說：「在無盡新闢街道的私人住宅，如貝爾格拉維亞區（Belgravia）、泰伯恩利亞區（Tyburnia）和西伯恩利亞區（Westbournia）的排屋（terrace）（譯註：外表結構一樣的連棟式房子），臥室樓板的面積都擴大了，讓睡眠的空間更能符合我們而今對舒適、財富和健康的觀念。」㉝不過這只是事情的其中一面，因爲遲至十三年後，《營建新聞》（*Building News*）還抱怨，在倫敦的羅素和貝德福德廣場（Russell and Bedford Square）四周街區（遠遠不是個貧民區），那些重修過或新蓋房子的「居住便利性」都嚴重不足；特別令人不滿的是，「許多房子的臥室都小小間的，與整棟房子的大小不成比例；一切都爲客廳而被犧牲掉了。」㉞

前文引用過那位特立獨行的經濟學家凡勃倫，也在其大作裡提醒讀者注意這種家庭空間配置失衡的現象。「炫耀式消費」所意味的是，富裕的布爾喬亞人家會爲擴大家中的會客空間（當然也會裝潢得美侖美奐）而犧牲掉其他必要的空間——包括客人絕不會踏進的臥室。「因爲有這種偏好可見消費（visible consumption）的歧視心理，讓大部份階級的家居生活——對比於擺給外人看的那個外面顯赫部份——顯得相對襤褸。」正因爲這樣，「在大多數工業發達的地區，人們都是把家居生活排除在外人的目光之外」，而「注重隱私的習慣也成爲所有地區較富裕階級表現其財富的一個極顯著特徵。」㉟簡言之，沒有一種時尚的住居方式沒有人採行，但這另一方面也表示了，沒有哪種中產階級的住居理想是他們全體追求乃至於曾達成一致的。

在觀察維多利亞時代中產階級對隱私的態度有多麼變化多端時，我們也會遇到一些這樣的時刻：基於習俗而讓某些特定人士進入他們本來無權進入的範圍。在家裡生孩子就是這樣一個時刻。在小說《先生、夫人和寶寶》中，G・德羅茲對小孩來臨的情境描寫得鉅細靡遺。被允許進入產房的人只有醫生、產婦的媽媽和丈夫——後者的手臂被勇敢承受陣痛的愛妻路易絲（Louise）攙住。只有等小孩安全生下之後——「是個男寶寶呢！」——其他少數親戚才被允許進房間看新生兒。此時，太太以別人無法聽到的小聲向丈夫耳語：「我讓你滿意嗎，親愛的？我盡力了。」㊱

一如其他事情，什麼樣的行爲才算端莊（modesty），也是因時間和地方而異。在十九世紀中葉，良好禮儀是容許一個中產階級媽媽在丈夫、小孩，甚至僕人面前給小寶寶餵奶的（其他人則不行）。在杜米埃（Daumier）一幅描繪三等火車廂情景的水彩畫中，我們可以看到一個長相粗陋的媽媽正在餵奶，這是一個迂迴的提醒：露乳餵奶之舉在頭等車廂是難以想像的。但餵奶的行爲是那麼的自然和端莊，讓狄更斯（他對於什麼是得體的舉動少有妥協）覺得有必要請他的著名插畫家布朗（Hablot Browne）把這個溫柔時刻給捕捉住。在這幅插圖中，我們看到，大衛．科波菲爾在媽媽餵他異父弟弟吃奶時，他就在旁邊看著。事實上，同一部小說中的米考伯太太（Mrs. Micawber）甚至被寫成幾乎無時無刻不在忙著餵她的小孩吃奶，而狄更斯更是敢於開這樣的小玩笑：「容我在此插個話。就我對這家人的所有印象，我幾乎沒有見過那對雙胞胎同時離開過米考伯太太的身體。他們總是最少會有一個在媽媽懷中接受滋養。」中產階級拘謹刻板之說已矣乎。

五

但我們必須再挖深一些。隱私的價值也許昭然若揭，但它卻少不了某些前提（例如沒有一定程度的富裕就不會有隱私可言），而且濃縮著形形色色大異其趣的情感。沒有錯，年輕人不難看出隱私對他們的意義何在：那是對他們尊嚴的一種肯定，表明他們被當成大人看待。但對其他人來說，隱私權卻是一把用來掩蓋各種情緒與信念的保護傘：反叛性、孤僻、羞澀、渴望自主等。反過來說，願意尊重別人的隱私也意味著願意尊重觀念和理想與自己相左的人；一句話來說，就是擁有度量。

維多利亞時代人之所以覺得隱私值得追求，其心理基礎再一次是受惠於啓蒙哲學家。一七八四年，康德（Immanuel Kant）發表了一篇廣爲傳誦的論文〈答何謂啓蒙〉（Answer to the Question: What Is Enlightenment），其內容反覆受到徵引。對於何謂啓蒙，康德的回答是：啓蒙意味著人類長大，抖去了不成熟和法律上的依賴地位。任何對其他權威的臣服，都是人類尚未到達啓蒙這種最高境界的表現。引用異教徒的經典爲自己佐證是一種典型的十八世紀風格，康德也不例外，而他這一回引用的是賀拉斯（Horace）的話：「勇於求知吧（*Sapere aude*）！」換句話說，啓蒙就是人類自主的同義語。而在維多利亞時代，爭取這種自主最不遺餘力的，大概莫過那些追求男女平等的女權主義者（他們的艱苦奮鬥到十九世紀末還沒有取得完全的勝利）。他們所爭取的各種權利中，包括了與男人一樣的隱私權和因這種隱私權派生出來的各種好處，還算不上完全勝利。而這也是幾十年後維吉妮亞・伍爾夫所揭櫫那句著名口號的眞義：一個獨自的房間（譯註：「一個獨自的房間」原是維吉妮亞・伍爾夫一場演講的講題，後來成書出版）。

康德對啓蒙的定義，與啓蒙運動近一百年的奮鬥方向一致：把一些被認爲有問題的言論和行爲從公共權威的大手裡拯救出來。以寬容的理念爲出發點，啓蒙哲學家主張褻瀆或不得體的言論，或是同性戀，純屬私人的事。孟德斯鳩說過，他可不認爲有哪個神明會臉皮薄得因爲愚蠢凡人妄稱其名而發怒。這話聽來有點輕浮，但它所包含的意蘊不亞於要求重新思考個人權利與更高權力（不管是國家、教會、家庭或公共意見）之間的分際線。而要求書報審查官、警察、法院放開他們對褻瀆、淫穢、政治牢騷的箝制，也不啻是主張給予私領域一個廣闊的空間。這是十九世紀最咄咄逼人的自由主義者所要求的下限，雖然較靦腆（或者說較實際）的進步人士不會呼籲箝制力量全部鬆開，而會以它的部份放鬆爲滿足。

中產階級隱私觀念的興起，與維多利亞時代人稱爲「個人主義」的現代態度也有著密切關係。一八四〇年，托克維爾在《論美國的民主》（*Democracy in America*）一書裡表示：「〔個人主義〕是一種新觀念創造出來的一個新詞。我們的祖先只知道利己主義（egoism）。」[37]他給個人主義下了這樣的定義：個人主義是一種只顧自己而又心安理得的情感，它使每個公民與其同胞大衆隔離，退縮（withdrawal）到親屬和朋友的圈子裡去。因此，當每個公民各自建立自己的小社會（little society）後，他們就不管大社會（greater society）而任其自行發展了。」[38]這種「退縮」所引發的一個議題是，如何才能讓「小社會」的需求與「大社會」的需求達成平衡，而這一點，是托克維爾認爲個人主義化的美國人日漸無力達成的。另外，與美國的民主信徒觀點相當不同的是，他極度懷疑「個人主義」這個新詞有任何內在優點可言。他認爲那只是平等主義的副產物，而且等到歐陸更能夠接受平等之後，個人主義也會瀰漫開來。

「個人主義」（一種反對公權力籠罩一切的立場）也許是一種晚近的發明，但「個體性」（individuality，一種對個人獨特性的強調）的觀念歷史卻要悠久許多。一八六〇年，瑞士史家布克哈特在其鉅著《義大利文藝復興時期的文化》（*The Civilization of the Renaissance*）中主張，文藝復興時期最爲顯著的特點之一，就是「個體」觀念的形成，而這個觀念，堪稱是「當代歐洲衆多子女的頭生子」。他指出，在中世紀，「意識的兩面——朝向世界的一面和朝向內在的一面——一直被一張帷幕遮蓋著，處於睡眠或半醒著的狀態，」而因爲有這張由宗教信仰、童騃的靦腆和錯覺所交織而成的「帷幕」存在，「人們都只把自己界定爲某一種族、某一民族、某一部門、某一團體和某一家族的成員。」㊴

布克哈特固然沒有觸及隱私權的問題，但從他上面的一番話，我們可以毫不猶豫地斷言，中世紀的個人概念（個人只是群體中的成員）是沒有隱私權的容身之地的。布克哈特接著又指出，「帷幕」首先在義大利消失，從此，人們開始用客觀的態度面對國家和世界，隨之而來的是一種強烈的主體性意識的誕生。人因此茁壯爲「精神性的**個體**」（spiritual *individual*）㊵。傳記、自傳、肖像畫這些十九世紀中產階級視爲天經地義的個性具體表達方式，也是在文藝復興時代萌芽的。

然而，儘管把文藝復興時代突出爲十九世紀之母，布克哈特卻不認爲這有什麼好高興的。沒有錯，個體性固然是後來所謂的「文藝復興人」（Renaissance man）——即不爲傳統和習俗羈絆的人——的先決條件，但很多時候，這一類人也不受宗教和道德羈絆。一如十四、十五世紀曾產生過博爾吉亞（Cesare Borgia）這種視道德爲無物的狂徒，十九世紀對個體性的大膽擁抱也帶來了一些嚴重的流弊。很多時候，那些因爲受不了死氣沉沉農村生活而遷入大城市的年輕男女會發現，他們對獨立性那麼殷切的追求，到頭來得到的只是一種不可欲的匿名性（anonymity），既沒有朋友的扶持，也沒有親人的慰藉。

對這些茫然孤單的人來說，隱私權這個光閃閃的理念多了一種諷刺意味，而當代社會的研究者（包括了哲學家和社會學家）則創造出一些專門術語來形容十九世紀都市生活的流弊：「異化」、「失範」、「碎片化」。因此，否認個人主義有其黑暗的一面只是自欺欺人：那些深受其害的人會知道得比誰都清楚。儘管如此，個人主義還是有它的另一面，更正向的一面。私人空間意味著由衷的選擇，而那不啻是自由的同義語。

在維多利亞時代，一個用眞自由來取代贋品的例子，就是無記名投票制度的引入。誰都知道，記名投票極容易受到威迫利誘等人爲手段操縱，這也是爲什麼當權者會竭盡所能把這種方式維持到最後。有好幾次，法國的革命份子在革命成功後都立法通過實行無記名投票制度，卻從未嚴格執行，而有一些國家更是頑強地保留記名投票制度。但英國卻在一八七二年開始實行無記名投票。獨自和不受監視的投票：沒有比這更強的隱私權例示了。

十九世紀末還出現了一種兩個人之間的隱私——精神分析。精神分析是一種原創性和有著高度爭議性的技術，致力於探索個人最私密幽微的部份。自一八九〇年代初起，弗洛依德就不斷打磨其深度心理學的治療技術。分析師會讓病人斜靠在一張沙發上，自己則坐在沙發後面病人看不到的位置，藉此營造一種柔和的氣氛，誘發病人的退化（regression）（譯註：精神分析用語）。診察室裡不會掛任何照片，不會有強烈的燈光，務求把外面的世界隔絕在外。沒有錯，病人並不是單獨的，但分析師大部份時間都只是靜默的傾聽者，會說話也主要是爲了解析病人說過的話。在傾聽的過程中，分析師絕不會作出道德判斷或宗教譴責——因此有些人把病人的傾吐比擬爲天主教的告解是完全不恰當的。精神分析讓病人傾吐的最終目的，是要幫助病人發現自己的眞我。弗洛依德後來對分析治療的目的所作的界定，聽在研究隱私觀念的學者耳裡應該會覺得相當熟悉：「分析不是爲了抑制病人的病理學反應，而是爲了讓他可以**自由**選擇哪一條路。」㊶

六

十九世紀布爾喬亞對隱私的嚮往，和他們對自我（self）的廣泛熒惑密切相關。我們知道，對自我的關注可以回溯到蘇格拉底（雅典人中間最大的一隻牛蠅），因爲他與其前人最大的不同處，正在於他把關注從世界轉向人。從聖奧古斯丁（St. Augustine）到蒙田（Montaigne）、從巴斯卡到盧梭，這些無怨無悔的自剖家在在見證了，維多利亞時代人對自我的滿腔興趣背後有一個源遠流長的光榮傳統。另外，自柏拉圖以降，許多個世紀以來的政治理論家都是以他們對人性的看法來架構各自的理論系統。霍布斯在其扛鼎之作《利維坦》（*Leviathan*）中——出版於一六五一年——更是把自省視爲統治的法門：「那些要統治一整個國家的人必須透過自省了解別人——但不是了解這個人或那個人，而是了解人類。」㊷一八八六年，尼采在他最多人讀過的基本著作《超越善惡》（*Beyond Good and Evil*）裡明白指出：心理學再一次被奉爲科學之后的日子已經到了，「因爲只有靠著它的服務和預備，其他科學才得以存在。因爲心理學現在再一次是通向解決各種根本問題的道路。」㊸

身爲人類動物（the human animal）一個有著詭異穿透力的研究者，尼采強烈反對十九世紀那種幾乎無可抗拒的學術分工化趨勢：在他看來，哲學與心理學是不可分的。他有一個同樣傑出的同道——威廉·詹姆斯，後者在哲學和心理學上的表現同樣讓人動容。這裡不是細說十九世紀心理學發展的地方，但值得指出的是，到了維多利亞女王主政的晚期，對情緒不動情緒的研究（譯註：指心理學）已經成爲了一種大有厚望的可能性。在一八二四年、一八二五年，德國教育學家暨哲學家赫爾巴特（Johann Friedrich Herbart）出版了一部（共兩冊）大有影響力而書名意味深長的著作《根據經驗、形上學和數學新建的學科——心理學》（*Psychology as Science, Newly Founded on Experience, Metaphysics and Mathematics*）。透過對經驗的強調和他的現實主義形上學（Realist metaphysics），赫爾巴特把心理學確立爲一門自主的學科。到了一八七○年代，心理學終於打進了大學，最著名的是馮特（Wilhelm Wundt）在萊比錫大學（University of Leipzig）主持的心理學實驗室。

維多利亞時代人對自我之謎相當熒惑，也用他們出了名的殷切投入這方面的追索。這是爲什麼寫日記的風氣會大盛於十九世紀的其中一個原因：數不勝數的人都預期他們的日記會像一面魔鏡，把他們的眞實面貌反照給他們看。格萊斯頓會記日記，不但是爲了記下他每天大量所讀的書，也是爲了監測他所謂的「自愛的錯覺」（the delusions of Self-love）㊹——一種他的基督徒自我（Christian self）最不能容忍的特徵。探尋「唯一絕對的**自我**」也是饒舌、自我中心和酖服鴉片酊的柯爾律治（Samuel Taylor Coleridge）生命最後幾十年的專注。斯湯達爾探求自我的殷切程度不亞於柯爾律治（但沒有後者那麼悽悽惶惶）。「**自我**是什麼？」㊺他曾經這樣自問，然後又承認對它一無所知。其他較不善於表達的布爾喬亞則透過好些別的管道去尋找他們所渴求的內在知識：講道、小說、詩、哲學論文、心理學文獻，而其中最常用的方式是自我審視（譯註：即寫日記）。寫日記是想獲得心理學洞察最平等主義的方法。

很多日記作者未能把他們的自省形容爲一種「自我轉化的追尋」（quest）。不值得奇怪的是，史尼茨勒也是如此。他一向都對於他能以戲劇和小說探觸到自己心靈的岩床感到滿意，對他的日記亦復如是——他在其中對自己做了最無情的剖析。這些密密麻麻的紀錄目的很簡單：「自知」（self-knowledge）㊻。他這句話寫於一八九五年。五年後，也就是他寫日記寫了二十年之後，他寫道：「我已經決定了不再向自己隱瞞自己的卑劣和愚蠢。」㊼他覺得自己也許不夠眞正深刻，但又深信自己了解最深刻的事情——這是一個微妙的分別，卻不是不重要的。他知道自己的毛病要知道得比任何人清楚，但他的自知極少帶來內在的改革。用弗洛依德的經典表述方式來說，他是既自知又不自知（he knew and he did not know）。

當然，大部份的維多利亞時代布爾喬亞（甚至是受過高等教育的那些），都不會像史尼茨勒那樣孜孜矻矻於自詰（self-questioning），而且沒有這樣做也一樣過得好好的。我說過，中產階級是被變遷四面圍攻的，而維多利亞時代則是一個焦慮的時代。他們會認爲一種未加檢視的生活值得過，是有很好的理由的。而如果你問他們，他們有多麼仔細檢視過自己的宗教信仰、政治信念、道德高度，或有沒有覺得他們的內心世界惶惑不安，他們大部份將回答說他們會樂於讓詩人、神父、專欄作家、私人醫生去爲他們代勞。儘管如此，在生活於史尼茨勒世紀的布爾喬亞之中，還是有愈來愈多的人覺得，一幅通向自知的地圖（一如通向財富、美貌或婚姻幸福的地圖）是他們愈來愈少不了的。

註釋

①直到好幾十年前，隱私權的主題基本上還是受到忽略的。遲至一九三九年，還有一位著名的美國辯護律師 Louis Nizer 出版了一本叫《隱私權：法律一個新分支》（*The Right of Privacy: A New Brand of Law*）的書。但如今，因爲政府情治人員、保險公司、狗仔隊、網路以及其他二十世紀新科技對隱私的威脅，這方面的文獻快速增加，但歷史學家大概會喜歡使用更經驗性和理論性的作品。一個有啓發性的例外是德國社會學家齊默爾（Georg Simmel）所寫的 *Soziologie, Untersuchungen über die Formen der Vergesellschaftung*（1908），它與隱私主題相關的部份已收錄在 *The Sociology of Georg Simmel*（trans. and ed. Kurt H. Wolff, 1950）。以下一些著作也值得參考：Lenenis Kruse, *Privatheit als Problem und Gegenstand der Psychologie*（1980）著重在隱私權的社會心理學；Ferdinand David Schoeman, *Privacy and Social Freedom*（1992）是對隱私的哲學向度的一個深思研究；Judith C. Inness, *Privacy, Intimacy, and Isolation*（1992）探討隱私權的法律涵蘊。Patricia Boling, *Privacy and the Politics of Intimate Life*（1996）對一些女權主義者的立場作了批判性的分析。

有關倫敦人住居方式的轉變，特別值得參考的是 Donald J. Olsen *The Growth of Victorian London*（1976）。有關清教徒家庭生活缺乏隱私的，參考 John Demos, *A Little Commonwealth: Family Life in Plymouth Colony*（1970），以及 Karen Chase and Michael Levenson, *The Spectacle of Intimacy: A Public Life for the Victorian Fam-*

ily（2000）。

②"Nanci" Berlioz, diary, April 14, 1822. Cairns, *Berlioz*, vol. I, *The Making of an Artist, 1803-1832*（1989; 2d ed., 1999）, 106.

③"Nanci" Berlioz, diary, May 7, 1822. Ibid., 107.

④ Alma Schindler-Werfel, *Diaries 1898—1902*, selected and ed. Antony Beaumont（1998; trans. Beaumont and Susanne Rode-Breyman, 1999）, xiii.

⑤ Stephen, *Liberty, Equality, Fraternity*, 106.

⑥ Samuel D. Warren and Louis D. Brandeis, "The Right to Privacy," *Harvard Law Review*（1890）, IV, 193-220, passim.

⑦ C. E. Sargent, *Our Home: Or, the Key to a Nobler Life*（1888）, 5-6.

⑧ See James Jackson Kilpatrick, *The Smut Peddlers*（1960）, 243.

⑨ Thomas Babington Macaulay. Denis Mack Smith, *Mazzini*（1994）, 42.

⑩ Thomas Carlyle, "To the Editor of the Times," *The Times* [London], June19, 1844, p. 6.

⑪ G. Stanley Hall, *Adolescence: Its Psychology and Its Relations to Physiology, Anthropology, Sociology, Sex, Crime, Religion and Education*, 2 vols.（1904）, I, 589.

⑫ Julie Manet, *Journal（1893-1899）*, ed. Jean Griot（1979）, 9.

⑬ A.S., June 18, 1897, *Tagebuch*, II, 257.

⑭ A.S., April 24, 1898, ibid., 283.

⑮ A.S., July 7, 1902, ibid., 374.

⑯ Marie Bashkirtseff, *Journal*, 2 vols.（1898）, I, 5.

⑰ Mabel Loomis, November 7, 1872, Journal, I, Mabel Loomis Todd Papers, Yale—Manuscripts and Archives.

⑱ March 5, 1879, Journal, II, ibid.

⑲ Henri—Frédéric Amiel, July 36, 1876, *Journal intime*,trans. Mrs. Humphrey Ward（1887）, 213.

⑳ Friedrich Hebbel, March 23, 1835, *Tagebücher, 1833-1863*, ed. Karl Pörnbacher, 3 vols.（1966-67; ed., 1984）, I, 7.

㉑ Thomas Henry Huxley, April 6, 1850. *Diary of the Voyage of H.M.S Rattlesnake,* ed. Julian Huxley（1935）, 266.

㉒ Asa Fitch, August 16, 1839, diary, Asa Fitch Papers, box 2, Yale—Manuscripts and Archives.

㉓ Schindler-Werfel, *Diaries, 1898-1902*, xiii.

㉔ Ibid., May 1, 1899, 125.

㉕ Ibid., December 13, 1900, 355.

㉖ Ibid., June 4, 1901, 410.

㉗ Ibid., July 24, 1901, 421.

㉘ Ibid., January 1, 1902, 467.

㉙ Anon., "American Domestic Life Described by an American," *The Leisure Hour*, XVIII（1869）, 111.

㉚ Robert Kerr, *The Gentleman's House: or, How to Plan English Residences, from the Parsonage to the Palace*（1864; 2d rev. and enl. ed., 1865）, 67-68.

㉛ Konstanze von Franken, *Handbuch des guten Tones und der feinen Sitten*（23d rev. ed., 1900）, 47.

㉜ G. A. T. Middleton, *Modern Buildings: Their Planning, Construction and Equipment*, 6 vols.（1905）, I, 44.

㉝ *The Builder*（1864）, XXII, 94. Olsen, *Growth of Victorian London,* 160.

㉞ *Building News*（1877）, XXXII, 484. Ibid., 131.

㉟ Veblen, *Theory of the Leisure Class*, 112-13.

㊱ Droz, *Monsieur, Madame et Bébé*, 287-89.

㊲ Alexis de Tocqueville, *Democracy in America*, 2 vols.（1835-40; trans. George Lawrence, ed. J. P. Mayer and Max Lerner, 1966, 2 vols. in 1）, 477 [vol. II, part 2, ch. 2].

㊳ Ibid.

㊴ Jacob Burckhardt, *The Civilization of the Renaissance in Italy: An Essay*（1860; trans. S.G.C. Middlemore, 1878; 2d rev. ed., 1945）, 81 [part II].

㊵ Ibid.

㊶ Freud, *The Ego and the Id*（1923）, Standard Edition, XIX, 50n.

㊷ Thomas Hobbes, *Leviathan, or the Matter, Forme and Power of a Commonwealth Ecclesiastical and Civil*（1651）, The Introduction.

㊸ Friedrich Nietzsche, *Beyond Good and Evil*（1886）, part I, no. 23.

㊹ Gladstone, September 16, 1841, *Gladstone Diaries*, III, 140.

㊺ Stendhal, *Rome, Naples et Florence*（1826; ed., 1987）, 307.

㊻ A.S., August 15, 1895, *Tagebuch*, II, 149.

㊼ A.S., March 13, 1900, ibid., 324.

終曲

Coda

從一百多年後的今天回顧，
維多利亞時代是個令人羨慕的世紀，
而在這件事情上，布爾喬亞居功匪淺。

一九一八年，斯特雷奇（Lytton Strachey）在《維多利亞時代四名人傳》（*Eminent Victor-*
ians）的一開頭就說：「維多利亞時代的歷史將永遠無法修成，因爲我們對它所知太多 281
了。」這是典型的斯特雷奇式弔詭語，而他那些失真的作品之所以能夠風行不衰，這一
類弔詭語居功匪淺。儘管逗趣，但他上述的斷言卻錯得不能再錯。因爲，不管十九世紀
留給後人的材料多麼龐雜，我們已開始獲得我們需要的知識，或是說已開始懂得怎樣評
價我們擁有已久的知識，讓我們可以對該時代作出公允的判決。被斯特雷奇以刻毒文筆
拷打的四位名人——紅衣主教曼寧（Cardinal Manning）、南丁格爾（Florence Nightingale）、阿
諾德博士（Dr. Arnold）和戈登將軍（General Gordon）——無疑都是瑕疵多多的人物。只不
過，他們的優點卻是《維多利亞時代四名人傳》有所未見的（其他在別的作品裡受到斯
特雷奇諷刺的較小角色亦復如此），所以，這本書反而成爲人們發現維多利亞時代中產
階級眞相的一個障礙。直截了當地說，我認爲眞相並不位在大好和大惡的中間點，而是
位在靠近正值的一邊。

我無意將十九世紀理想化。我可不像某些保守派評論者那樣，對十九世紀滿懷鄉 282
愁，一心想去復興他們所謂的「維多利亞時代價值觀」。人類事務的紀錄總是良窳互
見，十九世紀亦不例外。在維多利亞時代，厚顏無情地剝削勞工的礦場主和工廠主比比
皆是，他們總是要等到政府出面干涉才願意改弦易轍。也有不少中產階級男女的性歡愉

——出於性冷感或其他精神官能症方面的因素——是打折扣或闕如的。還有些丈夫對妻子頤指氣使，不管是在公開場合或私生活裡都對婦女解放百般打壓。民族主義者與帝國主義者在十九世紀亦屢見不鮮。不過，隨著時代巨輪的邁進，這些人和他們意識形態的掌控力逐漸走向式微：幾乎所有二十世紀取得成功的進步主張，都可以在十九世紀找到它們雄辯和愈來愈得人心的鼓吹者。事情還不僅止於此：我一開始就指出過，在藝術與文學（建築、繪畫、雕塑、小說、戲劇等等）大放異采的現代主義並不是純粹的二十世紀產物，而是早在第一次世界大戰之前業已呼之欲出。維多利亞時代人形同是把他們最好的東西留給了不知感激的後來世代，而我們時代的罪惡，則是我們自己作的孽。

我這個判決不是隨口說的。在十九世紀的最後二十五年，有一群「牛蠅」（譯註：這意指討厭鬼）專事揭發暴露中產社會形形色色的惡形惡狀，而他們的成績也洋洋大觀：這不奇怪，因爲他們想要找的碴比比皆是。這些維多利亞時代政治與道德的批判者可說是發揚了福樓拜與左拉的餘緒，但卻有一點不同：被我稱爲「仇布者」的那些藝術家和小說家是不分青紅皂白的，對中產階層文化採取全盤否定的態度，相形之下，這些後起的資本主義批判者選擇目標的時候要精準得多。不管是不是具有檢舉人的心態，他們都是體面的一群，以揭發體面布爾喬亞的惡形惡狀爲職志。老羅斯福總統給了這群人一個有名的稱呼：「扒糞者」。但這些「扒糞者」經常會在扒糞的過程中扒到黃金：如政客的貪污或是濫用經濟權力。他們其中一個甚至催生了一項改革法案：一九〇六年的「純淨食品和藥物法」（Pure Food and Drug Act）。這個人就是小說家辛克萊（Upton Sinclair），他在控訴芝加哥肉品包裝業草菅人命的小說《叢林》（*The Jungle*）裡，描寫一個工人掉落到製造肉品的大缸裡，被絞成肉醬，製成香腸。

在美國，一些有才華的記者會爲《麥克盧爾雜誌》（*McClure's*）等雜誌撰寫一些窮追不捨的揭發文章，但他們的動機絕不是惡意的。《麥克盧爾雜誌》的塔貝爾（Ida Tarbell）就是一個例子，她揭發了標準石油公司（Standard Oil）發跡史，作成大量而又揭發許多內情的報導——該公司使得洛克斐勒能藉由許多非正常的商務運作（常常是犯法的）成爲巨富；另一個例子是斯蒂芬斯（Lincoln Steffens），他走遍全美國，發現它們多少都像費城那樣，「腐敗而滿足於現狀」。在英國，自稱是「異端」的經濟學家霍布森精采地揭發那些八卦小報是透過怎樣的煽動來動員民意支援波爾戰爭（Boer War）。同一時期，劇作家易卜生和蕭伯納也把種種隱藏的弊端搬上舞台，其清晰和力量是許多寫小冊政論鼓舞改革的作家自愧不如的。

老羅斯福曾經以爲，他可以透過揭發這些扒糞者爲社會不滿份子，讓他們失去公信力。不過，謾罵無法阻止他們對不受節制的工商業進取精神的批判。辛克萊固然是個社會主義者，而在歐洲大陸，也有一些社會主義政治家把攻擊中產階級視爲要務，如法國的饒勒斯（Jean Jaurès）和德國的李卜克內西（Wilhelm Liebknecht）。然而，大多數所謂扒糞者事實上都不是政治極端份子。《麥克盧爾雜誌》的第一健筆貝克（Ray Stannard Baker）把事情說得很清楚：「我們會去『扒糞』，不是因爲我們恨世界，而是因爲我們愛它。我們並不絕望，並不犬儒，並不怨毒。」①而霍布森則更是個堅決的布爾喬亞，有時甚至堅決得有點挑釁。在自傳中，他驕傲地宣稱，他「從小生長在英格蘭中部地區某中型工業城市中產階級當中的中間層次家庭。」②相當多對十九世紀中產階級最率直的責難都出自中產階級之口，而我相信，這是他們另一個值得被欣賞的原因。

這種能與自身所屬的社會和經濟體系保持距離的能力，見證了十九世紀的中產階級已經具有一定的政治成熟度。扒糞者並非曠野中孤單自語者：這一點，從有無數的布爾喬亞把票投給自由派或社會民主政黨就可以反映出來。正是這一類參與或領導改革運動的布爾喬亞，讓十九世紀的社會變得更合乎人道、更趨於平等——不管他們爲之奮鬥的是廢除奴隸制度還是建立無記名投票制度。

但他們的貢獻並不僅止於此，因爲在十九世紀政治、經濟和社會各層面的大變革中，中產階級無不扮演著領導性的角色。梅特涅對布爾喬亞滿懷戒心是有道理的，因爲不管他們有過多少次保守的退縮，仍然是一股足以帶來不穩定的激進勢力。法國大革命以暴力方式所發端的工作——埋葬舊體制——就是在布爾喬亞手上邁向完成。沒有錯，舊有的階級秩序和依一己好惡施政的統治者並沒有完全消聲匿跡，而俾斯麥於一八七一年所促成的德意志帝國更是其中的佼佼者（其內閣並不向議會負責而是向德皇負責），這是因爲有政治頭腦的德國布爾喬亞認爲國家統一比自由政體更重要。不過在大部份西方國家，傳統的統治方式都已開始動搖。十九世紀是制憲時代，而對那些有幸早已建立了根本法（fundamental law）（譯註：這裡指憲法）的國家來說，更是個急遽自由化的時代。主導這個向民主化政府體系轉換的過程的，正是布爾喬治（有少數特立獨行的貴族從旁協助）。在英國、比利時、法國、義大利和瑞典（更不必提的是美國），政治的民衆基礎都大大擴大了。

至於在礦業、工業、銀行業、保險業、傳統地方產業和國際產業這些維多利亞時代的經濟部門（它們在短短幾十年間就變化得難以辨認），布爾喬亞的影響力當然較他們在政治部門的影響力猶有過之。我說這些，用意不是要拿「撒馬利亞人」（Samaritans）來與「斯克魯奇」（Scrooges）比較（譯註：作者這裡的意思爲他不是要拿「樂善好施的人」來與「貪得無厭的吝惜鬼」比較，「撒馬利亞人」與「斯克魯奇」各有典故，此不贅），然後指出中產階級中的人道主義者要比剝削者爲多。眞正的重點是中產階級被釋放出來的活力——發明家、工程師和金融家的活力——締造了一個新世界。正因爲布爾喬亞的這種功勞，馬克思和恩格斯才會在《共產黨宣言》裡給了他們一個近乎牧歌式的禮讚：「歷史地看，布爾喬亞曾扮演過最革命性的角色。」③樂善好施的資本家並不多，但他們有許多人的貢獻超過他們自己所知道的程度。

中產階級的活力也讓他們勇於面對因都市化和工業化而起的各種史無前例的問題：貧民的居住環境過於擁擠、傳統慈善機構的明顯不敷需要、工人階級對基督教的疏遠等。不過，這些問題因爲都是史無前例的，所以解決起來也相當棘手。當那些握有權力的人（資本家、工業家、立法者）碰到新的問題和需求時，只能在黑暗中摸索。立法並不是解決一切問題的萬靈丹，因爲你在立法以前還先要能斷定，比方說，怎樣的合併行爲才叫壟斷或怎樣的投機行爲才算是內線交易。他們也不太知道，政府對自由市場哪些種類和何種程度的干涉會讓工人階級受惠或受害。不同政治經濟學家所提供南轅北轍的答案，只讓這一類問題變得更難解決。

與充滿這些棘手不確定性的公領域相比，十九世紀中產階級在私領域的理念相對清楚：他們嚮往的是建立一個緊密和諧的小家庭，在餘暇時光吸收一點高級文化。隨著他們逐漸意識到工人階級的處境，他們也想把這種理念推廣開去。推動掃除文盲運動、建立教育協會和發行平價的經典，都是他們爲吃力苦幹的下層階級開出的處方。他們希望，這些貧窮勞工可以因此得到啓發和學會方法，或多或少像他們一樣追求和獲得家庭幸福。

這一類態度感染了相當多中產階級的事實，對一個心胸開闊的維多利亞時代研究者來說不應該感到驚訝，儘管一向以來中產階級這種慷慨大方並沒有受到恰如其分的讚賞。他們一直都受到一種基本上沒根據的指控抹黑：布爾喬亞的社會自由主義只是出於自利的動機。同樣的無知也見於品味方面的事情：不少布爾喬亞欣賞乃至贊助現代藝術的事實，只限於少數的專家知道。但正如我曾經指出的，蒐集當代繪畫或支持博物館並不是百萬富翁的專利。第一批購買印象派畫家作品的，都是收入有限的布爾喬亞，而交響樂演奏會最忠實的樂迷也是低級的文員（常常會帶太太一道參加）。我們知道不是所有俗人都是布爾喬亞，但我們還需要去揭示不是所有布爾喬亞都是俗人。

不過，傳說與事實之間鴻溝最寬的領域還是要數最私密的領域，也就是布爾喬亞夫妻性生活的領域。由於維多利亞時代人對隱私高度重視，臥室門總是關得緊緊的，因此，歷史學家唯一可以憑藉的只有來自私人書信、日記、小型調查報告和醫生研究報告的一點點線索。不過，就算在我們這個資訊廣泛流通的時代，我們對這方面情況的了解也僅僅是略勝一籌而已。就我們已經知道的部份（我已經花了一整章去談這個），有許多十九世紀中產階級夫妻毫無疑問是常常可以同時得到性滿足的，唯一渴求的只是這樣子的次數再多一些。殘存至今的維多利亞時代夫妻通信提供給我們的寶石並不多。不過我們至少知道，蘿拉・萊曼在信中對丈夫這樣說：「下星期六我會抽乾你的保險箱的，我保證。」

在他們批判者的眼中，布爾喬亞是邪惡、庸俗、冷漠的，不然至少也枯燥乏味、謹小慎微、斤斤計較、容易妥協、不重視英雄。但這樣的說法只是用一種時空錯亂的標準（即封建社會的標準）去界定何謂英雄。我在第一章已經談過維多利亞時代人崇拜什麼樣的英雄：拿雨傘的和穿長統橡皮套鞋的。因此，中產階級也是有他們的英雄的：精力充沛、實事求是的聖西門主義者，他們致力於建築鐵路、挖掘運河、提高公共服務的效率。他們被波特萊爾用詩歌禮讚、被馬奈拿來入畫、被布拉姆斯譜成樂章。布爾喬亞還崇拜一些不那麼入世的英雄：解決了科學難題的科學家、克服了傳染病的專家，以及主持徹底教育改革的改革者。總的來說，十九世紀的中產階級偏愛和平多於兇暴，偏愛節制多於放縱——不管是對酒還是對觀念都是如此。他們有自己的信念，儘管願意爲信念拋頭顱、灑熱血的只佔極少數。簡言之，他們是崇尚清醒的（不管是字面意義的還是比喻意義的清醒），而且賦予尋常的家庭生活很高的意義。就連最缺錢的中產階級家庭都會嘗試讓自己看起來對一件事深信不疑（哪怕他們心裡不是那麼有把握）：他們是與別人不同的，因爲當布爾喬亞就意味著有某些與別人不同的特點。

當然，這幅頗爲恭維的中產階級自畫像有著顯眼的例外：酗酒的、行事衝動的布爾喬亞，腐敗的政客，把感情視同兒戲的布爾喬亞（如青年時代的史尼茨勒）都是這樣的例外。但不管是自信滿滿的還是沒有安全感的，不管是有能力駕馭甚至引發變遷的還是會被變遷嚇得癱瘓的，任兩個布爾喬亞都是不用說一句話就能認出彼此。大概除了在沙文主義情緒昂揚沸騰的那些時候，他們的偶像和低下階層或貴族階層的偶像都迥然有別。他們的談吐、衣著、讀物、遐想、對工作與愛與美的態度、對隱私的高度重視，都使他們自成一個階級，而他們也完全自覺到這一點。

這種自我認知甚至經得起政治衝突的撕扯（有時只是勉強經得起），德雷福事件就是一個例子。在整個十九世紀與二十世紀初期，隨著有組織的工會和愈來愈自信的工人政黨動員力量去創造一個新的、後布爾喬亞的社會，各工業國都經歷了動盪的內部張力。這些反對運動固然會製造焦慮，但人們到頭來卻發現只要在制度上作出調整，它們不是不可以駕馭的。身爲歷史學家，我雅不願去做不討喜的比較，但眞的要比較的話，我只能重申，從一百多年後的今天回顧，維多利亞時代是個令人羨慕的世紀，而在這件事情上，布爾喬亞居功匪淺。

回顧二十世紀的歷史會讓人簌簌發抖。無疑，二十世紀是有許多值得肯定的傲人成就：醫學的發達、藝術和文學的現代主義創新、可以緩和資本主義代價的福利國家的出現等。儘管如此，一與二十世紀的野蠻相比，這些成就就會頓失光彩。二十世紀的野蠻是一種會讓成吉思汗爲之汗顏的野蠻：與極權主義的懦弱勾結（譯註：指英、法等國對希特勒的姑息態度），假社會主義之名執行的集體謀殺，由歐洲文化其中一個著名堡壘所執行的科學化、組織化的種族清洗。那是一個反烏托邦（dystopia）的世紀，反觀維多利亞時代雖然也有它嗜血的時候（一八一九年的曼徹斯特、一八七一年的巴黎和一九〇三年的基什尼奧夫〔Kishinev〕〔編註：一九〇三年復活節當天，該市四十九名猶太人遭瘋狂的暴民屠殺；基什尼奧夫現爲一九九一年自蘇聯獨立的摩爾達維亞首都〕），卻從未沉淪得如此之甚。

在維多利亞時代人看來，和平會繼續保持下去應該不成問題。因爲不管各國帝王將相心裡面打什麼鬼主意，廣大的布爾喬亞——工業家、銀行家、貿易商、旅行代辦人、出版商和學者——已經用經濟把世界結成了一張網，足以作爲防止戰爭的一個堅實保障。布爾喬亞看不出來有什麼理由，他們不能繼續生活在一個他們具有愈來愈大影響力的世界裡。

但一九一四年八月四日（譯註：第一次世界大戰爆發日）畢竟還是來了。當年年初，六年前的諾貝爾和平獎得主祖特內爾男爵夫人（Baroness Bertha von Suttner）曾到史尼茨勒夫婦家作客，茶敘間指出世界正面臨著「新的戰爭威脅」。史尼茨勒頗不以爲然。「她是個好人，但無疑也是老套人中間的一個——這些人總覺得『得要信仰些什麼』，哪怕是信仰『理性的勝利』。」④史尼茨勒是極不相信理性會有勝利的機會的，也不喜歡祖特內爾夫人儼然以先知自居的樣子。就連三個月後克利俄（Clio）所開的玩笑（譯註：克利俄爲希臘神話中九位繆思女神之一，主管歷史，這裡所說「克利俄開的玩笑」相當於「歷史開的玩笑」）也未能讓他驚覺，歷史正準備假他的祖國和鄰國德國把世界給翻過來。夏初起他就和太太小孩在聖莫里茲（St. Moritz）度假。自六月二十八日開始，也就是斐迪南大公（Archduke Franz Ferdinand）夫妻在塞拉耶佛遇刺身亡之後（譯註：斐迪南大公爲奧匈帝國皇儲，他的被刺是第一次世界大戰的直接導火線），史尼茨勒密切注意局勢的最新發展，把每一趟外交斡旋和每一則最後通牒都仔細記在日記裡。但就像幾乎每一個人一樣，他完全沒有預期到事情會朝最壞的方向發展。

「在飯店裡，」他八月五日驚魂不定地記道：「（聽到了）英國對德宣戰的消息。世界之戰。世界之毀。讓人驚駭莫名和恐怖之極的消息。」同一天稍後他又寫道：「我們正經歷世界史的一個駭人時刻。才幾天時間，我們的世界圖像就徹底變了樣。眞像做夢！每個人都惶惶然不知所措。」⑤史尼茨勒的世紀過去了。歷史不會要布爾喬亞爲這場災難負責的。但不管是誰把這場浩劫帶給人類，世界以及中產階級都將不會再是同一個樣。

註釋

①Ray Stannard Baker, *American Chronicle*（1945）, 226.

②J. A. Hobson, *Confessions of an Economic Heretic*（1938）, 15.

③Marx and Engels, *Communist Manifesto*, 83.

④A.S., March 3, 1914, *Tagebuch*, V, 103.

⑤A.S., August 5, 1914, ibid., 128-29.

愛戀智慧 閱讀大師

立緒文化事業有限公司 收

台北縣 2 3 1

新店市中央六街62號一樓

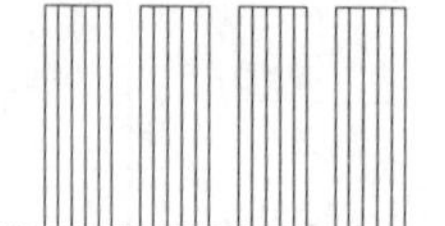

請沿虛線摺下裝訂，謝謝！

立緒文化 閱讀卡

感謝您購買立緒文化的書籍

為提供讀者更好的服務，現在填妥各項資訊，寄回閱讀卡（免貼郵票），或者歡迎上網至 http://www.ncp.com.tw 入立緒文化會員，可享購書優惠折扣和每月新書訊息。

大緒文化 閱讀卡

姓　名：

地　址：□□□

電　話：(　　)　　　　傳 眞：(　　)

E-mail：

您購買的書名：________________________________

購書書店：______________市（縣）______________________書店

■您習慣以何種方式購書？

□逛書店 □劃撥郵購 □電話訂購 □傳眞訂購 □銷售人員推薦
□團體訂購 □網路訂購 □讀書會 □演講活動 □其他__________

■您從何處得知本書消息？

□書店 □報章雜誌 □廣播節目 □電視節目 □銷售人員推薦
□師友介紹 □廣告信函 □書訊 □網路 □其他______________

■您的基本資料：

性別：□男 □女　婚姻：□已婚 □未婚　年齡：民國________年次

職業：□製造業 □銷售業 □金融業 □資訊業 □學生
□大眾傳播 □自由業 □服務業 □軍警 □公 □教 □家管
□其他 ______________________________

教育程度：□高中以下 □專科 □大學 □研究所及以上

建議事項：

立緒文化事業有限公司　信用卡申購單

■信用卡資料

信用卡別（請勾選下列任何一種）

□VISA　□MASTER CARD　□JCB　□聯合信用卡

卡號：＿＿＿＿＿＿＿＿＿＿＿＿＿＿＿＿

信用卡有效期限：＿＿＿年＿＿＿月

身份證字號：＿＿＿＿＿＿＿＿＿＿＿＿＿

訂購總金額：＿＿＿＿＿＿＿＿＿＿＿＿＿

持卡人簽名：＿＿＿＿＿＿＿＿＿＿＿＿＿（與信用卡簽名同）

訂購日期：＿＿＿＿年＿＿＿＿月＿＿＿＿日

所持信用卡銀行：＿＿＿＿＿＿＿＿＿＿＿

授權號碼：＿＿＿＿＿＿＿＿＿＿（請勿填寫）

■訂購人姓名：＿＿＿＿＿＿＿＿＿＿＿＿性別：□男□女

出生日期：＿＿＿＿年＿＿＿＿月＿＿＿＿日

學歷：□大學以上□大專□高中職□國中

電話：＿＿＿＿＿＿＿＿＿＿＿　職業：＿＿＿＿＿＿＿＿＿＿＿

寄書地址：□□□

＿＿＿＿＿＿＿＿＿＿＿＿＿＿＿＿＿＿＿＿＿＿＿＿＿＿＿＿＿

■開立三聯式發票：□需要　□不需要（以下免填）

發票抬頭：＿＿＿＿＿＿＿＿＿＿＿＿＿＿＿

統一編號：＿＿＿＿＿＿＿＿＿＿＿＿＿＿＿

發票地址：＿＿＿＿＿＿＿＿＿＿＿＿＿＿＿

■訂購書目：

書名：＿＿＿＿＿＿、＿＿＿本。書名＿＿＿＿＿、＿＿＿本。

書名：＿＿＿＿＿＿、＿＿＿本。書名＿＿＿＿＿、＿＿＿本。

書名：＿＿＿＿＿＿、＿＿＿本。書名＿＿＿＿＿、＿＿＿本。

共＿＿＿＿＿本，總金額＿＿＿＿＿＿＿＿＿＿元。

⊙請詳細填寫後，影印放大傳真或郵寄至本公司，傳真電話：（02）2219-4998

信用卡訂購最低消費金額為一千元，不滿一千元者不予受理，如有不便之處，敬請見諒。

國家圖書館出版品預行編目資料

史尼茨勒的世紀：布爾喬亞經驗一百年．一個階級的傳記 1815-1914／彼得．蓋伊（Peter Gay）作；梁永安譯．－初版．－臺北縣新店市：立緒文化，2004（民 93）
面； 公分．（新世紀叢書．文化）
譯自：Schnitzler's Century: the Making of Middle- Class Culture, 1815-1914
ISBN 957-0411-91-0（平裝）
1.文化史－19 世紀 2.文化史－現代（1900）

713.7 93001200

史尼茨勒的世紀 Schnitzler's Century

出版——立緒文化事業有限公司
作者——彼得．蓋伊（Peter Gay）
譯者——梁永安

發行人——郝碧蓮
總經理兼總編輯——鍾惠民
編輯部主編——曾蘭蕙
行銷部主編——許純青
行政專員——林秀玲
行銷專員——劉健偉
地址——台北縣新店市中央六街 62 號 1 樓
電話——(02)22192173
傳真——(02)22194998
E-Mail Address: service@ncp.com.tw
網址：http://www.ncp.com.tw
劃撥帳號——1839142-0 號 立緒文化事業有限公司帳戶
行政院新聞局局版臺業字第 6426 號

行銷代理——紅螞蟻圖書有限公司
電話——(02)27953656 傳真——(02)27954100
地址——台北市內湖區舊宗路二段 121 巷 28-32 號 4 樓
排版——伊甸社會福利基金會附設電腦排版
印刷——祥新印刷股份有限公司

法律顧問——敦旭法律事務所吳展旭律師
國際通商法律事務所黃台芬律師

分類號碼——713.00.001
ISBN 957-0411-91-0
出版日期——中華民國 93 年 2 月初版 一刷(1～3,500)

定價◎390 元

序號	書　　名	售價	序號	書　　名	售價
CF0011	袁世凱	350	D0006	莊子（解讀）	320
CF0012	張學良	350	D0007	老子	230
CF0013	一陣風雷驚世界	350	D0009-1	西方思想抒寫	250
CF0014	梁啓超	320	D0010	品格的力量	320
CF0015	李叔同	330	D0011	全球倫理與宗教對話	250
CF0016	梁啓超和他的兒女們	320	D0012	西方人文速描	250
CF0017	徐志摩	350	D0013	台灣社會文化典範的轉移	280
CF0018	康有爲	320	D0014	傅佩榮解讀莊子	499
CF0019	錢　穆	350	D0015	親愛的總統先生	250
CF0020	林長民・林徽因	350	D0016	傅佩榮解讀老子	300
CF0021	弗洛依德傳 1	360	E0002	空性與現代性	320
CF0022	弗洛依德傳 2	390	E0003-1	生命實理與心靈虛用	250
CF0023	弗洛依德傳 3	490	E0004	文化的生活與生活的文化	300
CG0001	人及其象徵	360	E0005	框架內外	380
CG0002	榮格心靈地圖	250	E0006	戲曲源流新論	300
CG0003	夢：私我的神話	360	E0007	差異與實踐	260
CG0004	夢的智慧	320	E0008	天啓與救贖	360
CG0005	榮格與占星學	320	E0009	辯證的行旅	280
CH0001	田野圖像	350	E0010	科學哲學與創造力	260
CI0001-1	農莊生活	300	E0011	宗教、道德與幸福的弔詭	230
CJ0001	回眸學衡派	300	F0001	大學精神	280
CJ0002	經典常談	120	F0002	老北大的故事	295
CJ0003	科學與現代世界	250	F0003	紫色清華	295
CK0001	我思故我笑	160	F0004	哈佛經驗：如何讀大學	280
CK0002	愛上哲學	350	F0005	哥大與現代中國	320
CK0003	墮落時代	280	F0006	百年大學演講精華	320
CK0004	在智慧的暗處	250	T0001	藏地牛皮書	499
CK0005	閒暇：文化的基礎	250	T0002	百年遊記 1	290
D0001	傅佩榮解讀論語	380	T0003	百年遊記 2	290
D0002	哈佛學者	380	T0004	上海洋樓滄桑	350
D0003-1	改變中的全球秩序	320	Z0001	心象風景（寄賣）	900
D0004	知識份子十二講	160	Z0002	讀書筆記	80
D0005	莊子（原著）	200	**因版權授權關係，加★書籍絕版**		

立緒文化讀友可享 8 折優惠。購書滿 499 元即可免郵資寄送，未滿 499 元請另加郵資工本費 50 元（限台灣地區）。線上另有套書優惠，請參閱立緒網址：http://www.ncp.com.tw。

序號	書　名	售價	序號	書　名	售價
CC0009	世道	230	CD0002	生命之不可思議	230
CC0010	文化與社會	430	CD0003★	禪與漢方醫學	250
CC0011	西方正典（上）	320	CD0004	一條簡單的道路	210
CC0011-1	西方正典（下）	320	CD0005	慈悲	230
CC0012	反美學	260	CD0007	神的歷史	460
CC0013-1	生活的學問	250	CD0008	教宗的智慧	200
CC0014	航向愛爾蘭	260	CD0009	生生基督世世佛	230
CC0015	深河	250	CD0010	心靈的殿堂	350
CC0016	東方主義	450	CD0011	法輪常轉	360
CC0017	靠岸航行	180	CD0012	你如何稱呼神	250
CC0018	島嶼巡航	130	CD0013	藏傳佛教世界	250
CC0019	衝突與和解	160	CD0014	宗教與神話論集	420
CC0020-1	靈知・天使・夢境	250	CD0015★	中國傳統佛教儀軌	260
CC0021-1	永恆的哲學	300	CD0016	人的宗教	400
CC0022	孤兒・女神・負面書寫	400	CD0017	近代日本人的宗教意識	250
CC0023	烏托邦之後	350	CD0018	耶穌行蹤成謎的歲月	280
CC0024	小即是美	320	CD0019	宗教經驗之種種	420
CC0025	少即是多	360	CD0020	黑麋鹿如是說	350
CC0026	愛情的正常性混亂	350	CD0021	和平的藝術	260
CC0027	鄉關何處	350	CD0022	下一個基督王國	350
CC0028	文化與帝國主義	460	CD0023	超越的智慧	250
CC0029	非理性的人	330	CE0001	孤獨的滋味	320
CC0030	反革命與反叛	260	CE0002	創造的狂狷	350
CC0031	沉默	250	CE0003	苦澀的美感	350
CC0032	遮蔽的伊斯蘭	320	CE0004	大師的心靈	480
CC0033	在文學徬徨的年代	230	CF0001	張愛玲	350
CC0034	上癮五百年	320	CF0002	曾國藩	300
CC0035	藍	300	CF0003	無限風光在險峰	300
CC0036	威瑪文化	340	CF0004	胡適	400
CC0037	給未來的藝術家	320	CF0005	記者：黃肇珩	360
CC0038	天才、狂人與死亡之謎	390	CF0006	吳宓傳	260
CC0039	王蒙自述：我的人生哲學	280	CF0007	盛宣懷	320
CC0040	日本人論	450	CF0008	自由主義大師以撒・柏林傳	400
CD0001	跨越希望的門檻（平）	280	CF0009	顧維鈞	330
CD0001-1	跨越希望的門檻（精）	350	CF0010	梅蘭芳	350

立緒文化全書目

序號	書　　名	售價	序號	書　　名	售價
A0001	民族國家的終結	300	B0026	柏拉圖	195
A0002	瞄準大東亞	350	CA0001	導讀榮格	230
A0003	龍的契約	300	CA0002	孤獨	350
A0004	常識大破壞	280	CA0003	Rumi 在春天走進果園（平）	300
A0005-1	2001 年龍擊	280	CA0003-1	Rumi 在春天走進果園（精）	360
A0006	誠信	350	CA0004★	擁抱憂傷	320
A0007	大棋盤	250	CA0005	四種愛	160
A0008	資本主義的未來	350	CA0006	情緒療癒	280
A0009-1	新太平洋時代	300	CA0007-1	靈魂筆記	400
A0010	中國新霸權	230	CA0008	孤獨世紀末	250
B0001	榮格	195	CA0009	如果只有一年	210
B0002	凱因斯	195	CA0010	愛的箴言	200
B0003	女性主義	195	CA0011	內在英雄	280
B0004	弗洛依德	195	CA0012	隱士	320
B0005★	史蒂芬・霍金	195	CA0013	自由與命運	320
B0006	法西斯主義	195	CA0014	愛與意志	380
B0007	後現代主義	195	CA0015	長生西藏	230
B0008	宇宙	195	CA0016	創造的勇氣	210
B0009	馬克思	195	CA0017	運動：天賦良藥	300
B0010	卡夫卡	195	CA0018	意識的歧路	260
B0011	遺傳學	195	CA0019	哭喊神話	350
B0012	占星學	195	CA0020	權力與無知	320
B0013	畢卡索	195	CB0001	神話	360
B0014	黑格爾	195	CB0002	神話的智慧	390
B0015	馬基維里	195	CB0003	坎伯生活美學	360
B0016	布希亞	195	CB0004	千面英雄	420
B0017	德希達	195	CB0005	英雄的旅程	400
B0018	拉岡	195	CC0001	自求簡樸	250
B0019	喬哀思	195	CC0002	大時代	480
B0020	維根斯坦	195	CC0003	簡單富足	450
B0021	康德	195	CC0004	家庭論	450
B0022★	薩德	195	CC0005-1	烏托邦之後	350
B0023	文化研究	195	CC0006	簡樸思想與環保哲學	260
B0024	後女性主義	195	CC0007★	認同・差異・主體性	350
B0025	尼采	195	CC0008	文化的視野	210

處》、《下一個基督王國》（皆立緒文化出版）。

責任編輯

劉謙

輔仁大學歷史系畢業，資深編輯。

利亞時代布爾喬亞的性愛史有必要重寫，以便讓它更逼眞，因爲它遠不如我們所被告知的荒涼。」除顚覆掉我們對十九世紀性態度的認知以外，他認爲中產階級心靈的一些其他重要方面也有需要重寫，因爲只有這樣，才足以解釋他們的一些奇特表現：他們對手淫神經兮兮的害怕、對現代主義藝術出人意外的接納、對宗教與科學的複雜態度、對隱私的空前重視。

《施尼茨勒的世紀》不是爲顚覆而顚覆，而是爲追求歷史眞相而顚覆。以維也納劇作家施尼茨勒爲伴，蓋伊讓一些我們一度以爲熟悉的主題變得煥然一新。以異常優雅的文筆，《施尼茨勒的世紀》爲一個今日西方文化賴以奠基的時代提供了卓越的洞察。

作者

彼得・蓋伊（Peter Gay）

一九二三年出生於柏林，一九三八年移民美國。哥倫比亞大學博士，曾任教於哥倫比亞大學，目前爲耶魯大學史特林資深史學教授、古根漢與洛克菲勒基金會學者、劍橋邱吉爾學院海外學者。歷獲各種研究獎如海尼根(Heineken)史學獎等，其著作多次獲美國國家圖書獎。

譯者

梁永安

台灣大學文化人類學學士、哲學碩士。曾譯有《孤獨》、《四種愛》、《Rumi：在春天走進果園》、《永恆的哲學》、《耶穌行蹤成謎的歲月》、《隱士》、《英雄的旅程》、《在智慧的暗

內容簡介

一部開創性和具有衝擊性的歷史作品，《史尼茨勒的世紀》重新評估了十九世紀的文化。

我們一向相信，最足以代表十九世紀的人物是維多利亞女王。然而在這本顛覆性的著作中，著名的文化史學家彼得·蓋伊卻指出，維也納最有影響力的劇作家史尼茨勒（1862-1931）才是其時代最佳的象徵。

爲什麼是史尼茨勒？蓋伊在引言裡告訴我們，儘管史尼茨勒很難算是典型的布爾喬亞，但卻「具備一些很特別的素質，讓他異乎尋常適合充當我要描繪那個中產階級世界的見證人」。緊張的父子關係、性偏執、一籮筐的情史、近乎精神官能症的性格在在讓施尼茨勒勝任十九世紀文化史的引子。

集三十年的研究功力，蓋伊以九個環環相扣的篇章（每一章都聚焦在布爾喬亞生活的一個重要面相）呈現出十九世紀中產階級生活的清晰畫像，在他的重新詮釋下，一些我們原以爲熟悉不過的主題——布爾喬亞的激情、它的政治、它的宗教、它的焦慮，有了嶄然一新的面貌。他的書寫涵蓋一八一五年（拿破崙時代結束之年）之後的一百年，而這一百年不但是中產階級興起的年代，也是今日西方世界的主要奠基石。整部《施尼茨勒的世紀》都能恰如其分地對待十九世紀的錯綜複雜性，以大量資料顯示出它既有迷信的一面，也有科學的一面；既有殘忍的一面，也有人道的一面；既有焦慮的一面，也有性滿足的一面。另一方面，帶我們游歷於費城與莫斯科、倫敦與羅馬之間的同時，蓋伊也不忘指出，儘管有地域性的差異，但不同國家的布爾喬亞之間仍然有著大體相似的文化風格。

否定過維多利亞時代男人虛矯、女人性冷感這種刻板印象之後，蓋伊有說服力地指出：「維多

〈人名索引〉

條目後的頁碼係原著頁碼
檢索時請查正文頁下邊的數碼

各章文末註釋中之人名縮寫如下：

A.S.—Arthur Schnitzler

P.G.—Peter Gay

A

Acton, William 阿克頓 81-82, 83, 85, 86
Addison, Joseph 艾迪生 32, 103
Adler, Otto 阿德勒 83
Albert, Prince-Consort of Queen Victoria 亞伯特親王 144, 228
Albrecht, J. F. 阿爾布雷克特 80-81, 89
Alcott, Louisa May 阿爾柯特 218
Alcott, William 阿爾科特 132
Alger, Horatio 阿爾傑 9
Allen, William 亞倫 119
Amiel, Henri-Frédéric 阿米爾 263
Argenson, René-Louis de Voyer de Paulmy, marquis d' 達阿爾讓松侯爵 242
Arnold, Matthew 阿諾德 132, 144
Ashton, James 阿什頓 55-56

B

Bach, Johann Sebastian 巴哈 245
Baden-Powell, Robert 貝登堡 151
Baker, Ray Stannard 貝克 283
Balzac, Honoré de 巴爾扎克 47, 241, 243
Barbey d'Aurevilly, Jules-Amédée 奧勒維利 28
Barrie, James M. 巴里 206
Barye, Louis 巴里 238
Bashkirtseff, Marie 巴什克釆夫 262-63
Baudelaire, Charles 波特萊爾 xxiv, 38, 131, 240, 241, 243, 286
Bayle, Pierre 拜爾 159
Beard, George M. 比爾德 132, 135-37, 138, 139, 153
Beaumarchais, Pierre-Augustin Caron de 博馬舍 32
Beccaria, Cesare 貝加利亞 120-21, 123
Beecher, Catharine 比切 271
Beer-Hofmann, Richard 比爾霍夫曼 4
Beeton, Isabella 比頓 45-46, 55, 202, 256
Benkert, Karoly Maria 本克特 66
Bentham, Jeremy 邊沁 30, 121
Bergmann, Wilhelm 柏格曼 138

Berlioz, Hector 白遼士 254
Berlioz, Joséphine 白遼士, 約瑟芬 94
Berlioz, Louis 白遼士, 路易斯 94
Berlioz, "Nanci" 白遼士,「南施」 254
Besant, Annie 貝贊特 53-54, 90-91
Betham-Edwards, Miss 愛德華茲小姐 49
Bishop, Francis 畢曉普 119
Bismarck, Otto von 俾斯麥 16, 17, 59, 167, 210-11, 284
Blake, William 布雷克 117
Blavatsky, Madame 勃拉瓦茨基夫人 174, 182
Bleichröder, Samuel 布萊希羅達爾 59
Bloy, Léon 布洛瓦 169
Blunt, Wilfrid Scawen 布倫特 91
Bolles, Edwin C. 博爾斯 227
Bonheur, Rosa 邦賀 208
Bonnard, Pierre 波納爾 xxi
Boucicaut, Aristide 布錫考特 7-8
Boudin, Eugène 布丹 249
Bouguereau, Adolphe-William 布格羅 226, 249
Bouilhet, Louis 布耶 29
Bourget, Paul 布爾熱 169
Bradlaugh, Charles 布雷德洛 53-54
Brahms, Johannes 布拉姆斯 238-39, 244-45, 286
Brancusi, Constantin 布朗庫西 239
Brandeis, Louis D. 布蘭代斯 256
Bromfield, James 布羅姆菲爾德 167
Browne, Hablot (“Phiz”) 布朗 272-73
Bruckner, Anton 布魯克納 221, 243, 244
Bruyas, Alexandre 布呂亞 225
Bücher, Karl 比歇爾 213
Bülow, Cosima von 比洛 47
Burckhard, Max 布爾克哈 267
Burckhardt, Jacob 布克哈特 143, 275
Burke, Edmund 柏克 107
Burton, Robert 伯頓 134
Butler, Josephine 布特勒 76

C

Cabanel, Alexandre 卡巴內爾 230, 249
Calhoun, George R. 卡爾霍恩 148
Cammarano, Michele 卡馬拉諾 197
Camp, Maxime du 都坎普 110
Carlyle, Thomas 卡萊爾 28, 111, 142-43, 173, 192-93, 217, 259
Carnegie, Andrew 卡內基 7, 238
Carneri, Bartholomäus von 卡爾內里 136
Caspari, Otto 卡斯帕里 130
Cassatt, Mary 卡莎特 237, 239, 249
Cézanne, Paul 塞尚 223-24, 225, 228, 237
Chamberlain, Houston Stewart 張伯倫 174
Chateaubriand, François-René de 夏多布里昂 164-65
Chekhov, Anton 契訶夫 xxi, xxii
Chevalier, Michel 謝瓦利埃 14
Chocquet, Victor 蕭凱 224
Christian, Jules 克里斯蒂安 151
Church, Frederic 丘奇 238
Claretie, Jules 克拉勒蒂 146
Claudel, Paul 克勞德 169

Cobbe, Frances Power 科貝 49
Codding, Milo D. 科丁 118
Cole, Thomas 科爾 238
Coleridge, Samuel Taylor 柯爾律治 278
Comstock, Anthony 康斯托克 257
Comte, Auguste 孔德 173
Constant, Benjamin 貢斯當 133
Cooper, Thomas 庫珀 165
Courbet, Gustave 庫爾貝 225, 237

D

Darwin, Charles 達爾文 97-98, 140, 142, 161, 163, 172, 177-78, 188, 264
Daumier, Honoré-Victorin 杜米埃 272
Davis, Andrew Jack 戴維斯 176
d'Azeglio, Massimo 達澤利奧 4
Debay, Auguste 德拜 184
Decamps, Alexandre 德康 226-27
Degas, Edgar 竇加 228, 237, 249, 250
Delacroix, Eugène 德拉克洛瓦 224
Demeaux, J.-B.-D. 德莫 147, 149
Dickens, Charles 狄更斯 47, 79, 86, 105, 106, 121, 122, 123, 146, 187, 272-73
Diderot, Denis 狄德羅 28, 159, 169-70
Disraeli, Benjamin 迪斯累利 112
Doyle, Arthur Conan 柯南・道爾 178
Drake, Henry A. 德雷克 103
Droz, Gustave 德羅茲 92-93, 106, 272
Drummond, Edward 德拉蒙德 119
Duchamps, Marcel 杜象 239
Dujardin, Edouard 迪瓦爾丹 xxii
Dumas, Alexandre, fils 小仲馬 224-25
Duncan, J. Matthews 鄧肯 86, 92
Durand-Ruel, Paul 迪朗－呂埃爾 248-50
Durkheim, Emile 涂爾幹 135, 168-69

E

Eastlake, Charles 伊斯特萊克 229
Eastlake, Lady 伊斯特萊克夫人 229
Ebers, Georg 埃伯斯 46
Eddy, Mary Baker 艾娣 174
Elder, Louisine 埃爾德 237
Eliot, George 艾略特 161, 208, 235
Elisabeth, Empress of Austria 伊麗莎白 30
Ellis, Havelock 埃利斯 54, 67
"Emilie"（Schnitzler's mistress）埃米莉 xxvii-xxix, 63
Enfantin, Barthélemy Prosper 昂方坦 173
Engels, Friedrich 恩格斯 21, 30-31, 212-13, 215, 216-17, 284

F

Faguet, Emile 法蓋 164
Falkenhorst, C. 法爾肯霍斯特 133
Farrer, James Anson 法雷爾 123, 124
Féré, Charles 費雷 213
Feuchtersleben, Ernst Freiherr von 福伊希特斯萊本 137, 138
Feuerbach, Ludwig 費爾巴哈 159
Feydeau, Ernest 費多 110
"Fifi"（Schnitzler's mistress）菲菲 71-72
Fitch, Asa 菲奇 264
Flaubert, Gustave 福樓拜 28-29, 38,

44, 110, 152, 165, 242, 282
Fontane, Theodor 馮塔納 240, 259-60
Foote, Mary Halleck 富特 54-55
Forster, E. M. 福斯特 235
Fournier, Dora 富尼埃 50
Fowler, O. S. 福勒 150
France, Anatole 法朗士 166
Francis I, King of France 弗蘭西斯一世 131
Franken, Konstanze von 弗蘭肯 268-69
Franz Ferdinand, Archduke 斐迪南大公 288
Franz Joseph, Emperor of Austria 約瑟夫 21, 30
Frazer, James 弗雷澤 164
Freer, Charles L. 弗里爾 238
Freud, Martha Bernays 弗洛依德, 瑪爾塔・貝內斯 26, 27, 206
Freud, Sigmund 弗洛依德 xxiii, 22, 23, 26, 27, 35, 38-40, 59, 66, 75, 88, 134, 138-41, 151, 154, 164, 171, 174, 195, 206, 207, 270, 276-77, 279
Frick, Henry Clay 弗里克 238
Friedrich, David 佛烈德利赫 247

G

Gachet, Paul 嘉舍 224
Gambetta, Léon 甘必大 163
Gannett, William 甘尼特 213-14
Gardner, Isabella Stewart 加德納 238
Garibaldi, Giuseppe 加里波底 178
Gaskell, Elizabeth 蓋斯凱爾 137
Gauguin, Paul 高更 223, 225, 236
Gautier, Théophile 戈蒂埃 110
George, Stefan 格奧爾格 221
Gibbon, Edward 吉朋 169-70
Gladstone, Catherine 格萊斯頓太太 xxiv, 46, 47
Gladstone, William Ewart 格萊斯頓 xxiv, 46, 47, 103, 278
Gluck, Christoph Willibald 葛魯克 233, 245
Glümer, Marie（“Mz.”）格呂馬 65, 70-72, 75, 262
Goethe, Johann Wolfgang von 歌德 28, 116, 157-58, 243
Goldschmidt, B. H. 戈爾德舒密特 59
Goncourt, Edmond and Jules 龔固爾兄弟 98, 204, 242
Goodyear, Charles 古德伊爾 56
Gosse, Edmund 戈斯 167
Graham, Sylvester 葛瑞翰 148-49
Gropius, Walter 格羅佩斯 266
Grossmith, George and Weedon 格羅史密斯兄弟 44
Guizot, François 基佐 195
Günther, Louis 京特 124

H

Hall, G. Stanley 霍爾 261, 262
Hall, S. C. 霍爾 175, 178
Hallé, Charles 哈萊 10
Halliday, Andrew 哈利戴 106
Hamsun, Knut 漢姆生 xxi
Hanslick, Eduard 漢斯立克 23, 243-45
Hardy, Thomas 哈代 163
Havemeyer, Henry O. 哈夫邁耶 237, 238
Hawthorne, Nathaniel 霍桑 168

Hebbel, Friedrich 黑貝爾 263-64
Heeger, Anna "Jeanette" 黑格 64-65, 210
Hegel, Georg Wilhelm Friedrich 黑格爾 135
Hegetschweiler, Johannes 黑格史威勒 12
Heine, Heinrich 海涅 14, 165, 173, 205
Henry IV, King of France 亨利四世 120
Herbart, Johann Friedrich 赫爾巴特 278
Herzl, Theodor 赫茨爾 116
Hill, Rowland 希爾 258
Hippocrates 希波克拉底 134, 150
Hirschfeld, Magnus 赫希菲爾德 67
Hirsekorn, August Friedrich 赫什孔 193, 198, 218
Hirsekorn, Carl August 赫什孔, 卡爾 193, 218
Hobbes, Thomas 霍布斯 100, 159, 277
Hobson, J. A. 霍布森 113, 283
Hoffmann, Josef 霍夫曼 271
Hofmannsthal, Hugo von 霍夫曼斯塔爾 4, 195, 262
Howells, William Dean 豪威爾斯 240
Hughes, Thomas 休斯 203-4
Hugo, Victor 雨果 121, 242
Hume, David 休姆 169-70, 232
Huxley, T. H 赫胥黎 140, 172-73, 181, 264
Huysmans, Joris-Karl 于斯曼 169, 184-85

I

Ibsen, Henrik 易卜生 xxi, 70, 195, 236, 283
Immermann, Karl 伊默曼 183
Ingersoll, Robert 英格索爾 159
Ingres, Jean-Auguste-Dominique 安格爾 230

J

James, Henry 詹姆斯, 亨利 47, 181, 225, 236, 240, 241
James, William 詹姆斯, 威廉 98, 180-81, 182, 278
Jaurès, Jean 饒勒斯 283
Jerome, Jerome K. 傑羅姆 192
Johnson, Samuel 約翰生 144
Joyce, James 喬哀思 xxi, xxii
Juvenal 尤維納利斯 185

K

Kaden, Julie 卡登 42
Kandinsky, Vassily 康丁斯基 xxi, 223
Kant, Immanuel 康德 171, 273, 274
Kaposi, Moritz 卡波斯 xxviii
Kauffmann, Angelica 考夫曼 234
Keats, John 濟慈 205
Kerner, Justinus 克爾納 176-77, 178
Kerr, Robert 克爾 268
Key, Ellen 凱 42
Keynes, John Maynard 凱因斯 183
Kiehnle, Hermine 基利 201
Kiesewetter, Carl 基塞韋特 176, 177-78, 179
Kingsley, Charles 金斯利 173
Klimt, Gustav 克林姆 222, 266, 267
Knowlton, Charles 諾爾頓 53-54

Koehler, Bernhard 克勒 225
Koehler, R. 克勒 56-57
Kokoschka, Oskar 柯克西卡 266
Krafft-Ebing, Richard Freiherr von 克拉夫特－拉賓 67, 75-76, 82-83, 133
Krupp, Alfred 克魯伯 xxiv, 7
Kuyper, Abraham 克伊波 168

L

Lapouge, Georges Vacher de 拉普熱 112
Leixner, Otto von 萊克斯納 234
Leopold II, King of Belgium 利奧波德二世 112-13
Le Play, Frédéric 勒普萊 40-42
Lesseps, Ferdinand de 雷賽布 174
Lessing, Gotthold Ephraim 萊辛 171
Levi, Hermann 萊維 11
Lichtwark, Alfred 利希特瓦克 246-47
Liebermann, Max 李卜曼 222, 223, 247-48
Liebknecht, Wilhelm 李卜克內西 283
Lind, Jenny 琳德 229
Link, Sophie 林克 69
Linton, Eliza Lynn 林頓 205
Liszt, Franz 李斯特 229
Locke, John 洛克 106
Lodge, Oliver 洛奇 178
Lohmeyr, Friedrich 洛邁爾 7
Lombroso, Cesare 隆布羅索 208
Louis XV, King of France 路易十五 242
Lucas, Charles Jean-Marie 盧卡斯 118-19
Ludwig I, King of Bavaria 路易一世 10
Ludwig II, King of Bavaria 路易二世 10-11
Lueger, Karl 盧埃格爾 21, 116
Lutyens, Emily Lytton, Lady 勒琴斯夫人 91-92
Lyman, Joseph 萊曼, 約瑟 84-85
Lyman, Laura 萊曼, 蘿拉 xxiv, 84-85, 286

M

Macaulay, Thomas Babington 麥考利 103, 259
Maecenas 梅塞納斯 223, 225
Magendi A. 梅根第 196
Mahler, Gustav 馬勒 116, 137, 221, 266, 267
Malthus, Thomas 馬爾薩斯 52-53
Manet, Edouard 馬奈 223, 237, 238, 248-49, 262, 286
Manet, Julie 馬奈, 茱莉 46-47, 262
Mann, Horace 曼, 賀拉斯 104, 196-97
Mann, Thomas 曼, 湯瑪斯 xxi, 194-95
Mann, Thomas, Johann 曼, 約翰 194
Mantegazza, Paolo 曼泰加扎 82, 133
Marc, Franz 馬爾克 225
Mariano, Raffaele 馬里安諾 118
Markbreiter, Otto 馬克布賴特 78
Martin, H. Newell 馬丁 82
Marx, Karl 馬克思 14-15, 17, 30-31, 135, 163, 168, 186, 188, 216, 284
Mary Magdalene 抹大拉瑪利亞 236
Matisse, Henri 馬蒂斯 225, 228, 239
Maupassant, Guy de 莫泊桑 131, 225-26

Maximilian II, King of Bavaria 馬克西米連二世 10
Mazzini, Giuseppe 馬志尼 xxiv, 259
Meissonier, Jean-Louis 梅索尼埃 230, 235
Melville, Herman 梅爾維爾 168
Mendelssohn, Felix 孟德爾頌 233
Menzel, Adolph 門采爾 6
Mérimée, Prosper 梅里美 205
Metternich, Prince Klemens Wenzel Nepomuk Lothar von 梅特涅 16, 24, 284
Michelangelo Buonarroti 米開朗基羅 208
Michelet, Jules 米什萊 48
Middleton, G. A. T. 米德爾頓 269
Mill, John Stuart 穆勒 15, 21, 30, 49-50, 111, 142, 154, 173, 206-7, 218
Mondrian, Piet 蒙德里安 223
Monet, Claude 莫內 24, 224, 231, 237, 247, 249
Montesquieu, Charles-Louis de Secondat, Baron de La Brède et de 孟德斯鳩 274
Montez, Lola 蒙蒂茲 10
Moreau, Gustave 莫羅 205
Morisot, Berthe 莫莉索 46-47, 231, 262
Morley, John 莫利 160
Mosher, Clelia 莫舍 86
Munch, Edvard 孟克 228, 236
Munger, Theodore H. 芒格 195-96
Murray, Gilbert 默拉利 78

N

Napoleon I, Emperor of France 拿破崙一世 xxiv-xxv, 14, 15, 18, 24, 108, 141, 145, 236
Napoleon III, Emperor of France 拿破崙三世 14, 15. 18, 242, 248
Newton, Isaac 牛頓 208
Nietzsche, Friedrich 尼采 xx, 138, 163, 164, 168, 277-78
Noyes, John Humphrey 諾伊斯 52

O

Owen, Robert 歐文 188

P

Paganini, Niccolò 帕格尼尼 229
Paget, James 佩吉特 151
Pascal, Blaise 巴斯卡 181, 242, 277
Pasteur, Louis 巴斯德 152
Patmore, Coventry 帕特莫爾 83
Peabody, George 皮博廸 8
Peel, Robert 皮爾 119, 123
Péguy, Charles 貝璣 169
Péreire brothers 佩雷爾兄弟 15, 173-74
Petersen, Carl 彼得森 247-48
Picasso, Pablo 畢卡索 222, 223, 228, 236, 239
Pissarro, Camille 畢沙羅 224, 230, 231, 235, 249, 250
Pius IX, Pope 庇護九世 163
Plato 柏拉圖 67, 100, 277
Plönnies, Luise von 普倫尼斯 146
Pope, Alexander 蒲柏 170-71

Proust, Marcel 普魯斯特 xxi, xxvii, 89-90, 243

Q

Quinn, John 奎因 239

R

Ravaillac, François 拉韋拉克 120
Redgrave, Richard 雷德格雷夫 233
Reinhard, Marie ("Mz. II") 賴恩哈德 51, 73-75, 78, 207
Rembrandt van Rijn 林布蘭 238
Renoir, Pierre-Auguste 雷諾瓦 224, 231, 247, 249
Rhodes, Cecil 羅得斯 114
Riehl, Wilhelm Heinrich 里爾 40-42
Roberts, J. E 羅勃茲 177
Rockefeller, John D. 洛克斐勒 7, 283
Roe, Arthur and Emma 羅伊 51-52
Roosevelt, Theodore 羅斯福 53, 196, 199, 282, 283
Rosières, Raoul 羅西埃 168
Rousseau, Jean-Jacques 盧梭 106, 170, 277
Runge, Philipp Otto 龍格 170, 247
Ruskin, John 羅斯金 232
Russell, Bertrand 羅素 78

S

Sadler, Michael 薩德勒 215
Sainte-Beuve, Charles Augustin 聖勃夫 172-73, 242
Saint-Simon, Claude-Henri de Rouvroy, comte de 聖西門 173-74, 265, 286
Salten, Felix 扎爾滕 4, 102
Sand, George 喬治桑 29, 208
Sandrock, Adele 桑德洛克 72, 84, 85
Sargent, C. E. 薩金特 256-57
Schiele, Egon 施勒 222
Schiller, Friedrich 席勒 135, 192
Schindler, Alma 辛德勒 254, 265-67
Schlegel, August Wilhelm 施萊格爾 170
Schneider, Eugène and Adolphe 施奈德兄弟 7
Schnitzler, Arthur 史尼茨勒, 阿圖爾 xix-xxii, xxvii-xxix, 3, 4, 8, 22-23, 26, 29, 33, 35-38, 49, 50-51, 58, 60, 63-66, 69-75, 77-78, 81, 84, 88, 90, 94, 97, 99, 101-3, 110, 115-17, 129-33, 157-58, 164, 169, 172, 177, 191, 195, 207, 210, 221-23, 233-34, 250, 253-54, 262, 278-79, 287, 288-89
Schnitzler, Gisela 史尼茨勒, 吉塞拉 35
Schnitzler, Johann 史尼茨勒, 約翰 xxvii-xxix 8, 22, 35-38, 63, 77, 90, 100, 101, 116, 130-32, 158, 191-92, 253-54, 262
Schnitzler, Julius 史尼茨勒, 尤利烏斯 35
Schnitzler, Louise 史尼茨勒, 路薏絲 35, 77-78, 101-2
Schnitzler, Olga Grossmann 史尼茨勒, 奧爾佳・古拉斯曼 262
Schoenberg, Arnold 荀白克 xxi, xxii, 221-22, 223
Schütz, Heinrich 舒茲 245
Shakespeare, William 莎士比亞 39,

100, 232, 233
Shaw, George Bernard 蕭伯納 xxi, 241, 283
Shchukin, Sergei 休金 225
Shelley, Percy Bysshe 雪萊 108
Sidgwick, Henry 西奇威克 181-82
Siebert, Friedrich 西伯特 92
Simmel, Georg 齊默爾 98
Simon, James 西蒙 226
Sinclair, Upton 辛克萊 282-83
Smiles, Samuel 斯邁爾斯 197-98, 200, 218-19
Smith, Adam 斯密, 亞當 134-35, 213
Socrates 蘇格拉底 277
Sophocles 索福克勒斯 39
Soubirous, Bernadette 蘇比魯 179, 184
Spinoza, Baruch 斯賓諾莎 159
Spitzweg, Carl 施皮茨韋格 235
Steele, Joseph 斯梯爾 103
Steffens, Lincoln 斯蒂芬斯 283
Stendhal 斯湯達爾 12, 278
Stephen, James Fitzjames 斯蒂芬 125, 256
Stevenson, Robert Louis 史蒂文森 234-35
Stieglitz, Alfred 施蒂格利茨 239
Stolz, Alban 施托爾茨 166
Strachey, Lytton 斯特雷奇 281
Straus, Rahel 斯特勞斯夫人 58
Strauss, David Friedrich 施特勞斯 160-61
Strindberg, August 史特林堡 xxi
Suttner, Bertha von 祖特內爾 288
Swift, Jonathan 斯威夫特 170-71
Swinburne, Algernon Charles 斯溫伯恩 105, 205
Sybel, Heinrich von 濟貝爾 48
Symonds, John Addington 西蒙茲 67, 68

T

Taine, Hippolyte 泰納 13, 44
Tanguy, Julien François 唐吉 223-24
Tarbell, Ida 塔貝爾 283
Taylor, Frederick W. 泰勒 214
Tennyson, Alfred Lord 丁尼生 6
Thackeray, William Makepeace 薩克雷 121, 145-46, 195
Thompson, Joseph P. 湯普森 118
Thoré, Théophile 托雷 226-27
Tissot, Claude-Joseph 蒂索 124-25
Tissot, James 蒂索 231
Tissot, Samuel-Auguste-André-David 蒂索 147-48, 150
Tocqueville, Alexis de 托克維爾 14, 31, 274-75
Todd, Mabel Loomis 托德 263
Tolstoy, Leo 托爾斯泰 xxii, 36, 146, 213, 236
Trollope, Anthony 特羅洛普 232-33
Turner, Nat 特納 109
Twain, Mark 馬克吐溫 162, 174-75

U

Ure, Andrew 尤爾 212-15, 216, 217

V

Van Gogh, Vincent 梵谷 222-23, 224, 225, 236
Veblen, Thorstein 凡勃倫 199, 271-72

Vera, A. 韋拉 118
Vermeer, Jan 弗美爾 226-27
Victoria, Queen of England 維多利亞女王 xxiv-xxv, 10, 78, 103, 120, 123, 126, 206, 273
Vintras, Eugène 萬特拉 179
Virchow, Rudolf 菲爾紹 48
Virgil 維吉爾 192
Virgin Mary 聖母瑪利亞 76, 163, 166, 179, 181, 184-85
Voltaire 伏爾泰 32, 120-21, 147-48, 160, 169-70, 171, 177, 185
Vuillard, Edouard 維亞爾 xxi

W

Wachenheim, Hedwig 瓦亨海姆 270
Wade, John 韋德 108
Wadsworth, Daniel 沃森爾茲 238
Wagner, Cosima 華格納夫人 262
Wagner, Richard 華格納 11, 47, 174, 244-45
Wagner, Siegfried 華格納, 西格弗里德 47
Walter, Bruno 瓦爾特 137, 221
Walters, William T. 沃爾特斯 238
Warren, Samuel D. 沃倫 256
Watts, George Frederic 瓦茨 231
Webb, Beatrice Potter 衛博 270
Weber, Max 韋伯 153-54, 169, 218
Werfel, Franz 魏菲爾 266
Whistler, James McNeill 惠斯勒 231, 238
Whitman, Walt 惠特曼 68, 146
Wilde, Oscar 王爾德 66, 68-69, 241-42, 257, 265
Wilhelm II, Emperor of Germany 威廉二世 226, 246
Wittelsbach monarchy 維特爾斯巴赫家族 10-12
Woolf, Virginia 伍爾夫 235, 274
Wordsworth, William 華茲華斯 106
Wundt, Wilhelm 馮特 278

Y

Yeats, W. B. 葉慈 174

Z

Zemlinsky, Alex von 哲林斯基 267
Zola, Emile 左拉 28, 44, 121, 142, 146, 183-84, 195, 240, 241, 282

〈名詞索引〉

條目後的頁碼係原著頁碼
檢索時請查正文頁下邊的數碼

各章文末註釋中之書名縮寫如下：

Tagebuch—Arthur Schnitzler, *Tagebücher*, ed. Peter Michael Braunwarth et al., 10 vols.（Vienna, 1987-2000）

Peter Gay, *The Bourgeois Experience: Victoria to Freud*, 5 vols.（New York）：

ES—*Education of the Senses*（1984）

TP—*The Tender Passion*（1986）

CH—*The Cultivation of Hatred*（1993）

NH—*The Naked Heart*（1995）

PW—*Pleasure Wars*（1998）

A

Adolescence（Hall）《青春期》 261
Adolphe（Constant）《阿道爾夫》 133
Akademische Gymnasium（Vienna） 文科中學 xxvii, 115
À la recherche du temps perdu (Proust)《追憶似水年華》 xxvii
Alte Pinakothek 舊美術館 10, 11-12
American Woman's Home, The（Beecher）《美國婦女的家居》 271
Anatol cycle（Schnitzler）《阿納托爾》系列 69-70
Anatomy of Melancholy, The（Burton）《憂鬱的剖析》 134
And the Bridge Is Love（Schindler）《愛是橋樑》 266
Anglican Church 聖公會 161, 171, 180, 187
Anna Karenina（Tolstoy）《安娜·卡列尼娜》 146, 236
"Answer to the Question: What Is Enlightenment?"（Kant）〈答何謂啓蒙〉 273, 274
anti-clericalism 反教權主義 162-63, 168, 170, 171, 188
anti-Semitism 反猶太主義 21, 64, 111, 112, 114-17, 126, 143, 162, 166-67, 169, 226, 244, 251
Armory Show（1915）軍械庫大展 239
Aryan race 雅利安人種 58, 112, 174
atheism 無神論 157, 168, 169, 172, 174, 175, 185

B

Baedeker guidebooks 貝德克爾旅遊

指南 233-34
Bayreuth opera house 拜魯特劇院 11, 174, 244, 245
Bel-Ami（Maupassant）《漂亮朋友》225-26
belle dame sans merci, La（Keats）〈無情的妖女〉205
Berlin Philharmonic Orchestra 柏林愛樂管弦樂團 11
Berlin Secession 柏林分離派 223
bête humaine, La（Zola）《衣冠禽獸》146
Beyond Good and Evil（Nietzsche）《超越善惡》277
Bible《聖經》48, 55, 67, 106, 118, 159-61, 165, 167, 178, 186, 192
Bleak House（Dickens）《荒涼山莊》121
"Blessed be drudgery"（Gannett）〈頌讚歸於苦工〉213-14
Book of Hanging Gardens（Schoenberg）《空中花園》221
Book of Household Management（Beeton）《家管之書》45-46, 202
Book of Songs（Heine）《歌集》205
Boston Symphony Orchestra 波士頓交響樂團 11
Bourbon Restoration 波旁復辟 14-15, 19, 50, 68
Bourgeois Experience: Victoria to Freud, The（Gay）《布爾喬亞經驗：維多利亞到弗洛依德》xxiii-xxiv
Buddenbrooks（Mann）《布登勃魯克家族》194-95

C

Caesarism 凱撒主義 17-18
capitalism 資本主義 9-10, 28, 111, 126, 134-35, 143, 153-54, 173-74, 186, 197-98, 210-18, 211-12, 215, 217, 218-19, 225, 238, 282-83, 284, 285, 287
Carmen（Bizet）《卡門》205
Casual Love（Schnitzler）《兒戲戀愛》64
Causeries du Lundi（Sainte-Beuve）《月曜日漫談》242-43
Character（Smiles）《人品》198
Christianity 基督教 98, 106, 114, 115, 159-61, 164, 166-67, 171-72, 181-82, 185-89, 200, 278, 285
Christian Science 基督科學派 174-75
Christian Socials 基督教社會黨 21, 188
Civilization of the Renaissance in Italy, The（Burckhardt）《義大利文藝復興時期的文化》275
Civil War（U.S.）南北戰爭 19, 51-52
colonialism 殖民主義 112-14
Communist Manifesto, The（Marx and Engels）《共產黨宣言》31, 284
Congo Free State 剛果自由邦 112-13, 114
Constitution（U.S.）憲法 162
Contagious Diseases Act（Brit.）傳染病法 76

Criminal Law Amendment Act（Brit.）刑法修正案 68

D

David Copperfield（Dickens）《大衛・科波菲爾》 79, 106, 272-73
Declaration of Independence 獨立宣言 111
Defective Sexual Feelings of Women, The（Adler）《婦女有缺陷的性感受》 83
Democracy in America（Tocqueville）《論美國的民主》 274-75
Diary of a Nobody（Grossmith and Grossmith）《一個無名小卒的日記》 44
Dictionary of Accepted Ideas（Flaubert）《普遍接受觀念辭典》 152
Dictionnaire encyclopedique des sciences medicales（Christian）《醫學科學百科全書》 151
Dictionnaire philosophique（Voltaire）《哲學辭典》 160
Dietetic of the Soul（Feuchtersleben）《靈魂的飲食》 137
disciple, Le（Bourget）《門徒》 169
Dissenters 分離派 165, 180, 187
Doll's House, A（Ibsen）《玩偶之家》 236
Dombey and Son（Dickens）《董貝父子》 47, 146
Dreyfus affair 德雷福事件 114-15, 116, 260, 287
Duty（Smiles）《義務》 198

E

Effi Briest（Fontane）《愛菲・布利斯特》 259-60
Eminent Victorians（Strachey）《維多利亞時代四名人傳》 281
Enlightenment 啓蒙運動 32, 40, 103, 106, 114, 120, 141, 142, 144, 159, 169-71, 185, 255, 274
Eugénie Grandet（Balzac）《歐也妮・葛朗台》 47
European Workers（Le Play）《歐洲工人》 40-42
evolution 進化論 97-98, 111, 142, 177-78, 211
Exposition Décennale（1900）十年展 227-28, 236

F

Factory Act（Brit.）工廠法 215-16
Fairy Tale, The（Schnitzler）《謊言》 60, 99
Family, The（Riehl）《家庭》 40-42
Father and Son（Gosse）《父與子》 167
Faust（Goethe）《浮士德》 157-58
feminism 女性主義 47, 48, 76, 126, 166, 173, 200, 204, 205, 209, 273-74
"Few Thoughts for a Young Man, A"（Mann）「給年輕人的一些想法」 196-97
First Amendment（U.S.）第一修正案 162
Freemasons 共濟會 159
French Revolution 法國大革命 14,

27-28, 36, 50, 107, 111, 158-59, 170, 173, 228, 284
Fruits of Philosophy（Knowlton）《哲學的果實》53-54
Functions and Disorders of the Reproductive Organs, The（Acton）《生殖器官的功能與失調》81-82

G

Genius of Christianity（Chateaubriand）《基督教真諦》164-65
Gentleman's House, The（Kerr）《紳士居》268
Golden Bough, The（Frazer）《金枝》164
Great Exhibition（1851）萬國博覽會 144, 228
Great Expectations（Dickens）《遠大前程》105
Grosvenor Gallery 格羅夫納畫廊 231

H

Hallé Orchestra 哈萊樂團 10, 233
Hamlet（Shakespeare）《哈姆雷特》39, 100
Hard Times（Dickens）《艱難時世》86
Hartford Atheneum 哈特福德圖書館 238
Hereros 赫雷羅人 113-14
History of England（Macaulay）《英格蘭史》103
Home Life in France（Betham-Edwards）《法國家庭生活》49

I

Idleness and Work（Cammarano）《閒散與勞動》197
Imperialism 帝國主義 99, 112-14, 282
Imperialism（Hobson）《帝國主義》113
Importance of Being Earnest, The（Wilde）《不可兒戲》265
Impressionism 印象派 33, 222-28, 230, 231, 236, 237, 247, 249, 285-86
Independent Salon（1847）獨立沙龍 231
individualism 個人主義 40, 41, 42-43, 135, 213, 274-76
Interpretation of Dreams, The（Freud）《夢的解析》39
Iphigenia in Tauris（Gluck）《依菲金妮在陶利》233

J

James Dixon & Sons 狄克遜父子公司 233
"Jesus and Voltaire" (Roberts)「耶穌與伏爾泰」177
Jewish Disabilities Bill（Brit.）猶太人限制解除法案 161
Jewish Question 猶太人問題 64, 116
Jews 猶太人 3, 8, 21, 22, 58-59, 64, 76, 111, 114-17, 126, 143, 161, 162,166-67, 169, 171, 175, 225-26, 244, 251
Judaism 猶太教 164, 175
July Monarchy（1831）七月王朝 19-20

Jungle, The（Sinclair）《叢　林》 282-83

K

Kiehnle-Kochbuch《基利食譜》 201
Kiss, The（Brancusi）《吻》 239

L

Labouchere Amendment（Brit.）拉布歇雷修正案 68
Last Day of a Convict, The（Hugo）《一個死囚的末日》 121
lauriers sont coupés, Les（Dujardin）《月桂樹被砍》 xxi-xxii
Letters on the Aesthetic Education of Mankind（Schiller）《美育書簡》 135
Leviathan（Hobbes）《利 維 坦》 277
Liebelei（Schnitzler）《調情》 234
Lieutenant Gustl（Schnitzler）《古斯特少尉》 xxi-xxii, 64
Life of Jesus, Critically Examined（Strauss）《耶穌傳》 160-61
London *Examiner* 倫敦《檢查者》雜誌 132
Lorelei（Heine）《羅蕾萊》 205
Lourdes religious shrine 盧爾德聖地 166, 179, 184-85
Lutheran Church 路德派 165, 166, 171

M

Madame Bovary（Flaubert）《包法利夫人》 165, 242
Mariage de Figaro, Le（Beaumarchais）《費加洛婚禮》 32
Married Women's Property Act 已婚婦女財產法 50
"Mask of Anarchy, The" (Shelley)〈暴政的假面具〉 108
materialism 物質主義 168, 175, 177-78, 218-19
Meistersinger von Nürnberg, Die（Wagner）《紐倫堡的名歌手》 244
Metropolitan Museum of Art 大都會藝術博物館 237, 238
Middlemarch（Eliot）《米德爾馬奇》 235
Midsummer Night's Dream, A（Mendelssohn）《仲夏夜之夢》 233
M'Naghten case 恩納頓案 119
Modernism 現代主義 xx, xxi, 282, 287
Monsieur, Madame et Bébé（Droz）《先生、夫人與寶寶》 92-93, 106, 272
Morgan, J. P. 摩根公司 15
Mosher Survey 莫舍調查報告 86-88
Münchhausen（Immermann）《閔希豪生》 183
Musical Times《音樂時報》 226, 240
Mysteries of Females or the Secrets of Nature（Albrecht）《女性的奧秘》 80-81

N

nationalism 民族主義 99, 110, 126, 259, 282
Nat Turner's Rebellion 特納起義 109

New Christianity, The（Saint-Simon）《新基督教》 173-74
New Haven Leader《紐哈芬領袖》 133, 137-38
New Testament《新約》 160-61
New York Society for the Suppression of Vice 紐約抑制惡德協會 257
New York Times《紐約時報》 92*n*
North and South（Gaskell）《北與南》 137
Nude Descending a Staircase（Duchamps）《下樓梯的裸女》239

O

Oberhof, Der（Immermann）《奥伯霍夫》 183
Oedipus complex 伊底帕斯情結 35, 38-40
Oedipus Rex（Sophocles）《伊底帕斯王》39
Of Crimes and Punishments（Beccaria）《犯罪與刑罰》120, 123
Old and the New Faith, The（Strauss）《新舊信仰》 161
Old Testament《舊約》 55, 67, 106, 160
Olympia（Manet）《奥林匹亞》 237
Onanisme, L'（Tissot）《手淫》148
"On the Railroad"（Plönnies）〈鐵路上〉 146
On the Threshold（Munger）《成敗門檻邊緣》 195-96
Origin of Species, The（Darwin）《物種原始》 97-98, 188
Our Home: Or, the Key to a Nobler Life（Sargent）《我們的家：打開較高貴生活的鑰匙》 256-57
Our Mutual Friend（Dickens）《我們共同的朋友》 79
"Overwrought Person, The"（Schnitzler）《過勞的人》 72-73

P

Paine's Celery Compound 佩氏芹菜錠 133
Paracelsus（Schnitzler）《帕拉切爾蘇斯》 xxix, 133
Paris Commune 巴黎公社 109-10, 113
Paris Salon（1846）巴黎沙龍（一八四六年） 226-27
Paris Salon（1865）巴黎沙龍（一八六五年） 237
Party of Order 秩序黨 15, 27-28
Past and Present（Carlyle）《過去與現在》 192
"Peterloo Massacre" 彼得盧大屠殺 107-8
Peter Pan（Barrie）《彼得潘》 206
Philosophy of Manufacturers, The（Ure）《工廠哲學》 212-15
Portraits littéraires（Sainte-Beuve）《文學家畫像》 242
Port-Royal（Sainte-Beuve）《堡羅亞爾修道院史》 242
Post-Impressionism 後印象派 222, 223
Practical Treatise on Nervous Exhaustion（Neurasthenia）, Its Symptoms, Nature, Sequences, Treatment,

A（Beard）《談神經衰弱、其症狀、其性質、其後果、其治療的一部實用論文》 136-37

Problem in Greek Ethics, A（Symonds）《希臘倫理學的一個問題》 67

Professor Bernhardi（Schnitzler）《貝恩哈廸教授》 38

"Proper Use of Time, A"「善用時間」 197

Protestant Ethic and the Spirit of Capitalism, The（Weber）《新教倫理與資本主義精神》 153-54

Protestantism 新教 76, 141, 165, 166-67, 175, 178

Psychology as Science, Newly Founded on Experience, Metaphysics and Mathematics（Herbart）《根據經驗、形上學和數學新建的學科——心理學》 278

Psychopathia Sexualis（Krafft-Ebing）《性精神變態》 67, 82-83

Pure Food and Drug Act（U.S.）純淨食品和藥物法 282-83

Puritans 清教徒 255, 257

R

Reform Act, First（Brit.）第一改革法案 20, 123

Reform Act, Second（Brit.）第二改革法案 20

Reigen（Schnitzler）《輪舞》 xxi, 81

Renaissance 文藝復興 141, 275

revolution of 1830 一八三〇年革命 14

revolution of 1848 一八四八年革命 13, 15, 108

Romantic movement 浪漫主義運動 29, 84, 103, 169-71, 242

Rosé Quartet 羅莎四重奏樂團 221-22

S

Sartor Resartus（Carlyle）《衣裳哲學》 192-93

Scholar Gypsy, The（Arnold）〈吉普賽學者〉 132

secolo nevrosico, Il（Mantegazza）《神經緊張世紀》 133

Second, The（Schnitzler）《第二位》 64

Self-Help（Smiles）《自助》 197-98, 197-98, 218-19

Seventh Symphony（Bruckner）第七號交響曲 243

Social Darwinism 社會達爾文主義 98, 188

Social Democrats 社會民主黨 22, 126, 188, 284

socialism 社會主義 188, 213, 283, 288

Society for Psychical Research 心靈研究協會 181-82

Society for the Diffusion of Knowledge Respecting the Punishment of Death and the Improvement of Prison Discipline 傳播死刑與改善監獄管訓知識學會 118-19

Some Mistakes of Moses（Ingersoll）《摩西的一些錯誤》 159

"Song of the Bell, The"（Schiller）《大鐘歌》 192

Sorrows of Young Werther, The（Goethe）《少年維特的煩惱》 29
spiritualism 唯靈論 174-82
Studies on the Psychology of Sex（Ellis）《性心理研究》 54
Subjection of Women, The（Mill）《論女性的屈從地位》 49-50, 206-7

T

Ten Hour Bill（Brit.）十小時法案 215, 217
Terre, La（Zola）《土地》 183-84
Theory of the Leisure Class（Veblen）《有閒階級論》 199
Theosophy 神智論 174, 178
Three Essays on the Theory of Sexuality（Freud）《性學三論》 66
Thrift（Smiles）《節儉》 198
"To a Locomotive in Winter"（Whitman）〈致一輛冬日的火車頭〉 146
Tom Brown at Oxford（Hughes）《湯姆・布朗在牛津》203-4
Tom Brown's Schooldays（Hughes）《湯姆・布朗的學生時代》203
train 17, Le（Claretie）《火車十七號》 146
Tristan und Isolde（Wagner）《崔斯坦與伊索德》244

V

Varieties of Religious Experience, The（James）《宗教經驗之種種》 180
Volupté（Sainte-Beuve）《情慾》 242

W

Washington Square（James）《華盛頓廣場》 47
Waterloo, Battle of 滑鐵盧戰役 14, 108
Wealth of Nations, The（Smith）《國富論》134-35
What Every Woman Knows（Barrie）《每個女人都知道》 206
Wild Duck, The（Ibsen）《野鴨》 70
"Will to Believe, The"（James）「信仰的意志」 180
Work: A Story of Experience（Alcott）《工作：一個經驗的故事》 218
Work and Pleasure（Féré）《工作與快樂》 213
World War I 第一次世界大戰 xx, xxiv-xxv, 22, 27, 59, 102, 138, 179, 225, 239, 282, 288-89
World War II 第二次世界大戰 36

Y

Year-Book of Spiritualism for 1871, The《一八七一年唯靈論年鑑》 179-80
Youth in Vienna（Schnitzler）《維也納的青春歲月》 xxviii, 77

Z

Zionism 猶太復國主義 116

〈參考書目〉

在寫此書時，凡談及史尼茨勒的，我用的幾乎全是第一手資料，包括了他四冊本的作品集 *Gesammelte Werke*（1961-62）——由兩冊的 *Die dramatischen Werke* 和兩冊的 *Die erzählenden Schriften* 所構成；他的"*Aphorismen und Betrachtungen*"，"*Buch der Sprüche und Bedenken*, I（1927; ed. 1933）；他一些未出版的草稿 *Entworfenes und Verworfenes*, ed. Reinhard Urbach（1977）；他的書信 *Briefe, 1875-1912*, ed. Therese Nickl and Henrich Schnitzler（1981）和 *Briefe, 1913-1931*, ed. Peter Michael Braunwarth, Richard Miklin, Susanne Pertlik, and Henrich Schnitzler（1984）；他的自傳 *My Youth in Vienna*（1968; trans. Catherine Hutter, 1970）；他的日記 *Tagebücher*, ed. Peter Michael Braunwarth et al., 10 vols.（1987-2000）和他現存於紐約大學的一些文件。史尼茨勒的通信輯有好幾種，其中最引人入勝的一本大概是 *Dilly. Adele Sandrock und Arthur Schnitzler. Geschichte einer Liebe in Briefen, Bildern und Dokumenten*, gathered by Renate Wagner（1975），此書見證了史尼茨勒與女演員阿黛兒・桑德洛克儘管短暫卻激情的風流韻事。*Arthur Schnitzler. Sein Leben und seine Zeit*, ed. Heinrich Schnitzler, Christian Brandstätter, and Reinhard Urbach（1981）是一部設計優良的照片傳記。

史尼茨勒很難算是一個被忽略的作家，研究他的作品不在少數。Harmut Scheible 的 *Schnitzler*（1976）是一部扼要清晰的傳記，還有極豐富的參考書目。Bruce Thompson 的 *Schnitzler's Vienna: Image of a Society*（1990）則無負它書名的允諾。有關史尼茨勒時代奧地利和維也納歷史的著作相當多，各有各的優點。關於奧地利近代史一項精鍊的總體研究，參考 A. J. P. Taylor, *The Habsburg Monarchy, 1809-1918*（1948）。John W. Boyer, *Political Radicalism in Late Imperial Vienna: Origins of the Christian Social Movement, 1858-1897*（1981）似乎有一點太嚴厲，但它對現代反猶太主義政治運動興起的分析卻是無價的。David F. Good, *The Economic Rise of the Habsburg Empire, 1750-1914*（1984）和 Alan Sked, *The Decline and*

Fall of the Habsburg Empire, 1815-1918（1989）。可以參照著來讀。一個有條理性的陳述，參考 William M. Johnston, *The Austrian Mind: An Intellectual and Social History, 1848-1938*（1972）。另外還有兩部研究維也納的猶太人的著作是互補的：Marsha L. Rosenblit, *The Jews of Vienna, 1867-1914*（1983）和 Steven Beller, *Vienna and the Jews, 1867-1938*（1989）。Ilsa Barea 的 *Vienna*（1966）是高度個人化的作品，但喚起這個城市的歷史。*Jugend in Wien. Literatur um 1900*, ed. Ludwig Greve and Werner Volke（1974）是有幫助的著作。Carl E. Schorske, *Fin-de-Siècle Vienna: Politics and Culture*（1980）是一本著名得有道理的作品，包含著一組互有關連性的論文，談到的對象包括了維也納的環城大道（Ringstrasse）、克林姆和弗洛依德（但她認爲對弗洛依德而言精神分析是一種反政治〔counterpolitics〕的主張，我卻不能苟同）。另外，Frederic Morton 有啓發性的 *A Nervous Splendour: Vienna 1888/ 1889*（1980）也值得參考。

在研究史尼茨勒的文化圈子的著作中，我受惠最多的是這三本：Edward Timms,/*Karl Kraus, Apocalyptic Satirist: Culture and Catastrophe in Habsburg Vienna*（1986）、David S. Luft, *Robert Musil and the Crisis of European Culture, 1880-1942*（1980）和 Hermann Broch, *Hugo von Hofmannsthal and His Time*（1984）。